马克思主义文艺理论论著书系

郭运德 王 杰 李心峰 主编

批判的科学

文学理论本体研究

金永兵 著

中国文联出版社
http://www.clapnet.cn

图书在版编目（CIP）数据

批判的科学：文学理论本体研究 / 金永兵著 . ‐‐
北京：中国文联出版社，2021.3
    ISBN 978‐7‐5190‐4501‐2

    Ⅰ.①批… Ⅱ.①金… Ⅲ.①文学理论—研究 Ⅳ.
①I0

中国版本图书馆 CIP 数据核字（2021）第 032712 号

批判的科学：文学理论本体研究

作　者：金永兵			
终 审 人：姚莲瑞		复 审 人：邓友女	
责任编辑：冯　巍		责任校对：李　英	
封面设计：马庆晓		责任印制：陈　晨	

出版发行：中国文联出版社

地　　址：北京市朝阳区农展馆南里 10 号，100125

电　　话：010‐85923076（咨询）85923092（编务）85923020（邮购）

传　　真：010‐85923000（总编室），010‐85923020（发行部）

网　　址：http://www.clapnet.cn　　　　http://www.claplus.cn

E－mail：clap@clapnet.cn　　　　fengw@clapnet.cn

印　　刷：中煤（北京）印务有限公司

装　　订：中煤（北京）印务有限公司

本书如有破损、缺页、装订错误，请与本社联系调换

开　本：710×1000		1/16	
字　数：317 千字		印张：20.25	
版　次：2021 年 3 月第 1 版		印次：2021 年 3 月第 1 次印刷	
书　号：ISBN 978‐7‐5190‐4501‐2			
定　价：102.00 元			

本书系国家社科基金重大项目"马克思主义文学理论关键词及当代意义研究（18ZDA275）"阶段性研究成果

序

董学文

一

文学理论本体性探讨，解决的是"文学理论是什么"这样一个高难度的问题。这个问题的回答，显然要比"文学是什么"问题的回答复杂得多。因为"文学是什么"，答案尽管莫衷一是，但毕竟有案可稽；而"文学理论是什么"的答案，却显得模糊含混，先前的思想资料也不甚充足。

比如，文学理论是不是一门科学？是一门什么样的科学？属于社会科学还是属于人文科学？它作为一门科学有什么特殊性？拒绝承认它是一门科学而仅认为它是一个学科，又有何依据？在现代科学观念和学科的视域下，文学理论应有的存在方式是什么？诸如此类的问题，近些年来一直在论争之中。

又如，有学者认为，文学理论在功能上不仅求"真"，而且也是求"美"的。有学者甚至主张文学理论的书写方式完全可以像诗人写诗一样自由创造。有学者借此便提倡文学理论的"文化转向"，干脆离开文学和文学性本身。再如，有学者语出惊人，认为文学理论是一门不成熟的学科，应该让它寿终正寝，取消拉倒，省得麻烦……所有这一切都说明，"文学理论"究竟"是什么"一直处于混乱、错综、困惑、迷茫与摸索之中。

在这样的思想环境和学术氛围下，金永兵博士选择了"文学理论本体"问题进行研究，足见他的理论胆识、勇气和责任心。研究这个问题是需要筚路蓝缕的，是需要凝思求索的，是需要开顶风船的，是需要面对失败的。文学理论活动也跟其他科学活动一样，很少有平坦的路可走，只有肯在泥泞崎岖的山路上顽强攀登，又不采摘闲花野草，才能达至峰顶。左顾右盼，患得患失，贪图清闲，走阻力最小的路，是难以成功的。

金永兵成功了，他在这部《批判的科学——文学理论本体研究》中让我们看到，他不但令人信服地解决了文学理论的本体性规定问题，而且围绕这一规定，辩证地解决了文学理论存在形态的一系列问题。在整部书中，我们发现，他不是在描述而是在探索，他不是在归纳而是在解析；他不人云亦云，而是独辟蹊径；他不形而上学，而是指向方法。从而，为文学理论自我存在的合法性和独特性，建立了有理有力的缘由与根据。这，恐怕是本书超越前贤的主要功绩和带来贡献的主要地方。

二

不能否认，中国现代文学理论，虽说有近百年的历程，但由于种种原因，尤其是理论自身的原因，至今确有不成熟的一面。这种相对而言的不成熟性，我认为集中地表现在以下几个方面：其一，学科的规范性与规范意识不强；其二，学科的内涵和范围变动频繁；其三，受外来识见和学科的左右明显；其四，科学精神和学派观念较为薄弱。这些不成熟性因素的产生，归根结蒂还是由于缺乏对文学理论本体特征的认识而造成的。"文学理论是什么"的问题没有很好解决，当然就不免会出现诸多偏离本体性规定的看法、做法与意见。

别的不说，单说厘定文学理论不同于别的学科，特别是不同于美学、艺术学、批评学的专有概念、术语、范畴，就是一个还没有很好得以完成的任务。我们不是说不可以借鉴其他学科的术语与方法，不是说不能进行"跨学科"的整合与融会，也不是说不可以创建和发展"边缘性"的学科，但问题在于，这些必须建立在本学科概念、术语十分清晰的基础上。如果本学科的概念、术语是一团乱麻、极其多义、极不严谨，那么，引进溶合其他学科的概念、术语，就会变得更加叠床架屋、云山雾罩、不知所云。这说明，必须科学地认识文学理论同其他学科之间的区别与联系，明了文学理论的学科对象、内容和范畴，才能在准确理解其学科性质的前提下处理好"跨学科"研究的问题，才能使借鉴来的成分真正成为学科自身的有机部分。

举例而言，20 世纪 60 年代一些著名学者编著的"中国文学史"，今天虽需进行适当调整和补充，却还可以拿来当教材使用，但是 20 世纪 60 年代一些著名学者编的几本"文学理论"教材，今天却很少有人再使用了。这当然可以理解为文学理论学科的进步，但也可以理解为文学理论变化太大。倘若联系近二三十年我国文学理论不断改换观念和形态，不断进行"理论转向"或"战略转移"，不断像时装表演般地变换花样，就不能不说文学理论学科自身的规范性不强，对基本概念还未能"取得一种全面而完整的认识"，还没有精确的界定与阐明，所以，才会习惯于模糊地运用概念，才会带来似乎文学理论"想怎么说就怎么说""怎么说都行""怎么做都对"的尴尬局面。

学科自身的专业化程度，学科内部独特范畴、概念系统的确立，一丝不苟的科学精神的养成，都极大地影响和制约着"学派"和"学派意识"的产生与形成。学术上的"学派"，相当于产品中的"名牌"。没有"名牌"，就没有竞争，就没有比赛，就没有精益求精，就没有更上层楼，就没有"交往对话"，那是会让理论变得僵化、停滞、单一和倒退的。

三

《批判的科学——文学理论本体研究》这本书，不是在给文学理论"设框框""立法规"，也不是抱怨文学理论学科的"幼稚"与"浅薄"。这本书的作者，恰是站在思考者与探索者的高度，以平等与民主的态度，求真务实的学风，利用科学哲学和社会科学研究方法论的某些成果，力图找到理解文学理论这一学科属性的科学答案。作者清醒地意识到，文学理论学科的出现和建构，固然与现实因素的积极推动有密切关系，但它的形成与发展却遵循着一定的规律，其存在方式上有独特之处，其"本体性"上也有不变的东西，这是需要加以科学地探讨和规范的。

比如，本书为了解答"文学理论是什么"这一难题，就在如何认识"科学"上下了大量的文献与论证功夫；为了破解文学理论"本体"之谜，本书像捕鱼撒网一样，从文学理论的"命名与学科位置"、文学理论的"功能"、"话语对象的演化"、"术语革命"、"话语的科学性"、"文学的扩容与理论重建"以及"文学理论的历史性与意识形态性"等多个侧面加以阐释，既体现了条理性和逻辑性，也提出许多新鲜的、有开创性的见解。

为什么作者敢于碰硬，敢于迎难而上，我认为作者得益于鲜明的理论"问题意识"和"反思意识"。这说来不难，做来却颇为不易。众所周知，"问题"是在比较中发现的，"反思"需要历史的眼光。总是"陈述"而不加"提问"，不可能有新的见地；总是"老王卖瓜""自我感觉良好"，不可能有切实的进步。正是在这一点上，作者懂得社会科学之所以成为科学，须不停地进行历史条件与论述内容的反思，从文学理论"本体"入手，触及当前文学理论研究中普遍存在的问题。

其实，现代文学理论上许多好像"不言自明"或"独家创造"的东西，都是需要深入省察或反思一番的。如果连自己都还没能解说清楚的概念，就大肆宣扬传布，并迅速编入教材，那就轻则加重自性危机，重则导致误人子弟，是没有任何好处的。一些貌似新颖的提法，如文学理论"美学化""诗学化""文化化"或"批评化"，表面看上去抢眼，可只要稍加琢磨就不难发现，这些"口号"的背后，大多已偏离了文学理论本体性的规定，势将造成不必要的理论越界、重复、空泛与混杂。有位学者说得不错："正如大多数哲学谬论一样，困惑的结果总是产生于显而易见的开端（假设）。正因为这样，我们才应该特别小心对待这个'显而易见的开端'，因为正是从这儿起，事情才走上了歧路。"[1]两相对照，我想，本书作者探究"本体性"问题，实在是找到了文学理论反思研究的"抓手"与"要害"。

四

我记得，前几年在法国巴黎召开过一次规模较大的国际性学术研讨会，"文学理论究竟是什么？"就是会议的中心议题。来自世界各国的学

---

[1] ［美］H. G. 布洛克:《美学新解》，滕守尧译，辽宁人民出版社 1987 年版，第 202 页。

者们既然把"本体"问题作为文学理论的一个重心，足见它对解决文学理论其他问题的重要性和前瞻性。同时也说明，对于文学理论学科的"开端"——"本体"问题给予特殊的关注和重视，有其必要性和远见性。

"本体"是什么？"本体"就是事物的始基（arche）、实体（substance）。而"本体论"（ontology）则是研究"始基""实体"的理论，其特点可说是具有"超验"性的，即往往会脱离现实事物的具体过程，从一般概念出发论证事物的本源。"超验"（transcendental）一词，似可理解为它来自康德，意指主体意识的转向，即从对外在物象的注视中逆转回来，注视主体的认知功能、活动与体验。

这种"超验"的"本体"研究，在面对文学理论时同样也是需要的。随着理论的演进，人们越来越发现，文学理论的"本体"问题，已成为整个文学理论研究的枢纽。因为它一改，文学理论全改；它一变，文学理论全变。倘"本体"规定（或"假设"）错了，那其他各种关系中的规定势必发生失误。正是在这个意义上，文学理论"本体"的探讨，具有了"元理论"的性质，或者说，研究"文学理论是什么"，成了一种关于"文学理论的理论"，一种关于"文学理论反思研究"的理论。21世纪初，我把这样一门科学正式称作"文学理论学"，便是出于这样一种考虑。

这种"本体"研究，绝不是像有些人诟病的是那样所谓理论"宏大叙事"，也不是像有些人臆想的那样是什么"再度抽象"。"文学理论学"，它实现的是研究对象的变更与提升，面对的是文学理论运行中的实际问题，构制的是文学理论形成、活动的机制与系统，求得的是对文学理论性质、特征、演化规律的把握。从这个视角观察，《批判的科学——文学理论本体研究》一书正位于"文学理论学"的核心部位，可以说是给"文学理论学"的研究开垦了一片天地。

不难想象，有了科学的文学理论本体性认识，文学理论家们至少会增强理论活动的自觉意识，会增加对各种文学理论学说优长和局限的合理认知，会清醒面对传统文论、外国文论融入文学理论当代形态的步骤和举措，从而，从根本上解决各种文论在当下的"语境差异性"问题，还原各种文论作为"地方性知识"和"时段性知识"的本来面目，而不至于把某一种学说和见解当成绝对的、普遍主义的话语来看守和对待。这是我通读本书后的突出感想，也是我对本书未来发生作用的热切期待。

五

再顺便说几句有关文学"基本理论"研究问题的话。

毋庸讳言，这些年，文学理论界问津"基本理论"研究的人是愈来愈少了。这无疑是文学理论研究"疲软"的显著表征。

文学理论不是游戏，它是文学活动反思意识的成果。这一质素，就决定了它不是简单基于文学经验水平的汇总，而总是力求对文学居于一种理性水平的认识。同时，这也决定了它要探讨文学的"外在"与"内在"之间相对稳定的联系，换句话说，它要透过文学现象探讨其潜在流动的本原与规律。

如果这种说法没有大错的话，那么，进行文学"基本理论"研究，就该是文学理论研究的首要任务。这不是什么"逻各斯中心主义"，而是在寻求事物"具体的普遍性"；这不是要制造什么凝固不变的教条，而是要提供理性的知识批判。按照阐释学的理解，阐释实际上就是一种"对话"活动。这样一来，我们就没有理由把研究文学的"基本理论"和"元理论"说成是缺乏"阐释有效性"的了，没有理由把研究文学的"基本理论"和"元理论"说成是"无限大""无限空"的了。当然，也没有理由去疏远有重大理论和现实意义的文学理论问题的探讨，转而去把精力花费在一些琐碎的、无谓的、与文学无关的、牛角尖式的问题上去了。

眼下，在所谓"文化诗学"的鼓动下，"文学理论"与"文化批评"的界限正日益难以划分，不少文学理论的博士、硕士学位论文，变成了现当代作家或古典作家诗人的"评传"或"思想长编"。而在所谓"审美至上"的怂恿下，似乎文学理论的问题倘不用美学去解释，就捉襟见肘、寸步难行。不少人对文学基本理论研究采取"绕着走"的态度。有些文学理论刊物，表面上热热闹闹，可内里却空空荡荡。这种不景气的现象，已经到了该认真扭转的时候了。

与此相关联，"多元真理"论或"多元本质"论的流行，也对文学基本理论研究造成很大的伤害。真理"多元"论观点认为，对一个事物的认识可以导致许多不同的真理，不存在一个唯一的、终极的、涵盖一切的、一劳永逸地解决问题的药方。从真理的相对性与绝对性关系着眼，这里有合理的因子。但接下来，它把事物的本质研究同本质主义混为一谈，认为

"文学本质问题是本质主义思维方式的产物"，片面强调非本质主义思维也可以达到对真理的认识，这就明显地抱持了反本质研究——而非反本质主义研究——的立场。这也许是导致某些文学理论研究更关注形而下的文学现象的一个原因。

不过，我一直顽固地认为，像自然科学和其他社会科学一样，"基本理论"研究是学科的生命线。振兴文学理论，必须从振兴文学"基本理论"研究着手。文学基本理论研究的萎靡与收缩，无疑会使文学理论的发展与建树付出沉重的代价。

《批判的科学——文学理论本体研究》一书研究的是文学理论的"本体"特征，这是文学"基本理论"中的"基本"问题。作者能排除诱惑，集中而系统地加以探讨，相当淋漓尽致地展现出"理论是思想体操"的特点，并得出一些有价值的结论，这是难能可贵的，这也是我对本书感兴趣的又一个方面。

六

余自 20 世纪 60 年代末留校任教以来，深以有众多优秀学生为荣。以余观察，永兵之为学，规矩准绳，谦抑好问，精勤猛进，广纳淹博；永兵之为文，简而有法，谨严畅达，辞约理顺，不专一家。其文气，似清秋千里；其笔势，若大江长河。冲飚激浪、瀚流不滞，大气真力、斡运其间。方法技巧，善转移风会于典籍；风格视野，喜吐纳时流于目前。是著别出，独探本体，兼穷蕴奥，勇创新业，毅力宏愿，感佩何似。

作者盛意，请序于余，心甚悦之。拙缀数语，一鳞片爪，未快人意。权当切磋，交流心意，以志友谊。

是为序。

（2007 年 6 月 19 日于北京蓝旗营）

目　录

Contents

绪　论

一

　　20 世纪是一个理论的世纪，文学理论获得了空前的繁荣，流派纷呈，思潮迭起。80 年代中期，弗雷德里克·詹姆逊在《后现代主义与消费社会》一文中曾这样写道："一个世代之前，尚有专业哲学的专业话语……还可以和其他学科例如政治科学或社会学或文学批评相当不同的话语区别开来。现在，我们越来越有一种直接叫做'理论'的书写，它同时是，又不是所有那些东西。"他还说，这种"理论话语"标志了传统哲学的终结，并"建议把这些'理论话语'也归入后现代主义现象之列"。①"理论"已经形成一种自我生产的模式，走向了"理论自足"。这时，"理论"以泛滥的方式在大学教育和社会文化中获得尊崇。

　　也有学者将 20 世纪 60 至 90 年代称之为"理论时期"（Theorsday）或"理论转向时期"（The Moment of Theory）。这是一个变革时期，过去那种单数的、大写的"理论"受到质疑，迅速地裂变成为众多的、小写的"理论"。就是说，"'理论转向时期'孵化出了大量的、多样的实践部落，或者说理论化的实践"。特别是 1985 年以后，"当代文学理论"领域发生了很多的动荡和变化，"'理论'，甚至'文学理论'已经不再能够被看作一个有用的、不断进步地产生的、包含了一系列可以界定的时期或'运动'，也即包含了发送、批评、演进、重构等的著作体"。②

　　经过"理论转向时期"的理论的大质疑、大解构，"理论转向时期"

---

　　① ［美］詹明信：《晚期资本主义的文化逻辑：詹明信批评理论文选》，张旭东编，陈清侨等译，生活·读书·新知三联书店 1997 年版，第 398—399 页。

　　② 参见［英］拉曼·塞尔登、彼得·威德森、彼得·布鲁克：《当代文学理论导读》，刘象愚译，北京大学出版社 2006 年版，第 9、8 页。

也就成为"一个与后结构主义、后现代主义和物质主义政治的副产物共终结的独特的历史文化现象，一个现在看来已被所谓的'后理论'（Post-Theory）取代的时期"。① 而"'后理论'其实意味着回归对文学文本形式主义或传统的读解，或者回归到那些实质上对理论厌烦或淡漠的文学研究中去"。这里，人们可以发现，世界文学理论的运行轨迹类似于钟摆的运动，"来到'后理论'，似乎意味着从文化研究与后现代主义控制的时代走出来"。②

20世纪80年代以来，我国文学理论不断地进行着增量式发展，呈现出与世界文学理论特别是欧美文学理论的准同步性，欧美文学理论的运行情况也很近似地被我国文学理论重复着。特别是进入21世纪，在我国市场经济转型、消费主义弥漫、大众传媒对日常生活支配因素导致文学的创造、传播乃至阅读消费等各方面都发生巨大改变的历史时期，欧美文学理论的合法性危机在我国也日益凸现出来。文学理论已经无法以一种不言自明的形式获得自我存在，理论界因此处于一种迷茫与困惑之中。于是，有人提倡"文学理论批评化"，有人提出"文学理论美学化"，有人提出"文学理论文化化"，有人主张建立"后现代文艺学"。有人认为文学理论只是一些抽象的原则，毫无价值，对学生文学素养的提高没有任何作用；有人则质疑它作为一门人文社会学科存在的合法性，索性提出取消这一不太成熟的学科，让其寿终正寝，省得麻烦等等。由此，"文学理论的边界""文学理论的学科定位""诗学何为""大学文艺学的合法性""理论究竟该怎么教"等问题，成为近些年争论的热门话题。

学界五花八门的药方反映出当前文学理论学科发展面临的问题错综复杂。文学理论研究到底出现了什么问题，面对这些根本难题该何去何从，值得我们去认真清理和思考。

---

① 参见［英］拉曼·塞尔登、彼得·威德森、彼得·布鲁克:《当代文学理论导读》，刘象愚译，北京大学出版社2006年版，第3页。
② ［英］拉曼·塞尔登、彼得·威德森、彼得·布鲁克:《当代文学理论导读》，刘象愚译，北京大学出版社2006年版，第333、339页。

二

理论的自觉是文学理论学科成熟的表现，自我反思是其题中应有之义。要求得文学理论的良性发展，须有对理论及其学科研究本身的解剖与认识，须以理论和思想的本身为内容，力求思想自觉其为思想。立足于今天的现实与审美文化语境，对当代中国文学理论学科发展所面临的一些根本性问题进行反思，是一项迫切而富有重要意义的工作。其中，对文学理论学科性质、功能、对象、研究方法和发展规律的本体性考察，即解决如何看待这门学科的根本性质、"文学理论是什么"的问题，已成为我们反思文学理论学科遇到的首要任务。

文学理论是什么，文学理论何为，这好像是判然自明的事情，但是，当我们将其作为问题提出来的时候，却又好像根本说不清楚：有人认为它是科学，其目的在于探求文学的一般规律；有人认为它就是文学批评；有人则认为它与文学创作是一回事，是对创作主体诗意存在的言说等等。倘我们进一步追问，说文学理论是科学，那么，什么是科学，科学的性质与任务是什么，文学理论与自然科学及其他社会科学的关系又是怎样的，文学理论科学性体现在何处，它自身的独特性在哪里；说文学理论不是科学，其所指的科学又是何物，文学理论到底有没有科学性等等。

这些问题相互关联，环环相扣。不问，似乎还明白一点；一问，却真的糊涂了。更何况，任何简单肯定或否定的回答，恐怕都是难以奏效的。由于这种根本性、前提性问题的模糊不清，结果往往是解释得愈多，由此引发的问题也愈混乱。这样的混沌模糊状况，存在于关于文学理论本体问题的各个方面。H. G. 布洛克说过，"正如大多数哲学谬论一样，困惑的结果总是产生于显而易见的开端（假设）。正因为这样，我们才应该特别小心对待这个'显而易见的开端'，因为正是从这儿起，事情才走上了歧路"。①这里，需要我们"特别小心对待"文学理论的学科本性、学科定位这个看似表面实则很内在的问题，因为它正是文学理论研究的"显而易见的开端"。

我们需要有一种科学的观念来澄清理论活动。一旦拥有了这种观念，

---

① ［美］H. G. 布洛克：《美学新解》，滕守尧译，辽宁人民出版社1987年版，第202页。

理论家的其他兴趣就会成为理论的自然延伸而不会远离理论。一旦观念清楚，各种理论问题便能各得其所，从而使文学理论真正成为文学理论，并不断发展、成熟。

为此，本书提出"文学理论是什么"这样一个本体性问题。这个问题，其实是统摄文学理论学科存在的总问题，虽关涉许多方面，其核心却是要对文学理论本身所具有的本质特性做出回答。因此，本书将主要从文学理论学科的根本性质展开论述。

关于文学理论学科自身的反思研究，自文学理论学科诞生以来，一直处于研究者的探讨之中，在最近几年更是成为各国文学理论界不约而同给予高度关注的重要课题，成为前沿性的热点问题[①]。譬如，1999年5月，在当代文学理论思想策源地法国，就召开过"文学理论究竟是什么？"专题学术研讨会（巴黎），有的学者试图寻找对理论的准确解说，致力于构建理论文本的大厦，确定基本的理论原则；有的学者则把文学理论视为一种元批评文本，对文学理论形成的历史阶段加以分析。在俄罗斯，"文学学"本身的历程正在成为一个备受关注的课题，学者们普遍认为，文学理论的当务之急是反思自身的历史。俄罗斯科学院世界文学研究所理论部组织过一次关于"文学学"现状的问卷调查。其中的问题就有：文学学的界限（文学学对相邻学科的扩张以及文学学家的自我限定）、"文化对话"与文化学的强暴、文学学的教学与研究、文学学是一门"纯科学"还是文学。即便在文化批评、文化研究仍然颇有市场的美国，也出现了新的迹象。美国比较文学学会2003年的年度报告提出，比较文学不仅要"比较地"研究国、族文学，更要"文学地"阅读自己的研究对象，这样的文学性阅读要求对研究的对象做仔细的文本考察，并具有"元理论"（meta-theoretical）的意识。在现代文学理论发祥地德国，当前的文学理论研究也在"执著于自身的历史"。

各国学者从不同的路径对文学理论本身进行梳理、审视和反思：有的梳理现代文学观念的建构轨迹，比如英国学者彼得·威德森在《现代西方文学观念简史》中对"文学"这一概念演变轨迹加以清理，对"文学""文学价值""典范"这三个相互关联的核心概念内涵的增殖与变异加

[①] 这些情况的详细描述，参见周启超：《多方位地吸纳 有深度地开采——写在〈当代国外文论教材精品系列〉出版之际》，[英]拉曼·塞尔登、彼得·威德森、彼得·布鲁克：《当代文学理论导读》，刘象愚译，北京大学出版社2006年版。

以反思；有的梳理当代文学理论的不同范式，比如法国学者安东·孔帕尼翁在《理论之魔》中细致地辨析了"文学理论"与"文学的理论"；有的梳理当下文学学的境况与运行机制，比如俄罗斯学者正对文学学在20世纪的曲折历程以及当下遭遇的诸种挑战，进行有关这门学问的学理依据、文学学家的学术定位、当代文学学的结构与类型的研究，他们已进入一种"元文学学"的思索；有的则梳理文学理论关键词，譬如朱丽娅·克里斯蒂娃对"想象的（世界）"的研究，亚历山大·热芬对"模仿"的研究，安东·孔帕尼翁对"文学""作者""现实""读者""文体""历史"等内涵的梳理和反思。诚如亚·米哈依洛夫在《当代文学理论的若干课题》中热切呼吁的，现在到了"该对文学学的关键词加以历史的梳理"的时候了。[①]当然，这项研究是非常当下性的课题，刚刚开启，而系统深入的反思研究在各国理论界还比较鲜见。

我国文学理论界近些年对于中国近百年现代文学理论的成败得失以及学科特性和学科的当代建构等问题，也展开了热烈的讨论：文学理论的思维方式问题、学科命名问题、学科定位与学科功能问题、学科研究现状的判断与发展趋势问题，文学研究对象及其研究边界问题，文学理论方法论问题，中国古典文学理论的现代转化问题，文学理论的当代形态问题，大学文学原理教材的建设问题，文学理论的主观性、客观性以及间性问题，文学理论的科学性与意识形态性问题，文学理论的现代性与后现代性问题，文学理论的普适性与本土性问题，文学理论学科的独特存在方式问题，文学理论学科发展的动力问题，文学理论的主体性与理论个性问题等，都成为学者们反思的重要议题。可以这样说，学界老中青的大部分学者，都花过相当的精力对学科做过一定的反思研究，而这些问题也确乎构成文学理论发展过程中无法绕过的基本课题，并且也都从不同角度触及了文学理论科学性这一根本问题。

这里，比较重要和系统的研究，首推董学文教授的《文学理论学导论》[②]。作者尝试建立一门新的学科，并分别从"什么是文学理论""对

---

① 周启超：《多方位地吸纳　有深度地开采——写在〈当代国外文论教材精品系列〉出版之际》，[英]拉曼·塞尔登、彼得·威德森、彼得·布鲁克：《当代文学理论导读》，刘象愚译，北京大学出版社2006年版。

② 董学文：《文学理论学导论》，北京大学出版社2004年版。

绪　论

5

象与要素""理论家与理论共同体""生成与转化""形态及其存在方式""范式演变""系统与特性""结构与话语特征""阐释与评判"等多方面构建起学科基本的问题系统。这应该是国内首次进行如此深入的反思研究，是对文学理论研究的一次新拓展，具有填补空白的意义。

此外，《文学之维——文艺学的历史、现状与未来》①也值得关注，这是为推进现代大学生人文教育编写的普及性读物，属于"大学生文化素质教育丛书"。这本书将文艺学作为研究对象，将之合并为一个"元概念"，放在古今中外的四维空间中加以考察。从先秦两汉的文艺思想开始说起，又相应梳理了西方文艺学思想的脉络，提供了表现与再现、浪漫主义与现实主义几条线索，之后，转而研究文艺学的基本理论、对象和研究主题，并且运用逻辑学中归纳和演绎等术语划分了文艺学的方法。书中既承认了文艺学与社会学、心理学、人类学、美学等人文科学范畴的交叉形态，又突出了以文学为中心的特色。该书后半部分主要是关于现代文艺学流派的介绍，成为纯粹索引式的解说，理论的思考与穿透能力减弱了，但作为非文艺学专业大学生的普及读物，也不失为一种好的选择。

无疑，这些成果已经为文学理论的反思研究提供了基本的平台，开启了一个充满魅力与活力的新方向。但总体上看，国内在这方面的系统研究只是刚刚起步，"文学理论学"方兴未艾，可以耕耘的园地还非常广阔，很多的问题还有待更深入的探讨解决。

从上面描述的各国文学理论界的研究情况来看，一门旨在探讨"文学理论是什么？"的具有"元理论"性质的新学科，或者叫"文学理论的理论"，或者叫"文学理论学"已然应运而生。这是新的学科增长点，值得我们加倍关注。

三

两千多年来，特别是 20 世纪中外文学实践和文学理论的发展，为我

①　谭好哲、凌晨光主编：《文学之维——文艺学的历史、现状与未来》，山东大学出版社2003 年版。

们反思文学理论的本体存在积累了丰赡的资源。

譬如，在反驳（自然）科学主义学科霸权的时候，许多文学学说，如体验论和存在主义文学理论，都强调文学理论对象的精神性、价值性。与之相应，文学理论要实现对文学的言说，必须依靠理论主体感悟体验式的理解，实现主体间心灵的交流、沟通。叔本华、尼采、狄尔泰、海德格尔等人，都持这一主张。这种学说看到了文学理论的人文性、精神性特质，具有学科反思的意义，但却只是单纯排斥科学、理性的介入，而没有全面考察、说明文学理论的精神性与科学性的辩证关系。而形式主义、结构主义文学理论在反对主观主义文学理论时所表现出的清醒的科学意识、对文学理论科学真理的渴望，以及它们对文学理论科学性的探讨与实践，其中的经验与教训则为探析文学理论的学科性质提供了有益的理论资源。但是，由于这些文学理论学说在根本上缺乏正确的科学意识和方法论指导，往往将文学理论引入另一种片面化的道路，所以，仍未获得对文学理论本体的科学认识。

现代自然科学和社会科学的蓬勃发展，大大开拓了文学理论思考的空间。它们向文学理论的延伸与渗透，带来了文学理论的丰满与发展。但由此形成的理论往往因忽略其自身学科的独特性而只能依附于其他学科。这样的"科学化"主张，自然也无法带来文学理论学科的准确定位。

此外，自然科学哲学、社会科学哲学、元美学、元伦理学、知识社会学等反思性学科的兴起，也为文学理论学科性质的研究提供了新的方法与思路。

因此，无论是文学理论的实践和发展，还是对理论本身的思考，都为我们对文学理论学科本体性问题做系统的清理和研究，提供了大量的学术资源。

"文学理论是什么？"这就是关于文学理论的本体性的问题。对这一问题的展开，要涉及许多密切关联的问题。本书希望能以此为中心，深入文学理论学科的个性层面，考察文学理论学科的独特存在方式。这里并不打算对文学理论进行面面俱到的阐释，只是想对关乎文学理论本体存在的一些根本性问题进行探讨。也就是说，准备考察文学理论基本问题的生成及其研究框架、文学理论对象因素及其演化规律、文学理论的命名、文学理论的学科系统、文学理论作为科学的性质及其表征、文学理论的功能、文学理论的方法以及文学理论的科学性与意识形态性的关系等一系列文学理论发展过程中无法回避的基本难题。在一定意义上，对这些问题的研究，可以使我们对文学理论的性质、特点有更深入的认识，对文学理论的演化规律有更准确的把握，能进一步给文学理论的进展廓清道路。

对文学理论学科的反思、清理、定位，是一项系统的工作，它牵涉到文学理论的方方面面，单就文学理论自身某一方面要素或某种性质来研究，恐怕总会失之片面。它需要能"出"能"入"。能"出"，就是要能把文学理论放在人类活动特别是精神生产的总框架内，在与各种相关学科的对比分析中，在对整个文学理论的历史演化的总体把握中，寻找其自身的特性与位置。没有这种清醒的整体意识，关于文学理论的科学性也就无法获得准确的认识。结构主义等文学理论的失误可能就在于此。能"入"，就是要深入各种文学理论具体、精微的理论观点、主张之中，对其进行分析、理解、阐释、比较、辨别，甚至要切入每个论点背后的哲学根基。对各种文学理论学说的洞幽烛微的考察，可能会为文学理论反思研究提供巨大的历史与现实支撑，而不至于陷入抽象的逻辑思辨的单纯演绎或一般方法论的介绍，尽管对这一问题来说，逻辑思辨是必不可少的。因此，本书以历史与逻辑相统一的方法作为阐述的方法论。

同时，这种理论反思必然牵涉相当多的自然科学哲学和社会科学哲学的知识，必须把这些成果有效地改造、转化、熔铸、吸收为理论的有机组成部分，避免任何科学主义的陷阱。同时，文学理论作为科学的思想，面临着诸多的反对和解构意见，这也是一个巨大的挑战。此外，人文社会科学与自然科学关系的历史关联、历史演化，以及文学理论科学性的检验等问题，都聚讼纷纭。我们既要把它们梳理清楚，又不能在书中占据过多的篇幅以至于喧宾夺主，这确有相当的难度。再有，本书是对理论本身的理论思考，其中必然要有对中外文学理论演变的全面统括，所以必然要牵涉文学理论与文艺学、文学批评和诗学等相关范畴的关系问题，而在文学理论的发展过程中，它们往往又是纠缠在一起的，处理不好，极易导致非历史化的逻辑演绎。

复杂与难解的问题并不意味着不可解。它提出了挑战，而建构理论的乐趣却正存在于思想在问题丛林中的穿行过程。正如关于"美是什么"这样一个千古难题，虽然人们找不到一个一劳永逸的终结性答案，但自古以来先哲们殚精竭虑的思考，无不促使后人对此从无知到有知，从片面、零星、模糊的了解到越来越全面、明晰、准确的掌握。每一种深刻的思考都为我们开辟了进一步前行的路径。虽然由问题引发的问题可能会越来越多，但若其本体问题和理论前提是清晰明确的，那么，在这个过程中，人们对此的认识将是越来越逼近真理，毕竟问题的提出只是到了近乎有能力解决它的时候才有可能。对现状的质疑、发问，是科学研究应有的功能。当从前不成其为问题的习见、似是而非的观念和认识受到质疑，并被当作问题提出来的时候，我们已经是在推进学科研究的路上前行。

终极真理是无数相对真理的总和。我深知，对于"文学理论是什么"这样一个命题，永远也无法获得终极的答案。我只是希望自己所做的努力，会成为传播于文学理论研究天空的一种声音，希望它能够唤醒我们这个时代文学理论研究者的自觉意识，不断对我们所从事的研究进行反思与纠偏，从而促进文学理论研究的良性发展。

施泰格缪勒在评价胡塞尔对"作为严格的科学的现象学"的追求时认为，胡塞尔的科学精神即使对于那些不同意现象学的哲学家来说也形成一种必然要求，即必须更清楚明白地阐明他们自己的立场，并使他们的论据无懈可击，以与胡塞尔学说的高度科学水平相吻合。①

我深知自己距之尚远，但心向往之。这本身也许可以构成这一研究的充实的意义。

---

① 参见［德］胡塞尔:《哲学作为严格的科学》，倪梁康译，商务印书馆 1999 年版，"译者前言"，第 8 页。

第一章　文学理论基本问题的生成
与话语对象的演化

文学理论的研究对象无疑是文学创作、传播、接受等实践活动以及各种文学现象、文学事实，但并不存在一种涵盖古今中外所有文学相关内容并将文学活动的各个环节与层面都做出深入论述的文学理论。也就是说，文学理论本身是一门历史科学，呈现出对文学认知的历史性、过程性，既没有超历史、超地域、超文化的普遍主义文学理论，也没有将文学所有问题一次性打捞出来予以全面解决的终极性文学理论。文学活动的各种要素进入文学理论关注视野而成为基本问题，这是历史地生成的，并且不同民族的文学与历史现实决定了哪些要素会被理论关注，又有哪些要素会成为理论结构的核心要素，由此形成不同的文学理论话语系统。因此，若要深入了解一种具有范式意义的文学理论，需要准确理解此理论范式的内在结构，厘清其认识对象的各种要素及其相互关系，把握由此形成的基本问题系统及其历史演化过程。

第一节　文学理论基本问题的生成

文学理论是一个有着特定内涵和外延的学科范畴，在漫长的演化过程中，它逐渐地形成了自己独特的研究对象和基本问题系统。但是，各种对象要素并非一涌而入地出现于文学理论的视野之中，各种基本问题的生成也并非一蹴而就，它们有一个历史性的演进过程。随着社会和文学自身的不断变化，文学理论也在不断改变自己的理论形态以应对新的文学现实的挑战。当前，在文学理论对象日益泛化的历史语境中，准确认识文学理论的对象要素以及由此形成的基本问题框架，对于有效地转换和重建文学理论具有重要意义，已成为一个关乎文学理论学科存在的时代命题。

一、理论对象要素

"每一种科学在不同的科学中占有一定的地位，并确立自己的存在，这首先在于它具有某种特殊的研究对象，研究现实世界各种现象某一特殊的领域和方面，而这些领域和方面，都各有自己的存在和发展的规律性"。[①] 明确自己特殊的研究对象，这是一门学科获得自主性、独立性，进而成为科学的前提，同时也是学科科学性的标志之一。总体上说，文学理论研究的是作为语言艺术的文学，是对作为整体的文学活动、文学现象及其产物的研究。而文学活动、文学现象、文学作品都是极其复杂的，是由诸多因素辩证统一而成的有机系统，所以文学理论要获得对作为整体的文学的科学性认识，就必须遵循全面性的要求，只有力求把握、研究它的一切方面、一切联系和中介，文学理论才能防止错误和僵化。

文学活动是一个各种关系相互交织的复杂系统。日本学者浜田正秀把作品、作家和环境作为文学活动的三个基本要素，认为文学理论要研究文学作品本身、作家以及作家、作品与环境之间的关系。[②]

英国学者拉曼·塞尔登、彼得·威德森和彼得·布鲁克在《当代文学理论导读》一书中，通过对西方文学理论的历史观照，借用罗曼·雅各布森设计的语言学交流模式呈现出文学活动要素在各种理论结构中的组合。雅各布森的交流模式是：

语境

信息发送者 > 信息 > 信息接受者

接触

符码

---

① ［苏］波斯彼洛夫：《文学原理》，王忠琪、徐京安、张秉真译，生活·读书·新知三联书店 1985 年版，第 1 页。

② ［日］浜田正秀：《文艺学概论》，陈秋峰、杨国华译，中国戏剧出版社 1987 年版，第 87 页。

如果将这一模式运用于分析文学，就可以调整为：

语境

信息发送者 > 写作 > 信息接受者

符码

这些要素在文学理论中的位置及其相互关系是不同的，如果采用信息发送者的视角，关注的重点就是作者，以及他对语言"充满感情的"或"表现式"的使用；如果侧重的是语境，就把语言的"参照式"应用特别拈了出来，在作品生产之际，发掘它的历史维度；如果感兴趣的是信息接受者，就要研究读者对信息的接受，进入的则是另一个完全不同的历史语境。

该书进一步借助该图示具体地分析了早期文学理论流派的主要倾向：

马克思主义

浪漫主义的人文主义 > 形式主义 > 读者取向的

结构主义

由此图示中文学理论流派与上面图示中文学活动基本要素的对应关系，就可以看出，浪漫主义的人文主义强调的是表现在作品中的作者的生平和精神；"读者"理论（现象学批评）把强调的重点放在读者或者感受体验上；形式主义理论集中讨论写作本身的性质；马克思主义批评把社会的和历史的语境看作是根本的；结构主义诗学注意的却是通常用于建构意义的符码。①

美国文学理论家 M. H. 艾布拉姆斯则以文学作品为中心，对文学活动的层面、联系、环节和中介做出辨析，认为每一部文学作品总要涉及四

---

① 参见［英］拉曼·塞尔登、彼得·威德森、彼得·布鲁克：《当代文学理论导读·引论》，刘象愚译，北京大学出版社 2006 年版，第 5—6 页。当然，图示中的理论倾向的梳理，并不包括更晚近一些的并不完全以文学为中心的各种理论，例如女性主义、后结构主义、后现代主义、后殖民主义以及同性恋和酷儿理论（queer theory），"这是因为，这些理论都以各自不同的方式扰乱并打断了上述最初图示中各方面的关系"。

个要素，即作品、作家、世界和读者。^① 文学活动的四要素构成了文学理论认识的坐标系，只有分辨清楚这些不同的要素，厘清它们之间不同的关系，我们才可以全方位、整体地考察文学理论的研究对象和知识结构。艾氏曾依据这一坐标系对文学理论进行了历史考察，将历史上的各种文学理论归纳为四种范式：模仿说、实用说、表现说、客观说。

无论是浜田正秀的三要素理论、拉曼·塞尔登等人的五要素理论，还是 M. H. 艾布拉姆斯的四要素理论，都显示出文学理论的一个鲜明特征：不同的文学理论倾向于强调不同的功能。然而这并不意味着一种理论只是关注文学活动的个别要素而不考虑其他要素，其实，各种文学理论在不同程度上均包含了文学活动的基本要素，也都对这些要素进行了大致的区辨，"在最佳情况下，这些方法中没有一种会无视文学交流中其他方面的维度：譬如，西方马克思主义批评并不坚持严格的语言参照的视点，作家、听众和文本全都被包含在它那个全面的社会学的观点内"^②。但是，不同文学理论所采取的结构方式却不同，由此造成文学基本要素之间的相互关系、地位和功能也各不相同。研究重心的差异形成不同的理论框架，构成不同的理论形态。以此为切入点对文学基本要素及其以文学作品为中枢形成的各种关系进行的理论思考，也就自然成为文学理论的基本问题。作为一门学科，从总体上看，文学理论就是以这些基本理论问题为架构而形成的，每一种文学理论均不能游离这一基本区域，只是在各种具体的理论系统里，由于理论结构和范式的不同，基本问题的地位与相互关系有所差异。

美籍华裔文学理论家 J. 刘若愚把艾布拉姆斯的静态的四要素坐标图式改造成一个动态循环系统。^③ 比较而言，在他那里，更突出地强调了构成整个文学活动过程的四个阶段的四个要素之间的内在联系，更能揭示文学活动的实际过程，因此，也更广泛地为人们所接受。

如果我们进一步考量文学，对文学活动的独特性做出更细致的分析，还可以以文学文本为中心，把文学活动分解为包括文本、作者、读者、世

---

① 参见［美］M. H. 艾布拉姆斯：《镜与灯：浪漫主义文论及批评传统》，郦稚牛、张照进、童庆生译，北京大学出版社 1989 年版，第 5—6 页。

② ［英］拉曼·塞尔登、彼得·威德森、彼得·布鲁克：《当代文学理论导读》，刘象愚译，北京大学出版社 2006 年版，第 6—7 页。

③ 参见［美］J. 刘若愚：《中国的文学理论》，赵帆声等译，中州古籍出版社 1986 年版，第 12 页。

界和语言等相互联系的几个方面。①

我国当前的文学理论研究大多是按照下面的四分法则展开，并以此为框架来结构文学理论的教材体系，即与世界相联系构成本质论、与作家相联系构成创作论、与作品相联系构成文本（作品）论、与读者相联系构成批评（接受）论。这里的机械性、片面性是显而易见的。例如，就多层级的文学本质来说，仅仅只从世界这个要素出发，肯定无法获得全面的认识，得出的只能是文学的一个特定层次的本质。以这些要素为研究对象是准确的，我们可以此为基础形成各种关于"文学"的基本问题，以这些独特的问题来形成文学理论的结构，但必须注意系统化，机械性的划分与推演必然导致理解的单一化与片面化。

二、理论基本问题的形成

不同的学科可以研究相同的事物，作为自然存在的人，既可以是生理学研究的对象，也可以是心理学研究的对象。美学和文学理论都可以以文学为研究对象，这并不妨碍两个学科各自独立的发展。研究对象是主客互动的结果，是主体的性质与客体的属性相契合的产物，而不是单纯的客观事物。尽管在一定范围和程度上，就研究的客体而言，不同学科存在相同之处，但它们所关注的对象的要素及其要素所组成的结构却是截然不同的。具体地看，每一学科都有自己特定的目的和使命，这一学科的选择性决定了它的对象的特殊性。不同学科所关注的仅仅是事物的不同的侧面及其组成。因此，要对文学活动要素进行分解，而对它们的思考就形成了各种文学理论的基本问题，并且这些基本问题直接构成了文学理论的学科存在。有学者甚至提出："决定一门学科独特性质的关键性因素是所研究的问题，而不是研究的对象、范围等等。一门学科一定有一系列独特的、有价值的问题，即使是对同一个事物，不同学科也会提出不同的问题，或者说正是对世界有独特的提问和对所提问题的有价值的独特解释，才构成了一门学科独特的性质、地位和存在价值。因此，根据学科研究的独特问题来确定学科相对独立的性质，对于建立适当的学术规范，促进学科研究的深

---

① 参见［英］安纳·杰弗森、戴维·罗比等：《西方现代文学理论概述与比较》，包华富、陈昭全、樊锦鑫编译，湖南文艺出版社1986年版，第10—14页。

入发展，还是很有必要的。"① 这确乎看到了学科基本问题与学科形成之间的密切关系，是很有价值的观点，但把对象的形成与基本问题的形成二者割裂开来的做法却又是片面的，因为它们是构成一个问题不可或缺的两个侧面。

文学理论要成为一门学科、一种学问，为了把握现实对象，思维必须在运动中分化、演进，绝不能处于混沌不分的状态。这里，我们以文学活动要素及其关系结构为基点，来看整体意义的文学理论对象构成以及由此形成的文学理论的独特的问题系统。

1. 文学的文本

研究、分析文本，这是文学理论的重要任务。其中，首要的和核心的问题是，如何确定文本的文学性质？或者说，什么样的文本才是文学文本，才是文学理论所要研究的对象？这其实就是对文学理论研究对象的一般性质，即什么是文学和什么是文学研究的概念的理解。这关系到文学理论学科的能否存在与如何存在的大问题，是任何文学理论都必须面对的前提性问题，不管其是否明确地予以解答。

文本问题往往被人们认为仅仅就是对文学形式的分析。其实，从文本所提出的文学性问题，是文学的本质论问题，是对文学如何成为文学问题的回答。正如形式主义文论所真正关心的不是单纯的诗歌的韵律、节奏以及细读方法等问题，而是如何科学地回答文学的本质——"文学性"。

"什么样的文木是文学的？"这个问题的答案不是固定不变的，而是历史的、变动不居的。从西方传统来看，我们今天称为文学（literature 或其他欧洲语言中相似的词）的，即现代意义上的"文学"用法的产生不过仅仅 200 余年，而在 1800 年之前，它指的是欧洲 25 个世纪以来的"著作"或"书本知识"。② 今天的文学在 17 世纪的法国，只是广义的"文献"的一部分，文学与非文学并没有像今天这样明确的区分。格林罗（E. Greenlaw）所主张的文学研究与文明史的研究就是一回事。③

① 傅安辉：《文学理论的学科思考》，《贵州民族学院学报》2002 年第 1 期。

② 参见［美］乔纳森·卡勒：《当代学术入门：文学理论》，李平译，辽宁教育出版社、牛津大学出版社 1998 年版，第 21—22 页。

③ ［美］雷·韦勒克、奥·沃伦：《当代学术入门：文学理论》，刘象愚等译，生活·读书·新知三联书店 1984 年版，第 7 页。

　　由于那时没有独立的文学，文学理论也就没有形成自己的特殊对象，虽然存在大量的文学研究和文学理论思想，但严格意义上的文学理论学科还没有出现。正如美国文学理论家乔纳森·卡勒所言："如今，在普通学校和大学的英语或拉丁语课程中，被作为文学研读的作品过去并不是一种专门的类型，而是被作为运用语言和修辞的经典学习的。"譬如，《埃涅阿斯纪》(Aeneid)，今天人们把它当作文学来研究。而在1850年之前的学校里，对它的处理则截然不同。[①]苏联文学理论家波斯彼洛夫曾从文学理论学科专门性与科学方法论的角度，把从古希腊的柏拉图到18世纪下半期的狄德罗的时代称为"前文艺理论时期"。[②]只是到了18世纪，随着文学的发展和对文学独特性及发展规律的认识不断深入，狭义文学概念才从广义文学概念中独立出来，文学理论也才成为文学研究的一个分支，并逐渐作为一个独特的学科出现在研究和教学领域。所以说，什么是文学，这是文学理论无法回避的根本问题。

　　在中国，"文学"的概念也是不断变化的，经历了一个从广义到狭义、从宽泛到具体、从模糊到确定的历史过程。它曾经或指"书本知识的传授与学习"，或指"一种官职"，或指"经术"，或指"辞章"等。现代人所使用的"文学"开始于20世纪初叶的"新文学运动"，[③]这时的文学革命不仅带来了新的"文学"概念，而且催生了文学理论学科。

　　没有文学从包举万类的著述中分化、独立出来，文学理论学科自然也无法形成。中国古代有大量关于文学特性的著述，如陆机的《文赋》、刘勰的《文心雕龙》、钟嵘的《诗品》，但无论是《文赋》，还是《文心雕龙》，它们所谓的"文"并不限于作为艺术的"文学"，而是一般的"文章"。当然，文学并不能以文体来框定，古代的一些应用文体也具有较高的艺术性。文学与非文学的界限是模糊的，它们之间也是相互运动的，非文学的文章也可以由于较高的艺术性而被当作文学。但是，艺术性作为文学与非文学的内在差异并不能因此

---

　　① ［美］乔纳森·卡勒：《当代学术入门：文学理论》，李平译，辽宁教育出版社、牛津大学出版社1998年版，第22页。

　　② ［苏］波斯彼洛夫：《文学原理》，王忠琪、徐京安、张秉真译，生活·读书·新知三联书店1985年版，第3页。

　　③ 参见董学文、张永刚：《文学原理》，北京大学出版社2001年版，第54—56页。

被忽视。古代的这些理论家主要不是从艺术的角度来看待文学文体与非文学文体的区别与联系的。如《文赋》中对文体的十种分类是"诗""赋""碑""诔""铭""箴""颂""论""奏""说";《文心雕龙》更是从第六篇《明诗》到第二十五篇《书记》,用全书五分之二的篇幅论述了几十种不同文体,而其中大多数是非艺术性的应用文体。尽管他们都注意到了诗、赋等文体的独特性,但并未将其作为艺术性的"文学"来看待;尽管这些著述包含了大量的文学思想,但其远不是现代意义上的文学理论。虽然《诗品》探究的是"纯文学"的诗,但它只是研究关于具体的诗人、诗作的狭义的"诗学",并非以整体的"文学"为研究对象。到了近人章太炎那里,文学观仍处于混沌未析的状态。诚如朱希祖当年在《文学论》中所批评的,"在吾国,则以一切学术皆为文学;在欧美则以文学离一切学科而独立"。①

"什么是文学?"这一基本问题构成各种文学理论无法绕开的理论前提,成为文学理论的元问题。诚然,关于这一问题,迄今为止尚未取得一致的答案。在不同的文学理论中,文学的特殊性程度不同,确定文学的独特性的角度也不同。如俄国形式主义文论是从文学语言与日常语言的关系出发,而皮埃尔·马歇雷则从文学与意识形态的关系着手。

英国文学理论家特雷·伊格尔顿在《二十世纪西方文学理论》一书的导言部分,肯定了这种不确定性正是文学的一个特性,并反驳了各种仅仅从某种单一角度、方法或局限于某种特性来定义文学的做法。譬如,以想象性、虚构性来定义文学,认为文学是想象性的作品;或者像形式主义那样用语言来定义文学。因此,伊格尔顿说:

> 当我再在本书中使用"文学的"或"文学"这些字眼时,我给它们加上了一个隐形的叉号,以表明这些术语并非真正合适,不过我们此刻还没有更好的代替者。②

"文学"的本质不是单一的,而是具有多侧面、多层次性,因此对

---

① 朱希祖:《文学论》,《北京大学月刊》第 1 卷第 1 号,1919 年 1 月。

② [英]特雷·伊格尔顿:《二十世纪西方文学理论》,伍晓明译,陕西师范大学出版社 1986 年版,第 14 页。

"文学"的"理论"概括也必然具有不确定性。文学"理论"也会是形态各异的，也会显现历史、民族、学派的多样性。但是，多样性的存在并不妨碍各种文学理论拥有共同的关注域。文学是具有某种独特性的存在，譬如形式方面，"大多数文学理论都含有对文学文本的形式特点的判断，因为即使为文学下个最草率的定义也离不开它的形式"①。文学文本的研究，根本上是对作为文学本质的"文学性"的研究。只不过，在不同的理论那里，形式与内容的关系不同。

当前，随着人文科学和社会科学中强大的科际运动的兴起，研究什么才有合法性，或者说，文学与非文学的区别有无意义，研究什么才是文学研究，成了文学理论必须面对的至关重要的问题。

乔纳森·卡勒基于对文学与非文学的模糊界限和错综复杂关系的认识，提出"文学是什么"与"文学理论的中心问题""并没有太大的关系"。因为文学理论把哲学、语言学、历史学、政治理论、心理分析等各方面的思想融合在一起，文学理论研究者对文学作品和非文学作品是可以同时研读的，并且研读方法也极为相似。另外，一些本来属于文学的特性，即"文学性"，在当代非文学的话语和实践中也大量存在，甚至是其必不可少的性质，譬如在历史的阐释中就含有文学叙述的模式。尽管如此，卡勒还是强调："我用在非文学现象中发现了文学性来描述当前的局面，这本身正说明文学的概念仍然起着一定的作用。"于是，在《当代学术入门：文学理论》一书中，他仍然用了大量的篇幅来讨论"文学是什么？"。②

2. 文本与作者

作家创作了文学文本，或者说，文本只是作家审美意象的物化形态。可见，一部文学作品的最明显的起因，就是它的创造者，即作者。那么，文本与作者是什么关系？作者如何创造出文本？作为创造者，他有何特性？他在文学活动中处于什么地位？因此，从作者的个性和生平方面来解释作品，是一种最古老和最有基础的研究方法；对创作主体的研究在文学理论中占据了重要的地位。

---

① ［英］安纳·杰弗森、戴维·罗比等：《西方现代文学理论概述与比较》，包华富、陈昭全、樊锦鑫编译，湖南文艺出版社1986年版，第11页。
② ［美］乔纳森·卡勒：《当代学术入门：文学理论》，李平译，辽宁教育出版社、牛津大学出版社1998年版，第20页。

在中国古代文学理论中，无论是"诗言志""诗缘情"的文学特性论，还是"以意逆志""知人论世"的文学批评论，都给予作者非常突出的关注，甚至将其看作文学意义的决定者。作家的生平际遇、思想观点，精神个性等，成为文学理论关注的重心。特别是魏晋时代人物品评风气的兴起，既令人的意识觉醒，又直接引发了文学理论研究对作家的极大关注。譬如，曹丕在《典论·论文》中就强调："文以气为主，气之清浊有体，不可力强而致。"作家独特的禀性、气度、感情、思想等所形成的一种特殊的精神个性，造就了独特的文学作品的个性、风格。曹丕正是以人物品评来评论建安七子的诗文作品的。

此类研究在西方也有深厚的传统。早在古希腊时代，人们就开始探究诗人的天才与灵感，例如柏拉图关于诗人灵感的"神灵凭附"说。这之后，关于作家心理、精神的研究也一直居于重要地位。缘起于《圣经》，承继、发展于施莱尔马赫和狄尔泰的解释学，把还原作者原意作为解释的目标；19世纪浪漫主义文学理论，强调文学是作家强烈情感的自然流露，作者的情感、天才与想象受到了前所未有的重视；传记式文学理论研究，更是赋予作者对文本意义的绝对权威，通过大量调查、收集有关作者的各种资料，来考证文本中作家的意图、人物的原型、事件的原貌和时间、地点的真实与准确性；以弗洛伊德精神分析学、荣格的集体无意识理论为代表的各种现代心理学的兴起，形成了蔚为壮观的以心理学方法来洞察作家的思想和心灵的文学理论潮流，既研究表现在文本中的作者有意识的理性意旨，也探讨在文本中作者的潜意识如何以曲折的形式把深层的本能欲望与冲动表达出来。虽然侧重点和结论各不相同，但它们都强调作者对于文本内蕴与意义的决定意义。

虽然俄国形式主义文论关于作家只是一些善于运用技术的能工巧匠的思想和英美新批评所谓的"意图谬误"（intentional fallacy）的见解，都认为必须降低作者的作用才能保证文学研究的独立性，才能使之免于沦为历史或心理学的附庸；虽然读者接受理论极大地强调读者在文本意义构建过程中的突出作用；虽然由于材料收集与考证的困难使得作家研究难免存在一定程度的牵强附会，但是，对作者及其与文本关系的研究有助于揭示文学文本的实际产生过程，有助于获得对文学文本意义的准确理解，这一点是毋庸置疑的，这是任何其他的文学理论内容都无法代替的。

　　为了准确阐释作者、文本和读者在文学意义产生过程中的作用，赫施在《解释的有效性》中，对"意义"与"意味"做了区分。他说：

> 　　"意义"（meaning）指的是一个文本完整的口头的、字面上的意义，"意味"（significance）指的是与更广泛的语境相关的文本意义，例如，另一个思想、另一个时代，一个更广泛的主题、一个陌生的价值系统，等等。换言之，"意味"是与某个语境关联的文本意义，实际上可以是任何语境，超越了它自身。[1]

　　这种区分对于我们理解作者在文学活动中的地位与作用，颇有启发。由此可见，无论文学的意义存在多少读者的不同见解，无论文本在不同的语境中会发生怎样的变化，也无论复原作者之意有多么困难，完全脱离作者的原意所构建的文学意义只能是空中楼阁。接受理论虽然十分强调文学活动中的读者地位与作用，但其同样认识到，"文艺的进程应当理解为一种对话过程，对话的双方——作者和接受者——是平等的伙伴，二者同等重要，缺一不可"[2]。

3. 文本与读者

　　读者在文学活动中发挥什么作用？在传统的文学理论中，读者这一要素虽然存在，但读者"仅仅起到一种极其有限的作用"，大多数理论都忽视了文学交际中"读者所起的理所当然的、对于审美与历史认识都必不可少的作用——作为接受者的作用"[3]。很多理论之所以贬低读者的作用，一个根本的原因就是，它们认为读者的主观解释很可能会带来理论科学性的崩溃。俄国形式主义文论就强调，文学理论研究的是文学的内部规律，即文学形式所产生的"文学性"。读者仅仅是作为感知的主体，来识别各种文学形式，揭示文学形式陌生化的种种方法、手段和技巧，感受和体验在文学形式陌生化过程中所产生的新奇性。英美新批评通过所谓的"感受谬

---

① E. D. Hirsch, *The Aims of Interpretation*, The University of Chicago Press, 1976, pp.2-3.

② 汉斯·罗伯特·姚斯（或译为尧斯）语，转引自郭宏安、章国锋、王逢振：《二十世纪西方文论研究》，中国社会科学出版社 1997 年版，第 303 页。

③ ［德］汉斯·罗伯特·姚斯：《文学史作为文学科学的挑战》，章国锋译，《世界艺术与美学》第九辑，文化艺术出版社 1988 年版，第 1、2 页。

误"，将文学文本独立出来，强调文本的世界与读者的世界是两个不可混淆的世界，把文本的意义与读者的情绪感受相联系就会产生"感受谬误"。在这里，读者是存在的，但仅仅是感知的主体，不具有生产性和创造性。文学社会学派在文学所表现的社会阶层中来识别读者，关注他们的社会地位。在此，读者仅仅是作为文学的某种社会性标志而存在，或者只是被理解为被动的、单纯做出反应的环节。浪漫主义文学观更是将读者在决定文学及其价值方面的重要性大大降低。卡莱尔甚至认为，"诗人已完全取代了欣赏者而成了审美规范的制定者"，"是其读者的虔诚和情趣的衡量尺度"。① 诚如姚斯所言，"文学科学的方法论迄今为止大多在生产与表现美学的封闭的圈子里活动"②。

中国古典文学理论中存在大量可以用来研究读者问题的思想资料。先秦老庄的思想中就有很多关于主体心理的宝贵论述：老了提出的"致虚极，守静笃"和"涤除玄览"的思想，庄子所谓的"心斋"(《人间世》)、"坐忘"(《大宗师》)之说，都强调主体必须摆脱世俗功利的欲念，保持心气畅达、虚淡空明的心理境界，全神贯注，精力集中，始终处于新鲜、饱满的精神状态，方可观物、行事、体道。这些思想成为后世探讨审美创作主体和接受主体的思维、想象的重要资源。作为中国古典文学理论的集大成，刘勰的《文心雕龙》也强调审美想象主体需要处于"虚静"的精神状态："是以陶钧文思，贵在虚静；疏瀹五藏，藻雪精神"(《神思》)。当然，这里若想把这些关于创作主体的论述作为研究读者问题的思想资料，其前提是"缀文者情动而辞发，观文者披文以入情"(《文心雕龙·知音》)，把阅读当作创作的反向运动来看待，也就是将读者作为作者之意的阐释者来看待的。这可以从刘勰专门探讨阅读、批评的论述中见出。

《文心雕龙》的《知音》篇专门探讨了文学的批评、鉴赏问题。像这样完整系统地论述阅读问题的文章，在中国古典文论中是很少见的。总体上看，刘勰也是在复原作者之意的目标之下来探讨阅读问题及读者的作用的。他说："知音其难哉！音实难知，知实难逢；逢其知音，千载其一

---

① ［美］M. H. 艾布拉姆斯:《镜与灯：浪漫主义文论及批评传统》，郦稚牛，张照进，童庆生译，北京大学出版社 1989 年版，第 30、31 页。

② ［德］汉斯·罗伯特·姚斯:《文学史作为文学科学的挑战》，章国锋译，《世界艺术与美学》第九辑，文化艺术出版社 1988 年版，第 2 页。

乎！"之所以知音难逢，就在于读者主观性的存在导致解释、评价的不同："会己则嗟讽，异我则沮弃；各执一隅之解，欲拟万端之变"，还原作者本意如此之困难，也就无法对文学作品做出准确理解和公正评价了。为此，刘勰提出读者要成为理想的读者，一方面，"务先博观"，要不断加强自己的艺术修养；另一方面，要掌握文学欣赏、批评，即"披文以入情"的具体方法，即所谓的"六观"：观位体、观置辞、观通变、观奇正、观事义、观宫商，从而不但做到"平理若衡，照辞如镜"，而且能"见异"，即见出一部文学作品之"异采"。这里，读者所有的要务都在于逼近作者的本意。

既然彼此关联，那么作者、文本、读者的三角关系到底是怎样的，应该以什么标准来确定所谓正宗的"意义"？如果以作者之意为权威，作者之意如何复原？如果以作者的自述性或传记性材料为准，作者在文本中无意识的流露又该如何认识？文学语言不是透明的，而是在能指与所指的张力结构环境中充满歧义的语言，这样，文学语言及其形式必然会对作者之意产生变形作用，产生所谓"言有尽而意无穷""形象大于思想"的问题。况且，如何保证自述或传记材料的客观性、全面性、真实性，这本身就存在很大问题。对于材料的收集和考证是渗透着理论的，是一个选择的过程。若以文本之意为准，文本的意义产生于各种因素构织的具体语境，哪种语境中的意义是准确的呢？如果以读者为准，而读者的理解各不相同，哪种意义更有价值呢？是否所有的理解都处于价值平均状态，不能进行比较？如果能比较，标准又是什么？

如果要求得文学理论的科学性，是否必须排斥掉读者的主观评价？如果忽略了读者确乎存在的评价因素，又是否真能获得文学理论的科学性？文学理论家本身首先就是作为有着自己个性化偏好和倾向的文学的读者而存在的，他们的理论概念往往在分析某一类文本时显得极为精道，而将其运用于另一些文本时则会变得僵硬刻板。卢卡契以批判现实主义思想为核心的文学理论，在面对托马斯·曼和卡夫卡的创作时就表现出不同的适应性。文学理论所谓的彻底的客观性和科学性是否存在？文学理论是否具有其学科特殊的科学性？科学的文学理论必须对这些问题做出解答，回避甚或是忽略其中的一些要素，将很难获得关于文学的科学的认识。

4. 文本与世界

什么是世界？在不同的文学理论那里，可能有不同的内涵。总体上说，这里的世界含义广泛，既包括自然、社会，又包括超感觉的神性的东西，还包括时代精神、集体心理与社会意识，甚至包括作为描写对象的人的思想观点、心理情感等。M. H. 艾布拉姆斯在《镜与灯：浪漫主义文论及批评传统》中提出，世界"可以认为是由人物和行动、思想和情感、物质和事件或者超感觉的本质所构成"①。

世界与文本有无关系，如果有，它们是什么关系？是指代性的直接的再现，还是隐晦曲折的间接性的再现，抑或是一种形式化所导致的颠覆关系？文学的发展变化与社会历史因素有无关系，有怎样的关系？马克思主义文论认为，文学以这样或那样的方式与现实生活密切相联，现实生活是文学的源泉，文学的发展最终要由社会历史来说明；各种心理学派文论则认为，文学再现的基本上是一种思想、情感的心理现实；形式主义文论认为，文学是以陌生化的方式变异现实，是对现实的推翻和颠覆，并且形成了文学自己的现实，文学的历史因此是一种以破坏的方式进行的形式与手法的进化的历史。

不同的文学理论有着对世界的不同理解，相应形成不同的关于文学与世界关系的理解。拉曼·塞尔登曾对文学与世界的各种再现方式做了归纳：其一，严格科学地再现自然客体和社会生活（自然主义）；其二，一般地再现自然或人的激情（古典主义）；其三，从主观角度一般地再现自然或人的激情（前浪漫主义文学批评）；其四，再现自然和精神中固有的理念形式（德国浪漫主义）；其五，再现超验的理念形式（新柏拉图唯心主义）；其六，再现艺术自己的世界（"为艺术而艺术"）。②

中国古典文论一直非常重视文学与历史、现实关系的研究。刘勰在《文心雕龙》的《物色》篇中提出，"情以物迁，辞以情发"，扼要地说明了自然景物、感情和文辞的关系。《诠赋》篇中说，"原夫登高之旨，盖睹物兴情。情以物兴，故义必明雅；物以情观，故辞必巧丽"。《明诗》篇中

---

① ［美］M. H. 艾布拉姆斯：《镜与灯：浪漫主义文论及批评传统》，郦稚牛、张照进、童庆生译，北京大学出版社1989年版，第5页。

② 参见［英］拉曼·塞尔登编：《文学批评理论——从柏拉图到现在》，刘象愚、陈永国等译，北京大学出版社2000年版，第2页。

也说，"人禀七情，应物斯感。感物吟志，莫非自然"。文学不但源起于自然景物，而且与时代现实有着密切关系。《时序》篇说，"时运交移，质文代变"；"文变染乎世情，兴废系乎时序"。白居易也特别强调："大凡人之感于事，则必动于情，然后兴于嗟叹，发于吟咏，而形于歌诗矣。"（《策林》第六十九目"采诗以补察时政"）探讨文学与世界的关系，是文学理论的一个基本命题。

　　每一种文学现象都不是单一因素变化的结果，既是从外部也是从内部被决定的。从内部是由文学本身所决定；从外部是由社会生活的其他领域所决定。用杨晦先生的话来说，"文艺跟地球一样，有它的公转律和自转律"。"文艺发展受社会发展限定，文艺不能不受社会的支配，这中间是有一种文艺跟社会间的公转律存在；同时，文艺本身也有文艺自己的一种发展法则，这就是文艺自转律。"[①]因此，科学的文学理论必须把文学的"自转"与"公转"统一起来。在此意义上说，无论是强调再现客观现实的真实、再现心外之物的"本来样子"，还是模仿超验的"理念"形式；无论是再现主体的意识和无意识心理现实或集体无意识的神话原型，还是把文学看作独立于现实的另一世界，文学理论必须回答文学从何处产生、文本世界与文本外的世界是怎样的关系，这样才能使文学的起源、它的发展的规律性、它在全过程中的历史变迁得到理解。

　　正是在这种意义上说，文学没有自己的历史，没有不把影响文学的时代、社会、政治、经济、文化等因素考虑进去的纯文学史，没有完全独立的、内在的、完全由它们自己内部辩证法产生的历史。一切事物的发展最终都是由社会生产的全部历史所决定，只有在这个基础上，包括文学在内的各个领域出现的变化和发展才能得到真正科学的解释。文学的"内在关系"在客观现实中无疑是存在的，但它们仅仅是作为历史发展整体中的历史关系因素而存在。文学的存在和本质，只有放在整个社会体系的总的历史关系中才能得到理解和解释。文学的起源和发展，也只是构成了整个社会总的历史过程的一部分，文学作品的美学本质和审美价值以及与之相关的影响作用，都是那个普遍的和有连贯性的社会过程的一个方面。在此过程中，人类通过它的实践和意识艺术地掌握世界。中外有不少学者强调，

---

　　① 杨晦：《论文艺运动与社会运动》，《杨晦文学论集》，北京大学出版社 1985 年版，第 249 页。

不能就文学谈文学，就文论谈文论，而要把它们放在与其他领域的联系中来考察，其道理正在于此。

当然，这里所反对的只是那种认为文学的发展能够完全或主要从它们的内在关系来进行解释的观点。那些对文本外的世界要素的研究，无论自身多么重要，其前提必须是为文学的研究，而不能是吞没了文学的研究，不能否认文学作为人类生活中的个别活动领域有其相对独立的发展。文学理论必须实现"他律"和"自律"的统一，不能单纯把文学当作其他研究的资料，譬如单纯研究文学作品中所表现的心理学类型和法则；不能把某种人类活动孤立地提出来作为决定文学作品的惟一因素，甚至忽略它们究竟与文学是否存在确切的关系。文学理论应该是"以文学为中心"的研究，不能不关注文学文本与众不同的错综复杂性，而单纯从与文学无关的外部视角寻找文学现象作为其他学科理论的例证。

5. 文学语言

作为文本的媒介，语言占有什么地位，有何功用？与日常语言或科学语言相比，文学语言是什么样的语言，有什么特点？前面的四个要素是对文学作为艺术活动的普遍性的解析，这里探讨的却是文学不可忽略的独特因素。不同于其他艺术，文学以语言作为思维和表达的媒介，是语言的物化存在形态。没有语言就没有文学，"是语言使一部作品最终构成一部作品，文学语言的成立并不是因为某部作品使用了它，而是因为这种能够构成一部作品的语言本身有其独特的内在机制"。文学语言问题对理解文学的象、意系统，最终把握文学作为现象的存在，是至关重要的，"因而它是文学原理中一系列核心问题之一"。[①] 有学者甚至认为，"文学理论理所当然应当重视文学语言的作用。在这一意义上文学理论甚至可以脱离美学"[②]。

对文学语言的研究，在文学理论中有悠久的历史。卫姆塞特和布鲁克斯在《西洋文学批评史》中说，"语言是一切文学最基本的成分，是文学批评不能不细思的要节。因此，我们要仔细研究古代批评史的一部分，那便是修辞学"。他们看到，无论是柏拉图，还是亚里士多德，修辞学都是其文学理论与批评的一个组成部分。"自始以来，修辞学不仅是辩论的艺

① 董学文、张永刚：《文学原理》，北京大学出版社 2001 年版，第 33 页。
② ［英］安纳·杰弗森、戴维·罗比等：《西方现代文学理论概述与比较》，包华富、陈昭全、樊锦鑫译，湖南文艺出版社 1986 年版，第 14 页。

术；它另有一个极具意义的定义：文字活动的研究。"①这第二个含义与文学理论有着密切联系。在古希腊，很早就存在着修辞学与诗学的共处现象，诗学不断吸收修辞学的营养而将理论深化、延伸。在他们看来，修辞学是说服的艺术，甚至以表象代替真实，诗学的技巧也在于把"谎言"说圆。亚里士多德《诗学》的某些章节就是"以作品的形式问题为论述对象"，"一方面突出思想（dianoia），一方面涉及言语（lexis）"。②《诗学》对语言的构成成分、诗歌语言的隐喻等都有一定的论述。此后，探讨文学语言的性质与功用，成为文学理论无法回避的问题。

传统的语言理论，追求一种"中性"语言，要求语言像镜子一般如实反映自然或心灵。随着20世纪索绪尔现代语言学的诞生，文学理论发生了"语言学转向"。这里，在一定意义上可以说，文学语言问题的凸显与文学理论向现代学科的生成有着密切的关系，二者在变化进程上存在同步性。从俄国形式主义开始，语言问题成为文学理论的基本问题之一。早期的俄国形式主义文论强调文学理论的对象就是文学与其他事物的差异性，这种差异性形成文学的独特性，即"文学性"。文学理论研究的任务就是分析实用语言和诗歌语言相互对立的差异，惟有专注于文学语言的差异因素，才能保持它独特的研究对象。差异产生于文学形式的"陌生化"，因此，文学的本质就是"制造新异"。形式主义对文学语言的专注与重视，直接影响了后来的各种文学理论，给现代文学理论的发展打上了深刻的烙印。但形式主义文论往往停留于语言表面，其探讨止于语言的特殊用法，而不愿深入语言的内在成因中去，充其量只是论述了语言的文学性，而未能真正定义文学语言本身。为此，伊格尔顿提醒说，"文学性——即语言的某些特殊用法，这种用法可以在文学作品中发现，但也可以在文学作品之外的很多地方找到"③。

中国古典文学理论很早就吸收哲学关于言、意关系的思想，来探索文学的言、象、意三者之间的关系。"言意"之辩成为修辞学、诗学和语言

---

① ［美］卫姆塞特、布鲁克斯：《西洋文学批评史》，颜元叔译，中国人民大学出版社1987年版，第52页。

② ［法］让·贝西埃、［加］伊·库什纳、［比］罗·莫尔捷、［比］让·韦斯格尔伯主编：《诗学史》（上），史忠义译，百花文艺出版社2002年版，第27页。

③ ［英］特雷·伊格尔顿：《二十世纪西方文学理论》，伍晓明译，陕西师范大学出版社1987年第2版，第7页。

哲学共同开发的传统理论资源。①魏晋以后，王弼、荀粲所倡导的"得意忘言""言不尽意"论，被文学理论家所接受，并运用到文学理论中来阐释"言""意""象"的关系。汤用彤曾指出："盖陆机《文赋》专论文学，而王弼于此则总论天地自然，范围虽不相同，而所据之理论，所用之方法其实相同，均为'尽意莫若象，尽象莫若言'，'得意忘象，得象忘言'也。"②

文学理论家们所说的"意"，主要不是哲学家所指的思想、观念等逻辑思维，更多的是指情感、情绪、想象、直觉等形象思维和心理意象活动。陆机在《文赋》中自述其创作的原由时就指出："夫其放言遣辞，良多变矣。妍蚩好恶，可得而言。每自属文，尤见其情。恒患意不称物，文不逮意。盖非知之难，能之难也。故作《文赋》，以述先士之盛藻，因论作文之利害所由，他日殆可谓曲尽其妙。至于操斧伐柯，虽取则不远，若夫随乎之变，良难以辞逮。盖所能言者，具于此云尔。"陆机在此揭示了创作中的矛盾："意"的精妙处往往不是言辞所能尽现的，文学创作存在"意不称物，文不逮意"的深刻矛盾。如何处理好"言""意"关系，这是作家感到困惑的一个问题，直接涉及文学的创作规律问题，因此，它也成为文学理论必须面对的一个基本问题。此后的文学理论在探讨文学的思维方式、语言特征、形式技巧、形象和意境的构造等问题时，都会从"言""意"关系的角度寻找思路。

刘勰也以"言""意"关系为核心问题来探究文学创作的基本规律。他在《神思》篇里说："至于思表纤旨，文外曲致，言所不追，笔固知止。至精而后阐其妙，至变而后通其数。伊挚不能言鼎，轮扁不能语斤，其微矣乎！"这里所说的"纤旨""曲致"，指的是言外、象外之意，只有"至精""至变"之人才能体会其妙处，不是语言所能传达的。《神思》篇还说："方其搦翰，气倍辞前，暨乎篇成，半折心始。何则？意翻空而易奇，言征实而难巧也。"由此可见，创作过程中存在着言辞不能完全传情达意的缺憾，"言"与"意"具有非统一性。为此，刘勰高度重视艺术创造中的技巧。他在《隐秀》篇中指出："譬诸裁云制霞，不让乎天工，斫卉刻

① 参见谭学纯、唐跃、朱玲：《接受修辞学》（增订本），安徽大学出版社 2000 年版，第 296—304 页。

② 汤用彤：《理学·佛学·玄学》，北京大学出版社 1991 年版，第 326 页。

葩，有同乎神匠矣。"高超的创造技巧是可以巧夺天工的。但是，即使如此，作者的精意有时还是无法用语言传达出来。《神思》篇指出："意授于思，言授于意，密则无际，疏则千里。"这里，"思"（即神思）——"意"（即意象）——"言"，即从想象构思到文学意象的形成，再到用语言物质媒介传达出这一意象，刘勰深刻地看到了构思（即"意"）与传达（即"言"）是不同的事情：构思是精神性、想象性活动，是"神与物游"，可以"思接千载"，"视通万里"（《神思》），它能突破直接经验的局限，超越时空，无远不到，无高不至，并能在这一过程中创造出未闻未见的新奇的意象；而传达是带有物质实践性质的活动，要受到语言媒介的特性以及作家实际掌握应用物质媒介的技巧的制约。因此，构思的、意象的东西不一定能在传达中获得成功的实现。"意"，"易奇"；"言"，"难巧"。"言"和"意"的关系既有吻合的时候，也有乖离的时候，特别是那些"纤旨""曲致"就更不容易诉诸语言了。刘勰站在《易传》的思想立场上，吸收了庄子、玄学的"言""意"论，深刻地论述了对文学想象、创造的非自觉性及不可言传性的特点。

文学的"言""意"关系问题，不仅关涉文学创作过程的现象与本体、外在与内在、有限与无限的哲学关系，而且直接触及了文学语言、文学形象的重要特征，凸显了有限、确定的语言和难以直接表达、直接规定的无穷无尽的意象之间的矛盾关系，即如何借助于语言而又突破它的局限。对这一问题的深刻认识，也可以为文学语言、形象和非文学的语言、形象的区别提供理论依据。可以说，"言""意""象"的关系论，是自庄子以来在文学研究中不断被强调的一个重要问题，一直是我国文学理论的核心命题之一，也是我们当今仍需加以深入研究的重要课题。

尽管文学语言"终究不是文学的本体因素，而是始终由这个本体所决定制约的"，但文学语言绝不单纯是一个形式的问题，在一定意义上，它是探究文学本体问题的必由路径。从文学语言与文学本体辩证关系的角度，同样可以说，"我们必须回到文学本体上来，从本体出发，才能廓清文学语言的真正内涵"。①

文学理论的这些基本问题是历史地形成的，它们也处于动态的、发展

---

① 董学文、张永刚：《文学原理》，北京大学出版社 2001 年版，第 34 页。

的过程中。拉曼·塞尔登曾对柏拉图以来西方文学理论的根本性论题进行过归纳：（1）文学指向、对应于文本外的现实吗？文学所追求的是什么类型的"真实"？（2）作者及读者什么样的心理过程可以对文学文本的生产做出贡献？（3）文本在何种程度上是"自主的"？文本的形式和结构特性是什么？一个文本的结构是确定的，还是不确定的？（4）文学是历史的一部分吗？究竟是什么样的社会、经济、地理及其他历史过程决定或制约着文学文本的生产？（5）文学是一种道德经验的形式吗？作者的道德观念或意识形态决定着他们的创造本质吗？ ①

　　虽然塞尔登的归纳与划分尚不够精确，其中第一个和第四个问题、第二个和第五个问题具有重合性，但它确乎涵盖了各种文学理论的基本问题。历史地看，任何文学理论都在一定程度上包含了这些要素及其由此形成的基本问题，只是不同的问题在不同的理论中具有不同的地位。基本问题的提出，也许由某个或某些特定的文学要素及其关系所引起，但它们不是单一的、孤立的，不可能局限在某个要素的内部而获得完满解决。因此，把握这些基本理论问题，不仅可以帮助人们抓住各种文学理论试图阐释的核心论题，还可以帮助人们比较各种文学理论，尤其重要的是，可以使人们从文学理论的角度来理解文学理论，使文学理论的理论具体性更接近文学的现实，而非止于一般艺术，不会把文学理论仅仅看作是历史或哲学发展的结果或标志。

第二节　文学理论话语对象的演化

　　总体上说，文学活动、文学现象是文学理论的对象，但是，历史地看，任何一种具体的理论都没有穷尽文学活动、文学现象的所有方面，总有许多因素未能进入理论观照的视野，还有一些因素因特定理论的逻辑结构的限制，在理论中或被悬置，或被遮蔽了。文学理论的研究对象不是静止的，而是处于不断延伸、转移和扩展的运动状态之中。因此，要构建科

---

　　① ［英］拉曼·塞尔登编：《文学批评理论——从柏拉图到现在》，刘象愚，陈永国等译，北京大学出版社 2000 年版，原序第 6 页。

学的文学理论，必须历史地考察文学理论对象要素以及由此形成的理论范畴和命题的演化。

一、延伸、转移与扩展

这里，我们分别对中西方文学理论研究对象核心要素的变化做历史考察。一方面，不同的文学理论可能同出一源，但仅仅是研究中心的转移或着眼点的变换，往往就可以使一种理论成为另一种理论。另一方面，文论流派纵然不同，但理论之间基本还是相互通融、互为条件的；在同一个理论家那里，许多理论的要素成分也可能是调和在一起的，单纯研究某一个文学要素的文学理论并不存在，所以，核心要素的区分主要是理论上的。

最早被文学理论作为核心内容予以关注的文学要素是文学与现实的关系。在西方文论中，"模仿说"是最原始、最具深刻影响、历史最为久远的文学理论。它以文学与现实世界的关系为核心来观照文学的起源与目的，探讨文学创作、欣赏活动的特征与原则。它起源于古希腊，以柏拉图、亚里士多德的理论为代表，后发展为文艺复兴时期的文学理论、17世纪的新古典主义文论和18世纪的启蒙主义文论，19世纪中后期的现实主义和自然主义文论也都是模仿说的发展演化。虽然历经几度变迁，但文学与现实的模仿关系依旧是模仿理论及其各种变体的核心问题。譬如，就亚里士多德的模仿理论来看，文学模仿行为的发生缘于人的认识本能，模仿不但能使人获得对客观事物的认识，而且模仿生成的文学作品能够见出现实事物所具有的节奏与和谐，令人产生心理快感。在这里，文学与现实问题成为亚氏理论的基石，文学的起源、文学的特性、文学的接受及功用等问题都根源于现实，可以在现实中获得解释。

在中国，虽然以世界和现实为中心的文学观很早就产生，并成为文学理论内在的理论基石，但它并没有获得充分的论述和发展，而是与以读者为中心的文学观处于合流状态，二者相互交织。从 J. 刘若愚所归纳的中国文学理论的类型来看，同处于文学活动第一阶段的决定论文学观和起源于《易经》、要求文学表现自然之道的玄学论文学观，都属于以世界为中心的文学观。虽然二者存在诸多差异，譬如，玄学论强调"文原于道"（这里有儒家之"道"和道家之"道"的区别），决定论则强调文学是现实政治和社会现实的不自觉的和不可避免的反映、显示和模仿，但核心要素却都是"世界"（也可称作"宇宙"或现实）。

中国古代的决定论最早可以追溯至《左传·襄公二十九年》（前544年）中关于吴国公子季札在鲁国观周乐的记述，其中详细描述了季札关于《诗经》与政治、道德风貌之密切关系的评论，如"为之歌《小雅》。曰：'美哉！思而不贰，怨而不言，其周德之衰乎？犹有先王之遗民焉'"。这里他就是在用社会的、政治的眼光来看待"诗三百"，从根本上是把《诗经》看作现实生活的反映。

"诗教"也是中国第一位文学理论家孔子的文学观念的核心。[1]孔子是从政治伦理的功利角度来探讨文学的，譬如，他提出文学作用的"兴观群怨"说和"思无邪"的文学评价标准。J. 刘若愚就认为，"孔子的文学观念里实用主义占据着支配地位"[2]。这一判断大体上是准确的。但如果再进一步追究这种实用文学观的根源，就可以看到，它源于孔子关于文学与现实的关系的思考，或者说，孔子文学观体现着从以世界为中心的文学观向以读者为中心的文学观过渡的特征。孔子关于"诗"可以"多识鸟兽草木之名"的看法，与他的"诗可以观"的思想是一致的，他所要解决的正是文学与道德修养、政治活动、认识现实和干预现实等现实生活关系的根本问题，即是从现实的角度来思考文学对于现实生活的功用的。

《乐记》所谓："凡音之起，由人心生也。人心之动，物使之然也。感于物而动，故形于声。声相应，故生变，变成方，谓之音。"音乐的本源在于现实事物。《诗·大序》对《乐记》的思想加以继承和发展，它关于变风、变雅与国家衰败的现实关系的论述，就展现出文学是现实生活真实再现的文学观。后世东汉郑玄的《诗谱序》、南北朝刘勰的《文心雕龙·时序》和《文心雕龙·物色》、唐代白居易的诗歌理论、清初汪琬关于唐诗与唐代社会的研究，一直都绵延着这种以文学与现实的关系为核心的文学观。

文学与现实的关系之所以较早受到关注，原因有很多。在最初的文学新诞状态中，先人们思考的自然是文学这一事物如何产生、从何而来。这是由于文学理论深受当时所寄居的哲学的影响，而哲人们首先要苦思冥

---

① 参见张少康、刘三富：《中国文学理论批评发展史》（上），北京大学出版社1995年版，第25页。

② ［美］J. 刘若愚：《中国的文学理论》，赵帆声等译，中州古籍出版社1986年版，第118页。

想的，就是外在世界的本原问题。从文学自身来看，文学尚未分化独立出来，真正的文本研究是不可能存在的。这时的创作基本处于"饥者歌其食，劳者歌其事"的自发状态，是人们日常生活的一部分。当时的文学创作者多是下层劳动人民，他们不可能受到重视，而且人们的自我意识、个性等尚处于蒙昧状态，因此，作者也不可能成为理论关注的核心。

无论是柏拉图对诗的否定，亚里士多德对诗的"净化"功能的认识，还是孔子对诗歌"兴观群怨"作用的强调，多是站在社会政治、伦理的角度，着眼于道德人格的修养和教化的目的来看待文学。也就是说，文学对读者的作用与功能问题，很早就被人们从文学与社会的关系的角度予以关注。因此，如果我们进行理论解析，就可以归纳出一种把以读者作为对象当作核心要素的文学理论。艾布拉姆斯考察西方文学理论时称之为"实用论"。J. 刘若愚考察中国文学理论提出的"实用论"和部分"技巧论"文学观，都属于此类。它们关心文学对读者的作用，集中探讨这二者之间的关系。

以世界为中心的文学观和以读者为中心的文学观是相辅相成、相互交融的。J. 刘若愚说：

> 决定论往往与实用论紧密关联着，这是因为，从文学不可避免地要反映产生它的社会这一前提出发，当然不难得出这样的结论：文学可以当作一面历史的镜子，通过它，人们能够汲取实际教益。同时也便于从决定论转向实用论，前者主张作家不能以自己的意志为转移，总要反映当时的社会现实和政治现实，后者则主张作家对现实的反映应当是自觉的。①

当文学对读者的效果功用越来越受到重视时，文学理论关注的重心也就发生了转移，读者成为对象的核心要素，实用论诞生了。但在这一过程中，原来的理论并未消失或被完全抛弃，而是发生了义涵的变化和理论结构要素的重组。"伴随着文学观从玄学到实用的转变，是道的概念由玄学到道德的交替。"②

---

① ［美］J. 刘若愚：《中国的文学理论》，赵帆声等译，中州古籍出版社1986年版，第72页。
② ［美］J. 刘若愚：《中国的文学理论》，赵帆声等译，中州古籍出版社1986年版，第33页。

西方文学理论中的"实用论"源于柏拉图和亚里士多德。在柏拉图那里，社会和人的状况的完善与否是衡量诗歌的出发点和根本标准，文学的问题永远不可能同真理、法、德行相分离。真正实现了关注点转移的当是古罗马文论，它确立了以读者为中心的"实用论"，提出了以古希腊文学为典范的主张，文学与现实世界的关系渐渐淡出，文学的社会作用成为理论关注焦点。

贺拉斯说，"诗人的愿望应该是给人益处和乐趣，他写的东西应该给人以快感，同时对生活有帮助"。诗歌要能"寓教于乐，既劝谕读者，又使他喜爱，才能符合众望"。[①] 以此为基点，他为文学制定了各种规则，譬如文学创作的"合式"原则等，这些规则的原因、根据和目的都在于适合读者的欣赏，能起到"寓教于乐"的作用。譬如，他要求按照人们所熟知的人物性格来描写古代人物，如写美狄亚要写得凶狠、剽悍，因为这样易于为欣赏者所接受。可见，贺拉斯文学理论的"主要用意是教诗人如何使他的听众端坐到底，如何博得喝彩和掌声，如何使罗马听众高兴，又如何使得所有听众高兴，并使自己流芳百世"[②]。文学作品与读者的关系成为文学理论的关注点。这种文学观经由文艺复兴时期直至 18 世纪，成为西方世界主要的审美态度。

实用论文学观是与修辞学联系在一起的，"它的大部分基本词汇以及许多特殊的论题，都源自于古典修辞理论"[③]。因为修辞正是为了劝说听众，赢得他们的好感，为他们提供信息，感染他们的心灵。

在中国古代，儒家文学观早在孔子那里就已表现出对于文学的对读者作用问题的高度重视。自汉代以后，随着儒家学说正统地位的确立与巩固，实用论文学观一直居于中国古代文论的主流。持这种文学观的文论家很多，典型的有东汉的王充、唐代的韩愈、宋代的周敦颐、清代的沈德潜等等。与西方相似，一些探讨文学技巧的文学理论，其根本目的也正是在于研究如何运用声律学和修辞学方法来感染和教化读者，沈德潜的格调说

① ［古希腊］亚理斯多德、［古罗马］贺拉斯：《诗学·诗艺》，罗念生、杨周翰译，人民文学出版社 1962 年版，第 155 页。

② 理查德·麦基翁语，转引自［美］M. H. 艾布拉姆斯：《镜与灯：浪漫主义文论及批评传统》，郦稚牛、张照进、童庆生译，北京大学出版社 1989 年版，第 17 页。

③ ［美］M. H. 艾布拉姆斯：《镜与灯：浪漫主义文论及批评传统》，郦稚牛、张照进、童庆生译，北京大学出版社 1989 年版，第 17 页。

便是其中之一，它以"温柔敦厚"的诗教为核心来探究诗歌创作的技法和规则。

从文学的作用和意义的角度来探讨文学对读者心理的影响以及文学创作的技巧与方法，这本身蕴涵着对作者的要求，它往往牵涉作者个人的能力和才智问题。西方在 17 世纪随着霍布斯和洛克的心理学影响的逐步扩大，人们日益关注诗人的心理构成、天赋品质以及其他各种能力在诗歌创作活动中的作用。经过 18 世纪的演变，人们更是认为诗人必须具有判断力和才艺才能给欣赏者以快感。实用论文学观所强调的技法、规则、学识等不再受到重视，强调的侧重点已渐渐转向诗人的自然天赋、创造性想象和情感等问题。

结果，欣赏者被逐渐淡化，成了背景，诗人的位置得到突出，他的心理能力和感情需要也得到突出，都成为艺术的主导原因，甚至成了艺术的目标和试金石。①

以上是就文学理论内在的演变逻辑而言的。事实上，作者受到重视，作者与文本的关系成为文学理论的重心，也是自文艺复兴以来，特别是随着 18 世纪启蒙运动的兴起和发展，资产阶级思想文化解放运动的结果。人们逐渐从宗教枷锁下获得解放，主体意识慢慢觉醒，自然科学加速进步，各种新学科不断产生、发展，这种时代背景也促使文学理论开始探究文学的创造者——作者。

这种文学观被艾布拉姆斯和 J. 刘若愚称作"表现论"。表现论以作者要素为文学理论的核心，认为文学作品是作者内心世界的外化，是激情支配下的创造，是诗人的感受、体验、思想、情感的表现。文学作品的本原和主题是作者的心灵活动，作品反映了外部世界事物的某些方面，这些方面又必须经由作者的情感和心理活动而从客观事实转化为文学形象要素。文学的根源、意义与本质，不在于对外界事物的有意识或无意识的模仿，不在于对实际的或拔高的自然的反映，也不在于作品能否给读者带来快感

---

① ［美］M. H. 艾布拉姆斯:《镜与灯:浪漫主义文论及批评传统》，郦稚牛、张照进、童庆生译，北京大学出版社 1989 年版，第 24 页。

和教益，而是在于作者的寻求表现的情感、愿望和冲动。这样，衡量文学的标准就不再是"忠实于自然"或"真实地反映现实生活"，或"是否感染读者，是否寓教于乐"，而变为"是否真诚，是否是作者强烈情感的自然流露"。文学作品成为洞察作者思想和心灵的镜子。这种文学观在18世纪后期和19世纪前期的浪漫主义文学理论那里得到了最充分的体现。

在中国古代，情况有所不同。《尚书·尧典》已有"诗言志"之说。由于对"志"的内涵见解不一，既有以"志"为"意向"或情绪上的"意图"者，从而将它作为表现论的源头；也有认为"志"是"道德意图"者，从而把它与实用论结合在一起的。其实，无论怎样理解"志"，先秦、两汉的文论都很少论述作者问题，最早把文本与作者关系问题作为文学理论核心论题的当属魏晋南北朝文论。根据鲁迅先生的看法，这是与那个时代的人的觉醒和文学观念的自觉相一致的，是与魏晋文人率性而为、张扬自立的人格品性和人物品藻、考核名实的时代风尚密切相关的。曹丕的《典论·论文》以"气"为基点，论述了作家才性的形成和特点以及它与文体特征之间的关系；陆机在《文赋》中明确提出"诗缘情"，并详细论述了创作主体的想象与灵感问题；刘勰在《文心雕龙》的《神思》《体性》《情采》《比兴》《附会》《养气》《熔裁》《物色》等篇章中，更是开创性地系统论述了文学活动中的作者问题；钟嵘的《诗品》及其序言也体现了以作者为中心的文学理论走向等等。作者成为受到文论家重视的文学活动的必要因素，甚至是关注的焦点。与之相比，西方文学理论很晚才开始注重研究作者要素。

与对文学活动的其他各种要素，如读者、作者、外部世界的研究相比，文学理论对文学作品本身的关注一直偏少，把它作为一种客体独立出来做专门研究，已经是很晚的事了。虽然早在亚里士多德那里就已有关于悲剧文类的探讨，但真正把作品作为文学理论独特的研究对象，甚至把"客观化走向作为探讨诗歌的一种全面方法，在十八世纪末、十九世纪初刚刚开始出现"①。泰奥菲尔·戈蒂耶等人"为艺术而艺术"的文学观，提出了文学"自主性"问题。在俄国形式主义文论、英美新批评和结构主义

---

① ［美］M. H. 艾布拉姆斯:《镜与灯：浪漫主义文论及批评传统》，郦稚牛、张照进、童庆生译，北京大学出版社1989年版，第32页。

文论那里，文本问题得到了无以复加的重视，甚至文学的根源与本质只能从文本形式来获得解释。这种文学观的兴起其实是与文学意识的自觉和文学理论学科化的发展密切相联的。没有文学观念的自觉，没有文学的文本的确定，真正的文学文本分析根本不可能。

中国古代真正把文本纳入文学理论视野的也是在文学意识日益觉醒的魏晋南北朝时代。曹丕已开始注意文章的风格、特点、体式，陆机曾论述文章体貌风格的多样性，挚虞的《文章流别论》对各种文体予以细致论述，刘勰《文心雕龙》中的《诠赋》《明诗》等篇章均有较为系统的文体论。但中国古代文学理论一直没有像西方文学理论那样将文本孤立起来，单独探讨文学形式的自主性倾向。

文学理论对文学文本的重视必然导致对作为重要形式要素的文学语言的关注。在西方，是19世纪末20世纪初的俄国形式主义真正把文学语言问题作为文学理论的基本问题；在中国，则是在魏晋南北朝时期，沈约的"四声八病"之说及此后的声律论文学观是典型代表。语言学的发展对于文学语言问题的研究产生了直接影响。西方文论关于文学语言问题的论述，直接源自于瑞士语言学家索绪尔开辟的现代语言学，而且许多文论家自己就是语言学家，如雅各布森等人。中国文论对文学语言的重视也与汉语音韵学的研究分不开，三国李登的《声类》、孙炎的《尔雅音义》和晋代吕静的《韵集》都为文学语言问题成为文学理论的基本问题、为声律论文学观的产生提供了语言学的基础。

在以上对文学理论对象历史演化的简单回顾中，我们不难见出，文学活动的不同要素并非同时进入文学理论的视野，没有固定不变的所谓文学理论的对象，围绕着世界、读者、作者、文本和语言，其研究对象是在不断拓展的。对象如何成为我的对象，这取决于对象的性质以及与之相适应的本质力量的性质。只有当理论主体自身的认识手段、认识能力等达到了特定的程度，也就是说，问题只有到了能被解决的时候，它才会被提出来。文学活动的许多要素随着人类认识能力的不断提高，逐渐成为理论关怀、思考的对象。随着文学理论研究对象要素的不断拓展，人们以更丰富的认识方法获得对于文学的越来越多侧面、越来越多层次的解答。这样，理论家的认识能力等主体因素与时代的文学现实的相互作用，也就形成了不同的问题系统。可见，文学理论的对象和基本问题都是历史地生成的。

可是，能否通过对文学理论史的回顾与扫描，来发现解决某些永久性问题的普遍性答案？或者能不能将各种文学理论相加，形成一种完整的、面面俱到的、涵盖各种理论模式的文学理论系统，从而得出对各种文学问题的科学认识呢？

20世纪的文学理论界，普遍受到黑格尔学说的影响，总想求大求全，试图建立一门具有普遍诠释意义的文学理论学科，以求把全人类的文学现象和理论都纳入自己的研究范围。但这种能够概括所有文学现象的本质特征和规律的文学理论，实际上是根本不存在的。正如我们前面所分析的，尽管那些科学性较强的文学理论在致力于探索文学交流模式的某一个方面时，也能把其他一些方面作为次要因素纳入它们的理论中，但它们"似乎总是以集中探讨创作／阅读过程中的一个特别的方面以便形成某些基本的理论假设而开场的"[①]。各种文学理论既不可能具有同样的科学性，它们的理论关注点也各不相同，不能相互取代。不同的文学理论及其关注的问题不可能是超时代的元话语，它们的存在离不开特定的历史语境。由于文学理论的对象和理论主体的历史性，我们不可能也无必要形成超历史的文学理论问题。问题本身随着历史语境的变化而变化，也就不存在关于它的一劳永逸的终极解答。理论间存在大量可以相互吸收借鉴的因子，但并不能简单地将其拼装，形成大杂烩的学说，否则，不仅关于文学的完整的科学解释无法得到，理论本身也会因系统性的丧失而趋于崩溃。

二、问题与范畴学科化

文学理论对象在历史变化过程中，单就对某些具体问题或某个要素的认识而言，它是在不断深化的，越来越深入文学活动的内在肌理。已经成为文学理论研究对象的各种文学活动要素，并没有随着其他要素的不断进入而逸出理论视野，后来的理论并不是看不到或绕过这些问题的存在，只是在后来的理论那里，由这些因素所形成的问题及其问题间的关系与结构发生了变化。譬如，英美新批评可以算是一种以文本为核心的文学理论，

---

① ［英］拉曼·塞尔登编：《文学批评理论——从柏拉图到现在》，刘象愚、陈永国等译，北京大学出版社2000年版，原序第2页。

它试图将文本孤立起来进行细读，以寻找客观的文学规律。而作为新批评文论重要的总结性文献，雷·韦勒克与奥·沃伦合著的《当代学术入门：文学理论》虽然区分了所谓的"外部研究"和"内部研究"，但它并不是没有看到文学理论的其他对象要素的存在，仍然花了很大的篇幅来进行关于"文学与传记""文学和心理学""文学和社会""文学和思想"以及"文学和其它艺术"等种种"文学的外部研究"。

已有的以某些对象要素为核心形成的各种理论，也并没有消失，而是随着历史的发展和研究的深入，在不断吸收其他文学理论成果的演化过程中发生着变异，并呈现出越来越接近文学特性的深化趋向。诚然，文学理论的演化不能排除大量的反复和倒退，但确乎存在着理论的深化和日益的学科化，即文学理论开始形成独特的问题、独特的提问方式及解答思路。这样，文学理论所提出的问题日益成为真正的"文学理论"问题，而不再只是阐释那些与其他学科共有的问题。它所使用的术语、概念、范畴等也逐渐脱离了其原来的学科语境，获得独特的内蕴，由此形成文学理论的独特话语系统。

这里，我们不妨以"模仿"理论为例来进行具体考察。

"模仿"是一个关联词，表示两项事物之间的对应关系。模仿理论最初萌芽于对古希腊各种艺术实践的总结。古希腊很早就已存在"艺术模仿自然"的观念，如苏格拉底认为，绘画、诗歌、音乐、舞蹈、雕塑等都是模仿。虽然这些观念只是零星的、片断的、非自觉的，但却坚持了文学的现实品格，为"模仿说"的孕育与发展埋下了种子。

柏拉图第一个自觉地使用了"模仿"这一概念，并加以系统阐述。他用"模仿"创造了他的所谓三重世界：上帝创造的理式，这是最高的、独立的、真实的世界；模仿理式而来的物质世界，它是理式的"影子"，是不真实的；诗人所描绘的世界，它是对现实世界的模仿，是"摹本的摹本""影子的影子"，"与真实隔着两层"。模仿的艺术是不真实的，对于真理没有多大价值。由于柏拉图的文学思想是基于其哲学、政治伦理观之上的，包括艺术在内的一切事物都必须根据它们与理式的关系这一惟一标准来做最终判断，因此，他是从政治角度来考察诗和诗人，而非艺术角度。在柏拉图的"模仿说"中，文学问题绝不可能与真理、道德问题分离开来，也绝不允许把诗歌当作诗歌，当作一种有其自身特性、标准和存在理由的特殊的产品。所以说，柏拉图的"模仿"仍属哲学范畴，并没有具体到文学问题，尚不能成为文学理论的独特术语。另外，由于只能依靠心灵迷狂来接近理式，文学与现实的关系被悬空，诗人的能动性、创造性、知识和技巧没有任何的意义和价值。

亚里士多德在《诗学》中也把诗界定为模仿。虽然他与柏拉图的模仿都表示文学作品是按照事物的本质的模式制成的，但他摒弃了存在于彼岸的理式，确立了现实的真实性、本体性，从而确证了文学的真实性、真理性：作为对现实的模仿，艺术不仅能够反映现实事物，而且能够反映现实事物的本质。亚氏还强调诗人不应拘泥于对象的外在特征与凝固状态，而是要描述"按照可然律或必然律是可能的事"。由此，他肯定了艺术模仿的本质是创造性的"摹拟"，即艺术模仿现实的本质与真理，而不是"照相式"地拘泥于个别感觉对象外在的表象特征的真实。

在分析艺术时，亚里士多德还根据模仿对象、模仿媒介和完成模仿的方式，对艺术做了细致的区分，从而将诗歌与其他艺术样式区别开来。接着，他又把诗歌划分成各种类型，譬如史诗和戏剧，戏剧又可分为悲剧和喜剧。在这里，模仿成了艺术的专用语，它使艺术区别于宇宙万物。模仿的概念，在亚氏的理论体系中占据着首要地位，正是模仿这种人类的本能活动产生了艺术，也正是因为模仿出来的艺术作品可以见出节奏与和谐，因而能带给读者以快感。以此为基础，他还注意从诗歌的各种外部关系来把握它，认为这些外部关系都具有作品"成因"的功用。譬如，定义悲剧，就不能不考虑悲剧的观众效果，看它能否带给人们"怜悯和恐惧"。

亚里士多德的"模仿说"对柏拉图"模仿说"的深化是显然的。首先，以艺术与现实生活的客观联系为起点，他肯定了模仿艺术的存在价值。其次，他深入研究了艺术自身的特性，如艺术的分类、艺术真实性、作品的有机性、整体性，以及艺术接受心理等问题，创立了以模仿为中心的艺术理论体系。但亚里士多德对模仿动机的理解局限于本能，脱离了人的社会历史实践，很难科学地说明艺术的真正起源与实质，这势必影响对艺术与生活的关系的深入探讨。尽管他强调了对事物本质、对一般的能动模仿，但主要还是停留在对人的外部行动的模仿上，而未能深入主体的内部世界。特别是在他的诗学体系中，有模仿对象、作品内在特性和欣赏者的情感效果的强调，但诗人对于诗歌的作用，并没有得到承认。诗人仅仅在设计情节和遣词造句方面起到一点作用，作品的主题和形式似乎都与诗人的能力、情感、愿望无关。这些问题被后来的模仿理论，如现实主义文论所重视。此后，"模仿"一直是西方文学理论的重要术语。

文艺复兴时期的作家和思想家们一般都继承和发扬亚里士多德的《诗学》的思想，坚持"艺术模仿自然"的传统理论。达·芬奇继承了传统的"镜子"说，要求艺术反映自然，但他重申了亚里士多德"按照事物应该有的样子"去创造艺术的美学理想，要求从对"普遍的自然"的观察和思索来选择和集中同类事物的优美的部分加以运用。这其实就是典型化和理想化。他明确突出艺术创造的重要性，指出艺术家是在创造"第二自然"。他的"镜子"说强调了模仿的能动性。

达·芬奇还认为，诗涉及精神哲学，要"描绘心的活动"，这就将文学的题材由亚里士多德的一般性地模仿人类行为扩大到人的内心生活，扩大到整个自然界。他在分析诗歌与绘画的区别时，阐明了诗歌的两个特征：诗是以语言为手段来塑造形象的；诗的形象是间接的，缺乏造型艺术的直观性。后来莱辛在《拉奥孔》中对此做了更系统的阐述。这里，作为文学的诗歌的模仿特征进一步得到了明确，从而获得与其他艺术的区别性特征。

卡斯特尔维屈罗从亚里士多德的"模仿说"出发，进一步研究了诗与历史在题材和语言方面的不同特点。他强调，历史家并不凭才能创造题材，其题材是世间发生的事件；而诗是想象的艺术，它的题材是诗人凭借他的才能想象或找到的，是"关于本来不曾发生过的事物的，但是同时在愉快和真实两方面，却并不比历史减色"。由此，诗的本质就被归结到创造作用和想象作用上。卡氏的解释既符合亚里士多德的原意，同时又强调了文学题材的真实性和审美性。从语言方面看，历史家的语言是推理的语言，而"诗的语言是由诗人运用他的才能，按照诗的格律，去创造出来的"①。诗是创造性的模拟，诗是想象的虚构，这是文艺复兴时期文学理论的共识，显示出对以"模仿说"为核心的艺术创造规律的深入探讨，显示出"模仿"理论越来越契入文学的独特性质。

17世纪古典主义文论是对亚里士多德和贺拉斯文论体系在新的历史条

---

① 伍蠡甫主编：《西方文论选》（上），上海译文出版社1979年版，第192页。

件下的"为我"的强化和发展，从其代表人物布瓦洛的文学思想中可以见出。"理性的原则""自然的原则""古典的原则"是古典主义文论的基本主张，其中自然的原则从属于理性的原则。布瓦洛十分强调"艺术模仿自然"的理论主张，他所说的"自然"，不是朴素的自然，其基本含义是合乎常理常情的事物，特别是合乎常理常情的人性。在古典主义那里，人性的根基是理性，文学要模仿的应该是合乎理性的人性的自然，即受封建文化洗礼的自然，特别是合乎宫廷贵族的常理常情的东西。因此，它所模仿的自然是需要作家用理性去选择、去加工的自然，这样，文学才能描写和表现合乎人性的自然、合乎理性的自然。这里，文学就不是模仿具体的人性或"真实的事物"，而是与理性相符合的人性的常情常理。古典主义与前代的"模仿"理论相去甚远，表现出诸多与它的时代旨趣相一致的"理想性"原则。

18世纪的启蒙主义文论对"艺术模仿自然"的理论重新做出了自己的解释。启蒙主义思想的重要代表狄德罗强调，"自然"是艺术的模特，他把"自然"理解为客观存在的世界，包括物质世界、精神世界、人类社会的历史和现实。可以说，"自然"这一概念包括了客观现实中的一切感性事物及其现象。但作为艺术对象的"自然"并不是所有的客观存在，那种宫廷虚伪的礼仪规范的东西恰恰是与自然相违背的。诗人要摹写的自然是广大公众的富有浓烈真诚感情的生活，是"未经雕琢的自然"。狄德罗区别了两种真实：一是外表的真实，这是事物的表面现象的真；二是内在的真实，这是事物的内在关系的真。为了写出自然的真实，他强调要在真实模仿自然的基础上揭示事物之间的内在关系，即事物内在的本质与美，达到"逼真"的程度，这样，艺术作品也就"更真实，更动人，更美"。同时，狄德罗还进一步区别了个别的真实与普遍的真实、现实的真实与理想的真实。个别的真实是偶然现象的真实，普遍的真实是必然现象的真实、许多事物的真实。艺术不仅要写出现实的真实，还要从现实的真实中提炼出艺术的理想，这种理想的真实正是对自然的内在真实关系的本质反映。狄德罗的"模仿说"，与前期"模仿说"相比，在探讨"模仿"理论的内涵和创作方法方面无疑有了巨大的进展，其中对于"艺术真实"与"艺术理想"等问题的探求更是构建出新的文学理论范畴。

19世纪批判现实主义文论用"典型化"理论充实了"模仿说"。它要求文学创作从现实出发而不是从观念出发，客观、真实地再现现实，反映时代的要求与趋势，不仅努力再现生活细节的真实，还力图真实地再现典型环境中的典型人物，表现出对"艺术模仿自然"原则的新的追求。

19世纪自然主义文学理论的代表左拉则主张以科学控制文学，使文学回到自然和人，认为文学家应该是一位"单纯的事实记录者"，抛弃想象、理想，文学创作应是一种"直接的观察、精确的解剖"。他提出小说创作要以生理学、遗传学为指导来认识、反映社会和人，小说的积极作用就在于，其在描绘人和事时，能符合某一科学定理，特别是能研究环境对人的影响，进而阐明生理学、遗传学的规律。左拉的文学理论绝对化地强调了文学与自然之间的关系，违背了文学自身应有的规律，走向了艺术真实的反面。

从这里对西方"模仿说"的简单回顾，我们可以发现，"模仿说"作为以文学与现实的关系为理论核心来探讨文学本质的理论观念，虽发生着各种变化，甚至出现违背文学现实的理论指向，但是，它在欧洲文学理论的发展中并没有随着其他理论的出现而消亡，而是不断吸收新的理论和文学创作营养，不断得到深化，焕发出强大的生命力，越来越逼近文学与现实的关系的科学认识，推动着艺术实践的发展。或许这也正是"模仿说"虽几经挣扎浮沉，却始终在文学理论中占据着极其重要的地位、发挥着深刻影响力的根本原因。

再如关于读者问题，过去的实用论文论，多是从教化的角度考察文学对读者的影响，探究如何使读者获得愉悦和教益。而现代文学理论已经大大深化了对读者的认识，并且这些认识越来越着眼于文学这个特殊的艺术形式。诸如读者在文学活动中的地位与作用，文学的独特性质如模糊性、非直接性等对读者接受活动的影响，读者与其他文学要素之间的关系等问题，都是文学理论不断深化和对象要素不断扩展的产物。在文学活动其他要素未能成为文学理论对象之前，即在文学理论的发展不太充分的条件下，它们是不成其为问题的。

研究对象的变化决定着研究内容与手段的变化。文学理论研究对象与其所处时代、文化间的互动式的发展，促成了文学理论样态的不断变换，因此文学理论不是一个静态的概念系统，内容不可能亘古不变。虽然特定的文学理论无法获得关于文学活动的绝对真理，但存在着文学理论的认识对象范围扩大、认识视角向多维展开、认识手段与方法多样化的基本趋势，许多问题从无到有，从不可知到可知，从知之甚少到愈益深刻。另外，各种不同理论之间也不是静态的并列，而是存在着某种特别的演化、递进关系。文学理论研究对象的这种历史性变迁与发展是不以人的意志为转移的，这一客观事实决定了文学理论天然地具有历史延续性。因此，必须把它们置于一定的历史范围内，才能进行准确的考察、研究。

第二章 "文学理论"命名与学科系统

什么是"文学理论"？在中国的知识语境，这是一个回答起来看似极为简单，却难以经得起细细追究的问题，因为与它相近和近似的概念太多了，在各种语境中的使用情况也太复杂了，譬如说，"文艺学""文艺理论""文学批评""美学""文化研究"等等。作为一门学科竟然连自己叫什么都说不清楚，也颇有些可笑的意味。同时，文学理论学科本身的跨学科性质更加剧了这种混沌，在现代学科交叉与融合成为大趋势的情形之下，文学理论学科系统自身包括哪些内容，如何与相关学科实现跨越交叉、融合创新而又不消弭自身的存在？这是我们反思文学理论学科自性特征、推动文学理论现实发展应该有的清醒认识。

第一节 "文学理论"命名

在西方，文学理论成为一门独立的学科是 18 世纪末、19 世纪初的事情；在我国的出现则是在 20 世纪初，伴随西学东渐和中国现代化进程发生的。在此之前的漫长历史时期内，文学理论寄生于其他学科实体发展。今天，人们在写文学理论史时，不可避免地要详细介绍当时其他学科的思想及其发展。譬如，讲亚里士多德的文学理论，必然要谈他的哲学思想、美学思想、逻辑学思想、政治学思想；讲弗洛伊德，自然要介绍他的精神分析学……甚至时至今日，在大量的文学理论著作中，文学理论与美学、艺术学、文化学、社会学等也是混沌不分的。整个 20 世纪，自然科学和人文社会科学的发展及其相互融合为文学理论带来了空前的兴盛与繁荣，各种文学理论流派层出不穷，从俄国形式主义、英美新批评、符号学文论到结构主义和解构主义文论，从精神分析文论、神话原型文论到新历史主义和各种"西方马克思主义"文论，从现象学、阐释学到文学接受理论和读者反应文论，从后殖民主义、第三世界批评、少数话语文论到黑人批评、女权主义文论和文化研究等等。这些文学理论中有的偏于社会学，有的偏于哲学，有的偏于文化学，各有侧重。文学理论的变化，一方面，与文学创作的叛逆传统有关；另一方面，与文学理论面对其他学科的"开放精神"有关，是其他学科的观念、方法激活了文学理论的学科生长点，打破了其研究视野狭窄、研究手法单一的格局，走向观念、方法的多样化，大大拓展了文学理论研究的自由空间。同时，新的文学理论不断诞生，旧的文学理论力挽颓势，它们相互攻讦，不断翻新，却又纵横交错，你中有我，我中有你，共同构成了当代文学理论绚烂多姿的景观，演奏了一出雄浑的理论大合唱。

学科的出现与建设固然与现实的积极推动有密切关系，但其形成与发展却需要遵循学科自身的特定的逻辑，需要加以科学地规范，这一点也是毋庸置疑的。在整个大的科学体系中，从分类学和哲学的意义上说，"科学的一切部门都需要种的概念作为基础"，"没有种的概念，整个科学就没有了"[①]。如前文所述，明确文学理论的概念范畴，以此为基础确定它与其他学科的区别与联系，不但是文学理论科学性研究的必然内容，而且是文学理论获得科学性的重要环节。但我国的文学理论研究却严重缺乏科学的学科意识，人们习惯于似是而非地模糊使用各种概念范畴，甚至学科的界限也是混沌不清的，譬如，文学理论与文学批评，甚至与文学本身常常被当作同一个东西而不加以区别。虽然它们之间有着非常紧密的联系和很大程度上的重合性，离开它们，文学理论问题无法获得清楚的解答，但毫无疑问，作为一门独立的学科，文学理论与其也有着很大的不同。学科概念、范畴的混同，在一定意义上说明文学理论研究尚缺乏清醒的自我意识，自性不够明晰。特别是随着文学的泛化和现代科技传媒支持下的大众文化的兴起，文学理论的自性危机凸显。

科学认识文学理论与其相关学科的区别与联系，是准确理解文学理论学科科学性质无法绕过的难题。只有在比较中厘定文学理论不同于相关各学科的概念、术语、范畴的独特存在，我们才能进一步确定文学理论学科

---

① 《马克思恩格斯选集》第 3 卷，人民出版社 1972 年版，第 543 页。

到底包括哪些内容，或者说，明确哪些东西才真正属于文学理论学科的范畴。虽然这种界定只是历史性的，也只能进行描述性的说明，但却能为文学理论的创新与发展指明努力的方向，能为科际借鉴、融合和跨学科的边缘学科的发展提供可能与依据。学科间的关系状况需要以各门学科的自觉和充分发展为前提，没有学科自身的专业化就根本无所谓"跨学科研究"。当代出现的学科综合趋势，是对学科过度分化的一种纠偏，是在充分专业化基础上出现的新的、更高层次的综合，它并非是要消弭各种学科间的必要界限，倒退到古代浑然一体的非学科化阶段。

一、文艺学

在我国，人们一般习用的"文艺学"概念是一个外来语，英文为 science of literature，俄文为 литературоведение，德文为 Literaturwissenschaft。它是一个合成词，由"文学"（literature, литературо, literatur）与"科学、学问"（science, ведение, wissenschaft）组合而成，直译成汉语当为"文学科学"。作为一门学科，若如物理学、化学、数学等，当称之为"文学学"。

长期以来，我国学术界一直惯用"文艺学"这一术语。一方面，可能是由于"文学学"过于拗口；另一方面，由于现代中国文学理论的萌生与发展深受苏联文艺学的影响。我们的许多学科概念术语、理论观点、体系框架又多是"二手货"，常常借用日语对西方学科范畴的译法和用法。"文艺学"的用法可能也受其影响。据学者考证，"文艺学"一词是 20 世纪 50 年代首先从苏联传入的。在此之前，中国文学理论著作中不见"文艺学"一词。[①] 在苏联，文艺学基本上是关于文学的科学。譬如，1955 年从苏联大百科全书选译的《文学与文艺学》认为，"文艺学——是论述文艺的学科"，"在其历史发展的过程中，文艺学的几个独立部门便逐渐划分出来了：（一）文学理论，它探讨艺术方法、风格、题材等等问题；（二）文学史，其任务在于根据口头的和文字的具体文献的研究以发现文学历史过程的客观规律性；（三）文学批评，指对现代文学作品的解释和评价而言"。[②] 在此前后翻译过来的季摩菲耶夫的《文学原理》、毕达可夫的《文艺学引

---

① 毛庆耆：《文艺学正名说》，《学术界》2001 年第 3 期。
② 《文学与文艺学》，缪朗山译，人民文学出版社 1955 年版，第 9 页。

论》、柯尔尊的《文艺学概论》、谢皮洛娃的《文艺学概论》等苏联学者的著作对"文艺学"一词的解释与苏联大百科全书基本相同。例如，50年代在我国产生巨大影响的毕达可夫的《文艺学引论》就明确指出，"研究文学的科学，叫做文艺学"[①]。初版于70年代的波斯彼洛夫主编的《文艺学引论》也定义说："文艺学（两门语文科学之一）是关于文学的科学"，并加注释说："这个名称由相应的德语名称 Literatur-Wissenschaft 而来"。[②]

"文艺学"的汉字表述形式可能受日语表述形式的影响。在日本现代学科体系中，"文芸学"（ふりげいがく）学科，就是专指研究文学的学问。"文芸"就是指与狭义的"文学"内涵相同的"语言艺术"。这与"文艺学"苏联学科体系中的意思是一致的。浜田正秀在《文艺学概论》中分析说：

> 文艺学（Literaturwissenschaft 或 science of literature），是一门科学地研究文学的学问，理应称之为"文学学"，但"文学"一词本身就含有"研究文学的学问"的意思，因而不便叫它为文学学。这种做法未免多少有点迂腐，但通常都赋予"文艺学"一词以"研究文学的学问"的含义。[③]

日本颇为权威的大辞典《广辞苑》对"文芸学"解释说："（Literaturwissenschaft，德语）作为艺术学的一部门，是试图对文学做体系性的、科学的研究的学问"。[④]初版于1952年的日本理论家竹内敏雄的《文艺学序说》比较客观具体地介绍了"文艺学"这一概念的由来。他指出，在19世纪中叶德国形成精神科学（Geisteswissenschaft）概念时，与之相应，出现了文艺学（Literaturwissenschaft）的概念。如前所言，"精神科学"这一概念是19世纪40年代由黑格尔学派开始使用，而后迅速传

---

① ［苏］依·萨·毕达可夫：《文艺学引论》，北京大学中文系文艺理论教研室译，高等教育出版社1958年版，第1页。
② ［苏］T.H.波斯彼洛夫主编：《文艺学引论》，邱榆若、陈宝维、王先进译，湖南文艺出版社1987年版，第1页。
③ ［日］浜田正秀：《文艺学概论》，陈秋峰、杨国华译，中国戏剧出版社1987年版，第1页。
④ 《广辞苑》，日本岩波书店1993年第四版第三次印刷本，第2289页。

第二章 "文学理论"命名与学科系统

47

播开来。作为学术用语的"文艺学"一词，也恰好是与此同时出现的。在1842 年出版的泰奥多尔·门特（Th. Mundt）的《现代文学史》的序论中可以看到其最初的使用。此后，卡尔·罗森克兰茨（K. Rosenkranz）的论文集中也有所谓"从 1836 年到 1842 年的德国文艺学"这样的表述方式。后来，这一词语在文学史家中间逐渐推广流行开来。正像维尔海姆·谢勒（W. Scherer）在他的格利姆（Jacob Grimm）论（1885 年）中使用这一词语的场合那样，它已被用在文学的科学研究的意义上。即使在现代，德国文艺学史的著者克门特·冯·伦皮克（S. V. Lempicki）仍对文艺学概念做广义的解释，在与研究方法完全无关的意义上，把它作为"努力对文学遗产进行科学探求的学问"的总称，详述它从中世纪至 18 世纪末的发展过程。

可是，本来与精神科学概念同时形成的文艺学概念，随着 19 世纪末20 世纪初精神科学本身的自我反思运动的兴起，也常常被用在特殊的方法论自觉和表现的意义上。当泰·门特已经在与没有价值的技工作业和没有定见的材料搜集相对立的意义上使用该词语的时候，它已经蕴含着一种方法论的自觉。而到了 1897 年，埃伦斯特·埃尔思特（E. Elster）首次将"文艺学"的名称用于著作的标题上，即他的《文艺学原理》（*Prinzipien der Literaturwissenschaft*）一书。著者要求把以往美学的研究法与当时占支配地位的文献学的研究法予以结合，同时希望重新按照心理学方法以文学的因果性认识作为基础。这样，进入 20 世纪，文艺学的概念一般被理解为立足于精神科学方法论基础之上的文学研究。在这个意义上，该学科真正走向发达，主要是在威·狄尔泰给予文学研究的方向以决定性的转向之后的事情。他在与文德尔班、李凯尔特一道抵制将自然科学的概念构成套用于精神生活和历史研究、努力确立精神科学的方法论基础的同时，在文学研究方面，也扬弃了由谢勒及其学派展开的"实证主义"的立场，在作为其精神性的"生命"表现的意义上，试图去"理解"诗的创作。这种崭新的文学观察态度给予文学史家深刻的影响。此后，在他所指示的方向上，以德国为中心的文艺学得到显著的发展。

早在 1845 年，海尔曼·海特纳提出艺术学（Kunstwissenschaft）的概念，将其视作把美学与艺术史加以综合的学问。后来，狄奈瓦·施马尔索力图确立该学科的基础，这也从侧面支持和促进了文艺学概念的形成。特别是他创立"美术史的基本概念",为风格发展的观察提供了新坐标的乌尔弗林的艺术学思想,在艺术史领域产生了不小的影响,对文艺学的发展起了很大作用。

不过,这样形成的现代文艺学还是一门年轻的、尚未充分确立的学科,其概念直到今天也未能以统一明确的内容予以规定,关于该学科的本质与课题、研究领域与研究方法也未能取得一致的意见。狄尔泰可算是"文艺学"实质上的开山祖,但是,他也并未提出这一新的名称并规定这一概念的内容,来代替"诗学"(Poetik)和"文学史"(Literaturgeschichte)。埃尔思特明确期望在"文艺学"的名称下来建设一门学科,使其内容依据冯特派的统觉心理学立场,未必不可以说他为其后的文艺学发展奠定了基础,确立了方向。进入20世纪特别是20年代以后,在德国,"文艺学"一词才逐渐见之于著作、论文和讲演题目中,作为标示文学认识新形式的用语而为人们乐于使用,其概念的内容也渐渐以明确的轮廓显现出来。不过,我们也不能不看到,与此相伴随的是:丰富多样的方法论涌现以及没完没了地相互批判,导致了该概念的极不平静的摇摆不定。①

二、文艺学与文学学

通过这一描述性说明,我们大致可以看到"文艺学"这一概念在历史上的来龙去脉以及内涵演化的基本情况。"文艺学"主要就是用来指称"研究文学的科学"或者说"研究文学的学问"。但"文艺学"这一概念及其学科出现在中国,却产生了明显的混乱。

在汉语中,"文艺"一词,据学者考证,古已有之。②在作为语言艺术的"文学"观念尚未形成之前,文是广义的文学,也即文章,艺是技艺、技能。"文艺"则就是指撰写、著述文章的学问、技能。譬如,早在西汉时,戴德注《大戴礼记·文王官人》将"文"和"艺"并用,即"有隐于知理者,有隐于文艺者"。刘勰《文心雕龙·养气》篇中有"是以吐纳文艺,务在节宣"。他们用的都是这个意思。

此后,随着文学意识的逐渐觉醒与独立,"文"的意识发生了偏移。

---

① 参见［日］竹内敏雄:《文艺学序说》,日本岩波书店1952年初版,1993年第二次印刷,第1—3页。

② 参见李树榕:《规范"文艺理论"界定的思考》,《社会科学战线》2001年2期。

宋代之后，"文艺"愈来愈转义为：狭义的文学创作的技能或才干，甚至就是偏指为狭义的文学，技艺、技能之义内含于其中，"艺"不再是偏正词组的中心词。如《新唐书》和《金史》均有"文艺传"，其内容主要是记载文艺家的事迹。"文艺家"则主要是一些擅长文学写作的人。明代胡应麟《诗薮》杂编卷四有"孟后主昶，世以荒淫不道，然实留心文艺。尝与花蕊夫人纳凉作词云：'冰肌玉骨清无汗，水殿风来暗香满'"。可见，这里的"留心文艺"即指用心于文学创作。

新文学运动之后，"文艺"逐渐成为文学的同义语。鲁迅的《坟·论睁了眼看》里有"文艺是国民精神所发的火光，同时也是引导国民精神的前途的灯火"。这里，"文艺"认定范围之内所涉及的人和作品均为作家和小说、剧本、诗歌、散文等文学作品，鲜见音乐、美术、电影、雕塑等非语言艺术的情况。如果限于这种用法，"文艺学"的内涵和对象范围是明确的，以它来指称文学科学，也即"文学学"，应该是没有问题的。

但是，由于文学特别是诗歌在古代各种艺术形式中显赫的霸主地位，又由于在中国启蒙新民、救亡图存的现代化进程中，文学以其特有的便利发挥了巨大功用，所以，文学在中国受到了高度的重视，梁启超对小说与"新民"关系的强调即可见一斑。因此，人们往往将文学与艺术并称为"文学艺术"，简称"文艺"。譬如毛泽东的《在延安文艺座谈会上的讲话》，从题目到内容，"文艺"一词指的都是"文学和艺术"，是文学艺术的简称，其含义其实和"艺术"是相同的。现在常说的"文艺界"，用法就与此相同。这样，"文艺学"就成为一切文学和艺术的科学了。

按照《辞海》的解释，"文艺"，其一是指文学和艺术的统称；其二是指狭义的文学，即艺术的文学之简化。[①] 如此的理解就导致了混乱：文艺学到底是以文学为研究对象的学科（即文学学），还是以文学和艺术（或者说包含文学的所有艺术）为研究对象的学科？《辞海》把"文艺学"界定为："研究文艺的各种现象，从而阐明其基本规律及基本原理的科学，亦称'文艺科学'。它的主要内容包括文艺理论、文艺史、文艺批评三个方面。""文艺理论"是"有关文艺的本质、特征、发展规律和社会作用的原

---

① 《辞海》（1979 年版缩印本），上海辞书出版社 1980 年第 1 版，1985 年 8 月第 6 次印刷，第 1533 页。

理、原则"。^①这里，《辞海》基本遵循的是苏联大百科全书的说法，但将几个分支学科名称中的"文学"分别改成了"文艺"，可能是为了名称使用上的统一，避免一会儿"文学"一会儿"文艺"。但仅就《辞海》来看，混乱依然很明显。如前所引，"文艺"既可指"文学"，也可指"文学和艺术"。那么，"文艺学"中的"文艺"到底是指什么？范畴并不明确。因《辞海》中并没有文学理论、文学批评等范畴，所以似乎可以将文艺理解为文学；但又因它同样没有艺术学、艺术理论之类的范畴，所以它要么是认为既没有以所有艺术为对象的艺术学学科，也没有以除文学以外的其他艺术为对象的学科，要么这里的文艺即指文学和艺术或者说所有艺术。相似的解释还有《现代汉语词典》中的"文艺学"词条："以文学和文学的发展规律为研究对象的科学，包括文艺理论、文学史和文艺批评"^②，其表述更接近苏联大百科全书，"文艺"与"文学"同义混用。

相比较而言，《中国大百科全书·中国文学卷》则对"文艺学"定义明确："研究文学的性质和特点及其发生、发展规律的科学"，包括"文学理论、文学史、文学批评"，同时它看到，"也有人对文艺学的对象作广义的理解，认为它不仅指文学，还包括其他艺术，如绘画、雕刻、戏剧、电影、音乐、舞蹈、建筑、工艺美术等"。^③就前者而言，文艺学即文学学；就后者而言，文艺学当指以包含文学在内的所有艺术为对象的学科，也就是我们后文要谈到的艺术学。

这样，文艺学与文学学、文艺学与艺术学、文艺学与文艺理论／文学理论发生了复杂的交叉并错。这在学科建制过程中必然带来体系和范畴上的矛盾、模糊甚至混乱。由于相关各学科内涵、对象的不确定及其独特性、独立性的丧失，科学的学科难以真正建立起来。

在《全国高等院校文科博士点代码》中，在"Ⅰ中国语言文学"项目下，"101 文艺学"为学科代码和名称。而国家技术监督局 1992 年发布的《学科代码表》中，在"750 文学"项目下，"750.11 文学理论"为学科代码和名称，虽然两种说法的角度和内容并不完全相同，但是，这里"文

① 《辞海》（1979 年版缩印本），上海辞书出版社 1980 年第 1 版，1985 年 8 月第 6 次印刷，第 1535、1536 页。

② 《现代汉语词典》（修订本），商务印书馆 2002 年增补本，第 1320 页。

③ 《中国大百科全书·中国文学卷》（第二卷），中国大百科全书出版社 1986 年版，第 970 页。

艺学"与"文学理论"所指称的其实都是一回事，文艺学就是指文学理论。在全国各个高等学校承担文艺学专业硕士、博士研究生教学任务的教学单位，基本上也都称为文艺理论教研室。但是，在各校文艺学专业的研究方向的设定上却都会包含文艺理论（有的称作文学理论）、中国古代文论、西方文论以及美学或文艺美学等方向。这里，文艺学与文艺理论（文学理论）又呈现出明显的不一致，文艺理论（文学理论）仅指基本理论研究，从属于文艺学范畴之下。另外，文艺学专业与美学方向也构成了很奇怪的不伦不类的关系，再加上近年新增的文艺美学方向，更是让人一头雾水。因此，从我国学界的使用情况来看，无论认为"文艺学"就是指"文学学"，还是认为"文艺学"是指"文学理论"，乃至认为"文艺学"是指"艺术学"，都是过于简单化的武断的看法，因为在我国学界这些范畴的使用是混乱的，需要进一步厘定。

三、文学学与艺术学

概念混乱的根源在于文学和艺术的关系。根据学界常见的看法，文学及其概念，在历史演变过程中主要有两种义涵：广义的为一切以语言为媒介存在的文章、文献；狭义的为语言艺术，即"美文学""纯文学"。而艺术及其概念在历史上形成的义涵，除去中国古代所指的艺术作为阴阳占卜之术的原始用法，按照从广义到狭义的顺序，艺术至少有五种义项：一是指做事情时所表现的突出、卓越的技能，如领导艺术；二是指某种创造出来的完善的物品，即实用艺术，如服装、家具等；三是指一切形式的纯粹的艺术创作，包括表演艺术（音乐、舞蹈）、造型艺术（绘画、雕塑）、语言艺术（文学）和综合艺术（戏剧、电影）；四是指非语言艺术，即除文学之外的所有艺术的总和，前面所谈到的文学与艺术并称的即是如此；五是在最狭窄的意义上，通常只将艺术的空间形式——绘画、雕塑、建筑称为艺术，如温克尔曼的《古代艺术史》、沃尔夫林的《艺术风格学》论述的即是这种造型艺术。

这里，文学有两种义涵，文艺有两种义涵，艺术有五种义涵，而这些概念的内涵在历史演变中又没有一个明确的界限，新旧内涵往往不是简单的代替，而是同时并存的；历史上，甚至今天，这些学科的范畴、术语在使用中也并不科学、规范和统一，学术用法与日常用法交错，因此，在不同时期，在不同著者那里，它们会变换出对它们复杂关系的多种不同的理解。文学作为文献的广义用法和艺术作为技能与实用艺术的用法，与我们这里所要论述的学科问题关系不大，可以撇开它们不谈。

（一）如果艺术是指一切形式的纯粹艺术，将文学作为艺术的一个门类，那么，文艺则只能是指文学，不能是文学和艺术。艺术包含文学／文艺，艺术学包含文学学／文艺学。

（二）如果艺术是指文学之外的艺术总和，那么，文艺则是指文学。表面上看，文学／文艺与艺术，文学学／文艺学与艺术学，分别是并列关系。①可是，它们并列的逻辑基础在哪里？非文学艺术的共性和存在的依据又是什么？进一步看，这里的基础和依据只能是文学与非文学的区别。问题是，从逻辑上根本不能由此得出一个排除语言艺术的艺术整体的存在，譬如法律也是非文学。因此，很难想象如何能够建立一门绝不谈论文学，而以所有非文学的艺术为对象的艺术学学科。同时，文学作为总体艺术门类的一种，它怎么能与其他与之同级别的各种艺术门类之和并列呢？文学学／文艺学与同级别的舞蹈学、音乐学、绘画学等部门艺术是并列的，文学学／文艺学又怎么能与那种从整体上研究舞蹈、音乐、绘画、电影等所有非语言艺术的艺术学并列？那种将一切形式的艺术（含文学）包括在内的总体艺术叫什么呢？以所有艺术为研究对象的学科又如何存在呢？这里，逻辑是相当混乱的。而这在文艺学和艺术学学科建设中，特别是教材中，却又是常见的说法与做法。

（三）如果艺术是指非文学的艺术总和，而文艺是广义地指文学和艺术，那么，文学、艺术都从属于文艺，文学与艺术并列；文艺学则是作为研究所有艺术样式的学科，既包含文学学，也包含艺术学，文学学与艺术学并列。这也是学界面对这些学科概念混乱提出的一种解答方案。但是，将文学与非文学的艺术置于同一层次并列起来，首先就要遭遇到前面所论

---

① 吴调公在《文学学》中指出："文学学与艺术学的区别，则在于同一层次上研究对象的不同。艺术学所探讨的是文学以外的各种具体艺术现象的规律，例如绘画、雕塑、音乐等艺术门类的具体艺术规律"（吴调公：《文学学》，百花文艺出版社1987年版，第2页）。再如，林同华在《超艺术：美学系统》中把美学文学学与美学艺术学并列作为超艺术美学系统的两个分支学科。前者的对象是神话、传说、小说、诗歌、戏剧文学、散文的美学问题；后者的对象是美术、电影、音乐、舞蹈、摄影、电视、书法、建筑的美学问题等（林同华：《超艺术：美学系统》，中国社会科学出版社1992年版，第35页）。

述的文学与艺术并置所产生的逻辑困难。更何况，文艺学在文学学科的建设过程中大多是以文学为主要研究对象，从前面关于文艺学的各种界定中可以见出，苏联、日本是这样，我国也多是这样。文艺学的狭义用法在以往的译著和论著中已大量存在，影响也仍将继续。作为语言现象，概念使用上的惯性力量是不容忽视的。把文艺学的广义用法付诸实践并取得成功的情况，目前还很少见。因此，这种广义的文艺和文艺学概念无法杜绝混乱，而多半只能陷入一厢情愿、事与愿违的境地。

（四）如果艺术特指造型艺术，而文艺指文学，那么，艺术与文艺/文学之间的关系无法界定。因为文学只是与作为造型艺术的绘画、雕塑、建筑是同级的艺术门类，与整个的造型艺术不构成对等关系，既不是并列关系，也不是包含关系。如果将文学与造型艺术并列，则意味着文学是作为语言艺术的代表而存在，与之并列的还有表演艺术（音乐、舞蹈）和综合艺术（戏剧、电影）等。这里，文艺学/文学学研究语言艺术，艺术学研究造型艺术，那么，表演艺术和综合艺术怎么办呢？这种层次上的学科建设可能吗？以所有艺术为对象的研究学科如何建设、如何命名呢？可以说，这种艺术学概念作为学科命名是相当不规范的，学科间关系无从理顺，只会导致歧义的产生和其他艺术门类研究的缺失。

（五）如果艺术特指造型艺术，而文艺指艺术和文学，那么，文艺学就包含文学学和艺术学。前面一种情况面临的难题，在这里同样存在。

综合后面的四种情况来看，它们的共同问题其实都是把文学从艺术世界中剔除出来，让它独立门户：或与所有非语言的艺术对立，或与造型艺术对立。由于文学在整个艺术世界中特别重要，无论是它对于其他艺术的影响力，还是它的受众数量以及由此产生的社会作用，都是其他样式的艺术门类所无法企及的。因此，历史上人们常常将文学置于艺术的中心地位予以突出：或认为文学（诗）是艺术发展的最后阶段，或认为文学（诗）是艺术的最高样式或典型样式，或认为文学（诗）是艺术的基础，或认为文学（诗）是艺术的灵魂等等。在这些见解中，既有科学的成分，也有极端的乃至根本错误的部分。[①]譬如，文学怎么可能是艺术发展的最后阶段呢？电影艺术的出现就直接否定了这一论调。今天，文学这个中心其实已

---

① 参见李心峰：《文学：作为一种艺术》，《文艺研究》1997 年第 4 期。

经日益边缘化，因此，这种把文学作为艺术中心的观点，只是在有限的意义上才是正确的。我们应该把文学作为艺术大家庭中的重要一员来看待，既不偏爱，也不应有丝毫的轻视。把文学孤立出来与任何意义上的艺术概念并立，既无必要，也无可能。否则，这一过程必然如我们所分析的那样，会出现逻辑上的悖谬，从研究整体艺术的学科到研究各种具体艺术的部门学科，也都会因此出现学科命名混乱和自性存在危机。"这必然会损害艺术世界的系统整体性和完整性，也必然会使文学失去艺术的本性。"[1]

要求得人文社会学科的科学性，概念、术语、范畴使用上的规范性和科学化是非常必要的，文学学学科的建设离不开对文学、文艺、艺术这些基本概念及其相互关系的清理与规约。从艺术体系的系统性和整体性出发，我们应准确界定各级学科的基本概念以及由此确定的研究对象和范围。

既然文学是艺术大家族中一个与其他艺术门类并列的特殊形式，既然文学不能与任何意义上的艺术并立，作为独特而明确的学科，文艺学就不能作为一门整体性的艺术学科存在，它只能是研究文学而不是其他艺术形式的学科，即文学学。它与舞蹈学、音乐学、绘画学、雕塑学、戏剧学、电影学等学科处于同一级别，相互之间有联系，但也有着根本的界限和区别，相互不能取代。明确地以文学为对象，文艺学既可以基本符合学界一般的、常见的用法，也可避免与其他艺术学科的重合、交叉。

可是，从目前学界的研究情况来看，虽然人们大多提出以文学作为文艺学的对象，可在实践中却往往又有意识或无意识地在其中兼及其他艺术，单纯以文学为对象的文艺学研究很少。既非文学的科学，又非整个艺术的科学，不伦不类的四不象"文艺学"研究更多。如此，学科界限还是不甚明了。[2] 因此，我们认为，如果能以文学学代替文艺学，并对过去的文艺学用法有清醒的辨析意识，将大大有利于文学学的学科建设。本书后

---

① 季心峰:《为马克思主义艺术学正名》,《安徽大学学报（哲社版）》1996年第6期。

② 举例来看，如吴中杰在《文艺学导论》中说:"本书作为大学中文系的教材，在取材上则是以文学为主，兼及其他艺术领域。有人主张将文学和文艺学分开，认为研究文学理论的是文学学，只有研究文学艺术各门类共同原理的才是文艺学。其实，文学与各类艺术的基本原理原是一致的，作为总论，完全可以综合起来研究；它们之间当然各有特殊性，那可以在专论中解决。所以本书虽以文学为主要材料，但仍称为文艺学导论。"参见吴中杰:《文艺学导论》，江苏文艺出版社1988年版，第1—2页。

面所说的文艺和文艺学，除引文或特别注明外，都是指文学和文学学。

与此同时，对所有艺术进行整体性、宏观性、综合性研究的重任则可以由艺术学统一担当。一方面，艺术本来就可以指所有形式的审美创造，它具有巨大的包容性和弹性空间。统一的艺术学可以避免对任何艺术形式，特别是新的艺术形式的遗漏或忽视，可以有效避免学科霸权的生成。强势学科往往侵占或挤压其他学科，既影响其他学科的发展，又无法准确地说明自身。在这种意义上，若以文艺学作为研究所有艺术的总学科，既有将文学与艺术并列所产生的逻辑混乱，又会导致对文学的过分倚重，"文学中心化"无疑将遮蔽其他艺术的合法存在，使其成为研究的盲点。所以，如果没有对各种艺术形式，特别是新兴艺术形式的全面关注，仅仅以文学为中心形成的原理，根本不是艺术的总学科，或者说，它根本不能用以说明全部艺术门类。以狭隘、僵硬的理论框子来套鲜活、不断新变的艺术现实，只能是低效而缺乏生命力的。

另一方面，以艺术学来涵盖所有艺术，这与艺术学本来的用法相一致。尽管我们暂时还无法确定"艺术学"（Kunstwissenschaft）或"艺术之学"（Wissenschaft der Kunst）出现的准确时间，但它作为现代学科名称使用，则是 20 世纪初的事情。在被称为"艺术学之父"的德国人康拉德·费德勒（1841—1895）那里，虽然没有明确使用"艺术学"这个词，但他以"艺术哲学""艺术论"来与美学学科相区别，这就已经暗含了一般意义上的艺术学。1906 年，德国人马克斯·德索（Max Dessoir，又译为德苏瓦尔）出版了他的代表作《美学与一般艺术学》，并于同年创办了《美学与一般艺术学》杂志，此杂志连续出版达 30 年之久。尽管马克斯·德索并非最早提出艺术学概念的学者，但他将一般艺术学与美学区别开来，对艺术学这一学科名称的推广普及发挥了重大作用。德索的艺术学与我们这里所谈的艺术学在根本上是一致的。

因此，从逻辑上说，文学学与艺术学之间当是从属关系。正如波斯彼洛夫主编的《文艺学引论》所指出的："文艺学（文学学——引者注）既是语文科学之一，同时也属于艺术学科学的一个部门"[①]。如前文所引，日本的大辞典《广辞苑》也有同样的看法。也就是说，艺术学是上位概

---

① ［苏］T.H.波斯彼洛夫主编:《文艺学引论》，邱榆若、陈宝维、王先进译，湖南文艺出版社 1987 年版，第 7 页。

念，艺术学学科研究所有艺术的规律、规则、原理。它所使用的基本方法、手段，它关于艺术学与其他学科（如社会学、美学、心理学等）之间关系的界定，对于文学学都是适用的，能够指导文学学研究。这里，艺术、文艺、文学，艺术学、文艺学、文学学这两组关系的清晰界定，也为各学科内部的概念界定提供了前提。由此我们可以认为，文艺理论就是文学理论，但以使用文学理论更为准确，它不同于艺术学内部的艺术理论。

然而，只看到文学学和艺术学之间存在的这种从属与包含关系，是远远不够的。文学学是在艺术学的大前提下对文学进行的专门化的科学研究，其研究的是文学的特殊性存在。但现实中，很多以文学为对象，名曰文学学／文艺学的研究，其实并没有钻探到文学的特殊领域，在很大程度上仍浮搁于一般艺术学的层面，或者还只是用艺术学的一般情况来考察、应对文学。这即是文学学与艺术学概念纠缠不清的深层学术根源。从相当多的文艺学／文学学文本看，无论其研讨的方法、路径，还是得出的结论，均只限于艺术学的一般的东西，再加上对象范围界限的模糊，所以还很难成其为真正的文学学。

综观我国20世纪80年代以后出版的文学概论类教材，关于文学的界定，基本的见解有：文学是一种文化样式；文学是一种审美意识形态；文学是用形象创造性地对生活的反映；文学是文学创作者的情感的表现，或者说是凝聚着个人体验特色的人际间的情感交流；文学是虚构、想象的艺术；文学是语言艺术。稍作比较就会发现，除了"文学是语言艺术"这一点外，这里大多数关于文学的见解都可用于对一般艺术特性或其他门类艺术的说明，也就是说，大多仍然属于一般艺术学层面的东西。"文学是语言艺术"，这也是艺术学做分类时常见的一种说法，而且只是众多说法中的一种。且不论很多研究在专论文学语言时，一面强调文学特殊在语言，一面又认为文学语言即是诗歌、散文、戏剧、小说使用的语言，从而玩起了循环论证的把戏。单凭作为媒介的语言，远不足以准确地界说文学作为艺术的特殊本性。在这种意义上，韦勒克和沃伦的看法也许不无提醒作用：他们认为，区别文学语言与科学语言、日常语言，寻找文学的特殊本质，"这个问题是很棘手的，决不可能在实践中轻而易举地加以解决，因为文学与其它艺术门类不同，它没有专门隶属于自己的媒介，在语言用法上无疑地存在着许多混合的形式和微妙的转折变化。"①

大多数文艺学教材和著述，虽然强调自己是一门以文学为研究对象、揭示文学基本规律的科学，即文艺学／文学学，或者把这种观点作为潜在的理论前提予以接受，但在实际操作中，一旦没有合适的文学材料，便会简单地以其他非语言的艺术为阐释对象，还是文学与其他艺术不分家。并不是说文学与其他艺术没有共同性，或者不能比照其他艺术的情况来说明文学问题，而是说既然文学学是研究文学特殊性的专门学科，如果止于一般艺术的层面，而不触及文学的肌理，科学的、独立的文学学就不可能真正建立起来。"每一种科学在不同的科学中占有一定的地位，并确立自己的存在，这首先在于它具有某种特殊的研究对象，研究现实世界各种现象某一特殊的领域和方面。"②

文学学对象的游移不定，必然导致文学理论学科建设缺乏科学性。独立性、专门化和特殊性是现代科学的内在要求。学科交叉融合的基本前提是先行一步的分化与独立。部分学者对此已开始予以重视，如董学文、张永刚的《文学原理》就试图"让文学原理真正成为文学原理"③。他们对文学与艺术的混同情况进行了清理，突出了文学原理自身的自足性、独立性和有机性，使文学原理更纯粹、完整和严密。但随着文学的泛化，就整个学术界而言，这种模糊与混乱的情况非但没有得到根本改变，"浑而不析""偏而不全"的混沌趋势反而再次出现了。

因此，要真正确立文学学和艺术学学科，不但要看到它们在逻辑上的从属关系，而且必须看到它们的对象与分工的不同。

四、文学理论与文学学

文艺学、文学学与艺术学曾经经历的混乱也渗透到了文学学学科内部，文学理论、文艺理论及其与文艺学、文学学的关系，存在着严重的模

---

① ［美］雷·韦勒克、奥·沃伦：《当代学术入门：文学理论》，刘象愚等译，生活·读书·新知三联书店1984年版，第10页。
② ［苏］波斯彼洛夫：《文学原理》，王忠琪、徐京安、张秉真译，生活·读书·新知三联书店1985年版，第1页。
③ 董学文、张永刚：《文学原理》，北京大学出版社2001年版。

糊与混乱。"文学理论"出现学科命名的困难,"文学学"的具体内容也因此难以确定。

从各种文学理论性质的教材的名称上,就可见学科概念和学科关系的含混:去掉"基础""引论""导论""简论""教程""新释""新解"等后缀和"新编"等前缀,常见的基本用词就有"文学原理""文学理论""文艺理论""文艺学""文学的基本原理""文学概论""文学学"等等,此种多样性在其他成熟学科鲜见。

文学理论与文艺学之间的混乱与模糊,主要表现在以下几个维度。首先,由于文艺学与艺术学界限不清,文学理论与艺术学混为一谈、相互指代。有些学者在文艺学教材和论述中认为,所谓文艺学,就是以文学和艺术活动为对象的学科,是人类对文学艺术(主要是文学)总体特性与一般规律的科学认识。在他们看来,文学和各类艺术的基本原理是一致的,研究了文学也就是研究了其他所有艺术,文艺学因此应该是艺术的总论即艺术学,而不只是对文学有意义。也即是说,因为文学与其他艺术相通,文艺学就是文学学,就是艺术学,三者是一回事。但由于这些著者都是文学理论研究者,他们往往只能以文学为主要材料,谈论的主要是文学理论的内容,其著作本身也基本是被作为文学理论教材或著述来对待。文学理论,即文艺理论,因此成了艺术理论,并进而成为完全纠缠在一起而不可区分的文学学/文艺学和艺术学。一方面,这种文艺学以文学来涵盖其他艺术形式,确立文学的霸权,并未真正研究其他艺术,能否得出各种艺术的总论值得怀疑。它又始终牵系着各种非文学的艺术形式,不以真正的文学学和文学理论学科建设为目标,作为独特的学科的文学学,它们自然也无从确立。另一方面,这种文艺学实质上是以文学理论来指代从艺术学到文学学遍及几个层级的学科范畴。让文学理论包打天下的做法,既不科学也不现实,不可能获得对文学乃至整个艺术所有问题的解答。如此内涵不清、外延模糊、内容重叠、重要领域漏损,怎能成其为学科?

与上面密切相关,第二种情况出现在文学研究内部,文学理论与文艺学/文学学概念混淆。文学理论本是文艺学/文学学学科的一个分支,二者是上下位的概念,但可能由于理论的基础性地位,文学理论与文艺学之间产生了相互指代。有学者认为:文艺学和文学理论,"只是对于同一对象的不同指称:就'中国语言文学'这一学科来说,文艺学不同于哲学学科中的美学，也不同于艺术学；另一方面，就文学研究领域本身来说，相对文学批评和文学史而言，作为文学研究的三大部类之一，往往被习惯地称之为'文学理论'，也就是说，'文艺学'是对一个学科的称谓，'文学理论'则是对文学研究中某一研究领域的称谓，而在实质及内涵上却是一回事。至于'文艺理论'，是因为文学作为艺术的总体特性和一般规律，同艺术的总体特性及一般规律总是相互联系、密不可分的，文艺学或文学理论研究往往较多的涉及到艺术，因此，'文艺理论'实际上就是'文学理论'的别称，不必细究"。① 这一观点同样体现在中国国务院学位委员会颁布的《研究生培养目录》中：在"中国语言文学"一级学科之下，"文艺学"是与"汉语言文字学""中国古代文学""中国现当代文学"等并列的八个二级学科之一。这里，用文学理论来与文艺学相互指称，文艺学的内涵似乎较为确定，文艺学专业就是文艺理论 / 文学理论专业，文学基本理论研究构成文艺学的中心和基本内涵。

但与此同时，我国当代的文艺学教材、论著以及前面所引用的《辞海》和《中国大百科全书》等，则普遍明确地用文艺学即文学学，来命名整个文学研究学科，并将其划分为文学批评、文学史和文学理论三大部类。其中，文学批评是对具体作家、作品或文学现象的个别研究；文学史是对文学进程及其发展规律的探讨；文学理论则是对文学总体特性的抽象概括，并对文学批评和文学史研究提供基本理论方面的支持。虽然在具体的文学研究中，这三大部类的界限不一定十分清楚，但理论上的划分则相当清晰，当是无甚异议。如前文所引，苏联即是把这一整体性学科称为文艺学的。② 美国文学理论家韦勒克和沃伦在《当代学术入门：文学理论》中则表示，英文中没有特别合适的词语用于表征对文学进行的系统、整体研究工作。他们全面考察了 science of literature、literary scholarship、philolgy、research 等词语，觉得都不合适，但基于文学研究的内涵，他们还是将其三分为文学理论、文学史、文学批评。③

---

① 赵宪章：《文艺学的学科性质、历史及其发展趋向》，《江海学刊》2002 年第 2 期。

② 苏联大百科全书以及 T.H. 波斯彼洛夫主编的《文艺学引论》（邱榆若、陈宝维、王先进译，湖南文艺出版社 1987 年版，第 23—32 页）等，都强调文艺学包括文学理论、文学史和文学批评。

③ ［美］雷·韦勒克、奥·沃伦：《当代学术入门：文学理论》，刘象愚等译，生活·读书·新知三联书店 1984 年版，第 31 页。

可见，就现代学术界的普遍看法而言，确乎存在一门包含文学理论、文学史和文学批评三个分支学科的更高层次的文学研究学科。对文学做系统、整体的研究，这本身没有问题，但怎么命名呢？——如果不采用文艺学／文学学的话。用文艺学／文学学作为文学理论学科的名称，既与已有的学术传统存在颇多抵牾，难免产生歧义，也将导致文学研究作为一门学科的命名困难。毕竟，文学理论只是文学研究的有机组成部分之一，并不能概括、代替文学研究系统独立完整的所有学科内容，否则，所谓的全体并不全、部分又不集中的缺陷将会逐步消解作为一门统一完整的学科的文学研究。传统的惯例应该成为我们进行学科分类与命名的基础和依据。既然汉语的文艺学／文学学已经被用来作为整体性的文学研究的学科名称，那么，以文学学代替文艺学，确立它是对文学的研究，并将文学理论作为其中一个子学科的做法，就可一举两得，既尊重了学科的独立性，易于理顺学科间的复杂关系，也符合汉语对于学科命名的习惯。已有学者从几个时间段考察了这几个相关概念在我国的使用情况后认为，"从这门学科著作的普遍性命名来看，民国为'文学概论'，共和国前期为'文艺学'，改革开放后转向'文学理论'"[①]。这也说明，使用"文学理论"这一学科名称是符合时代需要的。

不过，这里有一个问题。许多教材和著述采用了以上文学学的广义用法，但在内容体系上却往往又以文学理论作为全部内容或主体内容，将文学批评作为理论的一部分或一个尾巴来介绍，对文学史则绝口不提。这样，说它是文艺学／文学学教材、著述，它却内容不全，帽子太大，身子太小；说它是文艺（文学）理论著述，它又牵扯的内容太多，身子太臃肿，帽子太小。缺乏严密的逻辑性、严整性和系统性，整个教材／著述既残缺不全，又被太多枝枝蔓蔓的东西拖累得繁琐冗长。文艺学、文学研究、文学理论、文艺理论等术语与概念含混不清、庞乱杂芜，既掩盖和削弱了理论的生发功能，又易使理论缺乏应有的深度、硬度和穿透力，浅尝辄止，语焉不详，派生性的东西过于铺张。如此下来，"文学理论"学科的"名"与"实"严重不符，"产权"不清必然导致科学性的薄弱。

[①] 张法：《中国文学理论学科发展回望与补遗》，《文艺研究》2006 年第 9 期。

第二节　文学理论学科系统

基于上一章的分析，我们可以在艺术学的范围内考察文学理论学科所处的位置及其包含的内容系统，这样既可以厘清它与各相关学科之间的关系，确立各学科存在的合法性，从而易于处理好学科独立与交叉、融合、渗透之间的关系，又可以展现和界定文学理论学科内部各种研究的相对位置，避免以局部的研究代替整体的文学理论，从而为各种理论研究提供充分而平等的发展机会。

这里，我们可以对这些相关学科的关系做这样的界定：艺术学包含文学学、音乐学、舞蹈学、美术学、戏剧学、电影学、电视学等子学科。其中，文学学作为一门对文学进行全面研究的综合学科，包含文学理论、文学史、文学批评三个重要的分支。[①]它们分别有自己的研究对象、方法、知识结构方式、任务与功能，在阐释的有效性、普遍性、所要达到的科学性程度等方面存在相当大的差异。

韦勒克和沃伦曾经概括说：

在文学"本体"的研究范围内，对文学理论、文学批评和文学史三者加以区别，显然是重要的。首先，文学是一个与时代同时出现的秩序（simutaneous order），这个观点与那种认为文学基本上是一系列依年代次序而排列的作品，是历史进程上不可分割的一部分的观点，是有所区别的。其次，关于文学的原理与判断标准的研究，与关于具体的文学作品的研究——不论是作个别的研究，还是作编年的系列研究——二者之间也要进一步加以区别。要把上述的两种区别弄清楚，似乎最好还是将"文学理论"看成是对文学的原理、文学的范畴和判断标准等类问题的研究，并且将研究具体的文学艺术作品看成"文学

---

　　① 另外，有学者把文学学分为文学史、文学批评、文学理论、文学理论史、文学批评史等五个部分，参见童庆炳主编：《文学理论教程》，高等教育出版社 1998 年第 2 版；也有学者将其划分为文学理论、文学批评史（文学理论史）、文学批评、文学史四个分支学科，参见吴调公：《文学学》，百花文艺出版社 1987 年版，第 6—7 页。在笔者看来，文学理论与文学理论史二者不能作为并列学科存在，文学批评与文学批评史也不应构成两个独立而并列的学科。

批评"（其批评方法基本上是静态的）或看成"文学史"。①

这里的区分是非常准确的。其中，文学史是对以往文学历史发展的研究，是对人类文学活动真实过程有机而完整的描述和展开。它不仅要叙述文学的沿革，更要总结文学历史发展的具体规律。它要从一定的理论原理出发，展示文学在不同时空中的存在状态，确定文学演变中的变化因素，帮助人们了解文学的历史演变；建立文学价值的评判结构，为人们学习历史文学作品提供指导；分析、概括历史上的具体文学活动和文学现象，为理论建设提供实践经验和检验标准。

文学批评则是指狭义的实用批评，是对具体作家、作品或文学现象的个别研究，而不是广义的包含文学理论的文学批评。它依据一定的理论原则对具体的作家、作品、文学思潮、流派等进行描述、界定、解释和评价，主要任务是通过分析、解释和评判文学事实，揭示文学规律，给文学创作以影响，促进文学的繁荣；通过细读作品，帮助一般读者深入理解作品，引导文学的消费和接受，促进大众审美修养和公共文化水平的提高；总结文学创造的新鲜经验，为理论建构提供蕴涵理论因子的思维材料和文学观念，创造、检验、激活或重构理论概念、范畴。

文学理论是对作为整体的文学的特性的抽象概括，并为具体的文学史研究和文学批评提供基本理论依据和审美判断标准。其研究对象既包括历史上的文学现象，也包括当前的文学现象；既包括本民族的文学现象，也包括其他民族的文学现象；既包括文学创作，也包括文学作品和文学接受。它不像文学史需要结合具体的文学现象叙述文学的历史演变，往往只研究过去的、局部的（如特定民族的文学）文学现象；也不同于文学批评只对当代的具体文学现象进行分析评价。文学理论必须一定程度上脱离具体的文学现象，超越文学时空，通过构造自己独立的概念体系，揭示文学的本质、规律，把具体的文学现象抽象成为理论具体，找到文学现象的一般性，从而实现对文学现象的理论概括和对古今中外文学的普遍意义的揭示。

----

① ［美］雷·韦勒克、奥·沃伦：《当代学术入门：文学理论》，刘象愚等译，生活·读书·新知三联书店1984年版，第31页。

当然，这种区别只是一种理论上的抽象，在具体的文学研究中，这三大部类间的界限不一定十分清楚。同时，也不能只强调区别而忽略它们之间的相互渗透和密切联系，区别是为了联系，只有在联系中才能更清楚地加以区别。虽然"文学批评和文学史二者均致力于说明一篇作品、一个对象、一个时期或一国文学的个性。但这种说明只有基于一种文学理论，并采用通行的术语，才有成功的可能"。①反过来说，"文学理论如果不植根于具体文学作品的研究是不可能的。文学的准则、范畴、技巧都不能'凭空'产生"。对文学经典的解读、批评、概括、归纳、抽象，是文学理论生成的基本前提，并且一种文学理论是否有效且效力如何，在一定意义上取决于它对文学经典的阐释效力。因此，文学理论依赖于文学史的研究和文学批评，这是它的根基。反过来，文学史和文学批评的研究也总是在一定的文学理论的牵引下进行，文学理论为它们提供科学的指导思想与方法论。汲取、吸收科学的文学理论，文学史和文学批评研究就可以获取理论原则和评判标准。所以，"在文学学术研究中，理论、批评和历史相互协作，共同完成中心任务，即描述、解释和评价一件或一组艺术品"②。三者之间的联系是非常紧密的，很难想象可以存在没有文学批评和文学史的文学理论，或者没有文学理论和文学史的文学批评，或者没有文学理论和文学批评的文学史。

进一步看，在文学理论内部，存在着各种学科子系统。这些子系统的研究对象、研究角度和侧重点各不相同。它们或是对文学活动、现象进行理论概括，或是对文学理论活动本身进行历史研究，或是利用其他学科的研究成果形成独特的观察文学的视角。但有一点是共同的，即它们都是在比较分析中寻找关于文学特性和规律的科学认识，共同组成了文学理论学科系统。也正是基于这一点，它们都被归为文学理论学科。

一、文学原理

文学原理即文学哲学，是对文学基本性质、特点、规律和功能的系

---

① ［美］雷·韦勒克、奥·沃伦：《当代学术入门：文学理论》，刘象愚等译，生活·读书·新知三联书店 1984 年版，第 6 页。

② ［美］勒内·韦勒克：《比较文学的危机》，沈于译，北京师范大学中文系比较文学研究组选编：《比较文学研究资料》，北京师范大学出版社 1986 年版，第 59 页。

统、综合研究。它构成各种文学理论形态的底色、基调和内在支撑，是文学理论的核心、基础和主导部分，属于狭义的文学理论。正是在这种意义上，许多文学理论教材均被命名为"文学原理"。其类似于 J. 刘若愚在《中国的文学理论》中提出的"文学的理论"（theories of literature）。

关于文学的问题纷繁复杂，多层次、多方位共生：有基本的，有派生的；有局部而易解的，有全局而费解的；有属个别民族文学所特有的，有世界性的；有特定文学类型的，有牵涉所有文学的。尽管如此，文学原理要研究的是关于文学的最基本的核心问题，是派生其他问题的"元问题"，这些问题不解决，其他派生问题便无法获得解决。所以，文学理论的发展取决于原理性研究的突破，要回到基础理论本体，抓住最基本的问题，在理论本身的逻辑中催生理论张力，激活学理推进的思想动能，产生新的理论生长点。

关于文学诸多问题中，最基本的当然是"文学是什么"，包括文学的本质、特性、价值、功能等本体论问题。这是任何文学理论学说都必须回答的，是文学理论发展、繁荣的基石和动力。以"文学是什么"为核心，包括"文学写什么""作家怎么写""文学作品什么样""读者如何接受"等内容，形成基本问题群，它们从各个角度和侧面对文学活动和文学现象进行本质性说明。

在当前文学理论研究中，存在着一股或明或暗的"反本质""反理论"倾向：为了摆脱所谓理论上的"权威主义"，在"差异性""异质性"和"不可通约性"的口号下，一些学者全然反对任何真理、本质、规律、规则等所谓"元叙事""宏大叙事"，认为所有追求宏观性、总体性的理论都会产生压制性的力量。这一方面是对过去一些僵化的文学理论的反驳，试图使文学理论走向文本、话语，走向批评，走向主体的感性体验，恢复理论的感性基础；另一方面，也与西方后现代哲学的"反本质主义"思想的影响密切相关。它所具有的反思意义是应该充分重视的，但这种见解本身并不准确。

首先，文学本质研究是必要的，也是可能的。这是一个前提性问题。

在西方文学理论中，关于文学本质问题的研究是与哲学和美学的研究路径紧密相联的。自柏拉图时代起，"美是什么？"这样的提问和回答方式就开始直接影响对文学问题的致思方式。此后，从亚里士多德到德国古典美学，文学理论主要从哲学本体论的角度对文学的本质问题进行了形而上的玄思，得出大量各不相同但却很有价值的见解。

到了近代，哲学的发展路向发生转折，从本体论走向认识论。笛卡尔发动了这次转向，他用人类的理性审视和批判一切事物。英国经验主义哲学更是从感觉、经验出发，研究人类知识的来源和出发点问题。康德发动了一次"哥白尼式的"哲学革命，他试图证明人欲超越经验而达致物自体就会陷入荒谬，倡导研究知识的来源、真理的种类和人类认识能力的界限问题。在这一哲学语境下，此时的文学理论主要从主体角度来认识文学的本质问题，这可以从这一时期的文学理论流派的总体趋向中见出：浪漫主义文论、现实主义文论、自然主义文论都没有放弃对文学本质的探讨。譬如，关于艺术的本质，丹纳明确指出：

> 我们要记住"主要特征"这个名词。这特征便是哲学家说的事物的"本质"，所以他们说艺术的目的是表现事物的本质。"本质"是专门名词，可以不用，我们只说艺术的目的是表现事物的主要特征，表现事物的某个凸出而显著的属性，某个重要观点，某种主要状态。①

这里，本质问题并没有消失，只是转换了思考的路径和方式。

20 世纪初，西方哲学又发生了所谓的语言论转向。自罗素那里已开始对包括认识论哲学在内的形而上学传统进行批判，维特根斯坦更是促成了这次转折。他坚持认为，"对于不可说的东西我们必须保持沉默"②，像伦理和美等"更高的东西"，无法用命题来表达，就是属于"不可说的"③。由此，文学的本质又怎能用命题来言说呢？实际上，分析哲学及其所带来的语言研究思路，并没有根本祛除对于文学本质问题的思考。整个 20 世纪，文学理论借助各种现代学科的发展，对文学本质展开了多维度的研究，无论是俄国形式主义文论对"文学性"的追寻，还是结构主义文论对文学结构模式的探究，或者是弗洛伊德精神分析学文论对文学"力必多"本源的考察，文学本质问题仍然是各种文学理论的核心。

---

① ［法］丹纳：《艺术哲学》，傅雷译，安徽文艺出版社 1991 年版，第 64—65 页。
② ［奥］维特根斯坦：《逻辑哲学论》，贺绍甲译，商务印书馆 1996 年版，第 105 页。
③ ［奥］维特根斯坦：《逻辑哲学论》，贺绍甲译，商务印书馆 1996 年版，第 102 页。

与此同时，分析哲学的思路确乎也引起了人们对文学研究中一些本质主义倾向的深入反思。但随着以福柯、德里达、罗兰·巴尔特为代表的解构主义哲学、美学思潮的兴起，西方文学理论界更是出现了对本质、真理、科学的消解与颠覆，本质问题难以再理所当然地成为文学理论的中心。

　　诚然，在文学理论关于文学本质的研究中，"的确存在简约地、虚假地、永恒化地、粗暴地、均质化地使用本质概念的情况"[①]，这种本质主义意味着某种把一种性质或者类型加以固定化、永恒化的倾向。俄国形式主义把文学的文学性幽闭于形式的技巧和手法的陌生化使用当中；弗洛伊德把文学的本源全部归结为性的压抑、转化与升华；庸俗社会学将文学的本质定位于对社会现实的镜像式反映……它们往往把文学某个特定的要素孤立起来予以凸显，而切断了文学系统诸要素间的有机联系，在一定程度上确乎存在着以封闭、排他、单一的视角来渴求文学的惟一、永恒、普遍本质的迹象。

　　但是，文学本质研究中存在的某些僵化与不足，并不一定意味着文学无本质、不能进行本质研究。"文学是什么"，根本不是像我国一些学者所认为的那样：因为它"本来就带有某种虚幻性"，"没有而且也不可能有一个确定的答案，任何所谓的确定性都只能是人为的规定"，所以，它就"不再成为具有学术意义的话题"，只是"带有某种虚幻性"和"僵化与滞后"的代名词；[②]"文学是什么"，更不可能只是一种简单的"本质主义问题"，已经"丧失其'思想功能'"，"在包容它的思想框架中已耗尽了全部的思想能量和可能性，找不到产生新火花的碰触点了"，因而应该"悬搁"文学本质研究；[③]或者像有的学者所主张的，由于他们发现中国当代的文艺学研究"简直是太不后现代了"，所以"文艺学"要"走向后现代"，采取"后现代文艺学的反本质主义的立场"来面对文学本质问题[④]。这些意见显示出相当程度的简单化和武断性。

　　伊格尔顿的思想一直被一些学者作为反本质研究的重要依据。但其实

---

①　[英]特里·伊格尔顿：《后现代主义的幻象》，华明译，商务印书馆 2000 年版，第 119 页。

②　李春青：《对文学理论学科性的反思》，《文艺争鸣》2001 年第 3 期。

③　徐润拓：《对"文学本质论"研究的反思》，《广东社会科学》2002 年第 1 期。

④　陈太胜：《走向后现代的文艺学》，《福建论坛》2002 年第 1 期。

呢？伊格尔顿所反对的是僵化的"本质主义"研究，而非本质研究本身。他明确提出：

> 本质主义的比较无伤大雅的形式是这样一种信念，即认为事物是由某些属性构成的，其中某些属性实际上是它们的基本构成，以至于如果把它们去除或者加以改变的话，这些事物就会变成某种其他东西，或者就什么也不是。如此说来，本质主义的信念是平凡无奇，不证自明地正确的，很难看出为什么有人要否定它。……因为后现代主义者热衷于感官特殊性，所以他们竟如此害怕这种对于某些事物特殊本体的信仰多少令人惊讶。①

就是说，"对本质主义的信奉并不必然抱有这样一种难以置信的观点，即一件事物的所有属性都是它的基本属性"②；同时，"对本质主义的信仰也不必然使人主张这样一种观点，即只存在惟一一种中心属性，是它使一个事物成为它所是的东西。本质主义并不必然是一种形式的简约主义。它并不必然包括这样一种信念，即关于什么是某一事物的本质什么不是从来没有任何疑问"③。可见，文学本质研究并不必然是僵化地把文学的某种单一属性理解为文学的固定、普遍、永恒不变的惟一本质，也不必然会简单地将文学所有的属性都作为文学的本质。如此的态度才是辩证而合理的。

同样，乔纳森·卡勒虽然充满着对本质研究中存在的"简约化""永恒化"和"均质化"等粗暴做法的警觉与反思，但他并没有驱逐本质研究，而是细密地研究了"文学是什么？"这个问题。他认为：

> "文学是什么？"这个问题之所以出现并不是因为人们担心他们也许会把一部小说错当成一部历史书；或者把算命签上的一句话错当成一首诗，而是因为批评家和理论家们希望通过说明文学是什么来推进他们认为是最重要的批评方法，并且摒弃那些忽略了文本最根本、

---

① ［英］特里·伊格尔顿：《后现代主义的幻象》，华明译，商务印书馆 2000 年版，第 112 页。
② ［英］特里·伊格尔顿：《后现代主义的幻象》，华明译，商务印书馆 2000 年版，第 113 页。
③ ［英］特里·伊格尔顿：《后现代主义的幻象》，华明译，商务印书馆 2000 年版，第 114 页。

最突出的方面的批评方法。现代理论中"文学是什么？"这个问题之所以重要就是因为理论突出了各类文本的文学性。①

文学本质构成文学的存在，本质问题也因此成为文学理论能否存在的根本。

其次，在文学理论中，如果抽空、"悬搁"了文学本质研究，那么文学理论何为呢？一些反本质研究的学者提出以文学的观念问题取代文学的本质问题，或者"确定那些具体的、有追问意义并且有可能找到答案的问题作为本学科的研究对象"②，文学的本质、发展规律、功能、创作原则以及真实性、典型性等不宜再占据文学理论的中心，因为它们很难获得一致的答案。另有一些学者为强调文论的历史生成性，提出文学理论应该走向后现代，因为"后现代的文艺学使文艺学研究成了某种形式的以概念或问题为主线的历史（思想史）研究"，"这样，理论研究就成了思想史研究，这才能凸显理论的特定意义"。③那么，文学本质问题难道不是真问题？本质问题真的就无足轻重吗？如此地避重就轻令人费解。如果我们冷静地反思，可以发现，人类社会任何的普遍性"存在"，只要被提升到形而上的高度，恐怕都会成为永恒的难题。只要我们不奢望寻求那并不存在的关于单一的文学本质的终极答案，在人类一代一代不舍的追问中，我们就会不断逼近对文学的多层级本质的认识。如果说科学研究就是不断试错的看法有些偏激，但谁也无从否认认识科学的真理其实就是一个过程。文学理论作为一门精神科学，如果其真理，如同阿基米德定律、勾股定理那样一旦明了便世代无疑，那它还有存在的价值吗？当前所谓的文学理论危机，其实并不在于文学本质研究本身的空疏、玄奥，而在于人类对形而上玄奥问题探索能量的衰竭。

仅仅游走于文学的易解的、琐细的甚至话题型的问题中间，文学理论能取得进展吗？关于文学，存在无数的问题，但它们并不属于同一层级，其包含的理论张力和作为学科增长极所具有的集聚、扩散效力存在根本的

---

① ［美］乔纳森·卡勒：《当代学术入门：文学理论》，李平译，辽宁教育出版社、牛津大学出版社 1998 年版，第 44 页。
② 李春青：《对文学理论学科性的反思》，《文艺争鸣》2001 年第 3 期。
③ 陈太胜：《走向后现代的文艺学》，《福建论坛》2002 年第 1 期。

不同。"某些问题的确比其他问题更为中心，这是一个不能设想有人会去否定的命题"①，因此，文学理论首先需要认识到明确自己的内容和重点的必要性，必须把文学理论区别于常常被人用以代替文学理论的思想史研究。文学理论就是要探寻文学如何作为不同于人类其他活动和产物的独特事物而存在，这构成文学理论学科的科学性前提和存在的合法性依据，我们必须面对"文学的本质"这个文学理论的中心问题。文学本质研究于文学理论而言，就好似计算机产业中的"核心技术"②。"悬置"文学本质的研究，其后果只能是造成理论的肤浅和随意。

再次，文学反本质论者与僵化的本质"主义"论者对本质的拥护或反对的基础往往是一致的，都把文学本质理解为单一的、普遍的、永恒的东西。其实，文学理论既不同于自然科学理论那样具有跨时代、跨文化的普遍性，也不同于一般社会科学理论那样具有对象与范畴的明显物质性和制度性。它的对象带有更多的人文精神色彩，它的研究主体带有更多的意向和价值成分。同时，作为一门历史科学，文学理论要处理不断变化的材料，在本质上是相对而暂时的。历史性是人类存在的基本特点，无论是理解者还是文本，都内在地嵌于历史性之中。因此，文学的历史现实"就其本质来说反对任何定义式的处理方法，而定义的固定的、'永恒的'形式只能葬送历史生成的不断变动的性质"③。

但是，这并不意味着人们关于文学的认识仅仅是主观的、相对的，没有任何普遍性和一般性可言。正如以赛亚·伯林在《自由论》中所说的：

> 如果所有东西都是相对的、主观的、偶然的、带有偏见的，那么便无法判断任何东西比其他东西更怎么样。如果像"主观的"、"相对的"、"有成见的"、"有偏见的"这些词不是比较的或对比的观念，如果它们并不包含它们的对立面，即"客观的"（或至少是"不

---

① [英]特里·伊格尔顿：《后现代主义的幻象》，华明译，商务印书馆2000年版，第109页。
② 参见马建辉：《"核心技术"与文学本质研究》，《郑州大学学报（哲学社会科学版）》2002年第6期。
③ [法]路易·阿尔都塞、艾蒂安·巴里巴尔：《读〈资本论〉》，李其庆、冯文光译，中央编译出版社2001年版，第128页。

太主观的")、"无偏见的"（或至少是"偏见不大的"），它们对于我们有什么意义呢？①

主观性是相对于客观性而言的，否则，关于主观性的谈论便毫无意义，人们也无法进行所谓主观性强与弱的比较。在文学理论研究中，"人们能够矫正偏见，批评其思想前提，超越其时间地点的局限，力求客观，从而得到某些知识和真理。世界也许隐秘而不可测，但确实并非完全不可理解"②。普遍的怀疑态度只能导致理论的瘫痪。

正是文学的这种历史性、特殊性，才要求文学理论的规律性表述应有它独到的地方。千百年来，人类文学理论的历史，就是在努力求得历史和逻辑的一致中走过来的。科学主义一路自不必说，就是人本主义一路，也可看作是从另一角度在探讨文学的独具属性和特征。文学的本质也只有在这种客观与主观、历史与普遍的矛盾统一中才能获得科学认识。关于文学本质的研究，必须明确"纯粹静态的本质主义是荒谬的，但从西方刮来的所谓'反本质主义'之风，同样也是不可取的。这里的关键，依然是丢弃了'本质'探讨的历史主义态度"③。

事实是，关于文学本质的真理认识只能是一个过程。

二、文学交叉学

学术向专门化、规范化方向的发展，是学术积累和深化的重要保证。学术分科使得人们可以依据一定的学术传统把研究做得更深入、更内在、更独特，但当前学科分化的结果已经在一定程度上严重限制了各学科之间相互的交流与协作。当研究者被驱赶到一个个日渐狭隘的分工领域的时候，有限的学科话语藩篱往往会使他们感到陷于遮蔽。研究视野和方法决定了具体学科的局限，这种局限往往妨碍着人们对整体性、共同性问题的把握。

---

① ［英］以赛亚·伯林：《自由论》，胡传胜译，译林出版社 2003 年版，第 167 页。
② ［美］雷内·韦勒克：《批评的概念》，张今言译，中国美术学院出版社 1999 年版，第 13 页。
③ 董学文：《文学理论反思研究的科学性问题》，《郑州大学学报（哲学社会科学版）》2002 年第 6 期。

二战后，特别是近十余年来，自然科学和社会科学的发展呈现了一种超越学术分科的新的综合趋势，大量边缘学科、交叉学科、中介学科和综合学科相继出现。各门人文社会科学也在互相渗透、互相融汇。文学理论同其他人文社会科学的汇合，产生出文学心理学、文学社会学、文学美学、文学经济学、文学类型学、比较文学、文学符号学、文学阐释学、文学语义学等多种分支学科，传统的文学理论获得了极大的丰富和发展。新形态的文学学科依据不同的方法和视角，创造了大量的新概念、新范畴，提供给人们新的认识文学的工具。

但是，文学理论新方法论的涌入并不以其自身为目的，方法的引进、丰富和移植实质上是为了改造和完善人们原有的思维方式，使得人们对于文学世界的反映能力更科学、更全面、更辩证、更能动。新的文学理论方法论必然带来新的文学观念，开拓新的文学研究领域和视界，促进新的艺术表现形式和风格的出现，使人们的欣赏水平和审美心理产生新的跃进，并可以借助于其他学科的研究成果来研究文学事实。

文学理论绝不仅限于研究文学文本，它是对作家、文本、读者、世界和语言及其相互关系的系统研究。要全面深刻地认识这些要素及其关系，必须借助相关学科的知识和方法。譬如，没有现代语言学的发展，文学语言问题根本得不到科学的认识，甚至不成其为问题。文学理论学科不断从其他学科汲取思想资源和方法，特别是其现代发展，愈来愈打破单一学科的限制，日益在受到其他学科的外化渗透与其自身保持自律内敛的矛盾中获取发展的动力。文学理论本身"具有某种依附于其他理论这样一种话语形式的特点"①，跨学科化是文学理论永无止境的趋向。

文学理论研究需要有多种多样的观念、角度、方法和手段。各种新观念、新思路、新方法，只要能在某个层面上有利于对文学理论难题的解决，都可以拿来为我所用。采用其他学科方法和跨学科研究，对于文学理论有着实质性的意义。但是，在学科的交叉、渗透中，在对一切方法、手段和角度的开放中，必须要以尊重、保持文学理论学科独立性和其他研究方法的合法性为前提。"对各学科的这种巨大差异培养起尊重之

---

① 董学文、张永刚：《文学原理》，北京大学出版社 2001 年版，第 289 页。

心，是人文科学和在人文科学内的文学研究的主要任务。"①对于文学理论而言，任何学科的方法都仅仅是一个视角：它有洞见，也有盲点；它可以帮助解决文学研究中某一项非常重要的难题，但绝不可能是全部，肯定有更重要、更贴近文学本质的东西或被忽略，或被悬置，或被遮蔽。"每门学科都只在它的专属范围内有益，一旦越过这个范围就成为有害的，甚至起破坏作用。"②学科分化、超越，走向更高层次的综合，尔后再分化……这是学科螺旋式发展的过程，它既非旨在培养特定学科的霸权，解构其他学科的存在，也非走向反学科。在目前的研究中，许多丛书、专著、论文说是在进行文艺学或文学理论研究，其实却与文学问题关联无多。文学基本理论的研究更是"门前冷落车马稀"，以至于有人要对文学理论的基本问题进行"悬置"。这种情况是不利于文学理论的推进与发展的。

三、文学诗学

这里的"诗学"，既不是亚里士多德"诗学"意义上的广义用法，也不是如中国传统"诗话"中仅以"诗"或包含诗在内的韵文文体为研究对象的狭义用法，它是指以所有文学活动、文学现象为对象的研究活动。由于"诗学"一词现在已被人们泛用甚至滥用，而不再单纯用于文学领域，因此我们特别使用了"文学诗学"的称谓。同时，不同于文学原理是对文学的基本问题的抽象概括，它主要是研究各种具体的文学的形式、体裁、结构、形态、流派、风格、创作方法与修辞技巧等，类似于 J. 刘若愚在《中国的文学理论》中所提出的"文学性理论"（literary theories）。韦勒克与沃伦在《当代学术入门：文学理论》中关于"谐音，节奏和格律""意象，隐喻，象征，神话""叙事性小说的性质和模式"等章节也属于这一范围。国内文学理论类教材中经常出现的关于各种具体的文学类型的详细论述，也都涉及文学诗学问题。

但是，我国文学理论界对文学诗学的研究是薄弱的。这或许与我国的修辞学、语言学等相关学科的相对薄弱有关，与我们缺乏对文学文本的细

---

① ［美］J. 希利斯·米勒：《蛇之道，既露且藏》，宁一中译，《国外文学》1998 年第 4 期。
② ［英］E. F. 舒马赫：《小的是美好的》，虞鸿钧、郑关林译，商务印书馆 1984 年版，第 27 页。

读传统有关。我们的阅读已经习惯于体验和理解：强调意会，忽视言传；强调文学的内容，忽视文学的形式。现实中，介绍俄国形式主义，特别是英美新批评理论主张的人很多，但将其观念与方法真正付诸实践的人却很少；解构主义尽管流行，但真正像希利斯·米勒等解构主义文学理论家那样把解构作为方法与策略来运用于文本者，则寥寥无几。倒是那些大而化之的文学理论研究大行其道，往往一篇论文就像一部理论体系的纲领，动则谈论的都是"对话诗学"、文学理论的某种"转向""战略转移""大趋势""现代走向""新时代的选择"等原则性的宏观问题，却很少有真正把这些理念落实到具体的文学现象和文学文本研究而取得实绩的情况。这一点甚至让国外的学者也都颇为惊讶。①

这对于文学理论建设不是一个小问题，在相当程度上，它使我们在借鉴西方文学理论的时候往往只能获得一些虚空的观念，其中作为方法的坚实而核心的部分却被丢弃了，理论成了自足的存在，成了观念的演绎。文学诗学是文学理论与文学批评、文学史的重要结合部位，这一部分的软弱甚至虚空，会使理论失去现实阐释效力，从而枯竭文学理论的生命活力。

四、文学理论史

关于西方哲学研究有一句名言，"哲学就是哲学史"。在强调理论的历史性、过程性的意义上，我们也可以说，"文学理论就是文学理论史"。

文学事实是每一种文学理论都必须关注的，与文学无关的文学理论不可能存在。尽管存在着各种不同甚至相互冲突的文学理论，但人们仍然可以对它们进行比较，根本的依据就在于它们对文学事实的适应性。虽然文学理论的对象是所有的文学活动和文学现象，但这是从整体上而言的，其实，每位文学理论家所研究的都是一定时期的有限的文学现象和文学规律，并不可能存在亘贯古今的文学理论。人们只有在完成对整个发展变化过程中的具体问题的研究之后，才有可能将其上升为理论系统，即确立那些为数不多的适用于普遍文学创作和文学运动的东西。文学理论在历史性的研究中生成，与其他哲学社会科学一样，它在本质上是一门历史科学。我们都是历史性的存在，并不能超越历史性。只有置

---

① 参见《理论旅行：对话录》，《中华读书报》，2000 年 10 月 25 日。

身于历史性之中，并且对于这种历史性有自觉的意识，我们的理论才不会混沌一片。

科学技术的发展基本上是一个不断否定的过程，旧学说往往被新的更具有真理性的学说所取代，譬如，"日心说"的兴起就取代了"地心说"。与之不同，作为文学理论的对象，文学从来都不是孤立的、静止的现象或这些现象的集合体，而是表现为一种不断演化、变动的过程。文学还具有超历史的价值性，它永远都不会"过时"，历史上的文学作品在后世仍然可以产生巨大的效应。譬如古希腊艺术和中国古代诗歌，它们"永恒的魅力"在今天仍然陶冶、激励着人们的心灵，并给当代艺术家以创作的启迪和灵感，具有马克思所言的"不可企及的范本"的意义。

文学理论也因此呈现出悖论性进步的状态。一方面，后世的文学学说，在汲取以前理论研究成果的基础上，更适合于变化了的文学现实，具有更有力、更有现实针对性的趋向，从整体上说，文学理论的演化呈现出知识增长和科学性、真理性增强的大走向；另一方面，文学事实具有历史变动性，而文学理论的主要功能就在于对现实中文学事实的认识，并从这些历史性事实中进一步生成、发展文学理论，所以，正如前代的文学理论不能解决以后的文学问题，后世的文学理论恐怕也并不能涵盖以往的全部文学现象。譬如，单纯运用植根于现代昌明的学科之中、包含鲜明现代性的文学理论去分析古代史诗、神话等文学样式时，虽然可能会获得对这些特定的文学样式的某种层面的认识，但却很难准确、全面，总会显得有些隔膜。由于这些文学样式仍具有高度的价值性，需要我们去认识，因此在这种意义上说，与史诗、神话同时存在的作为对它们的直接的理论总结的文学理论，就具有了无可替代的价值。同样，前代的文学理论无论怎样繁荣、深刻、全面，也不能包打天下。变动不居的文学现实会对理论提出有力的挑战。即使像乔治·卢卡契这样的大理论家，在与布莱希特关于现实主义与现代主义的争论中，由于其固守批判现实主义理论，面对现代主义创作时仍然表现出某种程度的捉襟见肘的尴尬。

拉曼·塞尔登在谈到他所编选的文学理论论文时说：

> 重要的是把这些理论选段及其关注的问题置于它们的历史语境中，而不是让读者产生错误的信念，以为可以对批评史作一扫描，就会发

现解决某些永久性问题的普遍真实性答案。问题和答案是随历史环境的改变而改变的。然而，连续性和对立存在的机遇一样多。某些特别的传统生存下来或者获得了加强，而另一些传统却长久地消失了，但却有可能随着新思潮使它们重新获得功用而在未来的什么时候复活。①

理论在历史中生成，表现为一个过程。文学理论研究，需要反思的历史、比较的历史、总结的历史。从总体上说，文学理论研究包括"史"与"论"："史"的研究是"论"的研究的基础，"论"的研究是"史"的研究的主导。没有"史"的研究，对文学科学的把握往往是空泛的、断裂的、片面的，缺乏动态的历史感；没有"论"的研究，对文学科学的把握往往是表面的、肤浅的、局限的，缺乏体系观念和范畴网结。"史"和"论"的研究相互促进、相辅相成，先有"史"，后有"论"，"史"是"论"的链条，"论"是"史"的结果，它们有机地存在于一体。

如果一种文学学说不能证明它在历史上有一种发展、有一种内在的联系，不能历史地、在与历史的一定联系中处理材料，它就违背了"真理是过程"的原则，其科学性就要受到怀疑。在文学学说发展的长河中，每个特定时代和时期都有代表该时代或时期的特定的理论体系和理论成果，它们代表了当时文学理论发展的要求，是那个时代的产物。因此，我们完全可以从时代特征和发展进程上来认识和把握那个时代的文学学说。

文学思想和文学理论的发展，不是真理加真理的过程。文学理论的发展，与其他社会科学理论和现象一样，是一种自然的历史过程，是不断发展的活的肌体，不是机械的结合物，不是随便搭配在一起的一种什么东西。文学理论批评是文学理论史的内在环节。文论家们的言论都是在一定历史条件下提出来的，总有功过是非问题，总有对还是不对、正确还是错误的问题，总有对了多少还是错了多少的问题，总有修正和丰富过去观点的问题。如果我们承认文学理论是一个历史的过程、历史的产物，就必须对人物、事件、观点和过程做精辟的分析、评价和判断。文学理论发展史研究的职责，就表现在其对于文学理论的真实过程及其内在演化规律的揭示上。它要对其研究对象，即文学理论的变化、变异及发展给以真实的、

①　［英］拉曼·塞尔登编：《文学批评理论——从柏拉图到现在》，刘象愚、陈永国等译，北京大学出版社 2000 年版，第 6 页。

运动的、有机的、一环扣一环的、有完整过程的描述和展开。它要努力展示文学理论演变的真实面貌，表明每一阶段演化的必然性和可能性，并且揭橥出这种必然性和可能性均是在前一阶段的形式范围内被创造出来的。

与文学史不同，文学理论史不但要呈现文学理论演化的历史轨迹，揭示文学理论的变化规律，以便人们认识这些规律，促进文学理论的良性、健康发展，还必须要对历史上的某个具体文学理论家具体的理论文本及其整体的文学思想，或者某个具体的理论流派的文学理论主张进行阐释与评价，挖掘存在于历史上各种理论流派或理论家学说之中的有价值的"合理内核"，使我们对文学的认识更全面、更准确、更合理。在这种意义上，文学理论史研究的目的与文学原理、文学诗学、文学交叉学等并无不同，都是为了获得关于文学的真理性知识。这也是我为什么把它们划入文学理论学科，而不是像有的学者提出的那样把它们归入文学学来与文学理论并齐的原因。

文学理论史的研究还应该与美学史在对象和范围上做出准确区分，尽管它们有一定的联系和交叉。许多文学理论家，如亚里士多德、贺拉斯、布瓦洛、莱辛等，同时也是美学家，这样，许多美学著作同时也是文学理论著作。尽管如此，文学理论史与美学史在对象、内容、侧重点、史料选择的角度、目的与任务等方面毕竟不同，应该加以明确区分。这里，我们以凯·埃·吉尔伯特和赫·库恩的《美学史》与雷·韦勒克的《近代文学批评史》（他这里的批评史内涵是广义的，虽不是纯粹的理论史，但包含理论史，可以借助它看清文学理论史与美学史的区别）为例，看一看它们的不同。在《美学史》的序言中，作者开宗明义地指出，他们所研究的是"各个不同时代的思想家所提出的艺术与美之概念的意蕴"，是"隐匿在所有形形色色哲学体系和流派的辩证发展过程中"的"对艺术与美之本质的认识"。[1] 而韦勒克则强调《近代文学批评史》的对象主要是"迄今为止有关文学的原理和理论，文学的本质、创作、功能、影响，文学与人类其他活动的关系，文学的种类、手段、技巧，文学的起源和历史这些方面的思想"。[2]

---

① ［美］凯·埃·基尔伯特、［德］赫·库恩：《美学史》，夏乾丰译，上海译文出版社1989年版，第4—5页。

② ［美］雷纳·韦勒克：《近代文学批评史·第一卷》，杨岂深、杨自伍译，上海译文出版社1987年版，"前言"第1页。

文学理论不同于文学批评，文学理论史也不同于文学批评史。虽然理论与批评的区分常为人们论及，但在历史的撰述中，理论史与批评史并没有获得各自独立的存在。从目前的研究看，无论在西方还是在我国，文学理论史和文学批评史大都是交织在一起的。韦勒克的《近代文学批评史》，卫姆塞特和布鲁克斯的《西洋文学批评史》，让·贝西埃、伊·库什纳、罗·莫尔捷、让·韦斯格尔伯主编的《诗学史》，以及国内大量的《中国文学批评史》《西方文论史》等，都没有做出清晰的区辨。很多著述也直接命名为"文学理论批评史"。但正如韦勒克所指出的，"'文学批评'通常是兼指所有的文学理论的；可是这种用法忽略了一个有效的区别。亚里士多德是一个理论家，而圣伯夫基本上是个批评家。伯克主要是一个文学理论家，而布莱克默则是一个文学批评家"。[①] 在研究对象、内容、功能、任务以及史料选择等方面，二者存在相当的不同，这也许可以构成未来文学理论史努力的方向。

从已有的关于文学理论的历史性著述看，比较常用而集中的方法是以文学理论家为中心的历史叙述法，把文学理论史看作是文学理论家的历史，把文学理论史写成大理论家的传记及其思想的总和。在这样做的时候，一座座峻拔的山峰得以凸现，但绵延的山脉却无处可寻。这一传统方法需要其他的历史表述方法予以补充。

我们似乎可以从美学史的写作中得到启示。[②] 譬如，鲍桑葵在《美学史·前言》中指明了一种新的历史方法：

> 我认为我的任务是写作一部美学的历史，而不是一部美学家的历史。……我首先考虑的是，为了揭示各种思想的来龙去脉及其最完备的形态，必须怎样安排才好，或怎样安排才方便。其次，我才考虑到我所提到的著作家个人的地位和功绩。[③]

---

① ［美］雷·韦勒克、奥·沃伦:《当代学术入门：文学理论》，刘象愚等译，生活·读书·新知三联书店 1984 年版，第 31 页。

② 此处从彭立勋的《西方美学史学科建设的若干问题》(《哲学研究》2000 年第 8 期）中获得了很多启发，特此致谢。

③ ［英］鲍桑葵:《美学史》，张今译，商务印书馆 1985 年版，"前言"。

苏联学者洛谢夫、舍斯塔科夫合著的《美学范畴史》（1965）和波兰学者沃·塔塔科维奇的《六种观念的历史》（1980），展示了另一种以美学范畴为中心的历史阐释方法。舍斯塔科夫在《美学范畴论——系统研究和历史研究尝试》（1983）中，既不满足于零散的、个别的、阐释性的美学范畴研究，又试图超越简单的、客观的对于西方美学范畴历史的叙述。他提出了一个新的历史叙述模式，"那就是试图揭示这些范畴的历史发展逻辑，介绍美学范畴的各种系统在历史过程中是怎样建立和发展的"①。正如该书副标题所提示的，这一著述在历史研究中有机地结合了系统研究方法。

对文学理论史的写作而言，这不无启示意义。这种以文学理论问题为中心的历史比较方法，有利于理清并呈现文学思想形成和发展的历史脉络。它可以充分揭示文学理论范畴的特殊性、独特性以及范畴系统的结构，显示各种范畴在理论史上的起源、发展和演变。特别是对于我国古代文学理论而言，它的许多富有民族特色的独特范畴，只有得到深入的理解、阐释和系统化，才能真正成为具有中国气派的文学理论系统的生成"细胞"。②

① ［苏］舍斯塔科夫:《美学范畴论——系统研究和历史研究尝试》，理然、涂途译，湖南文艺出版社1990年版，"序言"第1页。

② 这方面已有学者予以关注，譬如詹福瑞的《中古文学理论范畴》（河北大学出版社1997年版）可以说是这方面的比较成功的尝试，但学术界的重视程度还远远不够。

第三章　文学理论作为科学

在明确了文学理论的研究对象、学科范畴以及内容体系之后，文学理论学科的根本性质，就成为亟待解答的问题。

在这一问题的讨论中，文学理论的科学性问题成为最重要的话题，而人们在争论文学理论是否是科学时，其逻辑前提往往并不一致，他们所理解的科学并不是一回事。随着自然科学哲学和社会科学哲学的发展，科学与非科学（反科学不在讨论的范围内）的界限问题一直是人们争论的一个焦点，不同理论流派的观点并不相同。科学的本质和特征是历史的、多维的，很难将其归结为一种终极的、绝对的惟一特性。譬如，17、18世纪人们普遍持"符合论"的观点，即坚持科学认识完全符合客观世界，科学知识是绝对可靠的。但这一信念却在19世纪遭到"可错论"观点的反驳。"可错论"认为所有的科学理论都需要修正，强调科学的可靠性来自科学研究的方法，客观、独特的方法是科学划界的标准。现代科学哲学研究却发现，并不存在所谓统一而客观的方法，科学方法是多样的，并且方法本身也不是绝对客观的，其中总是渗透着理论。可见，科学的概念是一个动态的存在。

为了获得讨论的基本理论前提，这一章我们首先研究什么是科学，通过对科学内部的自然、社会研究的分类与比较，找出科学活动的本质特征，从而明确我们讨论文学理论能否成其为科学时所指称的科学的内涵。这里，我把科学实践活动而不仅仅只是静态的科学知识体系作为确定科学的基本单元，从科学认识和社会实践活动的主体、对象、思维方法、生产方式、发展路径、目标和知识成果及其检验等各方面进行多维研究。

第一节　科学内涵的历史分化

科学是什么，或者说什么是科学，这似乎极为简单的提问，却始终没有简单的答案。科学拥有众多的层面和特性，我们无法从某种单一的角度完全定义它。对科学的理解本身充满着主体多样性和历史性。从科学哲学的角度说，同样是逻辑主义，石里克、卡尔纳普、艾耶尔、亨普尔的逻辑实证主义科学观，就不同于波普尔的证伪主义科学观；它们又都不同于作为历史主义的库恩的范式理论和拉卡托斯的研究纲领方法论；费耶阿本德、R. 罗蒂、劳丹、法因等人的后现代科学观则更是提供了与众不同的见解。从学科视角看，科学史、科学社会学、科学心理学、科学政治学、科学道德学、科学认识论、科学形而上学等不同学科构成迥然不同的认识角度，带来了关于科学是什么的各具特点的回答。

近代科学革命由伽利略、牛顿引起，由哲学家培根从理论上奠定基础。近代科学的集大成者牛顿认为，科学的目的"在于发现自然的结构和作用，并尽可能把它们归结为一些普遍的法则和一般的定律，用观察和实验来建立这些法则，从而导出事物的原因和结果"[1]。被恩格斯誉为"整个现代实验科学的真正始祖"的培根认为，科学的目的是改善人在地球上的命运；科学就是实验的科学，通过有组织的、可控的观察来收集事实，从中推导出普遍理论。他们以及由他们所引起的关于科学的实证主义见解被 A. F. 查尔默斯称为"归纳主义"。这种科学观强调："科学是从经验事实推导出来的知识。"[2]科学始于观察—实验，这种观察—实验应该是客观的、忠实的，不带任何个人的爱好或成见，以此为基础获得的观察陈述就是正确的，成为科学知识的定律和理论形成的推导前提。科学以经验为基础，正如洛克所强调的：知识归根到底都是导源于经验的[3]。虽然任何观察陈述都是单称陈述，还不是全称陈述，但是，如果某些条件被满足，从有限的单称观察陈述中概括推理出全称陈述，即普遍性定律，则是可能的，也是

---

① 参见［英］牛顿：《牛顿自然哲学著作选》，［美］H. S. 塞耶编，上海外国自然科学哲学著作编译组译，上海人民出版社 1974 年版，"扉页"。

② 参见［英］A. F. 查尔默斯：《科学究竟是什么？——对科学的性质和地位及其方法的评价》，查汝强、江枫、邱仁宗译，商务印书馆 1982 年版，第 10 页。

③《西方哲学原著选读》（上卷），北京大学哲学系外国哲学史教研室编译，商务印书馆 1981 年版，第 450 页。

合理的。这里的要求是，观察陈述的数目足够多；观察是在各种情况下进行的，其结果可重复；观察结果无例外，这样，归纳推理才是有效的，科学知识才可以建立起来。在归纳主义者看来，科学知识必须基于可靠的观察经验，观察经验作为推理的前提必须是真实的，这样，通过正确的归纳推理才可以得出可靠的知识，因而科学是被证明了的、客观的知识，优越于其他一般知识；科学因此可以通过归纳得出的定理、规律和理论进行逻辑演绎，获得它对新的事实的解释和预见能力，这是科学的主要特征；科学知识具有可重复性、可证实性。从根本上说，科学就是对实在的摹本，这也就是休谟所指出的真理的一种。休谟认为："真理有两种，一种是对于观念本身互相之间的比例的发现，一种是我们的对象观念与对象的实际存在的符合"①；科学是随着观察和实验的增加、精准而连续发展的过程。这种绝对的、惟一的实证标准的科学观给后世以深刻的影响。科学是一项理性的事业。这里的关键词是：观察、经验、客观、理性、规律、解释、符合、实在、真理、归纳、逻辑推理、可重复性、可证实性、可预见性、必然性、确定性、权威等等。

　　然而，它也遭遇到根本性的难题：从单称观察陈述到全称概括陈述，归纳原理如何能证明自己是正确的？它可以有逻辑的或经验的证明方法，但问题是，一方面，归纳论证的前提是真，而结论是假，在逻辑上是可能的，并不一定包含矛盾，因此"归纳不能单纯根据逻辑得到证明"；另一方面，人们不能用经验归纳来证明归纳原理本身的正确性，否则只能是循环论证。②科学始于观察吗？理论与观察的关系是怎样的？观察是客观的吗？它能提供科学知识的可靠基础吗？现代理论家证明，即使人们"看"着同样的东西，他们也不一定拥有同样的知觉经验。观察陈述必须以某种理论语言为基础，哪怕理论只是模糊的。理论是观察陈述的前提，如 N. R. 汉森所说，"看是一件'渗透着理论'的事情"③。理论先于观察，科学观察有选择性和目的性。你能观察到什么，这取决于你拥有什么样的理论，理

---

① ［英］休谟:《人性论》（下），关文运译，商务印书馆 1980 年版，第 487 页。
② 参见［英］A. F. 查尔默斯:《科学究竟是什么？——对科学的性质和地位及其方法的评价》，查汝强、江枫、邱仁宗译，商务印书馆 1982 年版，第 23—24 页。
③ ［美］N. R. 汉森:《发现的模式》，邢新力、周沛译，中国国际广播出版社 1988 年版，第 22 页。

论作为一种预设规定着你的科学研究。理论能够影响观察和实验，其影响既可以是正确的，也可能是错误的，因为理论是易谬的。因此许多科学问题必须通过改进和拓展理论来解决，而不能通过记录无穷多无目的的观察来解决。

> 科学并非始于观察陈述，因为某种理论先于所有的观察陈述；观察陈述并不能构成科学知识能够在其上建立的可靠基础，因为它们是易谬的。①

这种科学观虽然强调经验的重要意义，但却在科学的生成中（包括经验的形成）排除了人的主体性作用。

当然，这决不意味着观察方法和观察陈述没有意义，也不意味着归纳主义被完全驳倒。逻辑实证主义主要从语言入手逐步"软化"了原本绝对的实证主义科学观。在它看来，具有认识意义的命题，要么是先天的分析命题，要么是后天的综合命题，前者如数学和逻辑学，后者如所有的经验科学。而形而上学，如康德的先天的非经验的综合命题，既不是根据逻辑形式判断真假的分析命题，也不是借经验检验就能证明其正确与否的综合命题，因而是没有意义的伪命题、假陈述。石里克提出："陈述一个句子的意义，就等于陈述使用这个句子的规则，这也就是陈述证实（或否证）这个句子的方式。一个命题的意义，就是证实它的方法。"②证实方法决定了命题是否有意义。细言之，证实分析命题的方法是演绎推理，证实综合命题的方法是经验检验。前者需要满足逻辑规则，无须事实证明，获得的是"形式真理"；后者需要在观察中进行，以经验为依据，检验的标准是"命题与事实的一致"，得出的是"经验真理"。

可见，对分析命题的证实，在于命题的"逻辑上的可能性"，即陈述句子必须而且能够服从语言的语法规则。这里，逻辑证实的可能与不可能、命题的有无意义，是泾渭分明的，"因为，你要么为证实给出了语法

---

① 参见［英］A. F. 查尔默斯：《科学究竟是什么？——对科学的性质和地位及其方法的评价》，查汝强等译，商务印书馆 1982 年版，第 41 页。

② ［德］M. 石里克：《意义和证实》，洪谦主编：《逻辑经验主义》，商务印书馆 1989 年版，第 39 页。

规则，要么没有。第三种情况是没有的"①。同样，一个事实如果能够在经验中被证实，即一个陈述只有在它可以被观察经验直接或间接加以检验的时候，才能做出对世界有意义的论断。其实，并非所有陈述事实的命题都应该而且能够接受经验的证实，譬如，有些陈述一般规律的命题，目前尚未被证实，将来也不大可能被证实，但我们并不能简单地认为它们是无意义的假命题。这里就出现了经验证实的标准和程度的问题。石里克区分了"完全证实"与"可能证实"。前者要求经验上能够获得绝对明确无疑的证明；后者是一种"可证实性"（verifiability），或称"经验的可能性"。"只有可证实的命题才有意义"并不意味着"只有得到证实的命题才有意义"，也不意味着"现在获得证实的命题才有意义"，而是说"该命题具有被证实的可能性"。检验综合命题意义的标准不在于是否已被证实，而在于是否有被经验证实的可能性。这种可能性不同于"非此即彼"的"逻辑的可能性"，而是"或多或少"的"或然性"。这里的"经验证实的可能性"是指命题"同自然规律的相容"的可能性。人类的经验是有限的、不完全的，因而不可能确凿地判定命题的经验可证性，这里只是程度的问题，而非是与否的根本性区别。

卡尔纳普对经验的证实标准做了进一步的改造。他认为，石里克的可证实性是在观察检验过程中实现的，是物理的可能性。他选择物理语言系统作为统一的科学语言，因为物理语言具有"主体间性"，即人人都能理解，而且具有"经验普遍性"，即物理语言的基础命题所描述的是人人都可以观察的物理对象，并可以还原为观察陈述。这样，卡尔纳普就把经验证实标准语言形式化了。一个命题是否有意义不用看它与实在是否一致、是否能被经验证实，而要看它的命题是否属于能被验证的语言系统即物理语言系统的一部分，并能按照语言规则构造出来。在此基础上，他用"确证"（confirm）代替"证实"（verify），用"可检验性"（testability）代替"可证实性"（verifiability），认为"任何完全的证实也不是可能的，却只是一个逐渐增强确证的过程"。这一过程也就是或然性越来越大的归纳的过程。② 这里的"可检验性"强调，只要人们知道检验陈述语句的方法，便

———————

① ［德］M. 石里克：《意义和证实》，洪谦主编：《逻辑经验主义》，商务印书馆1989年版，第51页。

② 洪谦主编：《现代西方哲学论著选辑》上册，商务印书馆1993年版，第499页。

认为该语句是可检验的。就是说，如果知道某种观察可以验证或否证这一语句，该语句就是可检验的，而不必知道具体如何来实现这种观察。

艾耶尔则提出要把"可证实性"做"强"与"弱"的区分。强的可证实性就是指检验普遍命题所包含的一切事例，这其实是不大可能的。证实标准只能是弱的可证实性。具体地说，"我们把记录一个现实的或可能的观察的命题称为经验命题。那么，我们可以说，一个真正的事实命题的特征不是它应当等值于一个经验命题，或者等值于任何有限数目的经验命题，而只是一些经验命题可能从这个事实命题与某些其他前提之合取中被演绎出来，而不会单独从那些其他的前提中演绎出来"[1]。

这里，逻辑实证主义科学观表现出由强到弱、不断软化和宽泛的过程，由非此即彼的完全证实转变到可检验性的软性科学标准。它强调了自身试图通过逻辑分析和逻辑法则来建立一个科学理论总体的演绎系统，并使它与经验总体相接。如此，科学理论系统的逻辑统一性和简单性被得以强调。

波普尔的证伪主义理论则提出了与逻辑实证主义不同的科学观。证伪主义反对根据观察证据来确立理论为真或可能为真的各种观点。在它看来，一方面，恰恰不是全称陈述的正确性而是它的谬误性能够从单称陈述中推论出来。譬如，在某时某地观察到一只渡鸦不是黑色的，那么"所有渡鸦都是黑色的"这个全称判断就是错误的；反之，这个全称陈述却无法用单称观察陈述来证明，证实的可能性是无限的。所以科学系统并不要求从肯定的意义上予以确立，而是要从否定的意义上借助经验检验进行反驳。另一方面，理论是先于观察的，并指导观察，是人们为解决以前遇到的问题或对世界某方面做出适当解释而自由创造的常识性的推测或假设、猜测，就是说，"科学始于问题"。因此，思辨的理论一旦提出，就必须受到观察—实验严格无情的检验；经不起检验的，就会被新的、进一步的猜测所淘汰。可见，科学通过试错法，通过猜测和反驳获得不断的、革命性的发展。证伪主义对科学的见解可以表述为："衡量一种理论的科学地位的标准是它的可证伪性或可反驳性或可检验性"[2]。一个假说要成为科学的一

---

① ［英］A. J. 艾耶尔：《语言，真理与逻辑》，尹大贻译，上海译文出版社1981年版，第38页。

② ［英］K. 波普尔：《猜想与反驳：科学知识的增长》，傅季重等译，上海译文出版社1986年版，第52页。

部分，必须是"可证伪的"。譬如，"明天或者下雨或者不下雨"，就是一句不可反驳的陈述，是不科学的。理论陈述应该清晰、明确，它所做出的确定性的断言越多，就越具有可证伪性；可证伪性程度越高，就越好。这里，科学表现出一种自由、开放和批判的形态。但是，既然观察是渗透着理论并依赖理论的，那么，一切观察陈述都是易谬的。这样，用来证伪的观察陈述又怎么可能是客观的呢？当理论与观察出现冲突时，并不能规定就一定要放弃理论。对此，证伪主义存在逻辑上的矛盾。

无论逻辑实证主义还是证伪主义，都强调科学有一个统一的逻辑，按照这一逻辑可以划清科学与非科学的界限——其标准是一元的；所有科学都在方法上是统一的；科学理论的检验途径和标准也是统一的；科学的历史呈现出不断增长的发展趋向。这一观念遭到历史主义科学观的反驳。

在库恩的范式（paradigm）理论中，范式就是以一个具体的科学理论为范例，表示一个科学发展阶段的模式。范式的更替意味着"科学革命"。一个科学理论要成为范式，它必须是解决了旧范式所不能解决的问题，开拓了新的认识领域，而且留下了有待解决的问题和难点，为科学的后续发展准备了条件。库恩认为，波普尔所要求的严格检验和证伪只是在科学发展的非常时期才是可能的，在大量的常规研究中并无这种根本性的判决检验；在常规研究中，工作就是释疑（Puzzle-Solving），即在已有范式的指导下解决该领域的难题。因此他提出："在检验与释疑这两个标准中，后者既是更加准确，也是更为基本的"①。正是常规科学（Normal Science），而不是处于非常规的科学，最能把科学区别于其他事业的特性表征出来。因此，库恩的科学发展模式是"前科学—常规科学—危机—革命—新的常规科学—新的危机"的循环往复。在库恩看来，科学理论并无一成不变的结构，其方法也总是历史的、具体的。他进一步认为，一方面，在常规科学内，科学表现为累积性的进步。从长远的观点看，说科学通过革命取得进步，是没有问题的，"后来的科学理论，就其在十分不同的环境中解决难题的能力而言，要比早先的强。这不是一个相对主义者的立场，这可以表明我对科学进步坚信不疑"②。另一方面，他又反对科学的进步是朝着某个目

① T.S.Kuhn, "Logic of Discovery or Psychology of Research?" in *Criticism and the Growth of Knowledge*, Cambridge University Press, 1970, p.7.

② T.S.Kuhn, *The Structure of Scientific Revolutions*, University of Chicago Press, 1970, p.206.

的前进的。他认为，范式不是对科学的认识，范式变化的原因是科学团体信仰、价值观念等心理因素，即心理格式塔的变化。这样，社会因素和科学主体的心理因素进入科学的概念。这里存在的心理主义倾向，导致科学理论的不可通约性和不可比较性，使其走向约定主义和相对主义。

费耶阿本德承继了库恩的心理主义倾向，彻底排除了其思想中的理性主义。他否认范式的可比性，提出范式"无公度性"（incommensurability）。科学的变化不是更接近真理，而是更加有用；范式的改变靠的不是理性的力量，而是理性之外的力量，如社会的各种因素以及个体的心理因素，他强调"不经常排除理性，就没有进步"。科学与非科学的划界不仅是人为的，而且对知识的进步是有害的。今天，科学甚至已经成了最新的最富有侵略性、最教条的宗教，已经与国家权力混同在一起。

费耶阿本德反对任何方法，认为我们要理解自然、支配环境，就一定要使用一切思想、一切方法，而不仅仅是其中的一部分。他主张"一切都行""没有混乱，就没有知识"，提倡方法论意义上的无政府主义，甚至认为科学与非科学没有界限。这里，他从根本上是为了消解科学的存在。这是后现代的科学观。

在波普尔和库恩两种科学思想的相互作用下，产生了拉卡托斯的科学研究纲领方法论。他认为，任何科学研究纲领都是一个理论系统，它由最基本的"硬核"和辅助性假设构成的保护带组成。前者历经试探和纠错而形成，具有不容反驳和改变的稳定性；后者可以随时调整和改变，以应付反常情况，避免被证伪。与之相对应的是正面和反面两种"启发法"。正面启发法是不顾反常的干扰，完善、深化理论，以实际的研究把反常变为正常。反面启发法是消极地应付各种问题，设法改变保护带，把反常或合理化或推翻，避免硬核受到经验反驳。拉卡托斯同意库恩科学发展的历史观和阶段论，反对波普尔证伪主义的绝对性，认为科学研究中一次性的证伪并不能被看作决定性的判决。但他反对库恩的非理性主义，尤其反对费耶阿本德的极端相对主义和无政府主义。在拉卡托斯看来，"库恩认为科学革命是非理性的，是一个暴民心理学的问题"[1]，这夸大了个人心理因素

---

① ［英］伊·拉卡托斯：《科学研究纲领方法论》，兰征译，上海译文出版社 1999 年版，第 125 页。

和社会因素的作用。其实，信仰的强度不是知识的标志，一个理论的科学价值在于理性。

面对科学的复杂性，邦格和萨伽德等主张判断一个知识领域是不是科学，要考察它的多种特征，并提出"多元划界模型"。但这种模型是静态的，而且仍然把科学看作精确定义的对象。我国有学者据此提出以"模糊集合"来认识科学，其中的元素是否隶属于这个集合，是"度"的问题，而不是"非此即彼"的问题。①

如果说前面是科学哲学从科学知识内部对科学的认识，科学社会学等则开辟了从其他角度对科学的认识，这可以为我们全面认识科学提供新的参照。它们侧重于从科学的社会功能、效用以及影响科学知识生产与消费的社会因素的角度来说明科学。这样，就往往可以看到科学的社会性一面，科学家主体、科学作为社会建制、科学作为专门的职业、科学的历史传统等社会因素会得以受到重视，从而突破近代科学的唯自然主义倾向。譬如，巴伯认为，科学的本质在于"理性在人类社会中的位置"，并且科学是人类"试图靠运用理性的思考和活动来理解和支配他生活在其中的这个世界"，就是说，理性与科学并不是一对一的关系，"科学仅当理性思维被应用在这些种类的人类目的中的某一个时才存在"。因此，"科学必须既是理性的又是经验的"。②贝尔纳采取了一种更宽阔的视野来看待科学，他认为，科学"不能用定义来诠释"，只能通过从不同的层面、角度描述它的形象来说明：

> 科学可以作为（1.1）一种建制；（1.2）一种方法；（1.3）一种积累的知识传统；（1.4）一种维持或发展生产的主要因素；以及（1.5）构成我们的诸信仰和对宇宙和人类的诸态度的最强大势力之一。③

随着整个人类文化思潮的变迁，无论是关于自然科学还是关于社会

---

① 参见陈健：《科学划界——论科学与非科学及伪科学的区分》，东方出版社 1997 年版，第 177 页。

② ［美］伯纳德·巴伯：《科学与社会秩序》，顾昕等译，生活·读书·新知三联书店 1991 年版，第 6、8、9 页。

③ ［英］J. D. 贝尔纳：《历史上的科学》，伍况甫等译，科学出版社 1981 年版，第 6 页。

科学的认识，都呈现一种开放性：批判和反思传统科学观念，对科学与人文二元对立局面进行了无情颠覆。无论是自然学科领域里的新发展，还是人文社会科学领域提出的新挑战，都从根本上突破了近代以来不断得到强化的自然科学、社会科学两个超级领域的组织分界。因此，考察科学的内涵，不能局限于某种特定的学科领域，还必须深入科学与人文的历史互动过程，从二者日益融汇的发展趋向中来把握。

第二节　文学理论科学

关于科学，没有统一而一贯的解释，存在着各种不同，甚至针锋相对的见解。这种复杂性，给我们讨论文学理论是不是科学，带来了很大麻烦。文学理论界关于科学几乎没有明确的意识，往往只是基于某种流行观点或本能，在无意识状态中使用着复杂的科学概念。由于缺乏统一的假设前提，人们赞成与反对的往往根本就不是同一个对象，大多数的讨论只能是自说自话。

赞成文学理论是科学的论者，往往径直强调和规定文学理论是科学，把它作为一个基本的理论预设或公理。有的虽然不直接说文学理论是科学，但在实际论述中也是以科学为鹄的。譬如，常见的对文学基本原理或文学理论的界定："它是以人类社会的一切文学现象作为研究的对象，从中阐明文学的性质、特点和基本规律的一门科学"[①]。如此对文学理论学科属性的描述非常普遍，绝非一家或几家之言。

这里的科学是指自然科学，还是社会科学，抑或是统一性的科学？它有怎样的性质？从描述的情况看，它接近于实证主义自然科学观，但它们是不是一回事？文学理论的学科特殊性在哪里？对此，一部著述不一定要全面阐述，但是，对关涉学科定位的基本概念却不能没有明确意识。基本概念不清，理论问题便无从解决，即使有争论，也无法形成真正的思想交锋，只会给争论者创造树立假想敌的机会和可能。就此问题，成熟的文学理论应该有清醒的认识。

---

① 参见以群主编：《文学的基本原理》，上海文艺出版社 1983 年第 3 版，第 1 页。

反对将文学理论定位于科学的论者，在概念的使用上往往更加随意、模糊和混乱。譬如，有些学者把文学与科学加以区别，突出文学的人文性、精神性、价值性，据此认为文学理论是人文学科而绝非科学，甚至直接将文学理论的独特本质定位于它的非科学性，强调文学理论知识合法性的依据主要不在于其科学性，而在于它所表述的文学理想本身的现实意义与审美价值的高下等。①

这些观点充分认识到文学理论的人文性、价值性或意识形态性，由反对将文学理论看作实证主义的自然科学，进而反对文学理论的求真性、知识性，反对将它定位于一门科学。这里，我们不禁要问：极端地说，是不是主体倾向性越强的文学理论就越好呢？或者，是不是具有价值倾向性的文学理论都同样有道理，彼此间根本就不可比呢？

学科反思，本应有更高远、更辩证的视野，但由于这些论者往往将自己幽闭于近代实证主义科学观，执着于人文性与科学性的对立、乖谬，缺乏对现代科学观念的整体把握，其所产生的批判力量是微弱而苍白的。现代科学观已经日益突破纯粹实证主义的窠臼（这一点将在后面详谈）。把反对文学理论被当作纯粹实证的自然科学与文学理论本质上是科学混为一谈，由强调文学理论是人文学科、不是自然科学而直接得出它不是科学的做法，不但逻辑前提有漏洞，而且其泼水弃婴的做派，除了欲有意引起关注外，它对于文学理论的学科定位与学科特性问题的认识，带来的更多的不是新见，而是混乱，胶柱鼓瑟，避坑落井，不利于问题的解决。他们甚至很难找到真正把文学理论当作自然科学的论敌，确乎有点像与风车作战的唐吉诃德。

这里，研究者的世界观和学术思维的模糊，必然产生学科概念的混乱，并将从根本上导致理论的瘫痪，使其缺乏发展的后劲。要确定文学理论是不是科学，它的科学性在哪里，我们必须对基本的概念有清醒的意识和明确的界定。这是完全可以做到的。许多文学理论家已经对此表现出科学研究的缜密性、准确性。譬如，韦勒克就反复强调：

---

① 参见杨矗:《文学理论的自性危机与合法化困境》，《人文杂志》2002 年第 2 期；张荣翼：《文艺理论不是 X》，《青海师专学报（社会科学版）》1999 年第 1 期。

"文艺科学"［Literaturwissenschaft］在德文中就保存着其旧日表示系统知识的意思。但是我却想采用英语中"文学理论"［literary theory］一词而不愿用"文艺科学"，因为"科学"在英语中已经限于指自然科学并且暗示要仿效自然科学的方法和要求，看来在文学研究中采用它不但不明智而且使人误入歧途。①

显然，在韦勒克那里，文学理论是德语里广义的科学，而不是英文和法文里的"科学"，即自然科学。这些概念的含义都很明确。②

科学是自古以来就存在的人类活动，古人并没有把科学与其他活动区别开来。譬如，中国古代的天文学与星相学就是混淆在一起的。近代科学形式出现于17世纪的西欧。中国出现"科学"概念则是在19世纪末，从日本移植过来，日本人把"science"翻译为"科学"，意为"分科之学"。

"科学"概念是历史地生成并不断发生着变化的。科学是什么，这个问题几乎没有明确一致的答案。英国科学哲学家查尔默斯曾感叹说，对于科学概念，"我们开始于迷惘，终于更高水平的迷惘"。但这并不意味着关于科学概念不能获得基本的一致性，我们仍然可以对科学的形象做出某些整体性的描述。美国社会科学哲学家鲁德纳提出，"'科学'或（更通常地）'社会科学'这个词的用法除非另做限定，都应该用来表示由科学活动的结果所构成的命题"，"这些命题构成了社会科学的理论或理论的框架"。他还进一步认为，"社会科学理论的结构特点和其他任何科学理论的结构特点是完全一样的"。③

如果从根本上把科学看作是一种社会活动，看作是发生在人类社会中

①　［美］雷内·韦勒克：《批评的概念》，张今言译，中国美术学院出版社1999年版，第2页。

②　其实，不但韦勒克、沃伦的《当代学术入门：文学理论》（纽约，1949年）通过区分科学的各种含义，比较它与自然科学的区别与联系，对文学理论的科学属性进行了准确说明，佛克马、易布思的《二十世纪文学理论》（伦敦，1977年）也明确要以波普尔的科学"统一方法"来构建历史主义方法与结构主义方法相结合的科学化的文学理论；波斯彼洛夫的《文学原理》（莫斯科，1978年）也明确要把自己的文学理论建设成为以历史—具体方法论为基础的历史科学。在我国的文学理论著述中，也有少数带有明确的学科反思与建构意识的，如董学文、张永刚的《文学原理》（北京大学出版社2000年版）、吴调公主编的《文学学》（百花文艺出版社1987年版）中就有关于文学理论科学性问题的明确论述。虽然这些论述和界定存在这样或那样的不完善，但它们确乎为后续研究搭建了一个基础平台。

③　［美］R. S. 鲁德纳：《社会科学哲学》，曲跃厚、林金城译，生活·读书·新知三联书店1988年版，第16、19页。

的一系列行为，那么，科学首先是一种特殊的思想和行为，在不同历史时期的社会背景中，人们实现这种思想和行为的方式和程度不同。从这一角度看，科学是复杂的甚至是充满矛盾的，但科学不是一条条零散的、确证的知识，也不单单是一系列获得这种知识的逻辑方法，"科学具有一定的统一性和整合性，这种统一性固然不很完全，但它仍然是科学存在的一项重要条件"。因此，"我们需要一种对科学的系统理解，我们需要一种把科学本质的这种多样性与其内在的整合性和统一性联系起来的方法。科学并不是要素与活动的杂乱无章的组合，而是一个具有凝聚性的结构，其各部分在功能上有互相依存的关系。简言之，我们需要对科学本身有一个更科学的理解"。①

文学理论家既是文学理论科学活动的参与者，又是这一活动的观察者、反思者。要获得自己关于"科学"的科学认识，不能只采用科学家或科学哲学家关于"科学"的观点，也不能只将"科学"概念随意纳入已有的文学理论概念体系中，文学理论家需要把提出一个关于"科学"的概念作为他的基本任务之一。这个概念要反映出文学理论家作为"科学"的观察者的看法，而不是仅仅作为参与者的看法。我们要努力从人文社会科学学者自己的视野中得出新的认识。

一、人文社会根基上的科学

首先，我们从科学的历史发生、演化和当代趋向上看，科学是一种以人类对世界和自身的认识为目的的实践活动及其成果。在根本意义上，它是由人类进行的并为了人类的存在和发展而进行的认知性活动。从这一点上说，文学理论的人文性、精神性、价值性内在于其作为科学的本质特性中。那种将文学理论的科学性与人文性截然对立的观念，是囿于纯粹实证主义思维框架的结果。

文学理论所研究的文学活动、文学现象，是一种"意向性"的精神文化现象，作为客体，它不同于自然事实，它内含有价值因素。正是由于对象具有价值性，这就进一步牵涉到文学理论有无价值判断的问题。不少学

---

① ［美］伯纳德·巴伯：《科学与社会秩序》，顾昕等译，生活·读书·新知三联书店 1991年版，第 1、2 页。

者根据自然科学对象的无价值性，认为自然科学没有价值判断，而文学理论对象有价值性，所以文学理论自身也就有价值倾向性；如果要使文学理论成为科学，必须排除掉文学理论研究中的价值判断、人文精神、文化意义等因素，而这就必然导致文学理论的科学追求与学科现实的内在矛盾。由此，他们否认文学理论是科学。可见，科学性与人文性是否是简单对立的，科学是否必然排斥精神价值因素，就成为文学理论能否成为科学的关键性问题。这里，我们只有细致考察、梳理科学与人文的历史渊源与现代走向，才能厘清它们之间的复杂关系。

英国学者阿伦·布洛克曾这样概括人类认知历史的发展：

> 一般说来，西方思想分为三种不同模式看待人和宇宙。第一种模式是超越自然的，即超越宇宙的模式，集焦点于上帝，把人看成是神的创造的一部分。第二种模式是自然的，即科学的模式，集焦点于自然，把人看成自然秩序的一部分，像其他有机体一样。第三种模式是人文主义的模式，集焦点于人，以人的经验作为人对自己，对上帝，对自然了解的出发点。①

超自然的模式是在中世纪占支配地位的掌握世界的方式。而人文主义的模式则与古代的文学、艺术、史学、哲学和社会思想有关，但其现代形态却是在文艺复兴时期形成的。那时，意大利等西欧国家复兴了古希腊罗马的全面教育传统（希腊文为 enkyklia paedeia，古罗马哲学家西塞罗在拉丁文中找到了一个对等的词 humanitas），在与"神的研究"对立的意义上，兴起了 studia humanitatis，即"人文学科"研究。它以人和自然为研究对象，其内容包括对古希腊罗马语言、文学以及自然科学等内容的研究。可见，科学是内含于人文学科之中的，是培养全面的人的不可或缺的内容，二者合而为一，是以人和自然为对象的世俗学问。科学、人文的共同目标是反对宗教的神性、信仰和蒙昧，而起作用的途径是张扬人的理性，其所有目的都在于培养多才多艺、全面发展的人，使

---

① ［英］阿伦·布洛克：《西方人文主义传统》，董乐山译，生活·读书·新知三联书店 1997 年版，第 12 页。

其作为人的能力达到顶峰。人的优越性是它们要发展的首要概念。这里，科学与人文一样，都是"富有人道的字眼"。文艺复兴通过打破神学禁锢、通过理性恢复了人的尊严，为整个人文学科（包括科学）的发展开辟了道路。此时，诸如达·芬奇、米开朗琪罗等时代巨人的出现，就标志着这种和谐与统一。

15 世纪后期，科学逐渐有了与人文相区别的独立的狭义用法，为科学的专门化发展进一步开拓了道路。当然，真正的科学模式到了 17 世纪才逐渐形成。"近代科学之父"培根提出"知识就是力量"，强调理性的意义和实验归纳方法的重要性。笛卡尔则更加推崇理性的"理智主义"，推崇自然科学。特别是 19 世纪以来，现代科学技术突飞猛进，创造了无数的奇迹，产生了巨大的经济效益和社会效益，大大改变了人们的世界观和方法论，科学理性成为人们新的不同于宗教神秘主义的思想意识和价值取向。

自然现象的联系和相互制约是自然界发展的规律，同样，人类的社会生活现象、精神现象的相互联系和制约也不是偶然的，而是有规律的，理应对人类社会历史现象，包括精神现象，进行研究，使其成为科学。恩格斯说："我们不仅生活在自然界中，而且生活在人类社会中，人类社会同自然界一样也有自己的发展史和自己的科学"，这一"关于社会的科学，即所谓历史科学和哲学科学的总合"。[①] 正是在这种"从自然科学奔向社会科学的强大潮流"[②] 的文化语境中，文学理论被要求当作科学来建构。虽然自古以来关于文学的各种思想观念都包含大量科学的因子，过去一切大的文学理论体系，在思辨的要素之外，都富有精确的观察或丰富的文学事实的根据，但文学理论科学化的追求，只是到了这时才浮出历史的地表。

在这一背景下，文学理论就很自然地同数学、物理学、人类学、心理学、生物学、生态学等科学学科挂起钩来。对文学问题的实验方法、统计方法、定量方法，乃至其他科学方法在研究人物性格、文学典型、审美

---

① 《马克思恩格斯选集》第 4 卷，人民出版社 1995 年版，第 230 页。本文由于行文的需要，经常会出现社会科学、人文社会科学、人文科学、精神科学、文化科学等不同说法，其所指大体上是一致的，是包括在恩格斯这里所说的"关于社会的科学"中的。

② 《列宁全集》第 25 卷，人民出版社 1988 年版，第 43 页。

活动、作家作品等方面的应用，很快形成了新方法的一个又一个分支。譬如，系统科学方法在文学理论等哲学社会科学中的广泛应用，已经成为有目共睹的事实。再如，按信息论美学的主要倡导者阿伯拉哈姆·莫里斯（A. Morris）的意见：

> 一般地说，所有艺术作品，艺术表现的任何形式，都可被视为信息，它由发送者，即艺术家——有创造能力的个人或小团体等，通过可以是视觉、听觉或其他感受系统的传输渠道，发送给选自某个特定的社会文化团体的个别接受者。①

这种看法，在传统的文学理论学说中不能说没有因子，但把整个文学过程（生活—作家—作品—读者）动态地描绘成一个信息和信息反馈系统，并从中找出某些规律性的东西，确乎带来了对文学问题的新的很有说服力的阐释，这在以往的文学理论体系中还是不多见的。

但是，随着科学文化思潮日益发展为一种科学主义、一种霸权话语，自然科学就越来越成为知识、真理的惟一合理形式，自然科学的观念、方法、原则成为知识合法性的依据。自然科学因其所产生的宇宙观压倒了其他方面所形成的旧观念而独步一时，自然科学越来越成为科学的代名词，以至于斯宾塞说："什么知识最有价值？一致的答案就是科学，这是从所有各方面得来的结论"②。自然科学把自己本身和自己的应用扩展到整个世界。卡尔纳普曾提出："科学是一个统一的系统，在这个系统之内并无原则上不同的对象领域。因此自然科学和精神科学并不是分裂的。"③但是，他这里的"统一"有特定的内涵，其实质是用自然科学统摄精神科学，把自然科学中的事件、社会事件或人们的行为事件都还原为时空中的物理事件，以物理语言作为统一的科学语言。

在这种大形势下，文学理论等哲学社会科学领域也确乎出现了把自然

---

① 转引自董学文主编：《马克思主义文论教程》，广西师范大学出版社 2002 年版，第 87 页。

② ［英］赫·斯宾塞：《教育论：智育、德育和体育》，胡毅译，人民教育出版社 1962 年版，第 43 页。

③ ［美］R. 卡尔纳普：《哲学与逻辑句法》，洪谦主编：《西方现代资产阶级哲学论著选辑》，商务印书馆 1964 年版，第 316 页。

科学看作知识的惟一范型的倾向，要求对文学等精神文化研究领域也必须依照这个范型加以衡量。文学作为社会文化精神领域的独特的东西往往或被强行拉入自然科学的观念框架中，或被作为非科学而遭到贬黜，失去了其应有的地位和价值，得不到真正科学的认识和解释。

要分析和认识文学世界，我们既不能用显微镜，也不能用化学试剂，如果对文学理论这门科学的一切细节和联系不做进一步的具体的历史的探讨，仅仅止于一般的、抽象的自然科学方法，这种排除历史过程的、抽象的自然科学方法的缺点，"每当它的代表越出自己的专业范围时，就在他们的抽象的和唯心主义的观念中立刻显露出来"①。要看清文学世界的总画面，不仅要正确把握文学现象的总画面的一般性质，还要了解这幅总画面的各个细节，否则，文学理论科学就不可能真正建立起来。

譬如，法国左拉的自然主义文学理论，要求用科学来控制文学，将文学纳入科学的轨道，即主张以生理学、遗传学为指导去认识和反映社会生活、描写人，倡导以科学实验的方式进行文学写作，要求作家以科学家的身份记录观察到的事实，客观地、"照相式"地反映现实。俄国形式主义文论则试图将文学问题全部归结为语言形式问题，以语言学来建构具有实证科学意义的文学理论，将文学完全封闭起来，导致了对文学的极大简化。同样的问题也出现在试图一劳永逸地发现文学内部结构规律的结构主义文学理论那里。虽然这些理论对文学理论科学性的诉求是非常有启发性的，也取得了较高的学术成就，但其将文学世界与物质世界同样对待的科学主义的方法论陷阱，最终使其受到了很大的局限，甚至走入理论的死胡同，科学的文学理论自然也因此无法建立。

在唯科学主义时代，科学倡导物的、机器的而非人的世界观，它把人的世界变成了一个完全没有生命的物质组成的冷冰冰的世界，正如科学史学家亚历山大·柯莱伊所归纳的：

> 近代科学打破了隔绝天与地的屏障，并且联合和统一了宇宙。而且这是对的。但正如我也说过的，它这样做的方法，是把我们的质的和感知的世界，我们在里面生活着、爱着和死着的世界，代之以另一

---

① 《马克思恩格斯全集》第 23 卷，人民出版社 1972 年版，第 410 页注。

个量的世界，具体化了的几何世界，虽然有每一个事物的位置但却没有人的位置的世界。于是科学的世界——现实世界——变得陌生了，并且与生命的世界完全分离。①

这样的现实，理所当然地遭到来自人文社会科学学者和自然科学学者的反对。

一方面，人文社会科学学者通过发展人文社会科学的特殊性，开启了一条与科学主义斗争的战线。譬如，在维科看来，任何存在都只能对它自身所创造的事物真切地予以理解和领悟。我们的知识范围决不能超出我们的创造的范围。人类只能在它所创造的领域之内有所理解；更严格地讲，只能在精神世界中获得，而不能在自然中获得。自然是上帝的作品，自然只能在创造它的神性理解中被全然领悟到。人类所能真正领悟到的不是事物的本性，因为人类绝不能彻底穷尽事物的本性；人类所能真正理解的乃是它自己的作品的结构和特性。②维科试图寻找人类对自我认识、理解的途径，主张在数理科学之外建立关于人的思想和行为的"新科学"。

康德在"纯粹理性"之外确立了"实践理性"和"判断力"的位置。这样，自然科学就从绝对合法的独霸地位下降为一种专门研究，为道德法则和审美法则留下空间。此后，康德的学生赫尔德强调对人性的研究应该用不同于科学的特殊方法。新康德主义者文德尔班提出两种科学："合乎规律的科学"和"个体叙述的科学"即历史学。他的学生李凯尔特系统阐述了"文化科学"与"自然科学"的区别，强调自然科学采用的是与价值无涉的"普遍化的方法"；文化科学采用的则是根本不同的、"与价值联系的方法"，即"个别化的方法"，它往往必须反对把自然科学方法宣称为唯一有效的方法。

卡西尔也看到人文社会学科研究在近代科学主义的藩篱下沦落至"无家可归"的状态。他认为："一般认识论，因其传统的形式和局限，并没有为这种文化科学提供一个充分的方法论基础。在我看来，要使认识

① 转引自［比］伊·普里戈金、［法］伊·斯唐热：《从混沌到有序》，曾庆宏、沈小峰译，上海译文出版社 1987 年版，第 71 页。
② 参见［德］恩斯特·卡西尔：《人文科学的逻辑》，沉晖、海平、叶舟译，中国人民大学出版社 2004 年版，第 47 页。

论的这种不充分性能够得到改善，认识论的全部计划就必须扩大。"①为此，他创立了符号学，试图从人类"创造过程的统一性"来考察人类文化形式，从而确立了包括文学理论在内的各种人文社会科学的特征："它的目的不是规律的普遍性，也不是事实与现象的个别性。与这二者相反，人文科学特具的认知理想，是形式的整体，人类生活就是在这种形式中展示的"②。

在寻求文学理论的人文精神独特性方面，生命直觉主义文论和解释学文论也进行了大量研究。狄尔泰详细区分了他所提出的"精神科学"（Geisteswissenschaften）与自然科学以及它们各自使用的"理解"与"解释"的方法。柏格森基于生命本体论，提出直觉主义认识论，坚持人文与科学的对立，强调人类精神现象的特殊性，认为科学理性只能"迂回于对象的外围"，无法进入内在的生命本体；诗人用语言再现的是他的独特的、个别的、不可重复的某种生命精神状态，所以这是理性的、功利的科学所无法把握的。海德格尔、伽达默尔通过对解释学的本体论改造，构建出人文精神科学在本体论和认识论、方法论上根本不同于自然科学的特性。海德格尔认为，自己对文学的探究根本不是把文学作为客体来研究，而是在对诗意存在的客观体验中展示自己。

总体上说，这种从不同于科学主义的另一面来思考科学与人文关系的观点认为，在自然世界以外还有一个人类参与的第二维度，用人类学的笼统术语来说，可以叫做人类文化世界，也就是思想的、价值观的、信仰的、艺术的、语言的、象征的、神话的、制度的、历史的（包括科学史）世界。因为这个世界是人创造的，所以这一世界的基本特点，就是不能从外部把它当作独立于人之外的纯然客体来认识，而是要通过进入这一世界的内部，从内部以人文社会科学手段来掌握和了解它们。这种思路被后现代主义者罗蒂称为"精神—自然二分法"。虽然这一方法的进步意义显而易见，却也由此产生了严重不良后果：从那时起，人文社会科学和自然科学被界定为两种完全不同的、对有些人来说甚至是截然对立的认识方式。

---

① Ernst Cassirer, *The Philosophy of Symbolic Forms*, trans. Ralph Manheim, New Haven: Yale University Press, 1955, p.69.

② ［德］恩斯特·卡西尔：《人文科学的逻辑》，沉晖、海平、叶舟译，中国人民大学出版社2004年版，第144页。

科学与人文被割裂开来，成为根本对立的实践活动方式或知识形式。于是，我们这个时代最可怕的冲突，在两种看法不同的人们之间展开：一方是文学家、史学家、哲学家这些所谓的人文学者，另一方是科学家。正是在这种意义上，利科尔指责狄尔泰说："比较之下，我们认为，主要是由于狄尔泰才产生了用两种科学、两种方法学、两种认识论的说法来区分自然科学和人文科学的假象"[①]。

另一方面，现代自然科学及其科学观的发展已经日益突破经典科学观的认识框架，进入另一个与唯科学主义角斗的场域，出现了与人文社会科学融合的趋向。在自然科学中，广义 / 狭义相对论、量子理论、海森堡测不准原理、被爱因斯坦誉为"整个科学的首要定律"的熵定律（热力学第二定律）、普利高津等的耗散结构理论等科学理论，对笛卡尔、培根、牛顿的机械论、因果论、决定论、稳定均衡论的世界观提出挑战。在这种意义上说，"由于我们正在经历一个不断变化的、不稳定的宇宙，那种经典物理学决定论的'不变真理'观念已不能成立"。人们已经认识到，"在自然秩序的展开过程中，我们不仅是观众，也是演员。不管我们作任何努力，我们终究不能脱离周围世界"。因此，必须用新的世界观来"改造科学"。按照普利高津的说法，这种"科学改造"的实质，"和那种把世界当做一部自动机的传统观点相反，我们又重新拾起了把世界当作一件艺术品的希腊模式"。[②]这一"希腊模式"，正是科学性与人文性相统一的原初意义的科学。

科学史家萨顿更是热忱地呼唤这一趋势："我们必须准备一种新的文化，第一个审慎地建立在科学——在人性化的科学——之上的文化，即新人文主义"，它"赞美科学所包含的人性意义，并使它重新和人生联系在一起"。[③]所以，在他看来，"把自然的研究同人的研究对立起来是最愚蠢的事了，因为在这两种情况中我们都必须和上面提到的基本的二元论——人与自然——打交道"。既然科学的研究和人文的研究都要同时与

---

① ［法］保罗·利科尔：《解释学与人文科学》，陶远华等译，河北人民出版社 1987 年版，第 67 页。

② ［美］杰里米·里夫金、特德·霍华德：《熵：一种新的世界观》，吕明、袁舟译，上海译文出版社 1987 年版，第 207 页。

③ ［美］乔治·萨顿：《科学史和新人文主义》，陈恒六等译，华夏出版社 1989 年版，第 124—125 页。

自然和人打交道，那么"科学的统一性与人类的统一性只是同一真理的两个方面"①。

20世纪初，马克斯·韦伯曾经把近代思想的发展轨迹概括为"世界的脱魅"（disenchantment of the world）。"脱魅"就是非神性化，就是祛除主观、心理、个性、意义、价值、浪漫、感性、直觉、审美等因素，从而达到客观化、物理化、机械化。这一概念代表着对客观知识的探求，这一过程在科学发展史上功不可没。但"脱魅"的科学分析法、还原论，在为我们提供有限而昂贵的通过冷抽象而获得的知识的同时，却把人类灵魂或人的心灵视为外在于科学的现象，将许多可以滋润人的心田的富有意义的东西褫夺了。因而它仅仅认识了世界的特殊的、有限的部分。基于现实世界的错综复杂性，普利高津和斯登杰斯在《新同盟》一书中倡导"世界的复魅"（reenchantment of the world）。"世界的复魅"要求打破人与自然之间的人为界限，使人们认识到二者都是通过时间之箭而构筑起来的单一宇宙的一部分。它意在更进一步解放人的思想，并不是号召把世界重新神秘化。②它有别于后现代科学，后者为了让科学"复魅"，把玄学、神学、诗歌都纳入科学，使其都成为世界的"立法者"，从而在本质上取消了科学的存在。

随着科学研究分工与合作的日益深化，人类的实践活动也走向了更高层次的综合，自然科学与人文社会科学之间分裂、对立的界限日益模糊。经过长期的碰撞、交合、对峙，科学与人文作为被分化了的两极，越来越显示出单方面的局限性，显示出自然世界和精神世界的内在统一性，显示出走向更高层次的综合、统一与均衡的必要与可能。正如皮亚杰所言："如果说有一股人文科学自然科学化的倾向的话，那么，也有一股相反的倾向，即某些自然程序的人文科学化。"③人们愈来愈意识到人类各种智慧成果作为整体存在的意义。即使一些看起来好像是颇为不同的领域，甚至彼此很难相互接近的哲学流派之间，人们也可以尝试通过指出其出发点上的

---

① ［美］乔治·萨顿：《科学史和新人文主义》，陈恒六等译，华夏出版社1989年版，第28、34页。

② 参见［美］华勒斯坦等：《开放社会科学：重建社会科学报告书》，刘锋译，生活·读书·新知三联书店1997年版，第80—81页。

③ ［瑞士］皮亚杰：《人文科学认识论》，郑文彬译，中央编译出版社1999年版，第55页。

共同性（即提出相同的或相似的问题）而达到相互接近。

文学理论在走向科学的途中所遇到的许多问题，如价值性与真理性、主体性与客观性等，也正是自然科学和其他社会科学所无法回避的。科学与人文应该立足于"出发点的共同性"而逐渐融通。融合的通道是多种多样的，既可以是观念层次的相互启发，也可以是方法层次的相互借用；既可以是学科层次的共同整合，也可以是精神层次的相互交融。科学的历史已经并将继续证明，只有统一自然科学与人文科学于其中，并实现二者的大体平衡，才是真正本质意义上的科学。

马克思早年曾经说，"自然科学往后将包括关于人的科学，正像关于人的科学包括自然科学一样：这将是一门科学。"[1] 人本身即是自然界的感性存在，人所具有的特殊的感性本质力量，如感觉、思想、激情、愿望、冲动、需要、目的、计划等，也只有在自然对象中才能得到客观的实现。例如，语言作为思维本身的要素，作为思想的生命表现要素，同时也是感性的自然界。这样，人的这些本质力量只有在关于自然本质的科学中才能获得准确的自我认识。伴随人类社会的产生发展，自然界也在不断地产生发展，但这两个过程从来都不是泾渭分明的，自然界成为人类社会现实的过程，人类社会也同时成为自然的演化过程。在这一背景下，离开自然与人的历史关系的辩证认识，科学性与人文性问题将无法获得根本解决，而只能是两个极端之间的相互取代与不休的无端争斗。因此说，人文科学与自然科学要实现融通。

美国学者伯纳德·巴伯则强调社会科学和人文科学的互补关系：

> 社会科学与人文科学之间就没有必然的冲突。与所有科学一样，社会科学主要关心分析、预见和控制行为与价值；人文科学则主要关心综合与欣赏。在人类调整其与社会存在的关系时，二者都发挥各自必需的作用，作为生活手段，任一方都不能完全代替另一方。因此，社会科学家与人文科学的学者，都应抛弃存在于二者之间的反唇相讥和冲突，携手合作，确定各自然而又彼此互补的利益与活动范围。双方各自部分地按自己的合乎逻辑的方式发展，同时也能彼此获益——

———————————

[1] 《马克思恩格斯全集》第42卷，人民出版社1979年版，第128页。

社会科学可以提出对于人类行为的系统的、实在的新理解；而人文科学则可以提供有时能预见社会科学的未来进程的真知灼见。①

皮亚杰也认为：

> 在人们通常所称的"社会科学"与"人文科学"之间不可能作出任何本质上的区别，因为显而易见，社会现象取决于人的一切特征，其中包括心理生理过程。反过来说，人文科学在这方面或那方面也都是社会性的。②

由此可见，自然科学、社会科学、人文科学虽有不同，但本质上是统一的、互补的。正是在这三者的融通处，科学获得了本真的属性。我们关于文学理论是不是科学的讨论，是应该以此为基础的。

唯科学主义之所以在今天引起人们的反思和警醒，正是在于它越来越超出"为人类"的前提，结果往往不是促进人类面对自然、社会及自身的解放，促进"人的全面发展"和幸福、自由的增长，而是以"工具理性的霸权"编织新的牢笼，控制、肢解、扼杀全面的、自由的人的天性，使之散落为社会机器的无独立本质的零件，使人变成单面人。因此，我们首先要强调科学的人文社会根基，这是科学的本性所在。用新人文主义者萨顿的话说：

> 无论科学可能变得多么抽象，它的起源和发展的本质却是人性的。每一个科学的结果都是人性的果实，都是对它的价值的一次证实。科学家的努力所揭示出来的宇宙的那种难以想象的无限性不仅在纯物质方面没有使人变得渺小些，反而给人的生命和思想以一种更深邃的意义。随着我们对世界的理解逐渐深入，我们也就更热心地去欣赏我们同世界的关系。③

---

① ［美］伯纳德·巴伯：《科学与社会秩序》，顾昕等译，生活·读书·新知三联书店1991年版，第307页。

② ［瑞士］皮亚杰：《人文科学认识论》，郑文彬译，中央编译出版社1999年版，第1页。

③ ［美］乔治·萨顿：《科学史和新人文主义》，陈恒六等译，华夏出版社1989年版，第49页。

作为文学理论研究者，只有我们成功地把历史精神和科学精神结合起来，我们才是一个真正的人文主义者。因此，我们在将文学理论视作人文社会科学而反对唯科学主义倾向时，不能把对唯（自然）科学主义元话语僭妄性的质疑变成对科学合法性的颠覆，而使自身走向非科学。否则的话，我们采用的仍然是纯粹实证主义的思维方式，其逻辑前提本身就是错误的：把科学等同于自然科学，科学与非科学非此即彼。如此的二元对立，根本无法使科学和人文的关系获得准确认识。作为人文社会科学的文学理论，只有内在地具有了科学性，才能真正突破科学主义思维的局限，找到其学科本性。所以，这里我们说文学理论是科学，其基本前提是冲破近代唯自然科学主义的模式，把对人性和社会的考察纳入科学的视野，在科学与人文的融通中来考量全面、准确的科学内涵，而不仅仅是单纯以某些自然学科，譬如数学和物理学，作为科学的认识框架和衡量标准。

二、作为发展的文化认知过程的科学

首先，科学是发展的认知过程。发生认识论已经表明，认知就是个体对外界环境的"适应"过程，包括"同化"和"调节"两种作用和机能。"同化"是个体把刺激纳入原有的认知格局中，强化原有格局；"调节"是个体受到刺激作用而引起和促进原有格局的变化、修正、创新，以适应环境。通过这两种活动，个体与环境达到平衡。因此，个体的认知过程可以简单描述为：出现刺激—适应（同化和调节作用）—形成认识格局—产生平衡—新的刺激—适应—新的格局—新的平衡。可见，"认识既不能看作是在主体内部结构中预先决定了的——它们起因于有效的和不断的建构；也不能看作是在客体的预先存在着的特性中预先决定了的，因为客体只是通过这些内部结构的中介作用才被认识的，并且这些结构还通过把它们结合到更大的范围之中而使它们丰富起来。换言之，所有认识都包含有新东西的加工制作的一面"①。这里，我们可以看到认知活动的两个非常重要的特征。

一是，认知活动是一个不断修正认识结构的局限性的过程，或者说，

---

① ［瑞士］皮亚杰：《发生认识论原理》，王宪钿等译，商务印书馆1981年版，第16页。

它是一个发展的过程，主体对世界的认识是不断扩大和深化的。

科学认知与个体认知具有相似性。美国科学社会学家 N. 李克特曾将"科学作为个体的认知发展在文化上的对应物"①。无论是实证主义通过观察—实验来检验理论，还是波普尔的通过严格证伪来批判理论；无论是库恩提出的科学的演化是从常规科学内部的不断修正、完善，累积性进步，到危机的产生、科学革命的爆发，直至新的范式出现，还是拉卡托斯主张的科学的发展是科学纲领的自我修正和变革——这些都表明，科学是渐变与突变、量变与质变的统一过程，其在方向上呈现某种连贯性，而不是像时尚话题那样无方向地变迁。不存在所谓终极的科学理论，它们永远只是"在路上者"；科学理论也不应该是惟一的，既存在着理论的探险和各种理论的相互竞争，也存在着比较的标准和尺度。各种科学理论之间是具有可比性的，能在比较中不断进步，越来越大程度地使人们获得必然王国的自由。自然科学突飞猛进的发展，已经证明了这一点。

与自然科学一样，人文社会科学也表现出真理作为过程的特点。正是在这一点上，它完全不同于宗教。譬如基督教，两千多年来虽然有历史存在形式的变化，但基本教义却几乎没有变动，宗教的演变丝毫不能深化我们对所谓上帝、神灵的认识。虽然它也是人类掌握世界的一种方式，但它并不具有在世界认知方面的进步性，因而是非科学的。

作为一门人文社会科学，文学理论表现出既承继传统认识图式又不断走向新知的统一过程，所以完全符合基本的科学特性。以柏拉图与亚里士多德对文学的认识为例。柏拉图认为，诗是神灵凭附于诗人的结果，是对"理式"的二度模仿，因此，诗的本质不可解。亚里士多德则将诗歌从天堂拉回到现实，强调诗是诗人对现实生活中符合可然律或必然律的事件的模仿。学术界一般都承认，这种看法更符合文学的实际。就我国新时期文学理论对文学本质问题的具体研究看，从"文学是客观社会生活的反映"到"文学是社会生活的能动、形象反映"，从"文学是一种观念的上层建筑"到"文学是一种审美意识形态"，再到"文学是体现着审美意识形态特点的象、意系统""文学是一种审美意识形式"，文学理论确乎在不断突

---

① ［美］小摩里斯·N. 李克特:《科学是一种文化过程》，顾昕、张小天译，生活·读书·新知三联书店 1989 年版，第 54 页。

破既有的思维局限，从各个角度逼近对文学多级本质的科学认识。这一螺旋式发展的认识过程，在人类社会永远不会终结。

二是，认知活动既不是先验概念的力量，不是绝缘于现实的主体"自我意识"，也不是世界的"镜像"，而是主客体的相互运动和建构过程。

具体地说，存在决定意识，意识在任何时候都只能是意识到了的存在，观念的东西不外是移入人的头脑并在人的头脑中改造过的物质的东西而已。所以，认识不是主体自身固有的东西，它是人脑对客观世界的反映。"我们的感觉、我们的意识只是外部世界的映象"[1]，本质上是以客体的性质和规律为内容的。因此，认识活动必须从从事实际活动的人，从他们的现实生活过程出发，即采用"生活、实践的观点"，这是科学认识的首要的基本的观点；而不能把人们所说的、所想象的、所设想出来的人或者其他什么东西作为认识的出发点，即采用"思辨的观点"。恰恰是"在思辨终止的地方，在现实生活面前"，是"描述人们实践活动和实际发展过程的真正的实证科学开始的地方"。[2]

对文学理论等人文社会学科而言，尤其如此。作为文学理论对象的文学世界是人的世界，所以，文学理论研究的出发点不是抽象的概念或独立的意识，譬如黑格尔所提出的"理念"。文学理论研究的出发点是人，但不是那种处于某种幻想状态的、与世隔绝的、离群索居的人，如费尔巴哈自然人本主义的人；不是人们设想出来的具有永恒本质的抽象的人，如生命直觉论者尼采、叔本华、西美尔等所谓的人；更不是纯粹生理学意义上的人，如弗洛伊德的处于"力必多"压抑状态中的人、马尔库塞所津津乐道的"新感性的"人，而是处在现实中的、可以通过经验观察到的活生生的人，是在一定历史条件下从事生产活动的人，是处于现实社会关系网络纽结中的人。因此，文学理论研究不能是见物不见人的对各种僵死事实的搜集，也不能如体验论文论所倡导的那样，是想象主体的纯粹想象的活动。只有准确把握这个前提和出发点，文学理论才能形成真止的知识。而一旦"我们有正确的前提，并且把思维规律正确地运用于这些前提，那末结果必定与现实相符"[3]。

---

① 《列宁全集》第 18 卷，人民出版社 1988 年版，第 65 页。
② 《马克思恩格斯选集》第 1 卷，人民出版社 1995 年版，第 73 页。
③ 《马克思恩格斯全集》第 20 卷，人民出版社 1971 年版，第 661 页。

人脑并不只是完全被动的"白板"，不只是因为受了客体的影响才认识了客体，并对客体做机械、刻板的再现。相反，人是因为自己对客体的影响才认识了客体，人对对象的认识要以人对自身自我意识的认识为中介，通过对自身的认识来认识世界。由于认识来源于实践，只有通过主体变革客体的物质实践，认识活动的对象性关系才能形成。通过物质实践活动，一方面打破了客体对主体的超然性和外在性，使客观世界成为人的世界，一切对象对认识主体来说都成为他自身的对象化；另一方面打破了人对客观世界的依附性，赋予人观念地把握客体的素质和能力，使主体现实地成为客观化了的主体。所以，认识是一种能动的反映，是主客体之间相互作用的过程和结果。"如何对他说来成为他的对象，这取决于对象的性质以及与之相适应的本质力量的性质；因为正是这种关系的规定性形成一种特殊的、现实的肯定方式。""任何一个对象对我的意义（它只是对那个与它相适应的感觉说来才有意义）都以我的感觉所及的程度为限。"[①] 从这一角度看，"认识既不是起因于一个有自我意识的主体，也不是起因于业已形成的（从主体的角度来看）、会把自己烙印在主体之上的客体；认识起因于主客体之间的相互作用，这种作用发生在主体和客体之间的中途，因而同时既包含着主体又包含着客体"[②]。在认知活动中，已有的思维结构不是可有可无的，必须通过运用这些"前理解"已有的认知图式来形成与对象的互动。

其次，科学作为个体认知发展的一种延伸，同样是主客体的互动建构过程，不可能运用所谓纯粹客观的观察—实验方法来形成纯然客观的事实，那仅仅只是一种试图达到的目标和愿望。现代自然科学哲学已经表明，并没有所谓纯粹客观的科学，科学家永远不可能排除主观先见和"前理解"。"看是一件'渗透着理论'的事情"[③]，理论先于观察，科学观察有选择性和目的性。你能观察到什么，这取决于你拥有什么样的理论，理论作为一种预设规定着你的科学研究。价值性存在于一切科学之中，区别只在于客观性、普遍性的程度。

因此，仅仅依据文学理论认识活动包含大量的主体性因素就否认它

① 《马克思恩格斯全集》第 42 卷，人民出版社 1979 年版，第 125、126 页。

② ［瑞士］皮亚杰：《发生认识论原理》，王宪钿等译，商务印书馆 1981 年版，第 21 页。

③ ［美］N.R. 汉森：《发现的模式》，邢新力、周沛译，中国国际广播出版社 1988 年版，第 22 页。

是科学，这种做法是武断的。同样的道理也启迪人们，不能在文学理论走向科学的途中妄然将理论家的主体因素全面排除掉。文学理论必然具有价值倾向性。这里，问题的关键是如何处理好文学理论研究中价值性与真理性、倾向性与客观性和公正性之间的辩证关系。对此，我们将在后文中详谈。

再次，科学毕竟不同于单个个体的认知过程，它是一种特殊的文化过程。

个体认知过程会遭遇认知局限性修正的困难：一是技术上的障碍，譬如对天文现象的观察，必然受到个体观察条件的限制，因而难以修正其认识；二是强烈的信仰也往往会形成修正局限性的障碍。但科学是一个已经经过变革的修正过程，这个修正过程已经不再仅仅是独立个体的普遍活动，而成为一种特殊的文化现象。因为它是文化的，所以它能够合成和积累很长历史时期众多个体的相关成果，参与者们得以在前人的基础上进行科学研究，能够吸取他们的同事们和前辈们所做出的发现和所提供的思想资料。科学已不仅仅是个体的活动，它成为一项集体的事业，存在着"科学共同体"，存在着科学领域，存在着科学自身的历史和传统。正是借助于这些力量，科学才可以在相当程度上突破各种障碍的束缚。

同时，科学是一种特殊的类似于专门职业的活动。这种专门化性质意味着科学的创造物必须由同行依据严格的客观性标准做出鉴定。在"科学共同体"中，科学家的工作如同艺术一样具有创造性，科学家的贡献是独创的，是惟一的。正是在这一点上，它又不同于一般的专门职业，例如律师。但是，科学的角色又是标准化的。与艺术家不同，科学家个人具有"可替代性"，一方面，其他够资格的科学家在"同样"条件下，重复地观察实验，一般应得到"同样"结果；另一方面，就一个已经取得的发现而言，即使这个科学家此时没有发现，其他科学家迟早也很有可能会发现。同时，在"科学共同体"中，要想使一个科学理论得到承认，其"内部的一致性"和"合理性"是必须具备的。这其实也是宗教、意识形态等其他任何文化体系要得到社会普遍承认必不可少的条件。

对科学而言，正因为它是特殊化的，是自由的精神生产，所以它能够自由地行走在作为整体的社会文化的前沿。尽管有时候它行进的方向可能与社会文化中流行的、人们习以为常的或占统治地位的观点并不一致，但这正是其超前性和对现实引领性的表现。因为科学是对自然、社会和思维规律的把握，预示着事物的发展方向。就文学理论而言，它并不匍匐于文学现实和流行文学观念，这种情况鲜明地体现了科学的这一特征。

综上所述，我们可以尝试着对科学做出一个富有弹性的描述：科学是一种以人的存在为根本目的的不断发展的特殊的文化认知过程。

第三节　对象与方法的特殊性

文学理论与其他科学之间的共同性，构成了文学理论作为一门科学的重要依据。但讨论文学理论的科学性，我们又不能止步于寻找这种共同性。不但要看到文学理论的科学共同性，更要探究文学理论科学的特殊性，探究它的独特存在方式；不但要认识文学理论学科这幅总画面的一般性质，还要细致研究它的各种具体的细节和特性，厘清文学理论到底有哪些性质，这些性质之间有怎样的辩证关系，它们是如何实现对立统一的——这样，我们才能全面地认识这一学科总画面。如果只是孤立地看待文学理论研究的某种或某些性质，而无视其他特性，或者简单地将这些性质杂糅在一起，那将难以找到文学理论科学的独特性。因为"如果想要把一种知识建立成为科学，那就必须首先能够准确地规定出没有任何一种别的科学与之有共同之处的、它所特有的不同之点；否则各种科学之间的界线就分不清楚，各种科学的任何一种就不能彻底地按其性质来对待了"①。文学理论的科学性存在于其共同性与特殊性的交会处。

一、话语对象的性质

科学研究存在"一种对任何学科都适用的普遍要求，即研究应当为自己的对象提出充分的定义，以便一方面保证方法上的明了和一致，另一方面向世界解释和证实该学科存在的必要"②。要区分文学理论与自然科学和

---

① ［德］康德：《任何一种能够作为科学出现的未来形而上学导论》，庞景仁译，商务印书馆1978年版，第17页。

② ［英］安纳·杰弗森、戴维·罗比等：《西方现代文学理论概述与比较·绪论》，包华富、陈昭全、樊锦鑫编译，湖南文艺出版社1986年版，第5页。

其他人文社会科学，必须强调文学理论科学在对象、内容上的独特性，以及由此引发的方法、原则等其他方面的差异。有学者甚至强调，"一门科学只有在真正建立起自己的个性并真正独立于其他学科时，才能成为一门真正的科学。一门科学之所以能成为特别的学科，是因为它所研究的现象，是其他学科所不研究的"①。

对于文学理论而言，我们必须把它区别于思想史研究，区别于关于社会、政治、哲学、美学、宗教和文化的研究，这些研究常常被人用以代替文学理论。文学理论如果不决心把文学作为不同于人类其他活动和产物的一个独特事物来研究，文学理论的学科独立性就难以确立，文学理论也就不会形成自己独特有效的方法论。譬如，形式主义文学理论家"试图创立一种独立的专门研究文学材料的文学科学"，因此，在他们看来，首要的问题"不是如何研究文学，而是文学研究的对象究竟是什么"②。可以说，从文学理论对象的一些基本要素层面进行学科特性的探讨，具有本质论的意义。因为对象是什么、对象有何特性以及理论如何结构它的对象，将决定理论本身的性质。③

其一，文学理论对象是物质性与精神性的统一。文学活动是主体心智与情感的交融，是心灵的想象性、精神性活动，表现主义甚至认为它仅仅是一种"直觉"。其实，文学活动还有物化的传达过程。"胸中之竹"转化为"手中之竹"，仍然是一个颇为复杂的过程，也应是文学理论关注的内容。文学是一种"精神生产""艺术生产"，"是生产的一些特殊的方式，并且受生产的普遍规律的支配"。④黑格尔曾说：

> 除才能和天才以外，艺术创作还有一个重要的方面，即艺术外表的工作，因为艺术作品有一个纯然是技巧的方面，很接近于手工业；

① ［法］埃米尔·迪尔凯姆：《社会学方法的规则》，胡伟译，华夏出版社1999年版，第120页。

② 艾汉鲍姆语，参见［英］安纳·杰弗森、戴维·罗比等：《西方现代文学理论概述与比较》，包华富、陈昭全、樊锦鑫编译，湖南文艺出版社1986年版，第5页。

③ 作为文学理论对象的文学世界是事实性和价值性的统一，面对它，文学理论既有事实陈述，又有价值陈述，总体上与其他科学具有一致性，但其中也表现出鲜明的个性特征和作为一门科学的独特要求。这在前文已有详论，此处不再赘述。

④ 《马克思恩格斯全集》第42卷，人民出版社1979年版，第121页。

这一方面在建筑和雕刻中最为重要，在图画和音乐中次之，在诗歌中又次之。这种熟练技巧不是从灵感来的，它完全要靠思索、勤勉和练习。一个艺术家必须具有这种熟练技巧，才可以驾御外在的材料，不至因为它们不听命而受到妨碍。①

即使直觉主义文学理论家海德格尔也肯定文学等艺术作品是一种物质存在，它们首先是一种物，具有物性："所有艺术作品都具有这种物因素。……即使享誉甚高的审美体验也摆脱不了艺术作品的物因素"。②

瓦尔特·本雅明在《作为生产者的作家》一文中超出一般地强调文学物质因素，将其提高到艺术生产力的高度。伊格尔顿据此归纳指出：

艺术像其它形式的生产一样，依赖某些生产技术——某些绘画、出版、演出等等方面的技术。这些技术是艺术生产力的一部分，是艺术生产发展的阶段。③

现在，影视文学、网络文学等新的文学样式的出现，更显示出技术、技巧、工具等要素在艺术生产中的重要性。正是在这种意义上说，无论是亚里士多德的《诗学》还是刘勰的《文心雕龙》，都有着对于文学创作与欣赏方面的技术、技巧的探讨。在俄国形式主义文论那里则更为突出，"手法"对于他们来说几乎成了惟一合法的文学研究题材。这都凸显了文学理论作为方法上的工具的意义。

但是，文学理论作为方法并不仅仅局限于审美形式的手法、技巧方面。文学的美是不朽的，这是确实的，然而有一种更加确实不朽的东西，那就是人生。对人生意义的抵达也是文学理论的要务之一，然而，这种抵达不是像文学欣赏那样去直接感受和体验具体文学作品的意义。文学理论提供体验的"思路"、方法和路径，同时，其本身也传达出真切的体验，

---

① ［德］黑格尔：《美学》第一卷，朱光潜译，商务印书馆1979年版，第35页。
② 《海德格尔选集》（上），孙周兴选编，生活·读书·新知上海三联书店1996年版，第239页。
③ ［英］特里·伊格尔顿：《马克思主义与文学批评》，文宝译，人民文学出版社1980年版，第67页。

在二者的统一中实现人生关怀。大凡有建树的文学理论学派都很好地把这两个方面有所侧重地融通起来。所以可以见出，强调文学活动体验性和生命意识的文学理论，仍然成其为理论，仍然是尝试着对独特的文学问题做出的科学的认识，无论它是用诗体的还是散文体的表述方式。在这一点上，文学理论不同于文学创作和文学欣赏。

我国新时期兴起的体验论文论，或称感兴论文论，常常以柏拉图、尼采、狄尔泰、海德格尔以及中国古典文学理论为例，来强调文学理论本身就是体验性的，而且止于体验，类似于文学创作活动，并不是科学。譬如，海德格尔的理论经常被一些学者用作反对文学理论科学性的依据。在他们看来，海氏只是一位体验式的研究者，他用浪漫化、诗化的语言和诗意的思维传达出的只是存在的体验，而根本不涉及对文学规律问题的探讨。但实际上，海德格尔的理论之所以被当作文学理论或具有文学理论的意义，恐怕是因为他在传达独特体验的同时，也在一定程度上准确认识到了文学的本质特性和规律，在于他所表达的体验与观念具有方法论的启发作用，能为人们解释文学活动的意义、本质、存在真理、文化价值、精神作用、个人经验等提供借鉴、思路与方法。

一方面，海德格尔的理论强调，"艺术的本质就应该是：'存在者的真理自行设置入作品'"[1]。就是说，只要它是一件艺术作品，在这件艺术作品中，真理就已设置入其中了。另一方面，作为一种理论，它还不断地设问并回答，"这种不时作为艺术而发生出来的真理本身又是什么呢？这种'自行设置入作品'又是什么呢？"[2]在设问中，文学理论的功能自然而然地显露出来。正如海德格尔对荷尔德林诗歌的解读，无论他能从中"读"出多少关于"存在"的内蕴，他必须能告诉我们，在荷尔德林的诗歌创作中，"诗人事先得到了什么，他如何得到的，使他能在诗中将它再现出来"[3]，即这些"存在"的内蕴是什么，是如何体现出来的，为什么会这样。要知其然，还要知其所以然，不能在此保持沉默。只有这样，海德格尔的

① 《海德格尔选集》（上），孙周兴选编，生活·读书·新知上海三联书店1996年版，第256页。

② 《海德格尔选集》（上），孙周兴选编，生活·读书·新知上海三联书店1996年版，第259—260页。

③ 《海德格尔选集》（上），孙周兴选编，生活·读书·新知上海三联书店1996年版，第257页。

思想才能显示出理论的意义。维纳曾指责现代美国人只懂"如何做",而不懂"做什么"。①在预防此种倾向的同时,还要防止出现另一种片面化倾向。既要知道"做什么",还必须知道"如何做"。惟此,一门学科才算是真正找到了属于自己的位置。

其二,文学理论对象具有主体客体双重性。文学理论以文学活动、文学现象中无数活动着的人和事作为研究对象,而同时又由人的认识活动来思考,所以它处于既把人作为主体又把人作为客体这样一个特殊的地位。这自然会引起一系列特殊的难题。思维的主体关于人生与世界的思考并不存在于社会的外部。主观的精神生活一经产生,就成为一种客观存在,因此也就成为整个客观社会生活的一部分,并产生影响,从而改变社会生活。这与自然科学的对象有很大的不同。文学中的规律、原则在被总结出来以后,必然会对文学活动产生影响:作家或遵循它、发展它,或予以突破变异,因为对已有原则的创新在文学中具有非凡的意义;读者往往可以依据这些审美原则和规范形成一定的审美心理。而真正审美活动的实现,不是对这种审美心理的完全符合与满足,而是存在适度的陌生性和"心理距离"。因此,文学理论与文学现实是互动的,它是一种介入性的研究。由于文化的统摄作用,文学理论研究者并不能超然独立于研究对象之外,而是受被研究对象的熏陶、制约和塑造,甚至本身就是被研究对象的一部分。

因此,文学理论的客体、对象,决不能被简单地看作是客观材料意义上的文学作品,或自然科学意义上的人。在文学理论活动中,认识者不是看着一堆死物来向自己和第三者提问,而是在对话文学中的各种主体。文学理论"不仅研究对象包括了研究者本人,而且被研究的人还能够与研究者展开各种各样的对话或辩论"。②文学理论是认识者与被认识者的对话。所以,文学理论的客体不是一个,而是两个,即被研究者和研究者——他们不应合二为一。文学理论的实际对象是主体间精神活动的同时共存和相互作用。譬如,在我们研究古典文学理论时,由于我们本身就是传统的产物,流淌着传统文学思想观念的血脉,所以根本无法做到置身于传统之外的角度。如果纯粹以外来文化的立场来看待古典文学,由于隔膜于传统文

① [美]N.维纳:《人有人的用处》,陈步译,商务印书馆1978年版,第152页。
② [美]华勒斯坦等:《开放社会科学:重建社会科学报告书》,刘锋译,生活·读书·新知三联书店1997年版,第54页。

化，缺乏对传统文化价值的体认，也根本无法进入古典文学的深层肌理。在文学理论史的研究中，这种情况同样存在。因此，文学理论研究必然存在着研究主体对研究对象的体认与"涵泳"。

既然面对的是另外一个主体，就需要看到文学理论活动中好感和喜爱等具有的意义。这里，认识的目标和标准，不仅仅是认识的准确性，还有契入主体的深度，即对主体个人独特性的深刻把握。就是说，文学理论活动是认识者视野与被认识者视野的相互作用。在这一过程中，认识者既要契入他人（与他人融合），又要与他人保持距离（保持自己的位置），从而求得认识的超视。

其三，文学理论对象具有符号性。文学理论的对象不是自然的存在，而是一种语言符号的产物。卡西尔指出："历史学家像物理学家一样生活在物质世界之中，然而在他研究的一开始他所发现的就不是一个物理对象的世界，而是一个符号世界——一个由各种符号组成的世界。他首先就必须学会阅读这些符号。一切历史的事实，不管它看上去显得多么简单，都只有藉着对各种符号的这种事先分析才能被规定和理解。"[①] 文学理论面临的是同样的情况。文学活动，根本上是一种人的创造性的符号活动，文学的世界是人运用语言符号进行建构的产物。

文学世界类似于波普尔所提出的世界 3。波普尔将世界分为三种：客观的物理世界是世界 1；人的主观心理世界是世界 2；人的主观精神世界物化出来，构成了世界 3。文学就是世界 3 中的一种形式。就文学世界来说，文学作为人类的文化形式，"可以界定为我们的感觉、我们的情感、我们的愿望、我们的印象、我们的直觉体知和我们的思想观念的客观化（对象化）"[②]。它不同于世界 2，无论有没有读者，无论读者的主观条件怎样，它都是一种客观存在，它是语言符号化了的、相对稳定的、定型的、人们可以接近的内容，不像人的主观心理世界是流动而隐蔽的。文学世界也不同于世界 1，人的精神是这个符号世界的价值和灵魂，没有人的精神性存在，这个符号世界只是一堆僵死的材料。三个世界都有自己固有的、其他世界所没有的特性和特殊规律。文学的世界是

---

① ［德］卡西尔：《人论》，甘阳译，上海译文出版社 1985 年版，第 222 页。

② ［德］卡西尔：《语言与艺术》，《语言与神话》，于晓等译，生活·读书·新知三联书店 1988 年版，第 147 页。

一种具有自主性的存在，它既不能还原为主观的精神，也不能还原为纯粹的具有物理性的语言现象。因此说，文学理论的对象不是与主体和世界绝缘的客观的文本，它具有主体性。但我们并不能简单地说人构成了文学理论的客体，准确地说，人在作为文学文本的生产者时，才是文学理论的客体。所以，既不能在自然科学如生理学的意义上来看待作为文学理论对象的人，也不能单纯诉诸所谓人性、直觉、灵感等主观体验来面对文学理论的对象。

正是在这一点上，一些文学理论学说陷入了生理主义、抽象人性论的泥潭。譬如，自然主义文论、抽象人本主义文论、弗洛伊德主义文论、马尔库塞的新感性文论以及时下的一些后现代、后殖民文论等，它们或者专注于抽象的人性，寻找普遍的人类之爱、生命真理，或者执着于某些生理、心理上的特性，或者迷恋于身体、性别政治，而忽略作为文学理论对象的人的符号性，这其中，文学的审美价值也就因此罅漏了。如在弗洛伊德看来，虽然文学的价值总是首先在于形式和技巧，但文学作品的题材比它们在形式和技巧上的特点更能吸引他。这里，他关注的往往只是文学表现了什么，而且其题材只限于生理、心理内容，文学的其他丰富内容都被忽略了。至于这些题材内容怎么表现，如何转化为文学符号形式等问题，他更是漠不关心。这样，作品价值的伟大与渺小、优秀与平庸都被抹平了，被一视同仁；作为文本生产者的作家和作为生理上的个人，即作为作家的个人与作为个人的作家，被完全等同起来，许多关乎文学本性的问题也就无从获得应有的理论关注。波普尔说：

> 事实上，我想不到有什么事件是不能靠诉诸某些"人性"的癖好而得到动听的解释的。但是，一种可以解释一切可能发生的事物的方法，碰巧可能正是什么也解释不了。①

相反的是，在俄国形式主义文论和英美新批评那里，往往存在将文学语言学化的偏向，文学世界几乎成了一种没有精神生命的纯粹语言符号形

---

① ［英］卡尔·波普尔：《历史主义贫困论》，何林、赵平译，中国社会科学出版社1998年版，第135页。

式，见物不见人。这些理论往往貌似科学，或者是以自然科学的东西来运用于文学理论，但由于忽视文学理论作为一门科学的特殊性而遭到挫折。文学理论活动既要确定如何认识、分析、解释文本，又要实现意义的理解和主体间心灵的交融与契入，它们是一个互补统一的过程。

其四，文学理论对象具有虚构性。文学活动不同于一般的精神生产，它是一种想象性的活动，是用想象和幻想的办法去创造世界。它不像历史描述受制于社会生活中实际存在的人和事，即一般所说的"生活真实""历史真实"，它可以"精骛八极，心游万仞"，可以无中生有、有中生奇。在这种意义上说，它是一种自由的生产。

但是，文学活动本身又不会显示为一种虚假性或宗教世界的虚幻性，它唤起的是人们对现实世界的情感和认识，让人觉得可信，具有真实感。就是说，它是以现实生活真实为基础的。但它也决不会与现实生活等同，不可能提供现实原物，也不是用文学形象代替真实事物。它与真实事物有相当的距离，不具备毫发毕现、可观可感的确定性特征。若把生活中的事实按照原样搬进文学作品中，结果会是不真实的，甚至是不逼真的。因此，准确地说，文学世界是在现实生活的基础上通过集中概括、加工提炼、想象变形等手段创造出来的，具有审美效应的虚构的世界，是一种假定性情境。它与现实世界保持着一种宏观的、整体的、本质的相似性。

从这一点上说，文学理论只有深刻把握文学的独特性存在，科学的文学理论才有可能真正建立起来。

二、方法的特点

作为研究对象的"类似物"，研究方法因对象的不同也必然不同。文学区别于自然物，是一种社会的意识形式。文学理论必须把握文学这一"特殊对象的特殊逻辑"[①]。尽管从 20 世纪初就出现了从自然科学奔向社会科学的强大潮流，出现了方法上的综合性和一体化的趋势，但文学理论探讨问题的途径和研究对象的方法还是应当受到其自身问题、对象性质和特征的制约。否则，普遍化的、僵硬的研究方法就会既损害了主体的权利，

---

① 《马克思恩格斯全集》第 1 卷，人民出版社 1956 年版，第 359 页。

也损害了客体的权利。苏联文学理论家 Γ.波斯佩洛夫（也译作波斯彼洛夫）在探讨"文艺学的科学性"时指出：

> 所有科学（无论是具体科学——自然科学和社会科学，还是抽象科学）的丰富历史经验表明，不论在哪一个知识领域都存在着衡量研究工作科学性的客观标准。其中最根本的标准是：某学科所采用的原则和方法越是在极大范围内符合该学科研究对象的本质，越是紧密地依据该学科对象生存和发展的客观本质和特点，那么该学科的研究就越具有高度的科学性。[1]

因此，探讨文学理论科学的独特性，必须找到普遍性与特殊性相统一的研究方法论，而不仅仅是只关注文学理论关于文学所得出的各种与众不同的观点和结论。正如托马斯·门罗在强调美学的科学性时所说的，"要判断某一学科的科学性，不仅要看它的结论（法则、公式和对事实的描述），而且要看它的目的和解释方法"。[2]

文学创作是一种充满激情、灵感、直觉的创造性活动，是理性与非理性、意识与无意识、思想与情感、认识与同情、感性与理智等多种心理因素和谐运动的过程。作为一门研究和考察文学活动、文学现象以寻求文学规律的知识或学问，文学理论需要研究者首先是懂得文学的人，具有良好的艺术感受能力、审美体验和理解能力。文学创作的经验对文学研究者来说很有用，是认识和思考文学问题的某种先决条件。我国有些学者因此特别强调，文学理论与文学创作有着相同的思维方式，是研究主体面向自身的价值中心，为灵感所鼓舞、为激情所点燃的产物，是以"理解"为方法的创作主体对生命、人性的体验和对存在的价值意义的思索，是一种求美的个体精神性活动，其目的是为了获得一种个体的幸福。诗学并非是一种仅仅针对"诗"（艺术）的言说，而是面向"存在"之思，其根本意义从来都不在于艺术，而是借花献佛地取道于对艺术的谈论，来对蕴涵其中的一种"诗性的存在"做出一种开采，从而使其得以向我们显山露水，成为

---

① ［苏］Γ.波斯佩洛夫：《文艺学的科学性》，立早摘译，《国外社会科学》1980 年第 8 期。
② ［美］托马斯·门罗：《走向科学的美学》，石天曙、滕守尧译，中国文艺联合出版公司 1984 年版，第 131 页。

一种"意义的景观"。诗学的意义和目的其实并不在于"诗"的存在，而在于作为一种"存在"的诗。①

把"文学批评"和"文学理论"当作一种特殊的艺术形式、一种文学类别，批评的惟一标准是个人感受和体验，这种见解并不新鲜，一直都有。②但从文学创作、文学批评和文学理论的关系而言，对于艺术的感受必然会进入批评之中，许多批评形式都要求有写作的艺术技巧和风格，就是说，想象在一切知识和科学中都有其地位。但并不能说，批评家就是艺术家，或者说批评是一门艺术（就其严格的现代意义来讲）。批评的目的是理智的认识，它并不创造一个同音乐或诗歌的世界一样的虚构世界。批评是概念的知识，或者说它以得到这类知识为目的。批评最后必须以获得有关文学的系统知识和建立文学理论为目的。批评尚且不能与创作等同，更不用说更为抽象的文学理论了。

诚然，把文学理论等同于文学创作的看法确乎凸显了文学理论的人文性和精神性，但它们却在文学理论和科学之间划出一道不可逾越的鸿沟。在它们那里，是把文学理论等"人文学科看作是与艺术一致的，认为它们所提供的是娱乐而不是真理。可以肯定的是，这两者都被看作是在提供'高级'而不是'低级'的娱乐。但一种升级的精神的娱乐距离对真理的把握还很遥远"③。诚如韦勒克所批评的，"只有对真理抱着十分狭隘的观念的人，才会摈斥人文科学的种种成就于知识领域之外"④。

科学的文学理论真的会破坏构成文学作品和文学阅读中的所谓独一无二的独特性的东西，导致价值平均化，抹杀伟大，破坏审美乐趣吗？文学经验真的不可解释，应该抗拒分析，无限地逃避一切解释吗？

皮埃尔·布迪厄在《艺术的法则》一书中对从柏格森到海德格尔以降把艺术置于不可解释的公设之上的看法提出尖锐批评：

---

① 参见陈太胜：《作为人文学科的文学理论——文学理论的学科定位及其未来发展》，《文学理论学刊》第1辑，北京师范大学出版社2000年版；徐岱：《诗学何为？——论现代审美理论的人文意义》，《文学评论》1999年第4期，等等。

② 据雷内·韦勒克考察，德国学者威尔纳·米尔希在一篇题为《文学批评与文学史》的文章中就持有这一看法。参见［美］雷内·韦勒克：《批评的概念》，张今言译，中国美术学院出版社1999年版，第3页。

③ ［美］理查德·罗蒂：《后哲学文化》，黄勇编译，上海译文出版社1992年版，第76页。

④ ［美］雷·韦勒克、奥·沃伦：《当代学术入门：文学理论》，刘象愚等译，生活·读书·新知三联书店1984年版，第3页。

　　我只是感到困惑，为什么那么多批评家、那么多作家、那么多哲学家如此殷勤地信奉艺术品的经验是不可言喻的，而且根本逃避理性认识；为什么他们如此急不可耐地不经斗争就承认知识的失败；他们想要贬低理性认识的如此强烈的需要，他们承认艺术品的不可简化、或用更确切的话说它的超验性的这种狂热，是从哪里来的。①

　　他借用歌德的一句极富康德意味的话来反驳这些反对对文学进行科学研究的观点："我们的观点是，人有权假设存在某种不可认识的东西，但他不应该为研究划定界限。"②他强调，应该公正地看到，对自由而独特的文学经验而言，"科学提供的能力是给一切愿意并且能够将它据为己有的人的，这个能力的作用在于解释和理解这种经验，并由此提供相对于其决定因素的真正的自由的可能性"③。就是说，只有科学地理解和解释文学的经验，掌握了文学自身及其与外部世界的各种关系，文学才有获得真正自由的可能。阿尔都塞认为：

　　为了回答艺术的存在和特性给我们提出的大部分问题，我们不得不对那些产生艺术作品的"审美效果"的过程有充分的（科学的）认识。换句话说，为了回答艺术和认识之间的关系问题，我们必须对艺术有认识。④

　　正是科学的研究、科学的文学理论才能够起到确定文学独特性的作用，"通过科学分析，对作品的感性之爱能够在一种心智之爱中达到完美，这种心智之爱是将客体融合在主体之中，将主体溶解到客体之中，是对文

────────────

　　① ［法］皮埃尔·布迪厄:《艺术的法则——文学场的生成和结构》，刘晖译，中央编译出版社 2001 年版，第 2 页。
　　② ［法］皮埃尔·布迪厄:《艺术的法则——文学场的生成和结构》，刘晖译，中央编译出版社 2001 年版，第 3 页。
　　③ ［法］皮埃尔·布迪厄:《艺术的法则——文学场的生成和结构》，刘晖译，中央编译出版社 2001 年版，第 3 页。
　　④ ［法］L.阿尔都塞:《艺术与意识形态的关系——答安德烈·达斯普尔》，杜章智译，董学文、荣伟编:《现代美学新维度》，北京大学出版社 1990 年版，第 263 页。

学客体的特殊必要性的积极服从"。可见，科学的文学理论能够为文学经验"提供最好的辩护、最丰富的养分"。① 在这里，虽然布迪厄更多的是强调文学社会学研究的必要性与可能性，但无疑他也呈现了整个科学性的研究对于文学研究的根本意义。

文学修养、文学经验对文学理论家而言是先决条件，这一点毋庸置疑。但是，理论家的职责与作家毕竟不同。如果认为文学创作是对"存在"价值的灵感式言说，那么，文学理论则是对这种文学言说的言说，是对文学言说的性质、特点、活动规律的研究。

> 文学研究者研究的材料可能是非理性的，或者包含大量的非理性因素，但他的地位和作用并不因此便与绘画史家或音乐史家有所不同，甚至可以说与社会学家和解剖学家也没有什么不同。②

就是说，日常生活、文学创作和阅读欣赏中确乎存在大量的非理性的直觉经验等，但作为文学理论的对象，"无论什么样的直觉，一成为思维、言论，它都要'为论理的方法所支配'的"③。不同于作品的描绘方法和欣赏方法，"论理的方法"采用的是智性的方法，即用概念把对象进行分解、解析、比较、综合。

荷兰文学理论家佛克马、易布思通过对西方 20 世纪文学理论的评述与总结，强调指出，尽管文学事实是个别性的，但"为了描述和解释那些个别的事实，首先文学理论就要提供一大批通用的或至少是一般的概念。我们虽然不能寻找出一切有关方面的总规律，但无疑地能够发现文学是由一些具有普遍性质的'关系'所决定的。创新与传统，形式与意义，虚构与现实，叙述者与接受者，材料的集合与挑选，都构成一定的关系"。就是说，文学理论必须要诉诸概念和逻辑来对各种文学的内部和外部关系进行认知。因此，那种相反的做法，即"只从个别作品的阐释着眼，避开一

---

① ［法］皮埃尔·布迪厄:《艺术的法则——文学场的生成和结构》，刘晖译，中央编译出版社 2001 年版，第 5 页。

② ［美］雷·韦勒克、奥·沃伦:《当代学术入门：文学理论》，刘象愚等译，生活·读书·新知三联书店 1984 年版，第 1 页。

③ 冯友兰:《中国现代哲学史》，广东人民出版社 1999 年版，第 120 页。

切理论概括的诠释学观点，也已经不能推进对文学过程的理解了"。那么，"摆在我们学科面前唯一的未来发展途径是，建立一些一般的概念和模式，它们将各种文学的历史基础考虑在内，并且估计到个别的偏离现象的存在"。① 如前所论，这正是文学理论学科存在的根据，也是它作为科学的一个主要任务，即运用概念、范畴和逻辑推理，为文学活动、文学现象中所有给我们留下深刻印象而又需要解释的东西找到令人满意的解释，而且每一种解释都可以通过一种普遍性更高的理论或猜测做进一步的解释。就是说，文学理论是一种求真的活动。真理是一个过程，它所得出的每一个结论都应该成为后来发展的前提。

同时，作为文学理论对象的文学现象，是一种"人—文"的世界，是人的主观内心世界与社会文化传统之间的复杂交往过程，是人们对文化和传统不断解读、表达和重构的过程，它具有多重相互对立的属性、辩证统一的特征。文学理论的对象是精神性、价值性存在。因此，纵然文学理论可以回答认识方面的所有问题，人生向我们提出的问题还是难以获得完满解决。单靠概念、推理来解释、说明，尚无法抵达对文学中人文存在意义的准确把握，研究者还必须通过在精神世界中的"投入"和"牵涉"来加以理解。研究者若是没有价值观念、感情态度，就没有选择材料的原则，也就没有关于每一个具体问题的有意义的认识。

狄尔泰曾区分了"理解"（Verstehen, interpretation）和"解释"（Erklärung, explanation），以这两种认识方法的对比来说明精神科学和自然科学方法的不同，认为前者致力于理解事件的意义，后者则以事物的始末原由来解释它的本质。文学理论研究对象的特性，决定了其探讨方法应该包括对文学所蕴涵的人文意义的"理解"。

既然如此，那么"理解"的性质是什么，它能否构成文学理论的惟一方法？在文学理论中，"理解"与"解释"有怎样的关系呢？

文学理论的对象是文本及文本背后具有精神性的主体，而这一文本又是具有永久价值的话语系统。对于这种个性化、话语化的主体，我们不能单靠普遍化的方法来认识，由此抹杀天才与平庸之间的界限。文学中

---

① ［荷兰］佛克马、易布思：《二十世纪文学理论》，林书武等译，生活·读书·新知三联书店 1988 年版，第 10—11 页。

的"主体本身不可能作为物来感知和研究，因为他作为主体，不能既是主体而又不具声音；所以对他的认识只能是对话性的"①。在文学理论中，意义来源于两个主体间的不断接触，只有对话性的"理解"才能催生意义。"理解"即是通过把"他人话语"与"另外的他人话语"对比，使其向"自己的他人话语"转化，而后再变成"自己话语"的创新过程。其中，一方面，在文学理论的"理解"过程中，理论家克服他人东西的异己性，与他人沟通、交流，但却又不把它们变成纯粹自己的东西；另一方面，理论家在与他人融合的同时，又总是保留着自我。就是说，他们之间是"对话"性的，但不是一个消融掉另一个，而是"和而不同"的关系。相比较而言，自然科学则是一种独白式的认识形态，与认识主体相对的只是不具声音的物体，任何的认识客体（其中包括人）均可被当作物来感知和认识，是人以智力观察物体，并表达对它的看法，其中只有一个主体——认识（观照）和说话（表达）者。所以，文学理论不同于自然科学。

但是，在文学理论研究中，进行具体的"理解"与"对话"的两个主体的地位并不平等，研究者主体具有决定性的地位和作用。因此，"在文学和文艺学中，真正的理解总是历史性的和与个人相联系的"②。"'理解'这种使之言之成理的活动是一个个人移情的过程。尽管阐释科学家倾向于把它称为'对话式的'，但它在本质上却具有一种独白式的特点。"③"理解"的方法具有个体相对主义性质。

如何才能既保存"理解"的个体性而又不落入相对主义的泥淖？"对话理论"的倡导者巴赫金认为，"理解"是对话性的，但理解过程中的"个性化不是主观意念。这里的范围不是'我'，而是这个与其他人有关联的'我'，也就是我与他人，我和你。人格主义是语义上的，而不是心理上的"。④否则，"理解"只能成为主观主义、相对主义的臆想。实际上，

---

①［苏］巴赫金：《人文科学方法论》，《文本 对话与人文》，白春仁等译，河北教育出版社1998年版，第379页。

②［苏］巴赫金：《人文科学方法论》，《文本 对话与人文》，白春仁等译，河北教育出版社1998年版，第381页。

③［荷兰］佛克马、蚁布思：《文学研究与文化参与》，俞国强译，北京大学出版社1996年版，第21页。

④［法］托多罗夫：《巴赫金、对话理论及其他》，蒋子华、张萍译，百花文艺出版社2001年版，第199页。

相对主义如同教条主义一样，排斥一切讨论、一切真正的对话。为此，巴赫金突出强调了文学理论研究者主观态度的作用：在理解过程中，"个人须要自由的自我袒露。这里有着内在的吞不进吃不掉的核心，这里总保持着一定距离；对这个内核只可能采取绝对无私的态度"。①这里所要求的其实就是一种科学的态度和精神。这与马克思所倡导的"公正无私的科学探讨"，也是比较接近的。由此看来，文学理论等人文社会科学，"决不会总结出像牛顿定律那样的定律"，"它们之所以取得科学的地位，主要靠客观和公正的探索精神，以及通过对观察进行控制和逻辑推理而进行的系统研究"。②根据这一标准，文学理论无疑具有较高的科学性，而且还在不断提高。

就"理解"作为文学理论的方法而言，理解活动并不是所谓的单纯的私密性的生命体验，它的前提是对文学自身及其与外界各种复杂关系，文学的性质、特性，文学生成发展的各种"中介""环节"、原因的解析和说明。理论上，我们可以把理解分解成一些单个的活动，这些单个活动在现实的实际而具体的理解中，不可分割地融合成一个统一的理解过程；但每一单个的活动却具有含义上（内容上）的独立性，能够从具体的经验行为中分离出来。这些单个活动包括：（1）对物理符号（词语、颜色、形式）的心理上、生理上的感知；（2）对这一符号（已知的或未知的）的认知，即理解符号在语言中表达的意义；（3）理解符号在该语境（靠近的和较远的语境）中的意义；（4）能动的对话的理解（即争论—赞同的过程）。

由此可见，在"理解"方法中，也应该把"解释"方法涵盖于其中，二者是密切联系的。强调"理解"与"解释"的内在统一，对于从整体上把握文学活动、文学现象，无疑是非常必要的。但从实际情况来看，从狄尔泰开始，"理解"方法往往将"解释"的成分排除在外，在很多学者看来，它就是对意义的把握。因此，我们不妨仍然将"理解"与"解释"做适当的区辨，同时强调二者的辩证统一。

---

① ［苏］巴赫金：《论人文科学的哲学基础》，《文本 对话与人文》，白春仁等译，河北教育出版社1998年版，第1页。

② ［美］托马斯·门罗：《走向科学的美学》，石天曙、滕守尧译，中国文艺联合出版公司1984年版，第132页。

托多洛夫说过：

> 人类的特点，正如孟德斯鸠所说，既顺应规律，同时又可以自由行事。对规律的遵循使他们可以接受施之于自然现象的分析，这样就产生了运用自然科学方法认识人的企图。但是一味拘泥于这种方法，等于忘记了人类行为具有的两重性。因此，除了用规律解释外（按照巴尔特借用的 20 世纪初德国哲学的语言），还应该理解人类自由。这两者的对立不完全与自然科学和人类科学的对立吻合。这不仅因为人文科学掌握了用规律进行解释，还因为自然科学，正如我们今天所知，也开始运用了理解。当然，他们各自的侧重点是不同的。①

在文学理论研究中，情况同样如此。"理解"与"解释"之间是相互依存的，并不是可有可无、毫无意义，甚至有害的。正如韦勒克所言："研究文学的人能够考察他的对象即作品本身，他必须理解作品，并对它做出解释和评价"，并且"解释恰当这个概念显然会产生判断正确的概念。评价来自理解，正确的评价来自正确的理解。解释恰当这个概念就蕴涵着一组不同等级的观点。正如存在着至少是被当作一种理想的正确解释一样，也存在着正确的判断和好的判断"。②

区分"理解"与"解释"是有意义的，但二者之间并非根本对立，只是在不同的学科中，二者的相对地位和作用不同而已。在文学理论中，没有认识、解释作为基础，体验与理解只能是直觉的、本能的，无法获得对文学存在意义的真正理解。文学理论的研究方法要突破只"理解"不"解释"或只"解释"不"理解"的低级层面，力求实现"理解"与"解释"的互补、融合。只有"理解"与"解释"有机统一，才能获得对文学的整体性认识。科学哲学家波普尔曾根据他的"世界 3"理论提出，"对第三世界客体的理解构成了人文科学的中心问题"，但他明确"反对

---

① ［法］茨维坦·托多洛夫：《批评的批评——教育小说》，王东亮、王晨阳译，生活·读书·新知三联书店 1988 年版，第 94—95 页。
② ［美］雷内·韦勒克：《批评的概念》，张今言译，中国美术学院出版社 1999 年版，第 13、17 页。

把理解的方法说成是人文科学所特有的这种企图，反对把它说成是我们可用以区别自然科学的标志"①。我们不能将"理解"看作是文学理论所独有的，更不能看成是惟一的方法。在文学理论活动中，"理解"方法与"解释"方法相互统一构成文学理论的独特方法论，共同促使文学理论成为一种努力探索文学性质、意义、功用、结构、原则和规律的系统知识。在这种意义上，我们认同吕西安·戈德曼的看法，"在此范围内，解释不再是一个与理解相分离的过程。事实上，为理解所必需的……就是一个解释的因素"，"理解和解释是同一理智过程，尽管它们与两个不同的参照点联系"②。

进一步看，由于文学的结构、规范和功用中包含价值且它们本身就是价值，所以对象越复杂，文学所体现的价值结构就越多样化，因而解释、理解它也就更加困难，忽略其中某一方面的危险也就越大。但这并不意味着所有各种理解、解释都同样正确，乃至在它们中间没有衡量的可能性。解释说明与理解评价都存在科学性的问题。譬如，有些"理解"与"解释"完全异想天开，还有些"理解"与"解释"既片面又歪曲真相。这里有标准存焉，"没有任何东西可以抹杀批评判断的必要性和对于审美标准的需要，正如没有任何东西可以抹杀对于伦理或逻辑标准的需要一样"③。

> 旧的绝对论是站不住脚的：在我们丰富多样的艺术经验的冲击下，人们不得不放弃那种认为只有一种永恒不变的假定。但是另一方面，完全的相对主义也同样站不住脚，因为这只能导致无所作为的怀疑主义、价值的无政府状态，并使人接受这句古老的有害的格言：de gustibus non est disputandum［关于趣味是不容争论的］。奥尔巴哈作为一种解决办法而提出来的那种时期相对主义并不是一条出路，这会使艺术和诗的概念肢解为无数零碎的片断。照否认一切客

---

① ［英］K. 波普尔：《科学知识进化论：波普尔科学哲学选集》，纪树立编译，生活·读书·新知三联书店 1987 年版，第 371、391 页。

② ［法］吕西安·戈德曼：《文学社会学方法论》，段毅、牛宏宝译，工人出版社 1989 年版，第 75 页。

③ ［美］雷内·韦勒克：《批评的概念》，张今言译，中国美术学院出版社 1999 年版，第 14 页。

观性的意思来理解的相对主义已被许多论证所驳倒，如艺术与伦理学和科学之间的相似，以及认识到除了伦理的律令和科学的真理之外，还存在着审美的律令和审美的真理。我们的整个社会建立在我们知道什么合乎正义这个假定之上。实际上我们教文学也是建立在审美的律令之上。尽管我们感到并不受其严格支配而且更加不愿公开提出这些假定。①

譬如，关于伟大古典作品的意见有着极其广泛的一致性，其实这些也就是文学的主要准则。在真正伟大的艺术与很坏的艺术之间存在着一道不可逾越的鸿沟。在此意义上，韦勒克指出，"'人文学科'对艺术和文学已经造成的灾难是由于这些学科没有勇气做出像关于法则和真理做出的同样断言"②。这种批评确实是有道理的。

当然，我们不应试图完全从人类对于世界的理性侧面去理解人类行为，不应以绝对的理性的"解释"否认直觉、灵感等感性的"理解"所应具有的地位。想象在一切创造性活动中都有其地位和功用，文学理论研究也不例外。这些方法之间不应相互取代，尖锐的冲突和对立都有着消融的空间和可能。但在文学理论中，不能把强调理论创新、强调直觉和灵感作为个别理论家肤浅、媚俗甚或是蹩脚论说的托辞，文学理论应该是"正确的认识世界的深度和正确的自我体验的深度在这里融合成一种新的直接性"③。

文学理论作为独立存在的学科，可以有很多的认识角度。这里是强调在它遵循一般科学的特性、原则和方法论的前提下，考察它的个性存在。也就是说，是对文学理论科学本体的进一步探讨，要解答的仍然是"文学理论是什么"这样一个根本问题，是对这一问题的深化而不是偏离。也正因为如此，我们主要是从科学研究活动对象的独特性和与之相适应的研究方法的特点入手来分析的。

---

① ［美］雷内·韦勒克:《批评的概念》，张今言译，中国美术学院出版社1999年版，第15—16页。

② ［美］雷内·韦勒克:《批评的概念》，张今言译，中国美术学院出版社1999年版，第16页。

③ ［匈］乔治·卢卡契:《审美特性》(第二卷)，徐恒醇译，中国社会科学出版社1991年版，第52页。

　　作为文学理论对象的文学有许许多多的独特性，这些独特性是分层次的。相对于不同的比较对象，文学会呈现不同的特性，这是一个无限的过程。与之相适应，也会出现各种各具特色的认识和研究文学的方法。但作为对其本体的研究，这里的任务主要就是要说明它既在一般科学制约下又区别于其他科学的性质。

第四章　文学理论的功能及其科学性表征

如果在科学与人文相统一的意义上定义了文学理论作为科学的存在，那么，文学理论具有科学的功能系统吗？文学理论有何用？事物的性质决定着事物的功能，文学理论当然可以有多种作用，但忠实于其学科本性的则是它最基本的和主要的作用。文学理论科学的批判功能、预测猜想与建构功能以及话语范式变化所引起的认知革命，其中虽然存在文学理论学科自身的独特性，但也充分彰显出其强大的科学功能。反过来说，这些科学功能的实现，也反过来成为文学理论科学性的表征。当然，文学理论的科学性表征，是一个更为丰富而多元的表征系统。它不止是作为文学理论科学性质外化的诸种功能的问题，还包括知识话语表述的内在逻辑与外在形态等，譬如话语范畴的规范性、逻辑系统的自洽性等，特别是知识判断的可检验性以及某种存在于理论共同体的主体间性与客观性。

第一节　文学理论的功能

虽然人们对科学活动及其成果的描述各不相同，但在许多层面上，仍然存在着一定程度的共识，科学的基本特征是存在的。这里，我们以前文对科学观的历史呈现和理论概括为基础，进一步探讨文学理论的科学性，或者说是，义学理论作为科学的基本特性。

要判断文学理论是不是科学，最理想的形式是一种逻辑上满足充分必要条件的陈述，即"当且仅当"文学理论是 X 时，文学理论是科学。这是人们曾经渴望设立的科学划界标准，但这只是一种唐吉诃德式的梦想，因为科学是历史运动的过程，不是一个永恒不变的实体，并且科学有多种认识角度、层面和环节。科学的历史已经表明，这种简单化的界定是不可能获得对科学的科学认识的。因此，我们应该多角度地描述科学的典型特征，并把它们组成一个系统，以此考量文学理论的科学性。这有些类似于萨伽德所提出的科学划界模型。诸多特征维度所形成的可能不会是一个独立的点，而是一个由点、线、面相结合而组成的立体区域，该区域中存在的不同的科学形式与各个典型特征维度的距离并不相同，正是由于这种不同，它们呈现出各自不同的特性。

一、批判功能

这里，主要是联系文学理论研究的现实，探讨文学理论作为科学的功能。我们将分析文学理论作为科学具有什么功能，或者反过来说，文学理论具有什么功能，它才能成其为一门科学；各种形态的学说具有什么功能，我们才可将其称为文学理论。

科学的理论总是对包含着一连串互相衔接的阶段的发展过程的阐明。[①] 它不是一个凝定的体系，而是以一种解释事实和问题的方法、一种对"过程"的阐明而存在的学说，它的真理性表现在"阐明"的"过程"当中。即使是已经被证明是科学思想中的最大成果的历史唯物主义，它也只是指出了科学的说明历史的方法。因此，"科学和知识的增长总是始于问题和终结于问题——甚至是不断增加深度的问题，以及不断产生那些能够启示新问题的问题"，甚至可以说，"一种理论对于科学知识的增长所能作出的最持久的贡献，就是它产生的新问题"。[②]

由于文学理论面对的都是暂时的、不断变化的材料，或者说，随着社会生活和文学现实不断变化，文学理论将面对各种新情况、新问题、新挑战，因此，文学理论只能从文学事实的"暂时性"方面去理解，通过对大量文学和社会历史现实的具体考察，从中得出科学的结论。对一个问题研究所做出的回答、所得出的结论，会产生新的问题，从而走向一个新的科学结论。"结论要是没有使它得以成为结论的发展，就毫不足取，这一点我们从黑格尔那里就已经知道了；结论如果变成一种故步自封的东西，不

---

① 《马克思恩格斯选集》第 4 卷，人民出版社 1995 年版，第 680 页。
② ［英］戴维·米勒编：《开放的思想和社会——波普尔思想精粹》，张之沧译，江苏人民出版社 2000 年版，第 185 页。

再成为继续发展的前提，它就毫无用处。"①任何一种社会科学，只要它还把某几个论点奉为最后的结论，它就走到了科学的反面。文学理论也不例外。

所以，文学理论研究最需要的不是干巴巴的几条概念和结论，而是细致的研究。文学理论研究要有问题意识，要能真正解决这门学科中真正存在的问题，并产生新的更深刻的问题。文学理论的能力与有效性就在于它能解释说明问题，说明的能力越强，说明的问题越多，适用的领域越广泛，它的科学性就越强，就越有价值。但文学理论的阐释效力并不取决于所包含的文学常识知识的多少，也不在于是否建构了包罗万象、细大不捐的体系。从根本上说，文学理论，是一种方法上的工具，其主要效果就是批驳那些关于意义、作品、文学经验的"常识"或曰"习见"，对文学研究中那些一直被认为是理所当然的事情提出质疑。

譬如，在文学史上，读者作为作者的接受对象，作为介乎作品与其影响之间的中介，作为一种在形成传统过程中起着接受、选择和扬弃作用的主体，它是被包括在文学史中的。但自文艺复兴以来，文学史一直被僵硬地理解为文学作品同其作者的历史，读者这个第三方被忽略了。以尧斯和伊塞尔为代表的"接受理论"对此提出了质疑。他们打破实证主义文学史的困境，赋予文学史一个任务：寻找一种新的理解方式，把文学史理解为作者、作品、读者之间相互交流的过程。无疑，"接受理论"为文学史开辟了一个更广阔的研究领域，带来了理论研究的巨大突破。尧斯在总结其理论变革的经验时指出，真正有价值的文学理论的变革应该是能够开辟一个迄今未被发现或是一直被忽略的领域，同时，还可以帮助学者重新选定研究方向的新东西。就变革的方法而言，它或产生于一个未知领域，即先前理论中的空白；或产生于对当前理论提出一种新观点，并运用这一新观点研究那些人们早已知晓，但却从未重视过的旧领域；或产生于对理论新的质疑。②

这样，文学理论的一个主要目的和功能就在于"对于那些理所当然

---

① 《马克思恩格斯全集》第 1 卷，人民出版社 1956 年版，第 642 页。
② 参见［德］汉斯·罗伯特·尧斯:《我的祸福史或：文学研究中的一场范例变化》,［美］拉尔夫·科恩主编:《文学理论的未来》，程锡麟等译，中国社会科学出版社 1993 年版，第 133—153 页。

的理论假设和观念提出批判性疑问，不论那些假设是关于社会机制、性机制还是经济关系的机制，也不论那些观念是主体的、文化的还是跨文化身份的"①。很多理论家都不约而同地注意到文学理论的这一根本特性。乔纳森·卡勒认为，文学理论"是对常识的批评，是对被认定自然的观念的批评"②；大卫·凯洛尔说，文学理论寻求的是"提出不同的问题或者用不同方式来提问"；迈克尔·佩恩说，"理论讲的是我们如何以自我反身的方式来看待事物"；特里·伊格尔顿也认为，"倘若理论意味着对我们那些指导性假设的一种合理的体系性的思考，它就将永远是不可缺失的"。③

文学理论对常识观念的批评还不是它的最终目标和根本的价值、功能所在，更为重要的是，它既批评"常识"，又提供新的观念。这种批判的过程所要提供的不是一套解决方案，而是进一步思索的前景。文学理论的意义就在于它们提出的观点或论证具有启发作用，能为人们在解释文学活动的意义、本质、文化价值、精神作用、公众经验、个人经验，以及文学的历史力量与个人经验的关系时，提供借鉴。也就是说，"理论具有反射性，是关于思维的思维"，"它提供非同寻常的、可供人们在思考其他问题时使用的'思路'"。④所谓文学理论，本质上就是一种认识和掌握文学规律的方法论。在科学的文学理论中，理论、观念与方法是高度统一的。文学的理论和文学研究方法论是一而二、二而一的东西，从一方面看，得出的是关于文学的理论、观点，从另一方面看，得出的则可能是认识、考察文学的方法，这二者在科学的文学理论体系中是一个统一体。

譬如，人们经常认为，马克思、恩格斯现实主义理论的主张"莎士比亚化"、反对"席勒式"，是他们在洞察文学活动的历史、现状和发展规律之后得出的观点和结论。可是，从另一个角度，我们则可以将其看作是他们在进行创作手法和艺术原则的比较分析，通过对比，意在寻求符合生

① ［英］拉曼·塞尔登、彼得·威德森、彼得·布鲁克：《当代文学理论导读》，刘象愚译，北京大学出版社 2006 年版，第 328 页。

② ［美］乔纳森·卡勒：《当代学术入门：文学理论》，李平译，辽宁教育出版社、牛津大学出版社 1998 年版，第 16 页。

③ 转引自［英］拉曼·塞尔登、彼得·威德森、彼得·布鲁克：《当代文学理论导读》，刘象愚译，北京大学出版社 2006 年版，第 328 页。

④ ［美］乔纳森·卡勒：《当代学术入门：文学理论》，李平译，辽宁教育出版社、牛津大学出版社 1998 年版，第 16 页、第 8 页。

活真实和艺术真实的客观规律。他们反对把人物抽象化、理想化、传声筒化，指出文学创作应该从现实生活出发，通过对现实关系的真实描写，在更高得多的程度上用最朴素的形式把最现代的思想表现出来。这实际上又是一种考察文学和认识"美的规律"的方法论。也正是在这种意义上，许多源自哲学、语言、思想、历史、宗教甚至自然科学的研究和理论，虽非直接把文学作为对象，但可以经转化而具有文学理论的意义，成为文学理论必要而有机的组成部分，大大拓展文学理论的视野。

二、预测与建构功能

从科学的特征来说，它不限于提供阐释的方法来有效地解释事实和推进问题深化，科学的研究还有一个共同的特点：在解释问题的基础上，揭示事物的发展变化规律，从而指明事物的前进方向。就是说，它有预测功能，可以预见到新颖的事实，这些事实要么是先前的或竞争的学说和研究纲领所梦想不到的，要么是实际上与先前的或竞争的学说和研究纲领相矛盾的。科学理论的价值就在于它提出的出人意料而又合乎逻辑的预测。它的内容在背景知识中可以显得不可信或不可能发生，但却能在后来的实践中得到确认，或者说，人们沿着科学的预测所提供的思路，最终能够确证预测的内容。

这种看法虽然有点冒险、激进，但确实道出了科学在功能上的本质特征：发现所研究现象的变化发展规律，对对象的发展做出准确的预测，并为人们提供认识、评判研究对象的思路与方法，不断打破常识和流行观念的束缚，带来人们心智的逐步解放。这种预测既是对新事物的呼唤，也是对即将灭亡的旧事物的诀别。科学因此是批判的、自由的、开放的。如果说，科学理论的解释功能是一种对已经存在的现象和问题的回溯性的解答，其预测功能则体现为对事物将来发展趋向的指明。这二者是内在统一的，都统一于对现象的运动变化规律的准确把握上。也正因为如此，科学学说的真理性呈现出历史性、相对性与绝对性、客观性的既对立又统一的辩证关系。一种理论越是具有更大的解释能力和预测能力，在实践上也就越有生命力。文学理论作为科学存在的一个基本意义，就在于它能通过对研究对象客观属性与运动规律的把握，揭示其系统演化的可能性场域，从而为人们的文学及其批评、理论的实践活动提供某种意义上的预测。这往往也表现为文学理论与文学创作的互相呼应。譬如20世纪80年代，我国先锋文学的创作实验，很大程度上是依据引入的西方现代派理论所指明的方向进行探索。

科学研究的这一本质特点，可以从俄国学者伊·伊·考夫曼对马克思从事政治经济研究活动的描述中见出：

> 在马克思看来，有一件事情是重要的，就是要找到他所研究的那些现象的规律，而特别重要的是这些现象的变化和发展的规律，这些现象由一种形式过渡到另一种形式、由一种社会关系制度过渡到另一种社会关系制度的规律。所以马克思关心的是一件事：用准确的科学研究来证明一定社会关系制度的必然性，同时尽可能完全地指出那些作为他的出发点和根据的事实。为了这个目的，他只要证明现有制度的必然性，同时也就证明了另一制度的必然性，证明这种制度必然要从前一制度中生长出来，不管人们相信或不相信这一点，不管人们意识到或意识不到这一点。[①]

根本上说，一种文学理论就是一种与文学的历史和不断变化的文学现实相适应的阐释模式。因而，文学理论科学并不总是跟在文学事实后面做总结，它的最根本的特征和功能就在于对未来的穿越时空的预测力，对人类文学创作、欣赏以及文学批评、文学研究等各种实践活动的指导能力。其解释和预测不是耸人听闻、故弄玄虚的巫师的谶言纬语，而是源于对文学现象发展变化必然规律的把握。譬如，关于艺术的繁盛时期同社会的一般发展不成比例，即与物质生产的一般发展不成比例的现象，马克思提出的物质生产的发展同艺术发展的不平衡理论，对此做了科学的解释。他辩证地强调了艺术生产的特殊性以及它与物质生产之间存在的内在联系和相互作用，揭示了特殊关系掩饰下的社会生产方式决定艺术生产状况的普遍性，证明了正是艺术生产为求得与自己时代社会生产方式发展相适应，才造成了这种不平衡。这也就从根本上发现了艺术现象的发展变化规律。

对文学及其理论本身演化规律的探求，构成文学理论的内在冲动，

---

① 转引自《列宁选集》第1卷，人民出版社1972年版，第32—33页。

"求真"是文学理论的核心要义。正是在这一点上，我们可以说，文学理论家的重要性不在于其理论文章的华美，而是源于其思想的深刻性、理论见解的合理性、发现规律的首创性和惟一性。陆机的《文赋》之所以受到文学理论研究的重视，固然与其文辞绝妙有关，但从根本上则在于其对文学写作"用心"规律的准确认识，揭示了诸如文学想象、审美特性等前人所未曾系统关注的问题。把别人的理论思想与自己的个人情思相渗透，再附以空灵优美的语言的做法，充其量只是"话语膨胀"后的游戏，是一种泡沫，绝不是科学的文学理论研究。正如仅有华丽装束而没有气力的人根本不成其为真的勇士，文学理论，无论其话语多么优美，多么令人愉悦、令人陶醉，如果缺乏思想的穿透力、理论的震撼力、逻辑的说服力，它就失去了自我，就在对文学的僭越中成为不太合格的"他者"，没有理论的硬度和质量，而徒有美丽的外表。因此，从一定意义上说，在文学理论中，"得意忘言"是合理的。要求文学理论"求美"地说、有个性地说，这无可厚非，但不能以否定文学理论的本质在于"求真"为前提，不能把二者对立起来。文学活动在"求美"的同时，亦以"求真"为内在依据，但这二者的地位及其相互关系在文学活动中与在文学理论活动中有根本的不同。文学理论不能像有的学者所说的那样，成为一种像文学一样的"求美"的人类精神存在方式。

预测功能作为文学理论科学的内在功能和根本任务之一，可以从它与文学批评的根本区别中见出：文学批评是对具体的文学现象的解读、分析、评价，回答的是具体的文学现象、文学事实是什么，有什么价值意义；而文学理论是对作为整体的文学内部诸关系以及文学现象与其他各种现象的复杂关系的分析，是对其深层成因的解释和将来走向的推测，它所回答的是"为什么""应该怎么样"的问题。

文学理论的预测功能一直被忽略，似乎预测只是自然科学的行为，而文学理论只是回溯性的解释。其实，文学理论的预测功能往往隐藏在理论本身的建构过程中。这里，我们不妨以近两年一些文学理论论文的标题为例，来看一看其中所包含的预测性。

这样的论文标题是常见的：文艺理论：面向新世纪的发展趋势／文化诗学是可能的／作为科学的文艺学是否可能？／走向解释的文学批评／全球化语境下的文化研究和文学研究／重建文学理论学科是时候了／文学理论的

未来：中国与世界/21世纪文艺学的现代性建设/全球化时代文学研究还会继续存在吗？/全球化语境与文学理论的前景等等。美国学者拉尔夫·科恩主编的《文学理论的未来》更是对文学理论预测功能的一次充分展示。

文学理论作为人文社会科学，它对文学现实发展规律的揭示，为人们指明了从事文学活动的原则、方向。这种预测不仅表现为对文学及其理论走向的预见，还表现为对文学理想和理论范式的建构，表现出真理性与价值性的有机统一。换句话说，正是文学理论科学的这种预测和猜想直接干预了文学事实的发生，从而使后来的文学现象、文学事实带有理论价值理想的引导与预设的特点。

就启蒙主义文学理论来看，狄德罗、莱辛等人提倡建立的"市民戏剧"，既是对当时戏剧发展现实的总结、对戏剧发展走向的预测，也是对符合其理想的文学样式的呼唤。马克思主义经典作家对无产阶级文学的倡导，既遵循着文学自身的演化规律，同时也是一种文学理想的表达。再如法兰克福学派以现代主义文学为中心的文学理论，既是对晚期资本主义社会文学处境的准确认识，也是对一种带有乌托邦色彩的"解放人性"的文学形式的标举。当然，各种文学理论学说的预测功能由于其科学性的差异，在准确性上自然呈现出一定的不同。

三、认知范式的创新：术语革命

理论其实就是人们认知事物的认识框架，因此不同的理论便会提供不同的认知。作为一门"历史科学"，特定的文学理论系统的一些概念、术语、范畴、命题以及某些具体的论断和意见，会随着时间的推移逐渐丧失阐释效力。一种文学理论系统要走向一个新的发展阶段，必须寻找其自身发展的逻辑起点和实现创新的切入点。文学理论的革新往往首先表现在概念、术语、范畴的变更上，文学观念的更新也同概念、术语、范畴的关系十分密切。

文学现实是生生不息、千变万化的，对它的完整的理论认识也必然处于一种运动变化之中，文学理论的"范畴也和它们所表现的关系一样不是永恒的。它们是历史的和暂时的产物"[①]。列宁强调，"不该忘记：这些范畴

[①]《马克思恩格斯选集》第4卷，人民出版社1995年版，第539页。

'在认识中有自己的领域，在这个领域中它们必定有效'。但是作为'漠不相关的形式'，它们就会成为'谬误或诡辩的工具'，而不是真理的工具"①。文学理论体系中的概念、术语、范畴，在迎合不断变化的文学实践要求的过程中必然发生着汰变。就是说，在文学的现实发展中，文学理论范畴也是辩证运动的，是具体地变化的，因此，也是"历史产物，它兼有稳定性和变易性。随着时代的发展，文学的发展与变化，文学理论范畴有一个不断充实、完善或改造、更新的过程"②。

诚如韦勒克所说，"文学理论、原理和标准是不能在真空中得到的：历史上每个批评家都是通过接触具体艺术作品来发展他的理论的，这些作品是他得去选择、解释、分析并且还要进行评价的。批评家的意见、等级的划分和判断由于他的理论而得到支持、证实和发展，而这些理论也从艺术作品中吸取养分并得到例证的支持，从而变得充实和言之成理"③。任何文学理论，只能是对无限繁富的文学现象进行有限的集中、抽象、概括，它需要随审美事实和文学现象的发展而发展，并不断修正完善自己。现有文学理论范畴必须通过批评活动等重新应用于新的文学现实来验证其有效性，来激活它，使其充实、血肉丰满，在与文学具体实践的对话中获得解释、说明和概括文学事实的活力，从而使其不再只是一个干巴巴空洞的概念，而是在文学实践中充当作家、批评家和广大读者理解和认识文学的重要工具。艾布拉姆斯也认为，任何出色的文学理论"都是从事实出发，并以事实而告终，因而在方法上都是经验主义的。然而，它的目的并不是把各种事实联系起来，好让我们借以往而知未来；而是为了确立某些原则，以证实、整理和澄清我们对这些审美事实本身所作的阐释和评价"。"其衡量标准并不是看该理论的单个命题能否得到科学的证实，而是看它在揭示单一艺术作品内涵时的范围、精确性和一致性，看它能否阐释各种不同的艺术。"④ 如此看来，文学理论体系中的概念、术语、范畴，只有在与具体的文学实践活动的对话中才能被激活。所以，它们有无理论力量、能否解

① 《列宁全集》第 55 卷，人民出版社 1990 年版，第 78 页。
② 詹福瑞：《中古文学理论范畴的形成及其特点》，《文学评论》2000 年第 1 期。
③ ［美］雷内·韦勒克：《批评的概念》，张今言译，中国美术学院出版社 1999 年版，第 5 页。
④ ［美］M. H. 艾布拉姆斯：《镜与灯：浪漫主义文论及批评传统》，郦稚牛、张照进、童庆生译，北京大学出版社 1989 年版，第 3 页。

决文学实际问题，必须回到文学现实的实践中才能获得说明。在具体的批评实践中，由于"原有理论话语往往不能把言说的触角完全跟踪到探险的前沿，对其做出及时的价值阐释和意义覆盖"，这就会要求原有的理论范畴有所调整、重构甚至改造。①

每一个独立的文学理论派别，都有其独立的范畴体系，文学观念的创新也往往表现为范畴体系的创新，理论创新的路径依赖首先是"术语革命"。术语、概念的含义及其范畴体系的逻辑进程，反映着社会实践向深度与广度发展的历史进程。范畴作为"帮助我们认识和掌握自然现象之网的网上纽结"，一定的范畴反映人对客观世界认识和掌握的不同方面和不同阶段。随着自然现象之网的诸方面关系在实践中向人不断展开，人类认识和掌握世界的思维之网的"网上纽结"——范畴也逐渐形成、丰富、展开。概念、术语、范畴在历史的变动中逐渐被人们习用，但是，这是一个意义变迁的过程，这种变化很多时候是一种惰性沉淀，人们只是凭借似是而非的感知，而不能以深入的体认来运用。约翰·斯图亚特·密尔在《论自由》中以基督教的教义在19世纪中期的命运说明，有的基督教信条因无法渗透进情感而不能支配行为，于是与人的内心生活完全失去联系。对当时的基督教徒而言，基督教教义是承袭的，心灵接受它是出于无意识的被动，最终教义变成干巴巴、不具内在生命的教条。而表示教义的新概念、术语、范畴的意义也大大萎缩：鲜明的概念和活生生的信仰没有了，代之而存在的只有一些陈套中保留下来的词句；或者假如说意义还有什么部分被保留下来，那也只是外壳和表皮，精华则已尽失了。以批判精神和历史感来讨论、界说对文学活动和文学研究产生重大影响的概念、术语、范畴，以温故而知新，这是保护文学乃至文化生态的必要条件。面对日新月异的文艺现实，任何希望获得存在的文学理论系统都必须完成自己的理论创新。

首先，它要淘汰那些已经被实践证明是违背文学规律的概念、术语、范畴。譬如，就马克思主义文艺理论②的创新而言，20世纪30年代初，苏联理论家提出的"辩证唯物主义创作方法"、我国"文革"时期提出的

---

① 董学文、盖生：《文学理论发展的历史逻辑及对其悖论性审视》，《甘肃社会科学》2001年第4期。

② 此处因为习惯用法的存在，为表述方便，用"文艺"指代"文学"。

"三结合"创作方法等范畴就已经被证明缺乏阐释效力、缺乏科学性，应该将其淘汰出理论系统。

其次，它要不断更新、改造那些曾经是有价值的，但随着历史的发展其表述已不再精当的概念和命题。譬如，"文艺从属于政治"的提法，在文艺的现实发展中愈来愈显示出它的狭隘性，难以适应新的历史条件和文艺实践的需要，但它们并非完全错误，而是有其科学内涵的。现在的任务是要找到更合理、更准确的范畴、命题来概括相关文艺事实，促进文学理论的科学发展。

再次，对一些重要的概念、术语、范畴与命题如"文学"概念以及"什么是文学"等问题做历史的解释，使之重新历史化、语境化；同时，这种历史的解说要密切结合民族的维度，即分别考察不同民族对于这些概念是怎么进行解释的。这样既可以消除历史的遗忘，又可以凸显不同民族对于"文学"这个概念的不同理解，从而避免概念的误用和似是而非，还可以通过将其"历史化"，把罩在这些概念上的普遍主义外衣撕去，显露其作为"地方性知识"的本来面目。近30年来，对当代中国文学理论影响最大的是西方文学理论。西方文学理论的纷至沓来，形成了一段并不对称的中西方文学理论的交往史和交流史。西方文学理论在中国的"旅行"与"存在"，影响与策动着当代中国文学理论的建构。在这种跨文化"跨语际"的文化互动中，西方文学理论被选择性地接受，必然会在一定程度上失去或改变其原初语境的意义，孳生出新的意义。面对西方文学理论在中国的"理论旅行"，研究者必须强调"语境意识"。这里，"语境意识"所针对的问题就是学者们往往将生成于西方特定时期的关于文学和文化的概念、术语、范畴"去语境化""去历史化"，视其为放之四海而皆准的东西，认为只要简单移用这些概念、术语、范畴就可以将其作为认识和解决各种中国文学问题的"纽结"，而忘记了任何话语行为都是生成于具体的语境之中的，语境的差异性与特殊性以及理论的"跨语际"译介，必然造成概念、术语、范畴内涵与外延的变异。因此，我们需要在中国本土的历史和当下语境中把西方文学理论的概念、术语、范畴再度充分历史化、语境化，防止它演变为一种普遍主义话语，从而掩盖了真正的中国问题。这里，一方面，要力图探究西方文学理论的概念、术语、范畴所出现的原生语境，同时对比其在中国文学理论建设中所要面对的目标语境，对这两种语境的遗忘可能会导致研究者忽视西方现代性和后现代性文学理论与现实中国的这种古典性和现代性相交织的文学及其理论在总体历史进程上出现的整体时空错位；另一方面，我们要看到，作为特定历史语境中的认识"纽结"，任何概念、术语、范畴都是一种历史的具体言说，都只是一个言说"事件"，而非放之四海而皆准的普遍真理，我们应通过进一步关注理论言说者和运用者自身的具体处境和历史境遇这种小语境，将每一种西方文学理论的概念、术语、范畴的运用"事件化"，即将其还原为一个个特殊的"事件"，看成是特定使用者在特定时期、出于特定需要与目的而引发的一个"事件"，从而看到它们与许多具体的社会历史条件之间存在的必然的内在关联。① 这里，"要想实现反思性，就要让观察者的位置同样面对批判性分析，尽管这些批判性分析原本是针对手头被构建的对象的"②。只有这样我们才能获得对作为科学的文学理论之所以成为科学的社会历史条件的反思，从而避免将其普遍主义化和非历史化。

第四，也是最重要的方面，要以新创的术语来实现文学理论对新的社会和文学现实的有效言说，从而在现实与逻辑的互动中拓展其理论生长的空间。对文学活动中理所当然的事情提出质疑，突破有关文学问题的习惯性认识，是文学理论创新的基本路径。新思想必然需要独特的概念术语，文学现实的变化必然催生新的文学理论术语，以便做出与其自身运动相适应的逻辑概括。创造新的术语，实现术语的革命，是理论认识在深度广度上发生重要变化的必然要求，正如弗·杰姆逊所指出的，"新名词的出现总标志着新的问题，标志着新的思想、新的商榷论争的题目，同时也不免成为知识界的一种新商品"③。譬如，雷·韦勒克对20世纪的"形式"和"结构"两种不同的文学作品分析方法进行了考察。他对使用这两个术语的不同学派进行整理归类，探析了这些方法在研究中的成功和不成功的运用，据此，从批评的目的出发，提倡选择"结构"概念作为批评的有效方法。因为这个分层的"结构"概念可以避免两个陷阱，即"机体主义走

---

① 张进：《"批评工程论"——新历史主义批评理论的当代意义》，《文艺理论研究》2005年第1期。
② ［法］皮埃尔·布迪厄、［美］华康德：《实践与反思——反思社会学导引》，李猛、李康译，中央编译出版社1998年版，第44页。
③ ［美］杰姆逊：《后现代主义与文化理论》，唐小兵译，北京大学出版社1997年版，"自序"第4页。

到极端所带来的一种无法做出辨析的笨重整体性以及相反的原子主义所造成的支离破碎的危险"①。这要比只是把"手法的总和"作为内涵的"形式"概念更全面，也能对文学作品做出更科学的说明。我们可以看到，韦勒克所倡导的"结构"其实是他改造后的结果，应该说是一个新创，而绝非结构主义或其他传统理论意义上的"结构"。

反过来说，概念、术语、范畴的变化也必定在一定程度上反映出文学理论的演化规律。通过对文学理论的概念、术语、范畴的研究，可以系统考察各个时代各具特色的理论流派和理论家们的观点主张及其方法论，触摸到文学理论的发展规律，从中辨析出比较科学的更有生命力、更符合时代要求、更切近文学实际的概念范畴，充实它们，发展它们，使之成为新的理论元素，创造新的理论；淘汰那些不够准确的、随着时间流逝和认识的深化逐渐丧失其真理性价值的概念范畴，蒸发掉那些漂浮在理论表面的泡沫，滤去翻起的沉渣，让理论透射出光辉。

当前，在我国文学理论研究中，关于"术语革命"的问题，存在着两种对立的偏向，二者都不同程度地制约着文学理论的发展。

其一是，固守马克思主义经典作家关于文艺的论述，以他们对自由资本主义时代的文艺与社会的理论概括来指称业已变化了的现实。文艺现实的变化并不意味着马克思主义文艺理论的失语，其基本术语、基本概念仍然是有效的，但是，许多新鲜事实的出现必然要求由新的概念来认识。而在有的研究者那里，只有歌德、巴尔扎克、狄更斯、欧仁·苏、玛·哈克奈斯、敏娜·考茨基、列夫·托尔斯泰等批判现实主义作家及其创作能够进入他们的视野，似乎只有经典作家所论述过的作家、作品和现象，才能用马克思主义文艺理论来解释。这些研究者整天在那狭小的范围内打转转，固步自封，不愿把脑袋伸向丰富多彩的文艺和现实世界。虽然其中的一些人也关注文艺与社会发生的千变万化，但他们只能用经典作家的概念、术语来思维，似乎患上了失语症，离开了经典作家的话语，他们就有可能不会说话。这样的结果是，虽然说了不少，但总给人言不及意、隔靴搔痒之感。这时，他们的概念可能是属于经典作家的，但以此所获得的认识却已不是马克思主义的了，因为"结论要是没有使它得以成为结论的发

---

① ［美］雷内·韦勒克：《批评的概念》，张今言译，中国美术学院出版社1999年版，第63页。

展，就毫不足取"①。缺乏新的概念术语，也就缺乏通向新的现实的梯级和环节，缺乏认识现实之网的网上纽结，理论认识根本无法延伸、展开，这样，马克思主义文艺思想也就被终结了，被窒息了，马克思主义文艺理论也因这些个别研究者的个体行为而背上"僵化"的恶名。

作为一门历史的科学，文学理论"所涉及的是历史性的即经常变化的材料"②，它只有不断创新才能永久性地拥有对于新情况、新问题的发言权，而"理论的扩展或建构往往需要引进一些新的概念"③。恩格斯早就指出："一门科学提出的每一种新见解，都包含着这门科学的术语的革命。"④没有"术语的革命"，便没有"新见解"的产生，也就没有理论的创新与发展。正是在这种意义上，列宁强调："从逻辑的一般概念和范畴的发展和运用的观点出发的思想史——这才是需要的东西！"⑤历史从哪里开始，思维进程也应从哪里开始，思想进程的进一步发展其实是现实的历史过程在抽象的、理论上前后一贯的形式上的反映，随着现实的变化，思维便有了其新的形式。因此，深入研究文学理论的概念、术语、范畴问题，是我国当前理论创新的基础与切入点。

其二是，把各种学科、各种理论思潮的概念、术语、范畴不加转化地引进我国当代文学理论之中，无意识地追求一个无所不包的思想体系。我们知道，一种科学的文学理论系统是人类文学理论知识合乎规律的发展，但这并不意味着它可以包罗一切、说明一切。它有自己的理论视野和阐释的有效区间。它的任务是要对人类的文学活动做出有条理的说明，而不是对各种文学事实和知识进行毫无联系的简单堆积，更不是将这些事实和知识堆积得越高越多就越好。大杂烩似的融合，不是对它的发展，而是一种偏离，甚至是一种取消、颠覆。"所谓理论就是一些系统地联系在一起的命题"⑥，其概念、术语、范畴之间要彼此具有逻辑上的包容关

---

① 《马克思恩格斯全集》第 1 卷，人民出版社 1956 年版，第 642 页。
② 《马克思恩格斯选集》第 3 卷，人民出版社 1995 年版，第 489 页。
③ ［美］R. S. 鲁德纳:《社会科学哲学》，曲跃厚、林金城译，生活·读书·新知三联书店 1988 年版，第 36 页。
④ 《马克思恩格斯全集》第 23 卷，人民出版社 1972 年版，第 34 页。
⑤ 《列宁全集》第 55 卷，人民出版社 1990 年版，第 148 页。
⑥ ［美］R. S. 鲁德纳:《社会科学哲学》，曲跃厚、林金城译，生活·读书·新知三联书店 1988 年版，第 20—21 页。

系。这里，"系统不仅仅是科学的装饰品，而且是科学的核心"①。即使在具有反理论倾向的后现代主义者那里，也有着系统化的理论立场。科学的文学理论是开放的，但不是无边界的。任何成体系的学说与学说之间都有相对独立、相互封闭、相互排斥的一面，不可能走向完全大同。正如艾布拉姆斯所言：

> 这些理论之所以不能相互比较，或者是因为术语不同；或者是术语虽同而内涵各异；或者是因为它们分别属于一些更大的思想体系，但这些思想体系的前提和论证过程都大相径庭。②

任何一种理论都有自己的逻辑结构、思维方式、价值吁求、阐释角度和存在样态。以马克思主义文论为例，学界现在大都在呼吁并不断尝试构建当代中国马克思主义文艺理论，但要真正实现马克思主义文艺理论的当代创新，必须结合现实的发展与要求，紧紧抓住其逻辑起点，进行合乎规律的延伸，否则，本意是要发展，结果却可能变成了机械的组装，新创的部分不能为理论系统所消化。"因为，决定一种理论同一性的因素之一就是该理论的基本词"，所以，"严格地说，通过把新概念（作为基本词）引入该理论已有的基本词之中，这个引进了新概念的理论实际上并没有扩展，它不过是用一种新的理论代替一种旧的理论而已"。③一种学说的概念、范畴还是斗争的武器，具有在艺术场中来确定理论主体自身和他们的对手身份的意义。④因此，"术语的革命"指的就是在原有理论认识之网的既定的经纬线上做自然延伸，形成认识的网结，改变已有的经纬线，这最多只是产生零散的网结，不能有机地组成认识之网。美国学者弗·杰姆逊试图调和后现代理论与马克思主义理论，但其"后

① ［美］R. S. 鲁德纳：《社会科学哲学》，曲跃厚、林金城译，生活·读书·新知三联书店1988年版，第21页。
② ［美］M. H. 艾布拉姆斯：《镜与灯：浪漫主义文论及批评传统》，郦稚牛，张照进，童庆生译，北京大学出版社1989年版，第4页。
③ ［美］R. S. 鲁德纳：《社会科学哲学》，曲跃厚、林金城译，生活·读书·新知三联书店1988年版，第37页。
④ 参见［法］皮埃尔·布迪厄：《艺术的法则：文学场的生成和结构》，刘晖译，中央编译出版社2001年版，第355页。

现代立场有时并不相容于甚或有损于他的马克思观点。譬如，在主—客体的辩证关系问题上他采取了一种博德里拉式的内爆观点，由此导致了批判主体的终结，损坏了马克思主义的实践理论，也砍丧了人们对主体的实践效力的信仰"①。

　　那种脱离马克思主义文艺理论的逻辑框架及其有机性和系统性而进行的名词轰炸和术语翻新，只是以话语膨胀为能事的学术泡沫的典型表征，并不是真正的术语革命。新时期层出不穷的各种冠之以"新""后""新新""后后""后新"等前缀的时髦名词与术语，在今天看来，又有多少学术价值呢？反之，那些在马克思主义文艺理论系统内所进行的合乎逻辑的术语演绎与推导，却给我们带来了可贵的学术积累，成为马克思主义文艺理论新结的网结。譬如，"艺术生产"理论虽然存在于经典作家的作品里，但并非是自觉而显性的存在，也不是作为一个独特的术语来使用的，以至于长期受到忽略。当文艺面对商品世界和现代科技越来越强大的渗透时，"艺术生产"这一术语被发掘出来，并被赋予崭新的时代内涵，从而为正确认识科技革命时代的文艺提供了钥匙，并成为具有强劲辐射力量的马克思主义文艺理论的新的增长极。同样，"意识形态转型"理论是在工业、后工业语境中对马克思主义文艺理论关于文艺意识形态性质的思想的有力拓展。它强调从艺术生产的过程和机制来考察和分析艺术文本，寻找文本背后的社会历史内蕴，从荒诞杂乱、支离破碎的感性艺术生产中寻找到某种不是意识形态的意识形态——一种资本主义制度所默认、许可甚至需要的生活方式和存在方式，揭示出审美形式或叙述形式的生产方式和生产过程所具有的意识形态性。无疑，这是对传统内容分析模式的有益补充。

　　因此，对于马克思主义文艺理论而言，如果要永葆青春，充满朝气，充满当代意识，那么，遵循其自身的逻辑思路，对鲜活的文艺现实进行科学的抽象概括，形成新的概念、术语、范畴，是其基本路径之一。

---

　　① ［美］道格拉斯·凯尔纳、斯蒂文·贝斯特：《后现代理论——批判性的质疑》，张志斌译，中央编译出版社 2001 年版，第 250 页。

第二节　文学理论的科学性表征

科学可以被看作是为了描述和说明对象而试验性地提出的一组猜想和假说。但仅仅是猜想，还不成其为科学，还没有实现科学的功能。它们要获得科学理论的地位，还必须满足一些基本条件，体现出某些典型特征。

科学观的历史演化表明，证实、证伪这两种标准都过于静态，也过于简单、单一、苛刻和僵化。它们都出现了自身的易谬性，并且这两种标准都难以面对科学现实的复杂性。科学实践活动是一个无止境的过程，暂时或一段时间内的观察结果或许无法检验一些假设，但这并不能证明它们就是谬误；在科学理论中，并不是所有的陈述都能找到现实的经验事实来检验，一些纯粹概念性的陈述，根本无法证实或证伪。因此，我们无法完全依此为标准来判断文学理论陈述的真伪。至于被那些后现代主义文学理论奉为圭臬的"怎么都行"的原则，是科学的取消主义，不足为训。

文学理论要成为科学性存在，要求得言说的有效性，必须不能仅仅只是重复已有理论，更不能只是为了哗众取宠而提出无理据的主观臆想，而是需要实现理论的合理性。因此，要建构科学的文学理论，必须确立科学的检验文学理论科学合理性的标准，这样才能对各种文学理论的功能价值做出比较与判断。这里，我们认为，文学理论科学性检验标准应该是一个多要素结合起来的系统的结构，而不是某种单一的要素，它至少应该包含逻辑和经验两方面，要接受理性和经验的双重约束。前者强调的是文学理论的范畴规范性、话语系统性；后者则强调文学理论事实陈述的可检验性和价值陈述的主体间性／协同性。当然，这些科学性表征并不构成科学性的全部内容，关于文学理论科学性的考量还必须与文学理论作为科学的性质与功能结合起来。

一、范畴规范性

文学理论作为一门现代学科，它遵循着学科发展和建构的一般规律，这主要表现为一种不断走向专业化和规范化的过程，一种不断追求并最终拥有自身个性化特征的科学的存在形式的过程。按照马克斯·韦伯关于现代性的看法，这也可以归结为文学理论现代性的一个典型表征。在文学理论研究"以学术为业"的现代化过程中，范畴、概念、术语日益规范化、科学化，进而建立起独特的文学理论概念系统，越来越成为学科发展的一个必要前提。概念、术语、范畴的梳理与研究既可以对已有理论成果进行归纳总结，实现学科知识的有效积累，同时，也能在这种综合中实现对难题的掘进与拓展，达到对文学活动的更深、更广、更新、更科学的认识。

恩格斯指出，"一个民族想要站在科学的最高峰，就一刻也不能没有理论思维"[1]，而"要思维就必须有逻辑范畴"[2]。概念、术语、范畴是人类认识世界的最基本的工具，直接决定着人们认识世界的可能性。"本能的人，即野蛮人，没有把自己同自然界区分开来。自觉的人则区分开来了，范畴是区分过程中的梯级，即认识世界的过程中的梯级，是帮助我们认识和掌握自然现象之网的网上纽结。"[3] "人对自然界的认识（='观念'）的各个环节，就是逻辑的范畴。"[4] 任何一门学科或科学都是由一系列的概念、术语、范畴构成，任何一种独特的理论都有着自己专属的范畴系统。文学理论也不例外，它的存在和发展必然构成对逻辑进行的反复的且不断更新的应用。作为一门科学或学科，文学理论的"理论这个词暗示了一个系统地发展起来的、以事实为根据的概念结构"[5]，其"科学的理想就是把包含有人类已经取得的知识的概念和命题按逻辑关系联接起来，组织起来"[6]。

> 逻辑的范畴是"外部存在和活动的""无数""细节"的简化（在另一处用的是"概括"）。这些范畴反过来又在实践中（"通过对活生生的内容的精神提炼，通过创造和交流"）为人们服务。[7]

文学理论的范畴作为人类认识文学现实的纽结、环节和梯级，是主体精神与现实之间交互运动的结果，是对活生生的文学及社会现实的精神提炼。文学理论范畴不是理论家主观杜撰的产物，而是客观文学现实在人

---

[1] 《马克思恩格斯选集》第 3 卷，人民出版社 1972 年版，第 467 页。

[2] 《马克思恩格斯选集》第 3 卷，人民出版社 1972 年版，第 533 页。

[3] 《列宁全集》第 55 卷，人民出版社 1990 年版，第 78 页。

[4] 《列宁全集》第 55 卷，人民出版社 1990 年版，第 168 页。

[5] ［美］道格拉斯·凯尔纳、斯蒂文·贝斯特：《后现代理论——批判性的质疑》，张志斌译，中央编译出版社 2001 年版，"英文版序言"第 10 页。

[6] ［美］R. S. 鲁德纳：《社会科学哲学》，曲跃厚、林金城译，生活·读书·新知三联书店 1988 年版，第 89—90 页。

[7] 《列宁全集》第 55 卷，人民出版社 1990 年版，第 75 页。

的主观意识中的反映，是一种科学的抽象，并且需要在实践中不断获得验证、检验，或确证，或修改，或淘汰。就是说，"这些概念（及其关系、过渡、矛盾）是作为客观世界的反映而被表现出来的"[①]，而且"人以自己的实践证明自己的观念、概念、知识、科学的客观正确性"[②]。这里，当思维从具体的东西上升到抽象的东西时，它不是要离开——如果它是正确的——真理，而是要接近真理。

概念、术语、范畴乃是建构文学理论大厦的基石。概念、术语、范畴的清理、激活、重构、创造，是文学理论的建构和发展的重要推动力。文学理论的概念、术语、范畴，既是从丰富的文学经验和事实中概括出来的，是文学理论学科发展的科学总结，又对文学创作、文学批评和文学理论本身的实践起着规范指导的作用，同时也是通向致深的学术研究之津梁。概念、术语、范畴之所以重要，在于它们是文学理论活动中人们言说的主要话语载体，其内涵既是个人赋予的，又是社会赋予的；既蕴含着丰富的理论成分，又积淀着大量的社会与时代的信息。一个时代文学的本质观、价值观、文化思潮及研究方法论，都会从概念、术语、范畴中反映出来。概念、术语、范畴还是"强力语词"，具有很强的建构能力。一个时期文学理论的概念、术语、范畴序列，构成该时期文学理论形态和体系设计的基本蓝图。在这种意义上说，从概念、术语、范畴入手研究文学理论话语、观念、内涵、体系与方法的演变与更新，对于文学理论来说，可以起到如分子生物学之于生物学一般的作用。因此，概念、术语、范畴不仅是文学理论思维的"纽结"，也是文学理论学科知识赖以系统化和科学化的"纽结"。要使中国文学理论走向现代化，深入考察文学理论概念、术语、范畴的产生、发展、特点及变异，从不同层面审度其含义及在文学创作、批评中的运用、影响，以创建新的民族文学理论范畴及其体系，是当代中国文学理论的一项迫切而基本的任务。也只有这样，才能使文学理论作为一门独立学科在理论上更加完善。

小斯提芬·G. 尼克尔斯在给韦勒克的《批评的概念》所作的引言中说：

---

① 《列宁全集》第 55 卷，人民出版社 1990 年版，第 166 页。
② 《列宁全集》第 55 卷，人民出版社 1990 年版，第 161 页。

  ……即新的文学研究工作会因未能界定基本概念而受到很大损害。因此，韦勒克先生才开始为文学研究阐明精确的概念规范。鉴于文学和文学研究中分支很多，这些概念规范也就必须作个别鉴定。而这些概念规范一经阐明，就会在实际文学研究中不断相互影响，指出什么是理解文学意义和价值的最适当的途径。

  ……

  韦勒克先生所察觉到的最一贯的问题就是文学研究未能对……基本概念取得一种全面而完整的认识。这些基本概念是表述那些对文学作品提出的基本问题必不可少的根据。①

  其实，韦勒克所做的这种概念辨析工作，在我国的文学理论研究中一直都非常薄弱。20世纪以来，文学理论概念、术语、范畴的译介和创造长期处于主观随意、零散无序的放任自流状态。人们习惯于模糊性地运用概念，并无清醒的概念意识，甚至"文学理论"这一范畴本身的内涵和外延都是模糊的，它与文艺学、文学批评、美学以及艺术学等，其间似乎是有界限的，但却很少有清晰的论述，在使用中往往都是并用或相互替代。在一定程度上，这是文学理论缺乏科学性的表征。在这些学科内部，概念、术语、范畴的使用则更为混乱，充满着随意性、粗暴化，缺乏必要的科学精神。记得一次参加学生的学位论文答辩时，一位评委深有感慨地说，现在他最害怕学生动不动就提什么"话语"！诚哉斯言！混乱地使用概念范畴的情况岂止"话语"一词，"能指""所指""文本""语境""踪迹""播散""他者""合法性""处身性""现代性""后现代性"以及其他大量的"……性""……化"等等，这些概念变成了可以望文生义的普遍化概念，似乎可以想怎么用就怎么用。当前文学理论研究中，想怎么说就怎么说的情况异常普遍，完全无视文学理论史和学术史的存在，而且很多时候不是往深刻了说，是往时髦、往花哨了说，流行什么概念就使用什么概念。对于任何一门学科来说，"名不正，则言不顺"，理论问题的澄清必须以基本概念范畴的匡定为基础。文学理论今天的尴尬处境与其概念术语的混乱密

---

① ［美］雷内·韦勒克：《批评的概念》，张今言译，中国美术学院出版社1999年版，"引言"。

不可分。某些表面上看似文学理论的问题之争的，其实却是概念之争并由此导致了大量激烈而无谓的商讨，限制了争鸣中的学术水平的提高。要使文学理论这一学科获得健康发展，就不能不考虑起码的学术规范。

概念、术语、范畴体系上的混乱及缺少必要的学术规范，也造成了文学理论研究在投入与产出上的不平衡。1986—1990 年关于文艺的意识形态性问题的争论，其争论的焦点在于：意识形态是否属于上层建筑，由此进而提出，文艺究竟是不是一种意识形态或意识形态形式。遗憾的是不少文章对"意识形态"这个概念却无严格的界定，使之在逻辑上失去了共同的论域。20 世纪 80 年代以来曾经被人们似是而非地广为接受的"审美意识形态"命题，一度被称为"文艺学第一原理"，但在该命题的内部同样存在着模糊性、迷惑性和权宜性，反对者的其中一个质疑便是这一命题的规范性问题。因为在这一命题中何谓"审美"、何谓"意识形态"以及二者是怎样的关系，研究者根本没有厘清，也恐怕很难厘清。用这两个更为复杂的范畴来界定文学或文艺，好像有悖定义的规则，也确实是很大的麻烦。"审美"是一个反映和体验美的现象共性的宽泛概念，它既是人的一种意识形式，也是人的一种感性的"完善状态"。伊格尔顿曾指出："审美，它只不过是人们赋予各种错杂在一起的认识形式的一个名字。"[1]他甚至说，根据康德的理论，"人们难以不感受到这点——关于审美与意识形态之间的关系的许多传统的争辩，如反映、生产、超越、陌生化等等，都是多余的。从某个角度来看，审美等于意识形态"。[2] 而"意识形态"（Ideology），不管从哪个意义上说，即不论是指"虚假的"意识还是指"真实的"意识，不论是指"占统治地位"的生产方式所产生的一套抽离了实际历史过程的观念，还是指远离了物质经济基础的种种精神形式，它指的都是"思想体系"或"观念系统"，指的都是它含有同社会总体结构、物质存在条件、阶级政治及先前思想材料之间的变动性联系。尤其是在当下的舆论和媒体中，"意识形态"已成为对社会具有强大影响、整合功能的政治宣教和思想学说的代名词。所以，董学文对此进一步提出质

---

① ［英］特里·伊格尔顿：《审美意识形态》，王杰、傅德根、麦永雄译，广西师范大学出版社 2001 年版，第 5 页。

② ［英］特里·伊格尔顿：《审美意识形态》，王杰、傅德根、麦永雄译，广西师范大学出版社 2001 年版，第 91 页。

疑：从语法上看，"审美意识形态"是一个偏正结构，无论它偏向于哪一侧，在含义上都是有抵牾的。因为文学中丰富的意识形态因素，无法用单一的"审美"来统辖；同理，文学中蕴涵的奇妙的艺术（审美）因素，也无法用单一的"意识形态"来解释。可以设想，如果我们把"审美"当作该词组中的定语，那它过滤掉了文学的意识形态的许多成分；如果我们不把"审美"当作定语，而是当作整个定义中的宾语，那意识形态无疑就成了命题中多余的累赘。①

文学理论范畴不仅仅是认识的"纽结"，它还意味着独特问题域的发现。中国文学理论必须有对中国的特殊的文学理论问题的关注与研究，如果从西方舶来了理论，就简单地变成对西方各种新理论、新方法本身的迷恋，大量的文学理论论文和著作只是介绍和评价这些西方现代文学理论和方法，而未能将这些新理论、新方法贯穿到所研究的对象本身中去，导致在形式上对新名词、新术语、新概念的滥用，难以真正形成新视角、新观念去解决具体的理论问题，那就没有从根本上解决"西方文学理论在中国"的问题。甚至如一些学者所批评的，这其实是把中国的文本变成了西方文学理论的"中国注脚本"。而真正中国问题的形式化表述则是运用一种独特的中国的文学理论范畴系统。特殊的文学理论问题和独特的文学理论范畴系统才是构成"中国"文学理论的重要内涵。

文学理论的创新与建构不可能一蹴而就，需要在继承传统的基础上对每一个基本概念、范畴、命题进行推陈出新。我国学界对此做了大量工作，取得了一定的成就，但这种范畴研究的自觉意识，特别是从理论创新与建构的意义上进行的范畴研究，还远远不够。建构中国特色的文学理论必须有坚实的根基，这里既包括对已有的现代文学理论的反思总结，也包括对西方文学理论的本土化和中国古代文学理论的现代转换，这些可能是我们无法回避的难题。只有在这种综合中实现文学理论的创新，中国特色的文学理论体系的建构才不至于只是停留于论纲的构想阶段。返观、寻绎20世纪以来借用西方的概念、术语、范畴建构我国文学理论范畴系统的经验教训，可以发现，新的概念、术语、范畴的创立必须站在现代文化思想和文学思维的制高点，密切联系当代文学实践，一

---

① 参见董学文：《"审美意识形态"能成立吗？》，《高校理论战线》2005年第10期。

面批判地引进欧美的文学理论概念、术语、范畴，择取异域的新的观念为我所用，同时要兼顾民族的文化审美心理和文学等艺术发展的历史，充分利用传统文学理论的审美基因。这可能是批判地引进、抉择西方文学理论的概念、术语、范畴的先决条件。就中国古代文论的现代转换而言，这里面有许多环节，亦有许多的难题。在注重对古今文学理论整体性关系研究的同时，如思维方式、文化语境乃至知识范型的对比研究等，还必须着力于古代文学理论的范畴和范畴体系的研究与利用，这是更基础性的、更具有局部操作性的工作①。至于中国现代文学理论的总结反思，从概念、术语、范畴研究的角度看，有许多问题值得探讨，譬如考察文学理论重要概念、术语、范畴的文化渊源和历史语境问题，重要概念、术语、范畴与中国现代文学理论体系建构问题，重要概念、术语、范畴与现代文学理论创新问题等等。这里，首先我们可以全面清点我国现代文学理论的重要概念、术语、范畴，建立文学理论重要概念、术语、范畴数据库，并勾画出中国现代文学理论重要概念、术语、范畴的谱系，探讨现代文学理论的话语创新问题。其次，详细研究每个重要概念、术语、范畴的生成背景和传播途径，考源辨流，彰显重要概念、术语、范畴与中国现代文学思潮的关系，探讨我国现代文学理论的观念创新问题。再次，将每个重要概念、术语、范畴当作承载中国现代文学奥秘的活化石来进行多层阐释，即结合文学活动实际来阐释其学理内涵，结合社会活动实际阐释其文化内涵，结合传播活动实际阐释其历史内涵，探讨我国现代文学理论的内涵创新问题。最后，通过每个重要概念、术语、范畴的建构能力和由若干重要概念、术语、范畴所构成的谱系，探讨我国现代文学理论的体系创新问题。这种"一个主导、四条线索"的思路倘能实现，对提高文学理论研究的清晰度和自觉性，是有意义的。②

因此，可以说，加强文学理论概念、术语、范畴的研究，为文学理论建设提供经过沉淀和现实检验的真正体现文学本质的有普遍阐释效力的概念、术语、范畴，是获得理论创新的一个无法绕过的环节，同时也是理论突破的便利条件。不能把新术语的不断涌现当成文学理论的创新，像一些

---

① 蔡钟翔：《古代文论与当代文艺学建设》，《文学评论》1997 年第 5 期。

② 这里是从古风的《关键词与我国现代文学理论的创新》课题设计获得启发，转引自董学文：《文学理论学导论》，北京大学出版社 2004 年版，第 338—339 页。

文学理论研究所做的那样，把这种虚假的繁荣真的当成了文学理论追求的目标。

二、话语系统性

怀特海曾强调指出，无论是研究人类社会生活的学者还是自然科学家，都面临着一项极其重要的事业，那就是世界是可理解的。因此，他们必须"建构一个融贯的、逻辑的和必然的一般观念系统，以使我们经验中的每一个要素都能据此得到解释"。[①]科学认识就是用逻辑的、理性的方法去整理感性的材料的过程，因此，它所获得的知识必须构成一个合理的体系，符合逻辑上的一致性。文学理论知识不是各种命题的随意聚合，不是各种要素杂乱无章的组合，而是一个具有凝聚性的结构，其各部分在功能上有相互依存的关系。这正是文学理论内部组织的特征。

康德曾从系统的角度做过一个简单的关于科学的概括：

> 每一种学问，只要其任务是按照一定的原则建立一个完整的知识系统的话，皆可被称为科学。[②]

托马斯·门罗所引用过的韦氏词典也曾把科学描述为：

> 一种对事实进行观察和分类，特别是运用假设和推理建立起可以验证的一般法则的研究领域，如生物学、历史学、数学等等；具体说来，是一个将人类积累的和接受的知识（不论是发现的一般真理，还是掌握的一般规律）进行系统化和条理化的领域。[③]

这里，可以看出，知识的系统性确乎是其科学性的一种基本要求和显著表现。

---

① A. N. Whitehead, *Process and Reality*, corrected edition, New York, Macmillan Company, 1978, p.3.
② 转引自［德］汉斯·波塞尔：《科学：什么是科学》，李文潮译，上海三联书店2002年版，第11页。
③ 转引自［美］托马斯·门罗：《走向科学的美学》，石天曙、滕守尧译，中国文艺联合出版公司1984年版，第132页。

从根本上说，文学理论的系统性在于：它所研究的文学活动、文学现象，不是机械地结合起来，因而可以把各种要素随便配搭在一起的一种什么东西，而是处在发展中的活的有机体，不但是其内部各要素之间，而且其与整个社会生活过程都处于一种系统联系之中。这必然要求文学理论的个别部分和整体都要到处去证明这种现实的系统联系。文学理论的原理、观念、范畴都是人们按照社会和文学现实创造出来的认识纽结，它们必然也要同它们所表现的关系一样，系统地相互联系起来。正是事实的辩证法要求我们有观念的辩证法。因此，文学理论的内容必须是合乎逻辑地组织在一起，其中不应有明显的内部矛盾，否则它就不可能无歧义地与经验事实相联系。

　　文学理论研究通过对大量具体的文学活动现实进行观察、分类、解析，抽象出概念、范畴作为认识文学之网的纽结，运用一定的逻辑规范进行推理，建立起理论的"概念框架"。这个系统是抽象的、统一的、并且尽可能减少特设性范畴的存在，即要符合系统的简单性。文学理论绝对不能是一些不相干的、偶然的和毫无联系的知识的堆积。在一种理论框架内，概念、范畴、术语之间要实现彼此"系统地联系"，就必须"共同适合于逻辑上的包容关系"。①因此，我们对于大量文学理论新概念和新术语的运用，必须注重它们内在逻辑上的相容性，而不能迷失于新潮名词的幻景之中。

　　正是在这种意义上，韦勒克、沃伦在区别文学研究与文学创作时指出：文学理论是关于文学的系统知识，"研究者必须将他的文学经验转化成理智的（intellectual）形式，并且只有将它同化成首尾一贯的合理的体系，它才能成为一种知识"②。别林斯基也曾在与文学批评相区别的意义上指出，"理论是美文学法则的有系统的和谐的统一"③。

　　譬如俄国形式主义，作为一种影响深远的文学理论学说，其系统性特征非常显著。形式主义的总方针是通过寻找差异和对立来确定研究对象及

---

　　①　［美］R. S. 鲁德纳：《社会科学哲学》，曲跃厚、林金城译，生活·读书·新知三联书店1988年版，第21页。

　　②　［美］雷·韦勒克、奥·沃伦：《当代学术入门：文学理论》，刘象愚等译，生活·读书·新知三联书店1984年版，第1页。

　　③　［俄］别林斯基：《别林斯基选集》（第一卷），满涛译，上海译文出版社1979年版，第323页。

其理论结构本身的特殊性。在形式主义者看来，文学的本质不是别的，就是它与其他事物的差异，文学科学的对象因此就是一系列差异。文学科学的任务就是研究那些使文学有别于其他任何一种材料的特点。文学研究惟有专注于差异因素才能保持其独特的研究对象。正是由于将文学研究的对象限定在差异性上而不是固有性质的基础之上，形式主义者提出了"文学性"概念，强调文学科学的对象不是文学（即不是个别的文学作品），而是"文学性"（即那个使某一作品成为文学作品的东西）。

将差异论做具体展开，形式主义者提出了"陌生化"问题，并将其主要集中于语言形式上。这也就是为什么人们将其称为"形式主义"的根本原因。但他们是因专注于"文学性"的特异性而关注形式，他们专注于文学形式性质的根本目的在于将形式手段当作实现"陌生化"的方法。正是围绕"文学性"这一核心概念，形式主义研究得以成为一种独特的、统一的、系统的研究类型。

如果说，早期的形式主义将注意力集中于形式的"手段"和"技巧"，甚至把"手段"作为惟一的主角来研究，文学性与形式几乎同义，那么，后来的发展则进一步将其理论系统化。他们注意到文学手段本身是受感官的无意识化制约的，即手段的陌生化会遭遇被人们逐渐熟悉的情况，从而失去陌生化效果。于是，他们将差异原则从文学与非文学的差别进一步贯彻到文学内部，提出"手段"与"功能"之间的差别。手段的陌生化效果并不取决于它作为一种手段，而是取决于它在作品中起什么功能。在作品内部，陌生化效果取决于"突出"的因素与起辅助作用的因素之间的关系，而不仅仅是手段本身。这样，作品中充满活力成分的"陌生性"不仅与非文学语言有关，也与作品中一些已经变成无意识的形式成分有关。形式主义者把"陌生化"与"无意识化"对立起来，使他们的研究可以既包容作品中存在的非文学因素，又不抛弃文学的特异性。

在诗歌研究上，他们的主要任务是分析实用语言和诗歌语言之间的相互对立和差异。他们认为从诗歌内部来定义诗歌是不可能的，根本没有天生的诗歌的题材和主题，诗歌只有通过与不是诗歌的东西做比较才能描绘出一个特殊的分析领域。他们从"语音""韵律""语意"三个方面寻找诗歌的差异性，但吸引他们的却并不是任何所谓诗歌固有的性质。

在叙事文学研究上，他们同样贯彻差异原则，提出"事件"与"情节"（即"法布拉"和"休热特"）之间的区别，并以"素材"与"手段"的区分取代"内容"与"形式"区分的传统观点。

关于文学史问题，基于他们的总原则，形式主义者认为文学惯例和文学手段的可感性、新鲜性在历史过程中总是趋向减弱，因此，新的作品必然使用新的陌生化手段来更新文学的可感性，譬如通过反讽、戏拟，使过于熟悉的手段陌生化，或者调整文学内部的形式因素之间的关系，把以前处于边缘的辅助因素置于"突出"地位等等。这里，文学的历史变化就是惯例、技巧的变化史，是更新文学的无意识化了的形式的需要而产生的形式演变史；是一种破坏式的进化方式，是"叔侄继承"，而非"父子继承"。文学的变化依靠的是对既有形式手段的再加工，而不是作者或环境等因素。作者的任务不是懂得生活，而是懂得文学。因此，文学史与作家的传记、心理以及他的时代社会生活之间没有联系。

可见，形式主义在"差异性"总原则的指导下，通过对其研究对象和学科本身特殊性的强调，不仅有很强的适应性，而且确保了理论的统一性和一贯性。

当然，理论只有彻底，才能说服人，也才能获得真正的科学的系统性。而这需要科学的世界观和方法论。形式主义正是在这里出现了原则性问题。形式主义者唯心主义的历史观和形而上学的方法论，决定了其理论的不彻底性。由于他们是以排他性的方式关注纯文学，文学与非文学是在对比差异的原则下被界定的，所以非文学因素就无法从理论上获得说明。他们无法把他们的语言理论适用到文学以外的广大领域，只有成熟的关于文学的理论，而无成熟的文化与社会理论，所以只能陷于为他们自身所反对的人们日常的关于文化和社会的观念见解之中。

尽管有这样的问题，我们必须看到，形式主义具有很强的系统性，其他有建树的文学理论学说也都很好地做到了这一点，无论是结构主义文论，还是精神分析学文论，无论是阐释理论，还是提倡个体体验的生命直觉论，其理论内部在逻辑上都具有相当程度的一致性。任何要求得科学性的文学理论，都必须受到逻辑的、理性的约束。系统性越强，理论越具有说服力，也就越具有生发、衍生能力和有效性。

一般而言，这种逻辑的、理性的约束，可以多种多样的方式显示出来。这种约束可以表现为理论的内部变化，如消除那些与理论的其他命题相矛盾的命题，以实现理论的系统性；还可以表现为一种理论不同体系的分化，如马克思主义文艺理论，可以有中国的，也可以有苏联的，还可以有西方的各种各样的变体。这些具体的理论形态相互间也许存在某种偏移甚至对立，而不同体系的分化过程，正是各自不断强化其内部一致性的理性化运动过程。譬如，一些西方马克思主义文艺理论既可以看作是对前期马克思的人本主义理论的演绎和改造，同时它也是将这一理论系统化的过程，其自身的系统性甚至比它在母体理论中的呈现更具有内在的一致性。可见，强调理论的系统性，并不是像有的人想当然所认为的那样，就是要制造一个无所不包的庞大的、绝对的、惟一的凝定体系。

从历史的角度看，文学和现实生活是流动不居的，不是永恒的，文学理论的观念、范畴因此也只是历史的、暂时的产物。文学理论系统不能是封闭的或僵化的。系统性要求一种开放性、变动性。文学理论"以文学为中心"，但它不是自为的，文学理论系统不能由纯粹的逻辑演绎形成。它体现的是历史和逻辑的统一。这个系统是动态的，逻辑（理论认识）结构必须符合历史发展进程。人们对文学活动的思索，对它的研究分析，往往采取同实际发展相反的道路，即从事后开始，从文学发展过程的结果处开始。这种思维习惯，要求我们必须要有历史意识。只有求得文学理论认识逻辑与文学自身历史发展本质上的一致，才能建立文学理论科学的、发展的、统一的综合体。文学的历史从哪里开始，文学理论研究的思想进程便应从哪里开始；文学历史发展到哪里，文学理论的思想进程便应发展到哪里。文学理论的逻辑发展应同客观世界人类文学的发展在实质上相一致。文学理论系统的"思想进程的进一步发展不过是历史过程在抽象的、理论上前后一贯的形式上的反映"①。因此，文学理论必须是在同历史的一定的联系中来处理材料，而不能仅仅凭借抽象的逻辑推演来建构"大而空"的体系，否则，就违背了文学理论的科学性质。

要实现文学理论系统的创新，必须结合现实的发展与要求，紧紧抓住其逻辑起点，进行合乎规律的延伸，否则，本意是要发展，结果却可能变成了机械的组装，新创的部分不能为理论自身系统所消化。这样，文学理论拥有的就不再是系统性，而是杂糅性。由各色各样成分拼凑起来的、可

---

① 《马克思恩格斯选集》第2卷，人民出版社1995年版，第43页。

以分割的折衷主义理论，并不具有科学性。

在我国文学理论研究中，无论是体现研究者个性与独特性的专著，还是总结一定时期研究成果的文学理论教材，都有相当多的论著在不同程度上存在着拼贴、组装的痕迹，严重的甚至把文学理论研究变成了各种学说和观点的堆积。在一些著作中，往往是古今中外文学理论家聚集一堂，共同对著者所关心的问题发言；这些观点同时共存，都变成了超时空的存在，它们本身的历时性、地域性和文化语境性都被忽略了。不同的文学理论研究之间相互对话，每个研究者都发出自己的与众不同的声音，这是非常必要的。但是，在同一种文学理论中，一些相互抵牾甚至互不相干的概念、术语、范畴被强行拉配在一起，理论范畴意涵的丰富性与复杂性就会被大大简化，结果不是增强了理论阐释的有效性，而是消解了理论的系统性和有机性。那些非系统性的研究往往只是把各种理论拼贴、组装、杂糅在一起，在文学观念上几乎是处于一种分崩离析的状态，难以把各种文学观念整合为一套较为一贯的"系统"，因此，无法形成真正的理论范式。这样，它们的本意或许是企望可以包罗一切、说明一切，结果非但没有促成文学理论的发展，反而窒息了理论的生长与延伸。

在文学理论的建构过程中，要反映出概念、范畴、系列之间的内部有机联系，必须坚持"逻辑的方式是唯一适用的方式"，坚持"从最简单的关系进到比较复杂的关系"，①即从简单范畴的辩证运动中产生出范畴群，从范畴群的辩证运动中产生出系列，从系列的辩证运动中又产生出整个体系。

在这一过程中，一些人所共知的现象可能要变成人们不大熟悉的语言，甚或可能会得出与日常经验相抵触的某些"不近情理"的结论。文学理论不同于一般日常经验描述，而是会显示出其作为科学理论的特性。"日常经验只能抓住事物诱人的外观，如果根据这种经验来判断，科学的真理就总会是奇谈怪论了。"②

作为一种科学研究，文学理论必须充分占有材料，分析文学的各种发展形式，探寻这些形式的内在联系，在文学的整体联系中认识它的一切方

---

① 《马克思恩格斯选集》第 2 卷，人民出版社 1995 年版，第 43 页。
② 《马克思恩格斯选集》第 2 卷，人民出版社 1995 年版，第 74 页。

面和环节。但文学理论不能束缚于文学现象杂乱的表象和零星、肤浅的感性经验。文学理论如果只是文学事实的集合，只是材料和现象的简单罗列和堆砌，所得出的原理同事实一样混乱、复杂，那它就构成不了科学。文学理论必须使用理论思维，把现实材料归结为一系列逻辑范畴、概念，把分析得出的每一个结论上升到理论的高度。只有这样，文学的现实运动才能被适当地叙述出来；也只有这种清醒的理论分析，才能在错综复杂的事实面前科学地指明文学的发展方向。

文学理论一旦做到这一点，即有关文学的活动、文学现象的"材料的生命一旦观念地反映出来"，那么，文学理论形式"呈现在我们面前的就好像是一个先验的结构了"。[①] 这种"先验结构"，是由现实出发，在蒸发掉一些非本质的表象、假象后所获得的抽象的具体，是一种本质性的真实，与康德所言的先验综合形式不同，更不是"观点＋例子"的研究方法中的先行观念。

有些学者迷惑于文学理论在研究结论处的这种先验特征，往往断定"文论家对文学现象描述往往观念先行，他将文学现象当成支持和证明其价值论言述（价值判断）的论据与理由。这使文论家对文学事实的描述极具目的性与主观选择性，他们从纷繁复杂的文学现象世界中选择的仅仅是那些符合其理论推理需要的现象，而且，他们的描述大都是有意识或无意识地从表述其理论和论证其观点的需要出发。这就不可避免地裁剪与曲解客观文学事实"[②]。依此逻辑，文学理论根本就不可能存在，因为它完全可能只是胡说八道、主观臆测。

在我国新时期的一些文学理论研究中，外国出观点、中国出材料的"中外合作"情况屡见不鲜，理论研究往往变成了西方理论在中国的"旅行"。譬如，有学者对海德格尔与先秦的老庄稍作比较，就能从老庄那里找到零星材料，来证明存在主义思想与中国古代的道家思想是一致的。

这些所谓的"文学理论"把观念、原则作为出发点而不是结论，不是认真细致地分析研究文学的历史和现实，而是用某种观念、原则来任意剪裁、肢解丰富生动的历史和现实，完全掏空了文学理论的内在科学性要

---

① 《马克思恩格斯选集》第 2 卷，人民出版社 1995 年版，第 111 页。
② 杨飏:《文学理论的自性危机与合法化困境》,《人文杂志》2002 年第 2 期。

求，使文学理论在价值混乱中变成了自说自话。其实，理论应主要是对道理和规律的阐释，其本身并不单靠例子来支撑，严密的逻辑会带来巨大的理论张力与阐释空间，而例子大多是在否证时才具有特殊意义。正如波普尔所言，我们"总是可能发现我们所需要的东西：我们可以寻求并且找到证据，我们也可以回避并且看不见那可能威胁到我们心爱的理论的任何事物。以这种方式，要获得看来对支持一种理论具有压倒力量的证据，那就太容易了"①。

作为一门科学，文学理论应该成为一种系统性存在，但它应该成为一种什么样的系统呢？文学作品不只是许多构成要素简单的集合，而是根据一定的原理（美的律令）统一起来的一个整体，是作者有意识、有目的地把审美构成要素系统化的结果。整体的目的和任务是作者所明确计划的。但文学作品又不同于一般的人工系统，它类似于自然系统，是"第二自然"。对于自然系统，人们不能按主观目的来设定它，只能把自己关于对象可能是怎样一种系统的想象，来与事实相对应。文学作品也是这样。文学系统在生产时总是超越创作者的意图而存在，并且其系统的内涵又受到传播和接受活动的影响，成为一个新的客体、一个包含了新质的"自然"系统。所以，对文学研究者来说，要真正认识文学作品系统，不仅必须在作品与它的创作者的关系中，也必须在作品与接受者的关系中去判断，而不能单纯从作者对作品要素的结构安排或作者的主观意图来考察。

就认识的一般情况而言，"当出现与现实对象本身似乎具有完全相同结构的画面的时候，现实本身对于我们来说倒是一个无限深的谜而隐藏在画面的背后"②。譬如，很多时候，我们往往只能以外来文化的眼光才能发现本土文化的结构。因此，要认识文学系统的整体，不能将文学理论系统等同于文学作品系统。正是在这种意义上，文学理论必须成为对文学的原理、文学的范畴和判断标准等类问题的抽象研究，其目的在于提供"法则"。文学理论需要从宏观总体上把握文学的本质，研究文学现象与有关

---

① ［英］卡尔·波普尔：《历史主义贫困论》，何林、赵平译，中国社会科学出版社1998年版，第117—118页。
② ［日］增成隆士：《美学应该追求体系吗？——作为系统的艺术品、作为系统的美学》，《马克思主义文艺理论研究》编辑部编选：《美学文艺学方法论》（上），文化艺术出版社1985年版，第156页。

的各种其他文学现象乃至社会现象的关系、规律，而不是仅仅停留于个别地理解、体验和研究具体的文学作品、文学现象，更不是像有些学者所希望的那样，作为文学形式的一种而存在。文学理论之所以存在，一个基本原因就是要在文学之外为反思和认识文学提供一个支点。文学理论作为反思文学的学问，它不能与文学过于类似甚至重合：当两者间有适当的距离，性质又显著不同时，文学理论对文学的认识就较为深刻；反过来，两者在很大程度上趋于一致，性质上没有显著不同时，文学理论的反思往往就缺乏深刻性。

譬如，在古希腊时期和黑格尔所处的时代，文学总的特征是形象性比较强，而当时的文学理论则具有强烈的理性、思辨性和抽象性。这种反差使得文学理论能够清晰地认识文学。相反，在欧洲中世纪神学统治时期，文学只能充当宗教歌功颂德的角色，文学理论则充当宗教的布道者，二者在维护宗教的共同宗旨下统一起来，而文学理论在此则丧失了客观洞察文学活动、文学现象的功能。

但是，作为不同于文学和文学批评的独特系统，文学理论系统所提供的"法则"还必须具有内生性，不能纯然从文学作品系统外部来建构。那种径直移译哲学、心理学、社会学、神学的基本概念而构建的所谓"文学理论"，只能作为一种观念的工具而存在，根本不能成其为理论。正如托多洛夫所言，"文学学应该既系统化又内在化"①。弗莱也强调，文学理论必须"根据文学内部而不是外部的东西培育自己的历史观察形式"，它"首先要说明文学经验的主要现象，其次要导致对文学在整个文明中的地位的某种看法"。②

三、客观性与主体间性

社会生活在本质上是实践的。一切观念都来自实践，都是对现实或正确或歪曲的反映。从科学的意义上说，文学理论必然要受到经验的约束。从历史的观点来看，我们对文学的认识只能在我们时代的条件下进行，而

---

① ［法］茨维坦·托多洛夫：《批评的批评——教育小说》，王东亮、王晨阳译，生活·读书·新知三联书店 1988 年版，第 97 页。
② ［加］诺思洛普·弗莱：《批评之路》，王逢振、秦明利译，北京大学出版社 1998 年版，第 9、1 页。

且这些条件达什么程度，我们便认识到什么程度。特定的文学理论运用概念、范畴、逻辑所创立的抽象的理论系统与所发现的文学运动规律，并不能完全把握、反映、描绘全部文学世界的图画，它的"直接的整体"只能永远地接近这一点。由于实践具有普遍性和直接现实性的双重品格，它高于理论，所以，"理论的方案需要通过实际经验的大量积累才臻于完善"①。文学理论要在文学和社会的现实实践中不断接受检验，并通过实践检验这些映象，区分它们的正确和错误，以做出调整、发展和完善。文学理论中"凡是把理论导致神秘主义的神秘东西，都能在人的实践中以及对这个实践的理解中得到合理的解决"②。在实践经验的约束中，文学理论得以有机会与已经被接受的各种文学"事实"相协调，并能给需要解释的"事实"以满意的解释，从而推进和保持自身的科学性、合理性。

文学理论的这种经验约束，既包括不断深化和发展理论来适应经验事实，也包括重新解释事实以使事实与理论相协调。这类似于拉卡托斯所提出的"正面启发法"和"反面启发法"。前者是指不顾反常情况的干扰，进一步完善、深化理论，以实际的深入研究把反常变为正常；后者则是指运用既有理论应付各种问题，把反常情况推翻或进行合理化，避免理论硬核受到经验反驳。前者如我国新时期文学理论对反映论中"反映"概念的重新定位，使其从过去机械的镜子式的直观，转化为"再现"与"建构"相统一的过程，从而使其获得更强大的阐释效力。后者如文学意识形态论，在面对形式主义创作、现代大众文学内容上的非意识形态性时，并没有轻易改变自身的理论，而是重新审视这些文学形式、文学创作，不但从它们的内容上，而且从它们的生产过程和生产方式上来考察，最终发现其意识形态本性。

面对特殊的各具特性的丰富的文学和社会现实，文学理论如何获得普遍性，阿里夫·德里克的看法也提出过类似的见解。他认为：

> 理论就是一系列抽象的命题，这些命题相互联系在一起。抽象的命题是从具体现象中抽象出来的；所以，从这个意义上说，理论是建

---

① 《马克思恩格斯全集》第 23 卷，人民出版社 1972 年版，第 417 页。
② 《马克思恩格斯选集》第 1 卷，人民出版社 1995 年版，第 60 页。

立在特殊的社会、政治和文化区域基础之上的。然而一种理论之所以成为理论，就在于这些命题以及这些命题之间的关系在本质上是试验性的。因此，一种理论为了适应新的现象就必须在定义上有所改变；或者说，如果它不能适应新的现象，那就会被另一种能够适应这种现象的理论所替代。理论或理论范畴在检验现实时会提出新的问题；而对这些问题的回答反过来又会要求对理论和范畴进行修正。①

就是说，文学理论能够具有普遍性，但这种普遍性不是通过以凝定的理论肢解丰富的不同的文学现实来实现的，而是在文学理论与文学现实的"问—答"互动过程中实现的：当文学理论能够说明或适应文学现象时，文学理论就会揭示文学现象的内在特质，文学现象也会丰富理论命题；当文学理论无法适应文学现象时，文学现象就会提出新的问题，对这些问题的回答或者引发文学理论的深化与修改，或者产生"理论的革命"。这里，文学理论不是静止的，而是始终处于动态的调整状态的。否则，我们就会堕入理论的普遍主义的陷阱，这也意味着理论的征服。譬如，如果我们不是以西方悲剧理论与中国古典戏剧创作相对照，而是将西方悲剧理论为欧洲文学历史发展勾画出来的图式强加于中国文学历史，那么，我们就会有一幅特别的文学图景，就像《大英百科全书》中所描绘的：悲剧在东方戏剧中缺席，虽然印度、中国和日本创造出了艺术性很高的重要戏剧作品，但它们在规模、强度以及形式的自由方面无法与西方悲剧相媲美。

文学理论如何能够处于动态的调整之中以适应不同的文学现实呢？一方面，文学理论是由范畴和命题组织起来的系统，其内部是一种结构关系，这种范畴或命题之间的特殊关系往往根据其在这个关系场所处的位置而变化，就是说，在具体的文学理论的内部，任何一个命题或范畴的存在都经过了其他命题或范畴的调节和改变，并非固定不变。这一点正如英国学者 E. P. 汤普森所说的那样，诸如阶级这样的范畴"并不是某一事物，而是一种关系"。譬如，作为同一个阶级成员，一个女工同一个男工在社会、文化、政治倾向方面，就有着很大的不同，因为阶级成分这里经过了性别的调节。因此，在分析女工的阶级问题时，必须看到阶级理论内在的范畴

---

① 谢少波、王逢振编：《文化研究访谈录》，中国社会科学出版社 2003 年版，第 14—15 页。

结构关系。正是由于有了范畴、命题间的调节，文学理论呈现出历史性的活力，文学理论的变化也正是通过其内部范畴的增减和相互位置的变动来实现的。另一方面，当一种文学理论被运用到新的文学空间时，调整和改变的不仅仅是文学理论原来的模式，同时也改变了已有的文化空间、文学现实。譬如，马克思主义文艺理论在20世纪三四十年代中国化的过程中，该理论本身被改变了，不完全等同于它在经典马克思主义那里的阐释模式；同时，它也改变了中国现代文化空间和文学格局，并且是朝着不同于它在其他社会中所引发的文学变化方向改变的。这里，文学现实与文学理论形成了新的适应关系。这里，恰恰通过认识到不同文化和文学现实中可以接受不同形式的马克思主义文艺理论，证实了该理论的世界性意义。

文学理论由一些抽象的范畴和命题组成，进一步分析的话，通常我们可以将文学理论的陈述系统分为"事实陈述"与"价值陈述"。

首先，我们来探讨文学理论的事实陈述及其科学性的检验问题。文学理论是对文学活动、文学现象的认知。作为文学理论的研究对象，文学现象、文学活动及其产品是一种客观事实。艾布拉姆斯所提出的世界、作家、作品、读者等文学要素，无论其自身是否具有主观性，一旦作为对象，它首先就是一种事实性存在。即使像作家心理这样极为主观的、难以琢磨的、甚至非理性的东西，也属于客观存在的事实。在这一点上，文学理论与其他科学具有一致性。文学理论的事实陈述首先就是指对文学世界客观存在事实的描述、归纳和概括。如"文学是一门语言艺术"，就是对客观文学现象的描述。我们可以把这种事实陈述称为"自然性事实陈述"。

但是，与一般科学不同，在文学理论所研究的文学活动、文学现象中，除了自然性事实之外，还有一种充满价值性的事实。这些事实不仅仅是一种客观"事实"，它与自然性事实相区别，包含有价值因素，是一个以人的内在精神为基础，以文学、文化传统为负载的意义世界和价值世界。因此，文学理论必然要研究文学活动中人们的思想或行为，研究作家、读者（历史上的理论家也是读者）大众对各种文学世界的意义、价值的看法或评价。譬如我们研究文学的社会功能，必然要考察历史上和现实中作家、理论家关于这一问题的看法，分析作家和文学作品中人物形象的世界观、审美倾向以及读者的接受态度等等。这些都构成文学中客观存在的价值性事实，文学理论也必须对此予以描述。

如果撇开文化现象所固有的价值，每个文化现象都可以被看作是与自然有联系的，甚至可以被看作是纯自然事实。韦勒克曾反复强调，"文学研究不同于历史研究之处在于它不是研究历史文件而是研究有永久价值的作品"。"真正的文学研究关注的不是死板的事实，而是价值和质量。""研究文学的人却面对着一种特殊价值问题，他所研究的对象即艺术作品不仅带有价值而且本身就是一种价值结构。"就是说，文学作品就是"一种由各种价值构成的整体，这些价值并不依附于结构而是构成结构的真正本质。一切试图从文学中抽去价值的努力都已告失败并且将来也会失败，因为价值恰好就是文学的本质"。①文学理论的研究对象是"事实"和"价值"的统一，是"价值性事实"。这样看来，即使是对文学形式、结构做最全面的分析，也不能穷尽文学理论的任务。这里，我们可以把文学理论中关于价值性事实的陈述称为"价值性事实陈述"。

虽然价值性事实陈述描述的是人们对某事物的主观理解和评价，如作者在文本中的世界观、审美理想、价值倾向、情感意绪和读者大众（含理论家）在接受活动中所表现出来的趣味、好恶、偏向等等，但这些主观看法、倾向一旦表露出来，就成为不可随意变更的客观事实。既然"一种现象一旦被描述下来，就有可能明显或不明显地使用一种合乎逻辑的，不以任何价值系统为转移的证明方法，建立这一现象与前后现象之间的因果关系"②，那么，文学中这类价值性事实的发生和发展也存在着客观的规律性，它不以研究者的偏好为转移。

面对这种独特的对象，文学理论研究不是要排除、否认文学现象的价值性，也不只是简单地体验、指出、评价文学的价值（这也是需要的，后面会谈到），而且要从整体上揭示文学价值生产的法则，文学价值、意义与客观世界的关系，意义与作者、读者等意义生产主体的关系，价值与文学文化传统之间的关系，意义、价值如何生长于文学的形式、结构等事实性因素之中，价值的评判标准，文学价值系统内部的组成结构和变化规律等等，即给文学价值倾向的本质规律以科学的说明。这构成了文学理论科学的一项重要的任务。譬如，在现实主义文学中，倾向性是必然存在、无

---

① ［美］雷内·韦勒克：《批评的概念》，张今言译，中国美术学院出版社 1999 年版，第 13、14、276、48 页。

② T. Parsons, *The Structure of Social Action*, New York: Free Press, 1968, p.594.

可避免的，并且是构成其文学价值的重要组成部分。作为文学理论家所要解决的，不是否认或反对其中的倾向性问题，而是要揭示倾向性在现实主义文学中的表现法则和"美的规律"。

可见，文学理论不仅是对文学自然性事实因素的描述、认知和阐释，也是对价值性事实因素的描述、认知和阐释；既是对一般自然性事实的抽象，也是对文学价值性事实的抽象。无论是对自然性事实的抽象，还是对价值性事实的抽象，只要其是科学的、正确的、郑重的而非荒唐的抽象，都可以更深刻、更正确、更完全地反映文学现实。文学活动、文学现象的价值倾向性，并不会改变、颠覆文学理论的科学性存在。事实陈述（包括自然性事实陈述和价值性事实陈述）需要不断接受实践的检验。当然，这种检验可能不同于自然科学中的实验检验和一般社会科学中的计量检验，在手段与方法上自有其特色。但在一定程度上，它同样可以得出带有客观性的检验结果。也就是说，它也是可检验的。

其次，文学理论的陈述系统中还包含理论家主体大量的价值陈述。文学理论的价值陈述是文学理论家主体对文学现象做出的主观评价和实践判断，它涉及文论家主体与文学现象之间的关系，并非纯粹、单一的直接陈述客观存在的文学事实。从根本上说，它陈述的是文学理论家自己的文学理想、审美趣味和价值取向等。譬如，"艺术是属于人民的""诗与道德无关"，这些陈述都是在描述事实的基础上充分显示出理论主体的价值需求。尧斯、里科尔等理论家普遍认为，"不仅文学研究的对象本身充满了价值"，而且"搞文学研究的人有责任指出什么是传统遗留给我们的文学文本价值"。[①]俄国形式主义文论试图将文学情感价值因素排除在理论研究之外的、接近于纯实证科学的理想，见物不见人，在现实中最终遭遇挫折。弗莱曾渴望在文学研究领域排斥价值判断，但他最终还是没有放弃评价。

实际上，如前所论，科学的认识和知识本身，在价值上都不可能是无涉（value-free）的或中性的，对事实的观察必定要以某种理论框架为前提，必定存在一种"视野融合"。主体价值性内在于科学之中。从科学的目的到对象的形成，从方法的选择到结果的表述和使用，一般的科学陈述

---

① ［加］马克·昂热诺等：《问题与观点——20 世纪文学理论综论》，史忠义、田庆生译，百花文艺出版社 2000 年版，第 431 页。

系统都包含某种价值倾向和价值判断。马克思曾强调，在《资本论》的写作中，"我决不用玫瑰色描绘资本家和地主的面貌"①。他的这种鲜明的倾向性丝毫没有影响《资本论》的科学性。可见，文学理论与一般科学的区别并不在于研究主体在研究时是否有价值判断和主观评价，文学理论科学性的建构也不在于理论主体对价值的"祛除"。

一种真正的科学精神或客观态度，不是在科学研究中表现为对价值和评价的回避或"悬置"。合理评价的积极参与，甚至是认识能动性的根源之一，是认识的一个必要条件。在我们对文学活动中的事件、过程、关系和规律进行认识时，假如没有对文学活动及其结果中内在包含着的意义、价值、目的乃至审美理想等因素的判断，没有比较、对话、批判和自我批判构成的"前理解"，没有某种对"意义的意义""价值的价值"的评价，我们何以能够选择、发现和确立某些事实作为文学理论科学研究的对象，进而真实地描述和说明它们呢？在我们对文学事实的认识中，评价总是相伴发生。在文学理论的陈述系统中，研究者的价值判断是其重要的组成部分，它往往是体现学术研究水平和创见的重要标志。譬如在文学理论史研究中，我们不能只满足于列举文论史实，甚至不能满足于对文论演化完整过程的描述和展开及对其内在规律的揭示，我们还必须对理论家、观点、事件和过程及其功过是非，做精彩透辟的分析和恰当合理的评价、判断，以从中得到"历史的启示"。这种评价和判断直接关涉着我们总结出来的文学理论的准确性和科学性。所以，一种由脱离价值判断的文学研究构成的文学理论是不可能成立的。

可见，文学理论主体的价值判断可以是其科学性存在的有机部分，而不是仅仅作为一种外在的、干扰我们客观把握世界的因素。试图把文学理论定位于同任何价值倾向无关的科学研究的努力，只能是徒劳的。因此，现在的问题不是简单的"价值中立"，而是如何保证评价的客观性、公正性和合理性，以及弄清楚文学理论中价值评价与认识的实际关系是什么。

文学理论是一种有明确目的和指向的人类社会历史实践活动，是内在的合目的性和外在的合规律性的统一。价值产生于人们的社会实践过程，

---

① 《马克思恩格斯选集》第 2 卷，人民出版社 1995 年版，第 101 页。

产生于理论家的主体需要与现实的互动过程。价值本身具有客观性，存在着价值与真理相统一的客观基础。从总体上说，我们完全有可能做出具有客观基础的价值判断。因此，理论家的价值评价不仅仅体现为他的主观判断，也要以对客观存在的事实的描述为依据，它是对客观需要的反映，区别于日常不负责任的、随意的、充满主观喜好、私欲和偏见的倾向或评论。价值判断必须建立在事实陈述（包括自然性事实陈述和价值性事实陈述）的基础上，是研究者在对事实进行研究后做出的，有其客观的基础。没有准确的事实陈述就不可能得出恰当的价值判断，价值判断和评价需要以事实规律为基础。正如 T. 阿多诺在谈论康德的《判断力批判》时所指出的，《判断力批判》之所以至今仍能赢得美学界人士的尊敬，便在于它与那些审美态度论者和鉴赏趣味主义美学观不同，"康德想把审美客观性建立在主体基础之上，而不是以主体来取代客观性"。[①]文学理论研究必须尊重事实，实事求是，这是任何研究者都必须遵循的基本原则，我们不能把价值及价值评判与事实割裂开来。正如吕西安·戈德曼所指出的，"严肃的研究者最重要的任务之一，就是要把他的价值判断明晰化，不仅使他自己明了，而且也使其他人了解他的价值判断。这将在他著述之时，帮助他主观地接近最高的客观性程度。这还将有助于同一领域中后继者们的工作，为他们提供一种对现实的更好理解。他们将能更容易地运用他的工作成果并超越这些成果"[②]。

既然价值判断和评价的标准存在于历史必然性中，那么，在归根结底的意义上说，我们仍然可以用客观事实的标准或实践的标准来检验它们的客观性、有效性。因此，从根本上说，文学理论家的价值和评价应该是一种理性的活动，不能只是简单地被看作是主观任意的和非理性的。马克思主义文论对资本主义制度违背文学本性的揭露、批判，仅仅是道德的义愤吗？在这里难道不存在价值取向与事实陈述之间的内在统一吗？其实，这种"义愤"不同于费尔巴哈的人本主义文论的"义愤"之处，就在于这种价值判断的现实基础性，就在于它是基于对历史必然性的把握和对文学规律的认识。

---

① ［德］T. 阿多诺：《美学理论》，王柯平译，四川人民出版社 1998 年版，第 284 页。
② ［法］吕西安·戈德曼：《文学社会学方法论》，段毅、牛宏宝译，工人出版社 1989 年版，第 65 页。

　　因此，在文学理论科学研究中，要想有真正的发言，就必须是有根据地说，而不能只是根据自己的个体狭隘经验甚至个人偏好无根据地主观臆说。目前，在文学理论研究中并不缺少"新见"，从某种意义上说，那么多的论文都是在陈述自己的新见，都是其对文学的独特体认，它们相互间的竞争甚至到了比拼"看法"和"说法"的程度。譬如就文学的本质问题，可谓新见迭出，此起彼伏。每一种看法都能以大量的经验事实证明本命题，并对其他命题证伪。人们往往津津乐道于这种"求异思维"，习惯于以一种观念代替另一种观念。然而，这种看似独特的研究，由于缺乏对科学的本质认识，缺乏对文学理论的科学性质和科学研究规律的把握，把所谓个体的独特性汇入实证主义的还原性、实证性之中，以个体接触到的有限材料来证明命题、"发表"创建的时髦，实则是一种束缚于狭隘经验主义的套路。只要我愿意，我就完全可以按照我的"生命""本能"的体验与理解对文学发表言说，因为我总可以从我的经验中找到材料来证明它。但是，在对文学问题的研究中，"没有哪种方法比胡乱抽出一些个别事实和玩弄实例更普遍、更站不住脚的了。挑选任何例子是毫不费劲的，但这没有任何意义，或者有纯粹消极的意义，因为问题完全在于，每一个别情况都有其具体的历史环境。……如果不是从整体上、不是从联系中去掌握事实，如果事实是零碎的和随意挑出来的，那么它们就只能是一种儿戏，或者连儿戏也不如"①。这种情况造成的文学理论研究的边缘化和合法化危机，显然是由于忽视了研究的科学化意识与方法。如果文学理论不是被看作科学，而是被当作个体生命体验、理解之物，放弃了对文学活动规律的认识，缺乏学科的客观性与学术研究的规范性，就根本谈不上"接着讲"，也谈不上知识的累积性发展与进步，文学理论研究就很容易落入相对主义和虚无主义，浮华背后只能是行将消亡的泡沫。

　　再次，如果文学理论研究的客观性是指由绝对中立的学者如实再现了一个外在于他的社会世界的话，那么这种现象是根本不存在的。我们必须看到，基于特定的历史背景，文学理论研究者在感知和理解客观现实时，必然会受到各种前提和偏见的干扰。研究者的主观价值判断，是其观点、立场的体现，针对同样的事实研究结果，不同的人完全可以有不同的价值

---

① 《列宁全集》第 28 卷，人民出版社 1990 年版，第 364 页。

判断。价值评价的这种强烈的主观色彩是我们不能回避的。许多判断和评价与事实陈述之间的联系环节确乎是非常模糊的，难以找到明确的事实性检验依据；还有些评判可能是直觉的或灵感的，一段时间甚至很长时间内很难对其做出检验。

可以肯定，科学中有着许多其真理性即使在极遥远的将来也不可怀疑的原理。但是也同样可以肯定，科学的前沿包含着大量有争议的假说、未经充分检验的事实资料和未经充分论证的理论，这些东西在科学今后的发展中很可能被证明有误。但这些成分也是科学的不可分割的且富有意义的部分。①

同时，"并非所有人类生活中的非理性的东西都是无知、谬误、不合理的；并非所有非经验的东西都是'不现实的'"②。

价值评判是不是像有的学者或明或暗所认为的那样，仅仅是私人性的东西，无标准可以检验，或者说根本没有可能取得一致的具有客观性、普遍性的结果呢？这里，如果仅仅只对文学理论中的事实陈述进行事实检验，显然是不够的，还不足以确立文学理论的科学性。

一方面，文学理论家的这些价值判断本身也将成为价值事实，成为他人或后人进行科学研究的对象，在历史实践中最终有获得检验的可能，正如我们在研究中检验以往理论家的价值判断一样。另一方面，如前所言，文学理论是一项专门的职业，存在着"科学共同体"，存在着主体间的协同性。就是说，文学理论的认识主体主要不是个人，而是集体，即一个由一定的文学理论研究者个体联合起来的从事文学理论研究的团体、组织或机构。托马斯·库恩指出：

科学尽管是由个人进行的，科学知识本质上却是集团产物，如不考虑创造这种知识的集团特殊性，那就既无法理解科学知识的特有效

① ［苏］A. A. 古尔什捷英：《科学与原科学》，《科学学译丛》1987 年第 1 期。
② ［美］伯纳德·巴伯：《科学与社会秩序》，顾昕、郑斌祥、赵雷进译，生活·读书·新知三联书店 1991 年版，第 307 页。

能，也无法理解它的发展方式。①

这里，作为文学理论家的个人与作为个人的文学理论家存在着根本区别。文学理论家的群体性即"理论家共同体"的存在，成为文学理论科学性产生的一个根本因素。文学理论的发展离不开"文学理论家共同体"的存在，这个共同体是由那些通过文学理论的专业教育和训练中的共同因素联系在一起的人组成的，可以被看作文学理论知识生产的单位，其特点是他们在专业方面的思想交流比较充分，在专业方面的判断也比较容易达成一致。

如果不去探求科学家在他们的科学研究过程中，彼此是如何发生联系的，那么就无法理解科学理论的地位，无法理解这些理论当初是怎样被设想出来的。②

文学理论研究根植于共同的学术实践和交往，不仅产生了某种协同关系，更产生了自我意识，它可以使我们从他者身上，从共同的学术活动中，也从研究的对象和结果中反观到自身，从而可能以一种超越自身或者于自身之外的客观立场，从某种普遍的角度，以一定的距离来观察、反思、批判自己的活动及其结果，观察、反思、批判自己的目的、期望、态度、行为和观念。这是认识的客观有效性之根源，也是价值评价的普遍有效性之根据。"入—出"、"参与—距离"之间的张力关系，包含了一种深厚的历史感。学者们彼此之间往往都极力渴望说服对方相信自己的发现、解释、判断是有效的。研究者的陈述虽然表现为主观的形式，但却具有客观、普遍的力量。

总而言之，他们将自己的解释交付给所有对特定主题进行研究或系统思考的人，供其在一种主体间的脉络中作出判断。③

---

① ［美］库恩：《必要的张力》，纪树立等译，福建人民出版社 1981 年版，第 XII 页。

② ［英］约翰·齐曼：《元科学导论》，刘珺珺等译，湖南人民出版社 1988 年版，第 13 页。

③ ［美］华勒斯坦等：《开放社会科学：重建社会科学报告书》，刘锋译，生活·读书·新知三联书店 1997 年版，第 99 页。

这样，研究者之间可以相互检验文学理论价值陈述的科学性，从而使文学理论具备科学的客观性。艾布拉姆斯的意见非常中肯，"在研究中，不同观点的聚合是惟一能深入研究的方式"①。

可见，无信念和科学的"客观性"之间毫无内在的近似性。正是在这种意义上说，客观性还有另外一层含义："客观性涉及某些种类的真理假说的地位或者某些种类的说话行为的性质。"② 客观性可以被看作是人类学习的产物，它代表着学术研究的意图，并且证明了学术研究的可能性。文学理论的知识是通过社会形成的，这意味着更有效、更合理的知识也将只能通过社会成为可能。这里，普遍性并不只是一种所谓的意识形态的幻想。用抽象的拒绝普遍性代替抽象的主张普遍性，结果会是什么也得不到。那种一味强调文学理论研究私人性、差异性和个别性的看法，忽略了文学理论是一种社会性科学活动，从根本上取消了文学理论的存在。加拿大文学理论家弗莱特别强调文学理论知识的历史累积性和研究主体之间的相关性、统一性。他认为：

> 如果一个学者不把自己沉浸在他研究的题目之中，不把他的思想同他所处的时代对那个研究课题的主要想法联系在一起，那么他就不能成为一个学者。一个真正的学者，不能只为他自己思考或不着边际地思考；他只能扩展一种思想的有机整体，合乎逻辑地为他或他人已经思考的东西增加一些相关的东西。③

因此，虽然我们不能把文学理论科学性的判断仅仅诉诸主体间性，但确实应该看到研究主体之间的对话性和协同性的重要性与可能性，而且可以把它们作为一种"软的"检验标准来补充事实检验的"硬的"标准，形成综合的衡量标准。这与实践检验标准在根本上是不矛盾的。

何况，文学理论虽然必定具有价值倾向性，但其绝非体现为完全的个体的好恶和偏见，这是因为：

① ［美］M. H. 阿布拉姆斯：《解构主义的天使》，张德劭译，《文艺理论研究》1995 年第 2 期。
② ［英］特里·伊格尔顿：《后现代主义的幻象》，华明译，商务印书馆 2000 年版，第 140 页。
③ ［加］诺思洛普·弗莱：《批评之路》，王逢振、秦明利译，北京大学出版社 1998 年版，第 9 页。

在研究者的心理以及假定他所具有的偏见、意识形态和观点与他的命题的逻辑结构之间是有区别的。一种理论的产生并不必然损害其为真理。人们能够矫正偏见，批评其思想前提，超越其时间地点的局限，力求客观，从而得到某些知识和真理。世界也许隐秘而不可测，但确实并非完全不可理解。①

如何才能避免文学理论陷入相对主义的泥淖呢？有学者提出，文学理论可以通过提供关于文学的一般原理、标准、法则和规律来实现。具体地说，它主要体现在三个方面：首先，文学理论能为具体的文学史研究和文学批评实践提供理论依据和美学评判标准；其次，富有成效的文学理论建设能够以文学研究和文学批评为中介，对文学创作和欣赏以及文学思潮的发展、社会审美趣味等起到规范和引导作用；再次，文学理论能够通过对文学和社会生活的理性沉思达到对文学审美理想与标准的创造性建构，并进而达到对于社会理想、人生理想和民族文化精神的重塑。②

如果我们不是把事实的确立、认知与价值的判断、评价相互对立，而是把文学理论研究作为一种包含认识、解释和评价、判断两个环节的活动，那么，此二者完全可以自然而然地相互联结。在文学理论的话语活动中可见出这一特点。

对于任何特定时期人类的认识而言，无论是自然现象还是社会与精神现象都是很复杂的，都涉及大量随机因素的复杂变化，人们不可能穷尽对客观事物的所有认识。因此，无论是自然科学的陈述系统，还是文学理论的陈述系统，都不可能是对所要反映的客观对象的详尽无遗、刻镂无形的完整描述，许多次要的或不可测因素可能会被省略、简化，某些变量往往被赋以极值，从而创造出"理想化"的、对客观实际状态进行近似反映的解释模型。譬如物理学中的"理想气体"、经济学中的"完全竞争"等。

文学理论同样可以忽略许多复杂的变量而抽象出一种理论的具体模型，我们可以称之为"理想型"。譬如叙事文学中的"典型"、文学接受活

---

① ［美］雷内·韦勒克：《批评的概念》，张今言译，中国美术学院出版社 1999 年版，第 13 页。
② 参见谭好哲：《寻求科学性与价值性的统一——文艺学建设的理论思考》，《齐鲁学刊》1996 年第 1 期。

动中的"理想读者"、文学批评中"历史的观点"与"美学观点"的统一等等。这种"理想型"既是对文学规律的概括，也表达出基于对文学规律的认识所得出的文学理想和价值取向；它既构成文学理论的基本话语型，赋予文学理论以解释和对整体趋势而不是单个事件的预测能力，同时也是文学价值评价的标准。"理想型"在实践中不断修订和发展，能够依据近似情况对文学事实进行分析、解释、说明、预测和评价。

譬如用"典型"这一话语型来分析叙事文学，既是解释说明，也是价值判断。如果要检验"典型"对于小说而言的阐释的合理性与有效性，我们可以通过考察理论家们对"典型"理论的看法、分析文学史上大量的小说作品、考察历代读者对富有典型特点的小说人物的接受态度等方式来核对事实，检查"典型"理论的研究方法，检查作为其理论前提的事实和理论依据，检查理论内在逻辑的一致性，比较它所得出的事实结论与其他背景知识的关系等，而且还可以在后续的实践中检验其理论对趋势的预测能力。

对文学理论事实陈述和价值陈述的检验方法与一般科学的检验方法虽有区别，但基本原则却是一致的，从这个意义上说，其科学性不仅需要检验，而且是可检验的。事实上，即使对那些提倡绝对多元共存、价值抹平的后现代文论而言，也存在检验标准，存在它认为不符合该检验标准的文学理论。检验者可以通过不断提高主体自身各方面素质，扩大学术信息交流，尽量排除外界因素干扰，改进检验手段和方法等措施，来提高检验的可信度和有效性。这里，我们同意韦勒克的意见：

> 唯一可靠和正确的办法就是使这种判断尽可能客观，按照每个科学家和学者的作法行事：就我们的情况来说，就是把对象即文学艺术作品分离出来，凝神细察进行分析、做出解释，最后得出评价，所根据的标准是我们所能达到的最广博的知识，最仔细的观察，最敏锐的感受力，最公正的判断。[①]

---

① ［美］雷内·韦勒克:《批评的概念》，张今言译，中国美术学院出版社 1999 年版，第 15 页。

第四章　文学理论的功能及其科学性表征

171

第五章　文学理论的历史性和意识形态性

文学理论学科所具有的不同于一般科学的学科独特性，往往被人们作为文学理论的学科自主性，或称自性。准确理解认识这种自主性，对于文学理论的学科定位至关重要。要从根本上探究文学理论的学科独特性、自主性，一个不可回避的前提是，文学理论到底有何性质，包括这些性质之间有怎样的辩证关系、它们如何实现对立统一。如果只是孤立地看到文学理论研究的某种或某些性质，而无视其他特性，或者简单地将这些性质杂糅在一起，都难以真正寻找到文学理论科学的独特性。

第一节　文学理论的历史性与历史意识

就学界的一般看法而言，文学理论被认为是一门历史科学。这种观念往往成为一种预设性的理论前提，至于作为历史科学的文学理论意味着什么、历史科学的内涵应该怎样理解、文学理论与其他非历史科学有何异同、文学理论的历史性在哪里等一系列问题往往都在某种程度上被忽略了，有关的研究比较薄弱。这种模糊的学科意识所带来的，是学科性质的含混不清和学科定位的不准确，以及由此产生的学术研究中非历史甚至反历史现象的大量存在。这里，我们可以借助现代历史哲学和科学哲学的发展，从文学理论的历史事实出发，深入地分析研究文学理论作为历史科学的历史性以及与之相关的研究方法的历史性等问题。

一、文学理论的历史性

这里，我们所说的历史性（historicality 或 historicity）不同于历史主义（historism）或历史决定论（historicism）。在文学理论领域，历史主义是一种注重文学研究对象的起源、演化和发展的发生主义的研究，它特别强调所有文学现象的独特性，认为对每一个时代的文学现象都应该按照它自己的观念和原则来加以解释。而文学理论历史性所要显示的是文学研究者、研究对象和研究活动得以展示的先定的历史境遇。就是说，文学理论历史性注重的是对文学理论家主体何以在此（研究者在开展研究活动之前已先行植入的历史境遇）及文学理论研究对象所处的历史境遇的分析。通过探讨文学理论研究者在研究活动之前已然具有的认识的前结构，揭示文学研究活动的社会历史内涵。这里，强调文学理论作为一门历史科学，具有历史性，既应注重对文学理论家主体"视界"形成的历史规定性及其变化规律的探究，也应对作为理论对象的文学世界历史性做出深入研究。

1. 理论家主体的历史性

作为一种文化的存在的文学理论家，也是一种历史的存在。这蕴含着双重意义：他既有高于历史的力量又依赖于历史，他既决定历史又为历史所决定。人依赖于历史、被历史所决定是因为他的行为受到历史强有力的约束，而人高于历史并决定历史恰恰是因为个人在以历史为依托的同时，通过创造性的实践促使历史不断生成、变化、丰富。文学理论家个人在历史之中成长，他受到传统的约束，这些约束在现实的社会实践中表现出来，显露出实践的历史性。卡西尔认为历史性是"我们称之为事实的历史意蕴的那种东西"，利科则称之为"人类的历史状况"。文学理论家的历史性必然为他的研究活动划定了视域，构成了其研究的"前理解"。海德格尔强调理解的前结构（Vorstruktur）的重要性，认为理解、解释在本质上必须通过"先行具有"（Vorhabe）、"先行见到"（Vorsicht）、"先行掌握"（Vorgriff）来实现。他说："把某某东西作为某某东西加以解释，这在本质上是通过先行具有、先行见到与先行掌握来起作用的，解释从来不是对先行给定的东西所作的无前提的把握。"[①] "先行具有"，即人们必须存在于一个已经存在的历史和文化之中；"先行见到"，即我们在思考问题时所具有的语言、概念以及语言的方式；"先行掌握"，即我们在解释之前所具有的观念、前提和假定等等。伽达默尔认为，由于作为个体的人的生命具有时

---

① ［德］马丁·海德格尔:《存在与时间》，陈嘉映、王庆节译，生活·读书·新知三联书店1987 年版，第 184 页。

间的有限性，人对世界、事物及自身的理解必然受到时间的限制，人类此在的时间性决定了人是一种历史的存在物，历史性是人类存在的基本事实，这也就决定人的理解必然具有历史性和有限性，理解者必定是站在自身和他所处的时代及环境的立场来看待和理解一切。

具体地说，这些理解的历史性主要包含三个要素：第一要素是在理解之前已存在的社会历史因素，它必然影响着理解者；第二要素是理解对象的构成是历史的；第三要素由理解主体的实践所形成的社会价值观。因此，无论是理解者还是文本都内在地嵌于历史性之中。真正的理解不是简单地克服历史的局限性，而是要承认并正确对待、处理这一历史性。人存在于世界总有其特殊的环境和条件，有一个先于他而存在的历史，有先于他的语言，这构成了理解的无法摆脱的制约。

> 历史并不隶属于我们，而是我们隶属于历史。早在我们通过自我反思理解我们自己之前，我们就以某种明显的方式在我们所生活的家庭、社会和国家中理解了我们自己……因此个人的前见比起个人的判断来说，更是个人存在的历史实在。[①]

文学理论家是历史的人，但理论家的历史性并不意味着理论家面对历史时只能无所作为，完全由历史决定。实际上，他并不被动地承受历史，他同时拥有某种创造性，使自己超越历史的约束，文学理论家必然具有自己的主体性。对文学理论家主体性内涵的发掘与高扬，突出文学理论作为"人学"的存在意义，可以在很大程度上改变我国文学理论研究缺乏独创性和审美性的问题。

2. 文学的历史维度

文学的历史维度，主要存在于文学的现实性与社会性。文学源自现实生活的精神需要，更是现实生活的某种写照，有的似平镜映照，有的似凹凸镜变形，有的似放大镜夸张，有的似显微镜凸显；可能有的作品与现实联系直接而明显，如传统现实主义作品，而有的作品似乎脱离现实，甚至

---

① ［德］汉斯-格奥尔格·加达默尔：《真理与方法——哲学诠释学的基本特征》（上卷），洪汉鼎译，上海译文出版社 1992 年版，第 355 页。

呈现玄幻色彩，似乎与现实无关，但是即使如传统神魔作品《西游记》以及志神志怪作品，甚至现代网络玄幻作品，无不可以读出现实生活的精神症候和日常生活。而社会现实生活永远是变动的、历史变化的，作为时代生活的某种映照、记录或精神症候，文学因与变化了的时代生活的密切联系而具有深刻的历史性，所谓"文变染乎世情，兴废系乎时序""一代有一代之文学"之说，也可以揭示出文学的历史维度。只要谈到文学与现实、时代的关系，文学的创作、存在方式与传播，无不关涉文学的历史维度。

文学的历史维度还表现为文学的意义的历史生成。文学是人类以特有的活动方式所形成的创造物。关于文学意义问题的看法，一般是认为文学文本可以自身解释自身，并认为对它的整体的理解是理解各个部分的前提，而对各个部分的理解又加深着对整体的理解，即本文的一切个别细节都应当从上下文即从前后关系以及从整体所具有的统一意义即从目的去加以理解。在这里，预先假设了这样一个前提，即文学文本本身是一种统一的东西。

后来，人们进一步强调，文学作为言辞或本文，作为一种情感和思想的审美构成物，并不能按照它的客观内容去理解，它绝不是一种人们共同的关于事物的思想，而是作者个体化的情感和思想，本质上是作者个体存在的自由构造、表达和自由表现。就是说，应当被理解的东西不只是原文和它的客观意义，而且也包括作者的精神个性。按照这个看法，文学意义被理解为作家整个生命关系的一个要素。文学意义的产生途径由原来的回到原文变成了返回作者的自由的创造活动。对读者而言，就是要用他的个体自由创造活动来重构作者的自由创造活动，读者的自由创造是一种回返过程中的再建构，是对一种构造的再构造，其理解与解释的标准就是作品中的"意蕴"。这样，读者必须与作者处于同一个层次，从而取消了解释者和作者之间的差别。更为晚近的理论则强调读者的主体性，认为读者不是作者之意的复原者，文学的意义源自读者的自由创造、读者精神个性和思想情感的自由挥洒。这个过程中，文本与作者都隐退了。但这里的问题是，无论是作者的"自由创造"，还是读者的"自由创造"，是否真能解决文学意义问题？如果文学意义的基础就是有限的个体的自由创造，那么这种有限的活动的意义以什么为标准？作品按这种尺度能否被充分地理解？

这样的意义产生方式是否仍然是一种独断论的东西？

作为人类历史活动的一部分，个别的文学活动及其文本必然涉及全部的历史实在，它也是构成这种实在整体的一部分。文学研究的个别对象得以表现自身真正相对意义的世界历史关系本身就是一个整体，只有借助这一整体，一切个别的东西的意义才能得到完全理解，反之亦然。如果一切都以历史为前提，而历史本身又是一个整体，文学意义的产生不仅仅是对文本的理解，也包括了对整个历史本身的研究，从而凸显文学意义的历史意识。文学意义历史维度的发现，一方面，可以使文学研究走出"语言的牢笼"和纯形式的窠臼，将文学从语言游戏的沉迷中解放出来，为文学意义赋予了丰厚的社会历史内涵；另一方面，可以为文学的个性与社会性、历史性关系的理解提供一个相对合理的视角，将那些试图将"大时代""大背景""大社会"彻底地予以抹去，对"意识形态"与"历史性"记性"弱化""忽视""改写"，以使其真正地"终结"和"退场"的片面的"私人化"创作倾向进行纠正，因为以回避、逃离、躲开、背对社会历史文化为基础的否定和对抗，必然缺乏令人心悦诚服的说服力，最终丧失文学的力量。

二、文学理论研究的历史意识

文学理论是历史地生成的知识话语，只有对文学理论及其学科研究活动各个要素本身的历史性进行解剖与反思，明确作为历史科学的文学理论的学科定位和学科性质，它在面对不断变化的文学和理论现实时，才不会丧失自我。文学理论历史性问题的解答也将会对文学创作、文学批评、文学史以及文学理论研究自身的各种非历史甚至反历史现象，具有重要的纠偏的意义，从而寻找到面对历史和现实时的科学的理论立足点。

因此，文学理论的研究，必须要有历史意识，要把它放在历史情境中，放在一定的历史关系中，充分历史化，通过对过程的阐明，获取认识的真理性。非历史性的研究结果，往往缺乏科学性的内在依据。文学理论研究的历史意识至少可以包含下面四个基本内涵。

一是，逻辑（理论认识）结构必须符合历史发展进程。譬如，马克思对商品—货币—资本的研究逻辑，完全符合商品在资本主义社会的历史发展进程。同样，人们对文学理论活动的研究分析，往往采取同实际发展相反的道路，即从事后开始，从文学理论发展过程的结果处开始。这种思维习惯要求我们具有历史意识，必须求得文学理论认识逻辑与其自身历史发展本质上的相一致，才能建立文学理论科学的、发展的、统一的综合体。就是说，文学理论的历史从哪里开始，文学理论研究的思想进程便应从哪里开始；历史发展到哪里，其思想进程便应发展到哪里。

二是，文学理论的真理总是具体的，它表现为一个过程。文学理论认识所涉及的是历史性的即经常变化的材料，这些材料在本质上是相对的、有限定的，因为文学理论研究只限于了解一定社会、国家、民族和时代中的文学情况和后果，而且按其本性来说都具有暂时性。因此，对文学理论来说，离开了历史的观点，也就离开了科学本身。在这个领域，"谁要在这里猎取最后的终极的真理，猎取真正的、根本不变的真理，那么他是不会有什么收获的，除非是一些陈词滥调和老生常谈"。[①]

无论是文学内容、文学形式，还是各种文学观念，从来都不是永恒的，只是历史的、暂时的产物。文学理论研究中根本不存在普遍主义的结论，面对任何新的现实、新的问题、新的冲突与矛盾，都要重新研究一切政治、经济、文化和文学的材料，从对它们的分析中得出结论来。因此，研究任何文学理论问题时，都要考查它的历史起源和它的前提，使每一单个问题的解答都能自然产生一系列的新问题，从而推进认识的不断深入。因为结论如果不能成为结论的发展就毫无用处，以前的结论只具有启示的意义，只是方法与指南，新的研究必须从现实的材料出发得出新的东西，而不是拿已有的文学理论来整理现实。不断提出问题，解决问题，又不断产生新的问题，就是文学理论学科不断前进的过程。正是在这种意义上，我们反对本质主义、普遍主义的思路。

譬如，有一种观点就认为，晚清以降，从西方舶来的现代审美主义文学理论，是中国文学理论现代性的惟一合法形态，"五四"以后，特别是20世纪50—70年代，文学理论自主性丧失，走向非现代性甚或反现代性，到了80年代，文学理论的现代性追求才得以恢复。这种观点，也许对反驳长期以来我国文学理论中的政治化、工具化倾向，有一定的现实针对意义。但问题是，彻底抛弃了两千年来具有政治伦理色彩的文学理论体系，

---

① 《马克思恩格斯选集》第 3 卷，人民出版社 1995 年版，第 430 页。

走向完全审美化的文学理论体系，特别是彻底颠覆了百年来革命文学及其理论传统，以某种预设的普遍化、绝对化的观念和逻辑推演来肢解现实历史，就割裂了"史"与"论"的统一原则。文学理论的现代性有没有永恒不变的本质即自主性？现代性是否就等于"西方性"，西方文学理论的现代性是否具有普遍的适用性？我国文学理论乃至整个社会文化的现代化进程中有没有特殊性，特殊性在哪里？中国文学理论能否因此形成自己独特的现代性追求？"五四"以后的革命性、功利性文学理论是不是也可视作现代性的多种可能性中的一种合法形态？单纯从审美形式本体角度研究文学是否充分？诗学是否止于美学？诸如此类的问题都需要放在文学理论的历史发展过程中，通过对整个社会历史的深入考察，才能获得解答。那种完全忽视审美形式的社会历史批评存在着极大的片面性，但若以新的片面性来代替它，又有什么进步可言？

三是历史意识还意味着我们要把文学理论放在历史的框架内来分析，把概念思维与作为"缺场的原因"的历史现实合理地关联起来，在具体的历史情境中达到对文学理论发展的全部联系与环节的认识，即要有一种辩证的"总体性"的历史观。为了解决文学理论问题，为了真正获得正确处理这些问题的本领而不被一大堆细节或各种争执意见所迷惑，为了用科学眼光观察这些问题，最可靠、最必需、最重要的就是不要忘记它们基本的历史联系——重新研究全部文学理论的历史，详细研究与文学理论相关的各种社会形态存在的条件，然后设法从这些条件中，考察每个文学理论问题、每种文学理论现象在历史上是怎样产生的，在发展中经历了哪些主要阶段，并根据它们的这种发展去考察它们的现状。没有这种观察文学理论现实的严格的历史性原则，文学理论科学就无法存在和发展，文学理论就会变成一堆偶然现象或局部性、枝节性问题的简单归纳和放大。

这里，需要辨别的是，随着后现代主义的流行，文学理论研究中出现了后现代的历史化要求。在这种观点看来，文学理论只是特定历史文化语境中的特定的描述、理解和阐释，这其中没有优劣、高下，每个人的言说都同样有价值、有道理，我们没有权力对它们做任何的价值判断。历史就是本文，而且仅仅是本文，并不存在所谓的客观历史。在对文学理论的历史本文生成语境的考察中，政治、经济等"宏大叙事"不再具有任何优越性，个人化的、主体化的"小叙事"才真正能敞露历史的真实。从这种意义上说，历史就是个体理解的历史，历史具有"理解性"。后现代主义看到历史的"理解性"，这无疑是合理的，因为我们"只能了解以本文形式或叙事模式体现出来的历史，换句话说，我们只能通过预先的本文或叙事建构才能接触历史"，但是，"历史本身在任何意义上不是一个本文，也不是主导本文或主导叙事"。① 从历史本身来看，它具有某种客观性；从历史主体方面来看，理解也具有"历史性"。正如弗·杰姆逊所言，我们不能排除在对历史本文理解过程中个人的作用，但是历史本文的生产主体与接受主体之间的"具体的个人关系本身是非个人和集体的过程的中介：两种不同的社会模式或生产模式之间的冲突"，即"每一个阅读行为、每一个局部阐释实践，都是两个不同的生产模式相互冲突和相互审查的媒介物。因此，我们个人的阅读成为两种社会模式的集体冲突的隐喻修辞"。②

那种相对主义的价值多元和平等，只会造成"有对话而无问题无真理"的状态，大致只能与无赖撒泼、市井争吵相当。文学理论的发展绝不可能完全由它们的内在关系解释清楚。抛开总体性的历史观，抛开对文学理论知识的生成语境中"大叙事"和"小叙事"的合力作用的考察，所谓的"历史化"，只能走向历史相对主义。

四是历史意识要求有对文学理论历史主体的理解与同情，因为文学理论研究的对象是文本背后的主体，即文本化的主体，而不仅仅是僵死的理论本身③。历史化的研究必须在同情地理解的基础上，做到能"入"能"出"。能"入"，就是要设身处地地去移情，去换位思考，并能契入各种文学理论具体的理论观点内部，对其进行理解、阐释、分析、判断。能"出"，就是要把文学理论放在人类活动特别是精神生产的总框架中，放在整个文学理论历史演变的总体进程中，对其做出科学的说明与评判。否则，非历史化的研究只能是数典忘祖的妄自尊大。

---

① ［美］弗·詹姆森：《马克思主义与历史主义》，张京媛译，张京媛主编：《新历史主义与文学批评》，北京大学出版社 1993 年版，第 19 页。

② ［美］弗·詹姆森：《马克思主义与历史主义》，张京媛译，张京媛主编：《新历史主义与文学批评》，北京大学出版社 1993 年版，第 47 页。

③ ［法］托多罗夫：《巴赫金、对话理论及其他》，蒋子华、张萍译，百花文艺出版社 2001 年版，第 199 页。

譬如，当前有一种所谓"五四"以来文学理论发生了断裂和被殖民化的论调。这种观点认为，"五四"以降，中国全面移用西方（包括苏联）话语体系和知识范型，导致了整个传统知识谱系的全面替换，中国传统文学理论传统诗学已"异"质化，中国文学理论已被西方中心主义的殖民话语所取代，失落了自我的"文化身份"与"话语权力"，无法对自我生存样态和存在意义进行言说，出现了文学理论"失语症"。这种看法注意到了在我国文学理论现代转型过程中对传统文学理论的转化存在的不足，并试图建设中国自己的文学理论话语体系。这总体上是有益的，但由于缺乏对历史和传统的充分理解，缺乏对历史主体的真正理解与同情，其轻松而仓促的结论有些故意耸人听闻。简单地说，在救亡图存、启蒙新民的特殊历史情境下，我国现代文学理论充分实现了对身处生死存亡关头的社会现实和民族存在的独特言说，较为完满地实现了自己的价值，这已为历史发展所证明，否则，我们连谈论"失语"与否的资格都没有；而且白话叙事文学的兴起早在明中叶已露端倪，它在"五四"前后的质变有其历史必然性。如果看不到这一历史要求而继续以古文学理论样态来进行现实言说，恐怕才要真正"失语"。再则，西方文学理论移入中国与其在西方启蒙时代的背景条件、目的完全不同，它是一种根据自身现实处境的有目的的选择。譬如，在当时，俄苏革命文学理论和东欧受压迫民族的文学就备受青睐；即使对西方文学理论的借用，也是以自己的想象性理解为前提，绝非西方文学理论话语的简单平移。其中，传统思维方式、知识体系甚至话语范畴，仍然起着基础性的规范引导作用，具有"中学于内、西学于外"的特征，也就是说，总体上具有"拿来主义"为我所用的气魄。抓住文学理论现代转型中的某些枝节性、局部性的问题无限放大而故作惊人之语，抛弃现代文学理论而直接实现当代文学理论与传统古典文学理论的对接，看似非常历史化，其实没有看到现代文学理论已是传统的一部分，是传统的延续，是当代文学理论发展的直接的根基与源泉。真正的文化和文学理论的断裂正是出现在这里。因此，可以说，任何非历史主义的结论，都会成为攻击自己最有力的致命武器。

每一种文学理论都具有历史性、民族性、地域性，超越历史、民族和地域界限的文学理论恐怕是不存在的。文学理论研究必须"永远历史化"[1]。"在这方面，到现在为止只做了很少的一点工作，因为只有很少的人认真地这样做过。在这方面，我们需要很大的帮助，这个领域无限广阔，谁肯认真地工作，谁就能做出许多成绩，就能超群出众。"[2]

第二节　文学理论的科学性与意识形态性

无论从理论主体角度还是从研究对象的角度，文学理论历史性都会牵涉两个相辅相成的问题。一是理论认识的主观性与客观性问题。文学理论家主体性的张扬不能变成一种主体暴力，这里要考察理论家如何发挥主体的创造性来突破历史的限制，这种个体的创造性又如何在历史的整体性中获得普遍的意义。这里，文学理论作为历史科学，与自然科学存在许多根本的差异。这个问题我们在前面章节已经有所讨论。二是文学理论的意识形态性与科学性的关系问题。理论家主体的社会性、历史性决定了文学理论的意识形态属性，但文学理论作为意识形态话语并不否定它具有科学性。在这个问题上，我国学界存在着两种截然对立的观点：一种是为了寻求文学理论的自律性，试图将其发展为一门远离意识形态而存在的客观的科学；另一种观点依据理论家的价值判断，坚决否认文学理论的科学性，认为文学理论的本质属性是与科学性完全对立的意识形态属性。

这里，我们想从文学理论的意识形态性与科学性的辩证关系入手，探讨文学理论如何将它们结合成自己的学科自主性。

一、文学理论的自律性迷障

为了使文学理论自立，避免政治意识形态的干扰，避免成为其附庸，而是成为一门独立自足的科学，一些学者提出，文学理论应该科学化。他们坚持文学理论的科学性，强调文学理论应该走向自身，走向自律的科学探讨，反对将文学理论与意识形态，特别是与政治联系在一起。这一见解往往与文学理论的现代性问题纠缠在一起，从建设现代性的角度要求文学

---

① ［美］弗·詹姆逊：《政治无意识：作为社会象征行为的叙事》，王逢振、陈永国译，中国社会科学出版社1999年版，第3页。

② 《马克思恩格斯选集》第4卷，人民出版社1995年版，第692页。

理论非意识形态化，特别是非政治化，认为"当今文学理论的现代性的要求，主要表现在文学理论自身的科学化，使文学理论走向自身，走向自律，获得自主性"①。文学理论的自主性问题在我国有其特殊内容，与西方"不同之处在于，我国文论所要求的自主性，是要从政治的束缚下解脱出来，获得自身的独立性，使文学理论成为文学理论，明白自身的学理。西方文论所谓的独立性、自主性，则是指要研究文学自身，摆脱文学批评、研究中的所谓外部研究方法……也即使文学研究走向所谓内部研究"②。

那么，文学理论的自主性是不是非功利的？文学理论是不是可以真的摆脱政治色彩乃至意识形态属性？文学理论作为一种精神科学，它能否有完全独立的发展历史，它是不是也处于自身的内在规则和整个社会现实规律的双重制约下？如果切断文学理论与外部世界的联系，文学的价值和思想观点等何以认识？逃离"自律"与"他律"的辩证法，逃离历史原则的约束，逃离精神内核与价值判断的所谓自主性的"现代性要求"，文学理论能获得真正的科学性吗？

由于文学理论研究必然渗透着价值因素，其中必然包含大量的意识形态内容，因此文学理论具有意识形态性，或者说它是一种意识形态存在。这是无法回避的研究现实。"纯"文学理论只是一种学术神话，有些理论企图完全忽略其历史性和政治性内涵，想当然地标榜其学说仅仅是"科学的"、"普遍的"真理，其实，这些学说包含着无可否认的思想意识和价值倾向，对它们稍作思考就可以看出，它们是在适应并加强某些特定时代特定集团或阶级的人们的特定的兴趣。"不论是什么样的理论都代表了一种意识形态的——如果不是明显地政治的——立场"③，即使是声称"为建立独特而具体的文学科学而努力"的俄国形式主义文学理论和英美新批评文学理论等，它们转向文本，强调艺术作品的统一性与独立性，但这些理论家的思想也具有或明或暗的意识形态性，以至于韦勒克指出，用"形式主义""唯美主义"来指责他们是一个错误。"他们当中没有一个人是'唯

---

① 钱中文：《文学理论现代性问题——生成中的现代审美意识与文学理论》，《文学理论：走向交往对话的时代》，北京大学出版社 1999 年版，第 288 页。

② 钱中文：《文学理论现代性问题——生成中的现代审美意识与文学理论》，《文学理论：走向交往对话的时代》，北京大学出版社 1999 年版，第 291 页。

③ ［英］拉曼·塞尔登、彼得·威德森、彼得·布鲁克：《当代文学理论导读》，刘象愚译，北京大学出版社 2006 年版，第 10 页。

美派'：因为他们的批评标准一直在表明一种哲学的、政治的和宗教的观点。"①文学理论家特里·伊格尔顿在系统考察了现象学、阐释学、接受理论、结构主义、符号学、后结构主义、精神分析等20世纪主要的文学理论流派后说："结论是，我们考察过的文学理论是政治的。"②他认为，"现代文学理论的历史是我们这个时代政治和思想意识历史的一个部分。从波西·比希·雪莱到诺曼·N.霍兰德，文学理论一直不可分割地与政治信仰和思想价值有着密切的关系"。他甚至认为，"因为任何一套关于人类意义、价值、语言、感情和经验的理论，势必要论及关于人类个人和社会性质的更广更深刻的信念，权力和性的问题，对过去历史的解释，对目前的看法，以及对未来的希望"等等问题，因此，"文学理论并不是一种依靠自身的理性探究的对象，而是用来观察我们时代历史的一种特殊的观点"。正是在这种意义上，他强调，"文学理论不应该因为是政治的而受到谴责，而应该因为在整体上不明确或意识不到它是政治的而受到谴责"。③这里，伊格尔顿对文学理论意识形态性（他更多强调的是政治性）的阐述，具有很大的启发性。如果忽略了文学理论的意识形态性和价值性，忽略了文学理论的现实感与历史维度、现实关怀与批判精神，其实很难真正获得人们所渴望追求的文学理论的科学性，甚至会走向反对、排斥价值判断的科学主义。

　　但是，文学理论的自主性、独立性能否就此归结为其意识形态性呢？针对文学理论非意识形态化的主张，有学者反对将文学理论的自性归结为科学性，强调文学理论的非科学性、意识形态性，并将意识形态性与科学性作为两种截然对立的属性看待。在他们看来，"作为一门人文学科，文学理论有其别于科学的特性，此即文学理论的自性"，"其知识合法性依据主要不在于可实证性与客观科学性，而在于所表述的文学理想本身的现实意义与审美价值的高下等"。他们看来，文学理论是"与文论家的私人性、民族性、地方性及党性、阶级性等联系在一起。文论不仅陈述文学世界的

　　① ［美］雷内·韦勒克：《批评的概念》，张今言译，中国美术学院出版社1999年版，第291页。
　　② ［英］特里·伊格尔顿：《当代西方文学理论》，王逢振译，中国社会科学出版社1988年版，第281—282页。
　　③ ［英］特里·伊格尔顿：《当代西方文学理论》，王逢振译，中国社会科学出版社1988年版，第281页。

客观实际，而且更多地表达文学家及其所属群体的文学理想、趣味、主张、期待，并与其整个世界观及信仰世界相联系"。就是说，文学理论的"特殊性在于其主观性、诗性、意识形态性，甚至文论家自身的个人性和私人色彩等"。所以他们提出，"意识形态性本身即文学理论必备的自性"，"文论的意识形态性恰恰是其自性的重要表现"。①

这里，将文学理论单纯政治化，从而使其只有政治诗学的单一视角，显示出很大的片面性，很难获得文学理论的自性。文学理论的意识形态性与科学性是否只是一种简单的对立关系，它们有无某种内在的一致性？意识形态的介入的限度是什么？是不是所有性质的意识形态对文学理论的渗透都具有同样的结果，在价值上有无比较的可能，在科学性上有无差异？由于研究主体都同时受到意识形态的制约，如果仅仅依靠不同主体之间的对话和交流，难道文学理论只是无内在规定性的任意言说吗？交流的通道在哪里？文学理论研究如何获得客观性？这里，必须深入探究文学理论作为科学与作为意识形态，或者说，其意识形态性与科学性的复杂关系。

二、作为意识形态的文学理论

意识形态是一个非常复杂的概念，要廓清意识形态与科学之间的关系，必须对意识形态本身有一个比较科学的理解。

"意识形态"（Ideologie）的义涵是历史地变化着的。这一概念是 18 世纪启蒙运动的产物，1796 年由法国大革命时期的经济学家、哲学家戴斯图·德·特拉西（Destutt de Tracy）最早使用。特拉西同其他启蒙者一样，试图建立意识形态科学，即一种"考察观念的普遍原则和发生规律的学说"②，从而以理性取代宗教，把社会和心灵的千年牛圈清扫干净，把人们从图腾和神怪的重压之下解放出来，将心灵和灵魂的守护权从神甫手中夺过来，通过理性的审判，达到自我的解放。可见，其最初的意思是"观念学"，是对观念的研究与知识，它的目标不仅是描绘某种称为"意识"的抽象物，而且要发现社会思想系统的规律。这里，一方面，意识形态由于把认识论的问题作为研究的对象，表现出与科学的某种一致性；另一方

---

① 杨飏：《文学理论的自性危机与合法化困境》，《人文杂志》2002 年第 2 期。
② 陈学明：《哈贝马斯的"晚期资本主义"论述评》，重庆出版社 1993 年版，第 223 页。

面，也表明意识形态科学本身就具有意识形态性，是特定时代的现实状况在意识中的反映。由于意识形态与启蒙运动的基本精神相契合，同拿破仑复辟帝制的做法相违背，意识形态家们被拿破仑指责为空想家、幻想家，从而赋予了意识形态这个术语完全否定的意义。由于特拉西拘泥于旧唯物主义传统，运用从思想回溯到感觉的方法将知识建立在感觉的基础之上，而这样单凭感觉经验，意识形态确实就包含了不可靠的空想、谬误的成分，拿破仑的指责也就有了些许道理，这一术语的贬义的解释也因此在 19 世纪上半叶比较普遍地为人们所接受。

意识形态概念到底应该怎样理解？它与科学之间存在怎样的关系？对于这一系列问题，众说纷纭，见仁见智。理论家们给意识形态下的定义有很多，诸如"系统地扭曲了的交流"（哈贝马斯）、"符号的封闭"（后结构主义）、"语言和现象现实的混合"（保罗·德曼）、以某些意味深长的空缺和省略为标记的话语（皮埃尔·马歇雷）等等，不一而足。[1] 当代学者莱蒙德·格斯曾区分出三种不同的意识形态概念：一是"描述意义上的意识形态"（ideology in the discription），即在分析社会的总体结构时，只限于客观指出意识形态作为这一总体结构的一部分而存在，不引入带有价值倾向的或褒或贬的主观评价；二是"贬义的意识形态"（ideology in the pejorative sense），或称之为"否定性的意识形态"，即对意识形态的价值和内容采取否定批判的态度，认为它不可能正确地反映社会存在，而只能曲解社会存在，掩蔽社会存在的本质；三是"肯定意义的意识形态"（ideology in the positive sense），即对意识形态的内容和价值采取肯定的态度，认为它能客观地反映社会存在的本质。[2]

其实，莱蒙德·格斯所说的"肯定意义上的意识形态"概念很少被使用。比较普遍的看法是把意识形态理解为一种"虚假的意识"。持这种见解的人很多，现代的"西方马克思主义"派大多数都属于这一类型。由于马克思、恩格斯对意识形态理论的贡献，很多人都试图从他们那里找到理论依据，强调马克思、恩格斯也是持这一观点。譬如，M. 雷达尔在《马克思对历史的解释》中认为："一种意识形态是一套导致人们产生错误印

---

[1] 参见［英］特里·伊格尔顿：《意识形态》，《历史中的政治、哲学、爱欲》，马海良译，中国社会科学出版社 1999 年版，第 94—95 页。

[2] 转引自俞吾金：《意识形态论》，上海人民出版社 1993 年版，第 127 页。

象的观念，人们多多少少无意识地用这种观念来说明或隐瞒他们的阶级利益……我是在马克思关于维护阶级利益的错误意识的本义上来使用这一术语的。这一意义上的意识形态可能不是完全虚假的，但它从整体来看是虚假的。"① 另一位西方学者 H. B. 埃克顿则直截了当地说："按照马克思和恩格斯的观点，意识形态是由阶级利益决定的虚假思想。"②

另有一些学者认为马克思、恩格斯既是在"虚假的意识"意义上使用意识形态概念，又是在中性的意义上使用它。埃利希·哈恩在《马克思和意识形态》一文中谈到，"意识形态这一概念或术语很可能在双重含义上被运用。一方面，它被马克思和恩格斯具体地理解为虚假的意识的标志；另一方面，在马克思主义和其他一些人的文献中，它主要是作为一个阶级的社会意识的总体概念而出现的"。③ P. C. 罗兹在《意识形态概念和马克思的理论》中认为，"马克思已经把意识形态理解为'虚假的意识'，也理解为'形而上学'和'宗教'的整个'上层建筑'"④。其实，这种双重意义上的意识形态概念，在根本上还是一致的。因为意识形态是一种阶级的社会意识，是一种观念的上层建筑，所以它受阶级利益的狭隘性的束缚，无法真实反映现实，只能是虚假的。这些研究者认为意识形态是一种自由地漂浮于物质基础之上，并否认物质基础之存在的一套思想观念，是试图掩盖遮蔽阶级、集团利益的派别之见，因此，它是用一种扭曲的、神秘的、欺骗性的方式去反映现实世界；它的目的不是也不可能真实地揭示现实，而是竭力将真相掩盖起来，以维护它所支持的阶级的利益。只要脱去意识形态概念的因衣，人们就有可能看到现实世界的真实的样子。

阿尔都塞是这样来定义意识形态的，他提出："意识形态是个人与他们的存在的真实境况的想象性关系的再现"，就是说：

> 所有意识形态在其必然做出的想象性歪曲中所表述的并不是现存的生产关系（及其派生出来的其他关系），而首先是个人与生产关系

① 转引自黄继锋：《马克思是在怎样的意义上使用"意识形态"概念的——评国外学者的几种解释》，《国外理论动态》2000 年第 5 期
② 转引自黄继锋：《马克思是在怎样的意义上使用"意识形态"概念的——评国外学者的几种解释》，《国外理论动态》2000 年第 5 期。
③ 转引自俞吾金：《意识形态论》，上海人民出版社 1993 年版，第 128 页。
④ 转引自俞吾金：《意识形态论》，上海人民出版社 1993 年版，第 128 页。

及其派生出来的那些关系的（想象）关系。因此，在意识形态中表述出来的东西就不是主宰着个人生存的实在关系的体系，而是这些个人同自己身处其中的实在关系所建立的想象的关系。[①]

这样，意识形态就等同于错觉和幻觉。弗洛姆则更为绝对，认为"就这些被合理化了的意识形态具有掩盖社会和政治行动的真正动机这一点而言，这些意识形态又是谎言"[②]。我国也有学者据此归纳马克思、恩格斯意识形态概念的根本特征"是自觉或不自觉地用幻想的联系来取代并掩蔽现实的联系"，具体可以概括为实践性、总体性、阶级性、掩蔽性、相对独立性等方面。[③]

从这种虚假、谬误的意义上来看待意识形态，文学理论作为意识形态只能是一种为阶级利益服务的对文学活动、文学现实的真相的曲解、掩盖、遮蔽，其目的与功能仅仅是以合理性的名义使特殊的阶级利益和政治统治得到承认，使其"合法化"，起到促进和维护社会思想的同一性的作用，以维持既定统治的持续存在。这样，它不再具有求真的冲动，与科学处于绝对对立状态，不能作为科学而存在。因为根据这种观点，意识形态不具有科学性，科学也不具有意识形态性。文学理论作为意识形态形式虽然也像科学一样是文学现实世界的一种反映，但它是按特定阶级的价值尺度去描述或解释文学世界，而它如果是科学则要求其按照客观世界的本来面目去描述或解释世界；它作为意识形态的核心原则是维护特定阶级的价值标准并使之普遍化、合理化、合法化，而它作为科学的核心原则却是要求其符合客观世界的真实联系及其规律性，二者有着根本不同。

柯亨认为：

科学不是意识形态，因为意识形态的一个规定性就是它是非科学

① ［法］阿尔都塞：《意识形态和意识形态国家机器（研究笔记）》，《哲学与政治：阿尔都塞读本》，陈越译，吉林人民出版社 2011 年第 2 版，第 298 页。

② ［美］埃里希·弗洛姆：《在幻想锁链的彼岸——我所理解的马克思和弗洛伊德》，张燕译，湖南人民出版社 1986 年版，第 139 页。

③ 俞吾金：《意识形态论》，上海人民出版社 1993 年版，第 129—137 页。

的。科学可能包含非科学的意识形态成分，尽管如此，它还是科学，并且是对生产有用的，因此是生产力。科学具有生产能力不在于它的意识形态方面。①

阿尔都塞也宣称：

> 马克思的立场，他对意识形态的全部批判都意味着，科学（科学是对现实的认识）就其含义而言是同意识形态的决裂，科学建立在另一个基地之上，科学是以新问题为出发点而形成，科学就现实提出的问题不同于意识形态的问题，或者也可以说，科学以不同于意识形态的方式确定自己的对象。②

在阿尔都塞看来，从理论框架来看，意识形态和科学有本质的区别，由前者发展到后者，要求对前者做基本结构的改变，即每一门学说的发展都有一个从意识形态到科学"在认识论上决裂"的问题，他甚至认为马克思思想的发展和整个马克思主义的发展也是如此。

可见，如果要想使文学理论成为一门科学，就必须像阿尔都塞等人所主张的那样，排除意识形态干扰，通过"非意识形态化"才能使其作为科学而获得良性发展，建构一种所谓客观的、无偏见的科学。前面所引述的文学理论的科学化主张根本上是属于这一思路的。这一思想与西方20世纪50年代兴起的"意识形态终结论"的社会学思潮，有着一定的内在关联。

三、科学性与意识形态性的辩证关系

文学理论作为意识形态只是简单的扭曲地掩盖着文学现实的真相吗？它与文学现实本质之间的关系只是抽象的对立吗？文学理论如何发挥意识形态的作用呢？其意识形态性产生的根源在哪里？既然存在各种阶级的意识形态，它们与科学之间的关系是否会存在不同？

单就文学理论自身是无法科学地认识其意识形态性质的，我们必须

---

① ［英］G. A. 柯亨：《卡尔·马克思的历史理论——一个辩护》，岳长龄译，重庆出版社1989年版，第49页。

② ［法］L. 阿尔都塞：《保卫马克思》，顾良译，商务印书馆1984年版，第58页注释2。

从其物质基础来认识。意识形态是一种特殊的社会意识，具有与社会意识共同的本质特征，即社会的全部精神生活过程是社会的物质生活过程（社会存在）的反映。"意识在任何时候都只能是被意识到了的存在"①，"观念的东西不外是移入人的头脑并在人的头脑中改造过的物质的东西而已"②。意识形态不是绝缘于现实世界的自在的实体，它与现实之间存在密切的联系，二者是反映与被反映的关系，"我们的感觉、我们的意识只是外部世界的映象；不言而喻，没有被反映者，就不能有反映，但是被反映者是不依赖于反映者而存在的"③。可见，意识形态有其现实基础，那么，它为什么会具有虚假性呢？它对现实的反映是完全虚假的、倒立的、扭曲的呢，还是其中也可能存在真实性的成分？

意识形态产生于人类的物质生产过程中，是社会分工的产物。由于分工的发展，出现了特殊利益与共同体利益之间的矛盾。同时，分工也产生了私有制、阶级分化和阶级统治。在阶级社会中，一个阶级统治着其他的阶级，统治阶级的共同利益必然采取国家的形式来获得实现，而这种仅仅代表统治阶级利益的国家形式，就成为一种"与实际的单个利益和全体利益相脱离的独立形式"④。就是说，每一个统治阶级"为了达到自己的目的不得不把自己的利益说成是社会全体成员的共同利益"，从而在观念上"赋予自己的思想以普遍性的形式，把它们描绘成唯一合乎理性的、有普遍意义的思想"。⑤ 因此，不同时代特定阶级所提出的文学理论，由于阶级利益关系的矛盾存在，必然都会呈现为一种普遍的形式，以实现将特殊阶级利益自然化、合理化的目的。根本上说，文学理论作为一种意识形态形式以及它的虚假性质都是现实虚假关系在人们思想中的反映，是社会本身物质结构、利益关系所造成的，即统治阶级剥夺了其他阶级的特殊利益而将自己的特殊利益上升为国家利益加以普遍化的结果。从这种意义上看，意识形态作为"虚假意识"，与其说是某种不符合真相的看法，或者是真实关系的想象性再现，不如说是一种对假相的真实反映。就是说，

---

① 《马克思恩格斯选集》第 1 卷，人民出版社 1995 年版，第 72 页。
② 《马克思恩格斯选集》第 2 卷，人民出版社 1995 年版，第 112 页。
③ 《列宁全集》第 18 卷，人民出版社 1988 年版，第 65 页。
④ 《马克思恩格斯选集》第 1 卷，人民出版社 1995 年版，第 84 页。
⑤ 《马克思恩格斯选集》第 1 卷，人民出版社 1995 年版，第 100 页。

"这个社会之所以没有把它的本相呈现给我们的意识，正是它的这一本性使然，这种现象与实在的脱节是它的结构性特征，是它的日常运作的必然效果"，是由于在这种阶级社会的"结构里筑进了一种虚饰性或两重性，只能呈现与实在相抵触的现象"。①

何况，分工使得物质生产与精神生产相分离，在精神生产领域，意识"不用想象某种现实的东西就能现实地想象某种东西"②，这样，文学理论就能摆脱现实物质世界而去构造"纯粹的"理论。那么，文学理论作为意识形态是不是理论家故意编造的谎言来欺骗人们呢？文学理论生产是一个有意识的自觉的过程，这种可能性是存在的。同时，由于人们的任何行动都是通过思维来进行的，因此意识形态的生产行为似乎是从纯粹的思维材料出发的，是非物质性的建构活动，这就使得人们迷惑于这种假象，将思维作为行动的基础和出发点。正如恩格斯所说：

> 意识形态是由所谓的思想家通过意识、但是通过虚假的意识完成的过程。推动他的真正动力始终是他所不知道的，否则这就不是意识形态的过程了。因此，他想象出虚假的或表面的动力。③

换言之，意识形态的虚幻性是"由他们狭隘的物质活动方式以及由此而来的他们狭隘的社会关系造成的"④。正是由于社会生活的局限性和狭隘性，人们往往看不到在从事精神活动时的真正推动力，而想象出虚假的推动力，从而导致不论是人们自发的还是自觉的意识，都不能真实地反映现实。

因此，文学理论作为意识形态的虚假性，还在于文学理论思考的出发点。其出发点如果不是现实的活生生的从事文学实践的人，而是主观意念或"绝对精神"，不是站在人类现实历史的基础上从物质实践出发来解释文学活动和文学观念的形成，而是从特定观念出发来解释文学实践——

---

① ［英］特里·伊格尔顿：《意识形态》，《历史中的政治、哲学、爱欲》，马海良译，中国社会科学出版社 1999 年版，第 91 页。
② 《马克思恩格斯选集》第 1 卷，人民出版社 1995 年版，第 82 页。
③ 《马克思恩格斯选集》第 4 卷，人民出版社 1995 版，第 726 页。
④ 《马克思恩格斯选集》第 1 卷，人民出版社 1995 版，第 72 页注释 1。

这种观点和方法会把文学作为"'产生于精神的精神'消融在'自我意识'中"①，即完全忽视社会历史这一现实基础，把文学仅仅看成是与社会历史过程没有多少联系的附带性因素。文学也就会被说成是某种脱离日常生活的东西、某种处于世界之外或世界之上的东西，文学的历史只能是遵照物质基础之外的某种精神尺度去编写，文学现象也往往被完全解释成纯粹的"幻想""梦呓""怪影"和"幽魂"。这样，就把文学同自然与社会的真实关系从历史中排除了，也就造成了文学的发展与社会历史发展之间的隔膜与对立，因此，文学理论也就只能在"纯粹精神"的领域中兜圈子，或者局限于对文学与现实的"单纯直观"和"单纯感觉"，以头脑中臆造的联系来代替文学现实中的各种联系，把文学的历史看作自己所偏爱的某种观念的逐渐实现，文学理论必然呈现出对文学世界及现实生活实际真相的扭曲、掩蔽，无法获得科学的解释，无法获得对文学运动本质真实的反映。

譬如，在黑格尔那里，理性和感性、主观和客观、人与环境、实践与意识之间的关系是颠倒着的。他只知道并承认一种劳动，即抽象的精神的劳动。当他把文学等艺术形式看成是人的本质的对象化时，他只是从思想形式来把握它们的。文学只是纯粹的亦即抽象的哲学思想的外化，只是绝对概念在某一阶段的反映。所以，以黑格尔的视角来看，整个文学运动乃是以"绝对理念"开始为开始、以"绝对理念"结束为结束的。文学运动的全部过程"不过是抽象的、绝对的思维的生产史，即逻辑的思辨的思维的生产史"②。这里，文学理论在某种意义上成了超验性的、被丑化成神学漫画的东西。

再如抽象人本主义文学理论，其出发点也是人，但它不是把人看作真实存在的、历史的、活动着的人，而是停留在抽象的"人"上，并仅仅限于感情范围内承认"现实的、单独的、肉体的人"，只把人看成"感性的对象"而不是"感性的活动"。也就是说，"除了爱与友情，而且是理想化了的爱与友情以外，他不知道'人与人之间'还有什么其他的'人的关系'"。③这种文学理论无论披上了多么迷人时髦的外衣，同样看不到文学的本质及其变化规律。

---

① 《马克思恩格斯选集》第 1 卷，人民出版社 1995 版，第 92 页。
② 《马克思恩格斯全集》第 42 卷，人民出版社 1979 年版，第 161 页。
③ 《马克思恩格斯选集》第 1 卷，人民出版社 1972 年版，第 50 页。

可见，由于分工所产生的阶级关系、利益冲突以及精神生产领域的特殊性，在阶级社会，文学理论具有受制于阶级狭隘性的虚幻性。但是，这里文学理论是否只是一种"虚假意识"，其中有无一定程度的科学性？如果文学理论作为意识形态仅仅类同于毫无可靠性的谎言，它又如何能使人们信任它进而维护它，它的欺骗功能怎么实现呢？因此，把意识形态理解为纯粹的"虚假意识"，过于肤浅，也过于简单化了。这个问题不能抽象地理解，而应该历史地、具体地分析。

历史上，在一个为取代旧的统治阶级而进行革命的阶级那里，"仅就它对抗另一个阶级而言，从一开始就不是作为一个阶级，而是作为全社会的代表出现的；它俨然以社会全体群众的姿态反对唯一的统治阶级"，它的意识形态使用的是具有普遍性形式的思想，但我们并不能简单地认为它就是虚假的，完全掩盖着现实真相，其实，在很大程度上，意识形态这时的普遍性形式是反映了现实真实的。因为这一阶级"之所以能这样做，是因为它的利益在开始时的确同其余一切非统治阶级的共同利益还有更多的联系，在当时存在的那些关系的压力下还不能够发展为特殊阶级的特殊利益"①。那么，在这个时候，与该阶级利益有关联的文学理论研究自然也就会更多地表现出客观性、公正性。譬如，相对于中世纪文学理论将文学作为神学的宣传物，与资产阶级革命运动相联系的文艺复兴时期的文学理论对文学的人性内涵的认识，确乎呈现为更多的科学性。

但是，这里也不能将文学理论的科学性与阶级革命、生产力与生产关系变革之间的关系简单地对应起来。虽然物质生产是贯穿于文学理论的全部发展进程，并且是惟一理解文学理论发展进程的一根红线，但它们之间有许多的中介和环节，其关系往往是模糊不清的。这里，不应忽视文学理论作为意识形态形式的相对独立性。当精神生产与物质生产分工形式在统治阶级内部出现，统治阶级的一部分人是作为该阶级的思想家而出现的，即以精神生产作为谋生之道。文学理论家充当的就是这样的社会角色。一定意义上说，他们与该阶级的物质利益的联系没有其他成员那么紧密，甚至能在一定程度上突破自己阶级的狭隘性，表现出一定的思想的自由性，有可能使文学理论成为特定阶级社会内的自由的精神生产。

---

① 《马克思恩格斯选集》第 1 卷，人民出版社 1995 年版，第 100 页。

恩格斯说，"任何意识形态一经产生，就同现有的观念材料相结合而发展起来，并对这些材料作进一步的加工；不然，它就不是意识形态了"①。就是说，文学理论作为意识形态生产，必然以前代遗留下来的思想资料为基础进行生产，把思想作为独立发展的、仅仅服从于自身规律的独立本质来处理。这样，文学理论就表现出其学科特有的规律性，而不完全受制于阶级利益，因而完全可能拥有科学性。

任何一种意识形态都是以理论形式表达出的一种实践要求。文学理论作为意识形态，同样具有理论性和实践性并存的二重特性。作为人们现实活动、现实关系的有意识表现，意识形态总是含有特定现实内容并指向现实的，根本不存在脱离现实的独立地自我发展的意识形态的历史。意识形态通过语言与教育，成为人生存的基本现实，我们或者操持占统治地位的统治阶级的意识形态话语，或者以另一种意识形态来批判既定的意识形态，而不可能逃离于意识形态之外。掌握一种意识形态是在特定社会中从事任何实践活动的前提。意识形态在社会运用过程中，都要求理论与实践相结合、与客观实际相结合。无论受何种阶级利益束缚，这种实践性要求都必然内在地规定了它必须包含对现实的规律性认识。意识形态中这种实践因素与理论因素的互相依存，也就从一个侧面说明了意识形态本身就可能具有科学性的一面。文学理论也不例外。这也是不同的文学理论可以进行比较并具有相互借鉴价值的根本依据。

从科学的角度看，科学与意识形态也并非绝对对立。霍克海默在《批判理论》中明确指出：

> 不仅形而上学，而且还有它所批评的科学，皆为意识形态的东西；后者之所以也复如是，是因为它保留着一种阻碍它发现社会危机真正原因的形式。②

在霍克海默看来，任何人类行为方式，包括科学，只要有可能掩盖社会的真实本质，就可以说是意识形态的。这里，霍克海默主要从科学的功

---

① 《马克思恩格斯选集》第 4 卷，人民出版社 1995 版，第 254 页。
② 〔德〕马克斯·霍克海默：《批判理论》，李小兵等译，重庆出版社 1989 年版，第 5 页。译文略有改动。

能的角度来看待其意识形态性，他真正关心的其实是科学的帷幕背后的东西，即支配科学的社会力量，这些力量以科学的名义实现没有得到承认的政治统治的既定形式。因此说，不应将文学理论的意识形态性与科学性简单对立。在这种意义上，文学理论作为一门科学，如果"说它是意识形态的，并不是说它的参与者们不关心纯粹真理"①。而关于文学理论具有意识形态功能的说法，也仅仅陈述了它某种情形下在阶级社会中所发挥的意识形态的客观作用。

意识形态作为社会历史现象，作为一定阶级意识、价值观念系统的集中表现，它们体现着各种不同的利益、需求和目的，其中有的妨碍人们达到客观的科学认识，有的则需要和有利于客观的科学认识。因而，这里显然有合理的与不合理的、进步的与落后或反动的乃至科学的与非科学的之分。如何才能从根本上消除私有制社会意识形态性对文学理论科学性的负面影响呢？

既然意识形态是现实生活过程在人脑中的反映，意识形态"便失去独立性的外观。它们没有历史，没有发展；那些发展着自己的物质生产和物质交往的人们，在改变自己的这个现实的同时也改变着自己的思维和思维的产物"②。因此，只有根本改变特定社会的社会生产关系，才能真正将文学理论越出特定意识形态框架。这里，仅仅依靠理论自身的批判是无法真正实现的。批判的武器在这里代替不了武器的批判。就是说，文学理论家关于文学和现实世界的幻想、玄想和曲解，只有从他们的实际生活状况、他们的职业和分工出发，才能得到说明；也只有从根本上改变他所处的这些生产关系，才能得到根本改变。

可见，文学理论作为意识形态与文学理论作为科学，不只是简单地对立或一致关系。我们只有把文学理论作为人的现实的实践活动，从实际活动的人出发，从文学理论家们的现实生活过程出发，历史地描绘这一生活过程在他们的意识形态的反射和反响的发展，而不是从人们所说的、所设想的、所想象的东西出发，才可能真正准确地理解它们之间的错综复杂的关系。

---

① ［德］马克斯·霍克海默：《批判理论》，李小兵等译，重庆出版社 1989 年版，第 5 页。
② 《马克思恩格斯全集》第 3 卷，人民出版社 1960 年版，第 30 页。

第六章 文学理论的"出走"与"回归"

随着文学泛化于日常生活，文学性成为日常文化景观而非文学的独有属性，文学理论的研究对象成为一个问题，无处不在的文学性文化现象是否应该成为文学理论的关注对象，文学理论能否对此发言？特别是文化研究的兴起，更进一步引发文学理论的合法性危机，曾经引发过热烈讨论的新批评所谓的"内部研究"与"外部研究"之争也再一次变换方式出现在世人面前。这里牵涉的问题很多，文学死了吗，或者说会很快死亡吗？当下的现实中文学如何存在？繁复的文化现象是不是应该取代文学而成为文学理论的研究对象？文学理论何为？从文学理论的角度所做的文化研究，到底为文学理论带来了什么，同时又为作为一种社会研究的文化研究增添了什么，存在哪些问题？文学理论有没有可能建构起"没有文学的文学理论"？有没有可能存在"大写的理论"或"各种理论部落"的自足运行？"出走"的文学理论还要不要"回归"文学？当下文学理论的这种"出走"与文学理论本身的跨学科性质是什么关系？所谓"回归"的文学理论是否就是回到文学的文本研究？

第一节 文学扩容与文化研究

如前所述，从研究对象看，文学理论不是对具体的某个作家、作品的解读、批评，也不是专门研究某一特殊种类的文学，如诗歌或小说，它不是有关具体问题的特殊的"诗学"，而是对作为整体的文学活动、文学现象及其产物的研究。可是，什么又是"整体"的或"全部"的文学活动、文学现象呢？或者说，文学的边界在哪里？如何才能确定一个文本、一种活动、一类现象是否属于文学的范畴？正如前面我们已经分析的，没有一个边界固定不变的文学，文学的边界一直都在变动。从文体上看，属于文学的体裁或种类也不是固定不变的，诗歌、小说、戏剧、散文乃至更小的文类，都在历史上的不同时期成为典型的文学样态，并且在不同的历史时期居于主导地位的文学类型也不同。

因此，确定文学的边界，是历来的文学理论家都必须面对的首要难题。随着时代的变迁，许多依据已有的文学观念根本不能进入文学殿堂的文本，却在后来的社会文化生活中，在广大读者的接受中，占据了显赫的甚至主导的地位；而传统文学观所重视、珍视的所谓经典性的文学文本，则往往受到冷落，甚至被边缘化。这使得固有的文学理论感到窘迫，出现了阐释的焦虑。有效地面对现实，回应现实提出的问题，这是文学理论生命力的源泉，否则，它将面临自身的生存危机。这一情况在中西方文学理论的历史发展过程中都是常见的。

一、对象的泛化

从文学文体看，文学理论所关注的往往都是在当时和历史上处于主导地位的文体。譬如，欧洲文学理论在古希腊、罗马时代关注的主要是诗歌，而且集中于戏剧和史诗。只是到了文艺复兴时期，抒情诗以及小说等文体才逐渐被人们从理论上予以关注。在 19 世纪，小说成为文学理论的主要对象。巴赫金曾从文学的主流与边缘关系的角度提出欧洲的文学理论基础的广泛性和合理性问题。在他看来，欧洲文学理论形成于文学样式和民族标准语逐渐稳定的时代，是以官方化的文学和语言为根基的，但是，官方化的文学艺术其实只是被民间文化的汪洋大海包围的小岛，因此，他在《拉伯雷》的补充与修改"中说，"我们欧洲的文学理论（诗学），是在很狭窄、很有限的文学现象的材料上产生和发展起来的"①。美国学者厄尔·迈纳从一个侧面突出了文学理论与占主导地位的文学样式的密切关系。迈纳指出，西方诗学是亚里士多德根据戏剧定义文学而建立起来的，如果他当年是以荷马史诗和希腊抒情诗为基础，那么他的诗学可能就完全是另一番模样了。所有别的文化中的诗学体系都不是建立在戏剧而是建立

---

① ［苏］巴赫金：《弗朗索瓦·拉伯雷的创作与中世纪和文艺复兴时期的民间文化》，《巴赫金全集》第六卷，李兆林、夏忠宪等译，河北教育出版社 1998 年版，第 578 页。

在抒情诗之上的。西方文学及其众多熟悉的假设只是其中的一小部分。这只不过是一个特例，完全没有资格声称是一切的标准。同时，亚里士多德建立于戏剧之上的《诗学》也说明了文类这一概念的有效性——至少它可以表明，其他文化的诗学也同样是建立在我们所假定的文类之上的。当一个或几个有洞察力的理论家根据当时最崇尚的文类来定义文学的本质和地位时，一种原创诗学就发展起来了。①

中国文学理论的情况也大致如此。在诗歌占据统治地位的古代，传统的中国文论主要是狭义的诗学，甚至获得巨大发展的"词"，也只是被当作"诗之余"，在文学理论中得不到应有的重视，至于元曲、唐宋传奇、明清白话小说以及后来的各种戏曲等所谓俗文学，更是为传统文学理论所忽视。明清时代，虽然李贽、叶昼、冯梦龙、金圣叹、毛宗岗、张竹坡、脂砚斋等人的小说理论，朱权、汤显祖、吕天成、王骥德、李渔等人的戏曲理论，都密切结合具体的创作，通过对文本的解读与分析，对俗文学的地位和美学特性发表了许多精到的见解，提出了一系列崭新的精彩合理的范畴和命题，在文论史上具有开启先河的重要意义，但是，从规模和影响来看，它们在当时仍然处于非主流状态，还难以与居于统治地位的诗学理论相提并论。一直到王国维、梁启超，这一情况才在启蒙新民的历史要求下获得了根本逆转，戏剧、小说等俗文学正式加入文学，并逐渐成为正在生成的现代文学理论关注的重点。

可见，文学理论的对象在历史性地不断扩大和泛化。文学理论研究什么，其取向常常受到同时代的文学创作的影响与牵制，特别是受到居于主流的文学形式的影响。当文学创作出现显著变化时，原有的理论就会通过一定的调整、变化以与之相适应。一代有一代之文学，一代也有一代之文学理论。随着时代的变迁，理论家对待文学的态度，从事理论研究的目的，确定观察与考量研究对象的角度和切入点，运用理论的方法，理论的表述形式，所乐于使用的文类、文体等等，都会发生相应的变化。②因此，重新审视文学理论的对象构成，并依据文学的历史发展而实现扩容、变更

---

① 参见［美］厄尔·迈纳：《比较诗学》，王宇根、宋伟杰等译，中央编译出版社2004年第2版，第7—9页。

② 参见王先霈：《文学理论基础的广泛性与本土性问题》，《华中师范大学学报（人文社会科学版）》2002年第2期。

和创新，实在是必要的。否则，理论与文学现实之间就会发生脱节与疏隔，理论甚至绝缘于现实，二者在相互平行的轨道上各自独行。面对创作现实，理论也就会出现深层阐释危机。

我国文学理论在20世纪末就曾遭遇这样的尴尬。20世纪80年代初，面对刚刚诞生的诸如朦胧诗、意识流小说等准现代主义文学，传统的现实主义文论一时竟手足无所措，甚至"读不懂"。这类作品当时不仅得不到有效阐释，甚至根本得不到承认。进入90年代，随着社会生活方式和人们价值取向的变化，文学也经历了大的变革，文学创作出现了许多新的特点与倾向。可是，当时的文学理论并没有能够适时跟进，或执拗于80年代的话语模式，做着一些不着边际的界说；或毫不顾及本土实践与民族传统，搬运西方话语体系，煞有介事地进行一番文化阐释；或理论主体极度膨胀，放弃经典文本的解读，进行自我观念的演绎与传递，以超常的玄想代替对文学特殊性的细密研究，进行具有浓厚经院气的话语独白与理论建构，如此等等。而变化了的文学现实要求文学理论必须及时做出新的努力，对新现实、新问题予以概括、界说，形成新的概念、范畴和命题，以实现自身存在的功能、价值和意义。

当前，随着世界新技术革命和经济全球化浪潮的涌起，文学理论面临的这一问题更为突出。20世纪是人类科学技术空前辉煌的世纪。基于物质科学、生命科学和思维科学等的突破性进展，人类创造了超过以往任何一个时代的科学成就和物质财富。原子能技术、空间技术、微电子与信息技术、生物工程技术、新材料研究等获得重大发展。相对论、量子论、信息论和基因论的形成，标志着科学技术沿着微观和宏观这两个相反的路径，不断走向极端和本原，走向复杂和综合。人类正在经历一场全球性的科学技术革命。革命性的变革通过推动生产力发展，有力地作用于人们的生产和生活方式，改变着人们的时空观念和思维方式，影响到世界的政治、经济、文化和军事格局。在此基础上，跨国界的以"低技术"为基础的经济一体化、全球化以及消费主义的盛行，也进一步促动了当代社会生活的转型。文学在享受技术革命和全球化"福祉"的同时，要无可奈何地承受它们的消极后果。

首先，从世界范围来看，现代科技的发展，尤其是微电子信息技术、传播技术、自动化技术和激光技术等高科技的发展，引起当代社会新的交流技术的迅速发展，主导传媒形式发生巨大变化。自 19 世纪发明电报和电话以来，远距离传输技术日益改变着日常生活的结构组织，先是电影、无线电，尔后是电视机、录音机、磁带、录像机、影碟、电脑、传真机，再往后是激光唱盘、VCD、DVD、移动通讯、通讯卫星和电子信箱、国际互联网等。当今，文学能以光的速度通过电信网络，以数码的形式在世界范围内传播。在印刷时代，文学借助纸质传媒走出贵族的城堡，进入大众生活；当前以电子媒体为中心的大众传媒，更进一步排除了存在于个人与个人、群体与群体之间的交流障碍，为文学的传播和接受带来了更大程度的便捷性和大众性。

"媒介就是信息"（马歇尔·麦克卢汉语），媒介的变化会改变信息，因此"媒介就是一种意识形态"（J. 希利斯·米勒语）。借助于跨国经济集团和现代电子传媒无处不至、无所不能的传播，现代信息被加工成能为各方接受的标准形式，向世界各个角落传递，其间，信息的组织方式和同一的文化经验也传遍世界。文学无可回避地受到新的媒体技术的强烈冲击和解构，传统文学的地域疆界被打破，而且在全球化过程中存在着独特的文学被标准化、文学的个性差异被抹平的危险。随着更进一步的新的文学传播媒介形式和经验方式的国际化，文学的泛化成为一种世界性现象。

其次，现代科技革命不仅带来传播方式的变革，也引起原有文化艺术生产格局的全面变化，产生了从手抄本、印刷本到数码文本的变化。从纸媒质文化向电子媒质文化的变革，带来了消费主义时代纯文学的式微和"大众文化"的兴盛。

> 在西方，文学这个概念不可避免地要与笛卡尔的自我观念、印刷技术、西方式的民主和民族独立国家概念，以及在这些民主框架下言论自由的权利联系在一起。①

新的电信时代正在通过改变文学存在的前提以及与之相关的共生因素，改变着文学的现实存在和地位。

---

① ［美］J. 希利斯·米勒：《全球化时代文学研究还会继续存在吗？》，国荣译，《文学评论》2001 年第 1 期。

现代科技被广泛运用于各类文化艺术活动，愈来愈成为新兴文化艺术发展的内在支持。特别是随着现代通讯技术的突飞猛进，作为主导传媒形式的大众传媒正在信息化世界里塑造着自己的生产方式和生活模式。在文化艺术生产领域，新科技革命的旋风已经导致新兴文化形态的崛起和传统文化形态的更新。个体性私人生产逐渐发展为现代文化大工业，"文化工业"兴起，文化生产方式日益技术化、工业化、大众化、商品化。

在工业化与后工业化消费主义时代的图景里，高雅与通俗、精英与大众、审美与生活、艺术与非艺术、科技与文化以及各门学科、各门艺术之间的边界日渐模糊，交叉、渗透、融合成为必然。各种艺术相互阐发，相互补充，共同依托于科技的发展而滋生出大量崭新的、综合性艺术门类，如电影、电视、网络艺术等。这些新的艺术样式由单媒介的纯粹性向多媒介复合性延伸，综合使用多种媒介和操作工具。书籍印刷文化正在受到来自新兴的广播文化、电视文化、电影文化乃至网络文化的有力挑战。文学传播方式也由单一的印刷"硬载体"向电子网络等"软载体"转变。

这些新生的文化艺术形式以其共同的特征支撑起这个时代的审美趋向：这是一个图像化时代，一个供人们"看"而非供人们"读"的时代，它们以画面语言将观众置入一个仿真的世界。画面叙事诉诸人们的感官而非心智，带来的是简便而直接的感官刺激，一种混合着人们生理冲动的、全方位的灵与肉的享受，其所产生的艺术效果是"震惊"而非传统艺术的"韵味"。①电子媒介、网络文学和视听艺术的崛起，造成了语言艺术日渐被音像艺术所排挤，视觉图像文化正在成为新兴的主导文化样式。

在为消费提供商品的同时，生产也生产出消费的主体。新的数码编制的电子传媒方式直接带来了数字国家（Digital Nation）和数字网民（netizens）的产生。对他们来说，"大众文化"不仅是他们的消费形式，甚至也是其表示身份的方式。科技革命所引发的大众审美趣味的变迁，正在掠走传统艺术的消费者，使得"快餐文化""准艺术"和"视听消费"一步步挤占高雅艺术、纯文学和精英文化的市场，一步步将纯粹传统艺术排斥到边缘而成为时代文化的中心。

---

① ［德］W. 本杰明:《机械复制时代的艺术作品》，董学文、荣伟编:《现代美学新维度——"西方马克思主义"美学论文精选》，北京大学出版社 1990 年版，第 170—195 页。

这样，在新技术时代，社会确乎出现了审美的泛化与日常社会生活的审美化的新趋势，出现了文化艺术场域的整体转型。文学存在样态，文学功能模式，文学创作、传播、接受方式，文学价值取向和文学的地位角色、社会影响力等诸多方面，都因此发生了变化。

从文学理论的角度来说，这可以归结为一个根本的问题，即文学理论对象的泛化问题。文学和非文学界限日益模糊化，一些新生的文学样式需要文学理论给予理论阐释，但有关"文学"的传统定义与现实情况有些不相适应，这即是当今文学理论家所遭遇的困境。

二、"文化研究"的价值与虚妄

在当代文化审美语境中，总的来看，文学所遭受的具体影响主要表现为：（1）一向作为文学标志的传统的诗歌、小说等文体走向衰微，文学的社会角色发生了根本变化，文学在旧式意义上的作用越来越小；（2）文学日益产业化和商业化，从文学的创作到传播、接受，都在按照商业化经营模式运作；（3）文学从一种追求真实、逼真的游戏变成虚构的游戏，成为一种形式化的模仿；（4）文学的转移或滥用。传统文学不景气，但是文学却在各种传统非文学领域大放异彩，譬如广告对于文学想象和描写的大量运用。文学生存在别处。①

一些学者正是基于对这种新的审美倾向的判断，认为当代世界的媒介革命引发了视觉文化的崛起和读图时代的来临。图像"帝国主义式"地占领了文化的大片领地，图像化"转向"成为文化艺术发展中最为抢眼的景观。世纪之交的文学也因此发生了"文化的转向"，文学向视觉文化的转变正是构成这种"文化的转向"的重要内容。在他们看来，当下文学理论的出路就在于正视审美泛化与文学"文化转向"的事实，以"文化研究"取代文学理论，使文学理论也实现从"语言论转向"到"文化的转向"的"突围"。②

诚然，高科技、大众审美文化的嬗变、纯文学的衰微和泛化，是21

---

① 参见徐亮：《泛文学时代的文艺学》，《浙江大学学报（人文社会科学版）》2002 年第 1 期。
② 这种主张比较常见，如陶东风：《日常生活的审美化与文化研究的兴起——兼论文艺学的学科反思》，《浙江社会科学》2002 年第 1 期；金元浦：《当代文艺学的"文化的转向"》，《社会科学》2002 年第 3 期，等等。

世纪文学理论学理建构不得不认真面对的重要课题，我们确实需要在思维方式、概念范畴、理论观点、思想体系和学理模式等总体构架上，认真审视自己的发展坐标。但是，文学理论的出路是否真的就在于走向"文化研究"？或者说，"文化研究"能使文学理论走出困境与危机，很好地实现对文学现实的言说，促进文学理论的突破创新和学科的蓬勃发展吗？

首先，需要特别强调的是，这里的"文化研究"或"文化诗学"不是传统意义上的利用文化学的方法来研究文学问题，或者通过对文学所身处其中的文化的考察来揭示文学的奥秘。传统意义上的文化研究只是学科交叉意义上的方法互借，文学还是作为一种独特形式存在于各类文化之中，譬如近年来关于魏晋士人心态与文学的关系研究、唐代方镇使府与文学的地域性研究、民族融合与文学样式问题的研究、现代作家与宗教意识的研究等等。既然文学理论研究不限于研究文学作品本身，文学与作者、读者、世界的关系都是文学理论的对象，那么，那些涉及自然的研究和对社会的语言、思想、历史、哲学、宗教或其他文化方面的分析探讨，都可以为文学现象的理解、解释提供"思路"，然而这些现象在常规的理论中往往是被忽略或忽视的。这样，文化研究就可能为文学理论研究打开一个新的视角，开辟一个别开生面的新领域和阐释空间。所以，许多并非直接把文学作为对象的研究和理论一经转化就具有了文学理论的意义，人们可以把它们看作是文学理论的一些形态或对文学理论的拓展。文学理论研究需要有多种多样的研究方法和手段，各种新方法、新思路可以不拘一格，只要能在某个层面上有利于对文学理论难题的解决，使人们对其有更深刻、更准确的认识和把握，都不妨拿来运用和试验。

但是，当前伴随着科技的勃兴和经济全球化浪潮而兴起的"文化研究"，却完全不能局限于传统的学科交叉意义层面来理解。这里，我们不妨以"文化研究"倡导者的归纳来看"文化研究"的特征。

有学者认为，在"文化研究"中寻求新转变的文学理论正在出现如下新特征：第一，从文学理论所研究的问题的性质看，文学已不再是单纯的"美学"问题，而变成了更广阔而复杂的"文化"问题。第二，文学作为文化，不再只属于高雅文化，而是同"大众文化"具有紧密关系。第三，从文学作品的存在方式看，文学已从单纯的文字和纸质书本，变成了包括文字、声音、图像等多种媒体形式及"网络文学"在内的视听觉形式。目前的文学作品往往与绘画、插图、书法、摄影、影像等多种视觉艺术结合起来。正是这种文学的视听化现象，要求把文学同大众传播媒介及国际互联网结合起来研究。第四，从研究方法看，文学理论研究正从单一学科方法走向跨学科方法。第五，文学理论的存在本身也已多元化，至少不能忽略以下四种形态：理论型、批评型、媒体型和日常型。多种文学理论形态的共同存在说明了这样一个事实：文学理论已成为文化生活的一种形态。①

具体地思考这些认识，文学理论确乎不止于美学。文学当然并不能从高雅还是通俗来确定自身内涵，它们的区别是在文学内部，表现为精神含量等方面在程度上的不同，而不像文学与非文学间存在根本性质的差异。高雅文学、通俗文学都应是文学理论关注的对象，当然，不排除特定时期的特定文学理论对占据主导地位的高雅文学的青睐。文学理论的跨学科方法自文学理论诞生之日就存在，哲学的、美学的、社会学的、心理学的甚至自然科学的方法，都已经或正在对文学理论产生重要影响。这种学科交叉方法并不是文化研究的独创。至于这里对文学理论形态的归纳，其实是将许多批评形态纳入了理论范畴。

在以上对"文化研究"的认识中，最关键、最具有实质性的是认为"文化研究"面对的是文学出现了"视听化"现象，即文学已从单纯的文字和纸质书本变成了包括文字、声音、图像等多种媒体形式及"网络文学"在内的视觉形式。在这些学者看来，"世纪之交文学艺术发生了文化的'转向'"，传统意义上的文学已不复存在。这并不是说传统的文学不是文化，而是说，在当代，由于发生了纸质传媒向电子传媒为主体的大众传媒的媒体革命，文学领域也发生了具有"历史意义的文化本体革命"。这是"因为当今人类的经验比过去任何时候都视觉化和具象化了。在一个全球化的背景中，文化走向视觉性，使当代文化充分展示了其后现代特征。而传统的把世界看成书面文本的观念受到了重大的挑战"。这种情况"在一定程度上迫使文学研究承认世界即文本的观念受到世界即图像观念的挑战。视觉文化确实在瓦解想以纯粹的语言形式来界定文学的传统观念"。②

更有学者提出，"事实上，当代的消费社会及其文化与艺术活动的新

① 王一川：《面向文化——文学理论的新转变》，《文艺报》，2000年7月4日。
② 金元浦：《当代文艺学的"文化的转向"》，《社会科学》2002年第3期。

变化、生活的审美化与审美的生活化等已经迫切地要求我们改变关于'文学'、'艺术'的观念，大胆地把流行歌曲、广告、时装等吸纳到自己的研究中（至于它们是否属于文学艺术则大可不必急于下结论，许多在当时不被视作'文学'的文本在日后获得认可的事例比比皆是）"①。

　　这种见解可以说是对文学存在的根本性颠覆。"文学"概念确实是历史性的，但并不意味着它没有内涵，乃至什么都可以成为文学。在传统文学理论看来，语言是文学活动中联想与想象、情感与思维、意象与形象、创作与欣赏的媒介，是文学的物化存在形式，因此也是区别文学与其他艺术形式的确定性特征。无论是莱辛的《拉奥孔》中对诗与画界限的区别，还是形式主义文论对文学性的追索都显示，离开语言要素，文学将无法认识和界定，尽管它不是界定文学的惟一因素。正是在这种意义上，文学语言问题成为文学理论的一个基本内容。

　　"文化研究"所要反对的正是传统文学理论中的所谓的语言文本霸权倾向。但它在反对传统观念将文学局限于特定文体的僵化倾向的同时，却同样以文体来确定什么是文学。在他们看来，正是新文体的出现，譬如并不单纯以语言作为物质媒介的网络文学（狭义），决定了文学已不是传统的文学，不能再从语言来认识，而是要把视觉图像也作为文学的媒介要素。但其实，这些新文体也同样不能代表文学的全部。

　　何况，传统文学也并不是像"文化研究者"所渲染的那样，被其他新的艺术逐出了人们的审美视野，或者说文学完全演变成了其他文化形式，不再具有自我特性。传统的诗歌、小说等文体并没有消失，许多作家、诗人仍在孜孜不倦地进行创作，只是其存在的方式不再张扬，曾经的辉煌逐渐消退。由于小说、诗歌能较充分地体现纯文学的特征，在特定的历史语境中曾经成为文学的强势文体，但它们并不就等于文学本身。且不说这些文体如今仍大量存在，仍是文学的主导文体，即使它们真的像神话、史诗等一样随着社会的发展而走向消亡，文学也依然会存在。文学不会把命运系于某些特定的文体，文体有生有灭，但文学的繁荣就存在于各种文体的生生不息之中。因此，单就文体的变化而言，文学理论的基本问题并没有

---

① 陶东风：《日常生活的审美化与文化研究的兴起——兼论文艺学的学科反思》，《浙江社会科学》2002 年第 1 期。

消失，文学理论的对象要素并没有改变，文学理论仍然要以全部文学为研究对象，既包括历史上已经存在的文体，也包括正在生成的文体。这并不是一个数量问题或文学类型问题，而是一个文学理论观念问题。这是一件阐述起来非常困难的事情。具体说来，就是说明一个派别的文学创作、阐明一时代之文学、论述某些特定的文学类型，都较为容易，而要说明多种文学流派的创作、概括古往今来各时代之文学、说明变动中的文学状态、探究各种文体背后的称为文学的东西，则甚为困难。因此，"文化研究"至多能以文学与文化现实的关系为中心来建构，成为众多文学理论中的一种。它无法取代也不能取代其他形式的文学理论系统，因为文学理论能以任何一个基本要素为中心构建理论系统。强调文学理论"文化化"或者是走向"文化研究"，可能会导致文学理论的单一化，这也许与"文化研究"倡导者的初衷相违背，可事实就是如此。

现代传播媒体非常重要，媒介文化特别是现代信息技术，深刻改变和影响着我们的生活和文学的各个环节与方面，文学理论应该予以关注。但传播媒体并不能决定什么是文学，不能成为划分文学与非文学的决定性因素，因此文学理论的对象要素并不能只限于文学的传播媒体。"文化研究"被一些学者用来张扬人文批判精神，但却忽视了它在反对科技主义的工具性的同时却又带着媒体崇拜论的味道。认为媒体决定艺术的一切，这与"文化研究"主要从法兰克福文化批判理论那里挪用理论资源有关。同时，这种"文化研究"也不可避免地具有意识形态泛化的倾向，强调在媒体技术的标准化、同一化过程中，文学作为一种文化和艺术的独特性被抹平了，从而把现代技术，特别是现代大众传媒技术提高到绝对位置，甚至将技术自身也当作意识形态来看待。因此，在"文化研究"中，传播媒体直接成了决定所有文化的本体因素。这里，既有将传播媒体与文学表达的语言媒介相混淆的嫌疑，又有意识形态被夸张误用的问题，甚至可以说，他们只是马克思和恩格斯的《德意志意识形态》一书蹩脚的读者而已。

关于文学理论对象问题，有学者提出："我们的目光应该盯住具有文学性的文本和话语现象，而不论它在哪一种文体或媒体中。……纯诗、纯文学可以出现在任何话语中。所以，适宜的说法应是：文艺学研究的是文学性话语现象。凡是具有文学性的话语现象都应进入文艺学的研究视野，文学话语现象应取代文体类别而成为文艺学的对象。"① 这是有道理的。当前，文学走出传统文体，呈现泛化倾向，但文学的基本界限仍是文学语言，而不是文体，更不是传播媒体。因此，文学理论关注的仍然是文学性文本或话语，应该通过考察所有文学性文本或话语来思考文学。如果因害怕陷入形而上学而悬置对文学性质的思考，抹煞文学与非文学的基本界限，文学理论研究将无法深入。文本与话语的确定必须依赖于这种抽象思考。

其次，"文化研究"以文化现象而不是作为特殊文化现象的文学为对象。正如美国文学理论家 J. 希利斯·米勒所描述的，对"文化研究"来说，文学不再是文化的特殊表现方式，文学只是多种文化象征或产品的一种，不仅要与电影、录像、电视、广告、杂志等等一起进行研究，而且还要与人种史学者在各种文化中所调查了解的那些日常生活的种种习惯一起来研究。正如阿兰·刘（Alan Liu）所说的，文学这个范畴，"在文化'话语'、'文本性'、'信息'、'措辞机制'、以及'一般文学'的无限的平面上，已经日益失去了它的独特性"。阿兰·刘指出，文化研究"使文学似乎成了文化和多元文化许多相似记录中的一种——并不比日常穿衣、行路、做饭或缝衣有更多或更少的光辉"。②

"文化研究"置换了文学理论或文学研究的问题和话题，成为对历史、语境、媒体、权力、性别、阶级、民族、种族、自我身份、道德、全球化、后殖民等大文化现象的关注。这可以从"文化研究"所提出的各类课题见出，如性别文化研究，地域文化研究，种族文化研究，知识分子研究，影视、体育等娱乐文化产业研究，IT 产业文化研究，跨国资本研究，现代消费文化研究，城市文化研究，农村文化研究，社区文化研究，教育文化研究，殖民与后殖民问题研究，以及广告、时装、流行音乐研究等等。其研究对象与范围还有进一步扩大的趋势。概括而言，政治文化、经济文化、军事文化以及狭义的文化等，都已经进入"文化研究"的视野。就我国当前一些被认为取得重要成绩、具有代表性的"文化研究"来看，其对象确实丰富，范围确实广袤，远远超出了传统意义上的文学研究和文

---

① 徐亮：《泛文学时代的文艺学》，《浙江大学学报（人文社会科学版）》2002 年第 1 期。

② 参见［美］J. 希利斯·米勒：《全球化对文学研究的影响》，王逢振编译，《文学评论》1997 年第 4 期。

学理论。①

　　但是，在大量的"文化研究"中，文化并没有确定的范围和内涵。"文化"只是哲学与思想史、政治与道德、语言与文字、文学与艺术、科学与技术等诸多学科的大杂烩。在某些文化研究计划中，我们可以经常发现"X＋文化"这一公式，即将不能明确表述的研究对象或多种研究对象统统放在"文化"里。于是乎，"文化"成了能够无所不包的"筐"，什么都可以往里装。譬如"当代审美文化研究"，从文学艺术到大众娱乐，从社会意识到生活修饰，无所不包，宽泛无边，无法确定。这就不能不使人怀疑"文化"究竟有没有特定的内涵和定义，若以没有特定内涵和定义的"文化"为对象的研究又怎能称之为"学"？传统的文化研究在文学研究中的运用之所以成功，就在于其对象是非常明确的，并为研究特定的对象提供了独特的研究视角和研究方法。我们之所以将其称为属于文学研究的文化研究，正是在于它对文学这个特定对象本身的复杂内涵进行了多角度、多途径、多方位、多方法的综合研究。

　　正是基于这种警觉，有学者一针见血指出："运用文化学的方法进行包括文学研究在内的一切科学研究必须有明确而具体的对象和疆界，反之，一切大而化之的空谈都不是严格意义上的科学和学问，至多是某种学术随笔之类。文艺学如果沿着这条路线走下去，当是令人担忧的。"② 因此，用"文化研究"整合不同形态文论话语的做法，究竟有多大的理论穿透力是令人生疑的。"文化"几乎像空气一样无所不包，用它来作为核心概念进行学术研究，难免失之空疏、空泛和空洞。

　　退一步说，如果"文化研究"什么都研究，以各种具体的事物为对象，但就是不研究文学，成为"没有文学的文学理论"，或主要不是研究文学，仅仅把文学作品当作反映作品之外什么东西的实例或者表象来对待，"只是从文学作品中摘出因非文学原因才显得有趣的东西"③，文学本身

---

　　① 参见陈定家：《面向文化：文艺理论的新转变》，《江苏社会科学》2001 年第 5 期；王晓明主编：《在新意识形态的笼罩下——90 年代的文化和文学分析》，江苏人民出版社 2000 年版。该书中有王晓明、陈思和等人关于"成功人士"的讨论、包亚明关于上海酒吧的解读，以及倪伟关于城市广场的分析等等。

　　② 参见赵宪章：《文艺学的学科性质、历史及其发展趋向》，《江海学刊》2002 年第 2 期。

　　③ ［加］诺思洛普·弗莱：《批评之路》，王逢振、秦明利译，北京大学出版社 1998 年版，第 10 页。

所具有的显著特质就"被种族、性、性别的种种规范、律条遮蔽了。……在这种情况下，文学研究及其文本分析的方法就只能遵从社会学意味很强的文化研究的模式，沦落为文化研究的一种'症候式解释'"①，这样，文学研究就会被吞没，文学也就不复存在。这种"文化研究"或许是发达的文化理论，但其间已无文学和文学理论的踪影。让文学理论从自身"突围"走向"文化研究"，而"文化研究"却不再为文学研究提供新的动力和见解，其实就是取消了文学理论。因此，"文化研究"不能成为文学理论的"走向"或"战略转移"。在这种意义上，"文化研究"到底有何意义与功能，已不需要文学理论去关心了。

面对文化这个包含着传统文学而又边界模糊的庞然大物，面对这一众多的人文社会科学共同的研究对象，作为文学理论的"文化研究"还可能有其不同于社会学、人类学、哲学、政治学、传播学、心理学的学科视野和学术切入角度吗？还能重建本学科的独特性或特殊性吗？正因为这样，特里·伊格尔顿的如下说法值得赞同：

> 文学的确应当重新置于一般文化生产的领域；但是，这种文化生产的每一种样式都需要它自己的符号学，因此也就不会混同于那些普泛的"文化"话语。②

至于有的学者还试图说明文学理论或文学研究作为学科并没有在"文化的转向"中丧失自身，跨学科的努力和转向文化的开拓都是基于文学本体的基点或立足点，这恐怕仅仅只能是理论上的告知或强调，只能是一种理想或一厢情愿。文学性文本在当前大量的"文化研究""文化批评"中遭到空前未有的冷落，就是明证。它们即使被某些有心的理论家、批评家提起，也只能是用作某个文化理论论点的资证。为此有学者提问，在文学批评文化化的语境中，究竟"谁来进行文学批评？"③这直接切中了"文化

---

① 此为乔纳森·卡勒的看法，转引自［英］拉曼·塞尔登、彼得·威德森、彼得·布鲁克：《当代文学理论导读》，刘象愚译，北京大学出版社 2006 年版，第 329 页。

② Terry Eagleton , *Criticism and Ideology* , London：Verso Edition, 1978, p.166.

③ 王世诚、姚新勇：《谁来进行文学批评？——关于文学批评文化化的分析》，《文艺争鸣》2000 年第 2 期。

研究"的要害。当然，文学理论、文学批评是否如提问者所希望的那样，应归结于美学形式批评，则是另外的问题了。

再次，我们可以从"文化研究"兴起的原因和目的的角度来看它的实质。20世纪上半期的西方文论是从历史走向语言、从内容走向形式，但"自1979年以来，文学研究的中心有了一个重大转移，由文学的'内在的'修辞学研究转向了文学'外在的'关系研究，并且开始研究文学在心理学、历史或社会学语境中的位置。换言之，这种转移从对'阅读'的兴趣，即集中研究语言及其本质与能力，转向各种各样的阐释性的解说形式上去，其关注的中心在于语言与上帝、自然、历史、自我等诸如此类常常被认为属于语言之外的事物之间的关系"①。就是说，"文化研究"的迅速兴起是西方文学理论"对外在批评的回摆"。在西方，"文化研究"是在结构主义、新批评等所谓"内部研究"充分发展情况下的一种外突，是在其他研究方法被充分掌握的前提下向"外部研究"的回归，而非出于其他方法的"过时"。

但是，在20世纪的最后20年，在西方文论从语言返回历史、从形式返回内容的时候，我国的文学理论却走了一条几乎与之完全相反的发展道路。随着学界与"国际接轨"，"文化研究"在我国逐步兴起和热闹起来。短短20年里，西方文学理论一个多世纪的发展历程在我国被重新上演一遍，一次次的新方法热、新观念热，似乎意味着20世纪末的中国文学理论终于迎来了与西方文学理论研究趋于同步的"胜利"。但客观现实却是欲速则不达。学界忙着跟风、制造热点，但速成的文学理论对各种文学研究方法往往却是只学得了皮毛，各种方法缺乏充分的实践化。这样，欲把"文化研究"建立在其他方法之上，实现"诗情画意与文化视野相结合"，有机融合对文学文本的细读与"文化研究"的企望，几乎就没有了实现的可能。正是由于缺乏现实可操作性，"文化研究"往往流于空泛。

从"文化研究"的目的看，它企图打破学术研究过于执着个人话语的局限，而走向与公共话语的通融，希望通过引进"文化研究"扩大文学理论研究的场域，拓展文学理论的功能，有效实现文学理论研究对私人空间

---

① ［美］J. 希利斯·米勒:《当前文学理论的功用》,《重申解构主义》, 郭英剑等译, 中国社会科学出版社1998年版, 第216页。

和公共空间的介入，从根本上解决文学理论学者乃至所有知识分子对社会的参与与介入的问题，充分发挥文学理论的"巨大的无用之用"。当文学理论走向"文化研究"时，这种"无用之用"得以在一个更为广阔的文化领域里铺张扬厉。可以说，"文化研究"的介入性存在着非常强烈的政治诉求。"文化研究"是"对一种新的意欲使文学研究政治化和重新历史化的回摆"①。文学研究、文学理论相对于经济、政治等显学领域的研究而言，在参与社会事务、发挥社会功用方面往往是边缘而寂寞的，因此，"从事文学研究的学者，对他们来说，文化研究使对于当前的社会和政治舞台的关注具有了合法性"②。

流行于我国的"文化研究"，其对话语权力和社会政治的干预热情丝毫不逊色于西方。文化研究者们坚持："文化研究作为一个跨学科的知识探索领域，有助于打破文学理论（尤其是大学与专业研究机构中的文学理论）话语的生产与社会公共领域之间日益严重的分离，促使文学工作者批判性地介入公共性的社会政治问题。也就是说，文化研究的根本旨趣是一种'解放的旨趣'（哈贝马斯语）。""它的使命是把人文知识再政治化（repoliticize），把我们的教学与研究活动看作是社会实践的生产而不是对于社会实践的被动描述，把我们在教室中发出的声音扩展到公共领域"，从而"把校园内的政治与校园外的政治、把学术政治与社会政治有机地结合起来"，实现知识分子在本质上所应起到的政治功能。③

"文学理论"向"文化理论"的发展，使"'文化理论'成了整个领域中学术研究的一个笼罩一切的术语"④。"文化研究"/文学理论似乎被赋予了其生命难以承受之重。为了完成这样的光荣使命，"文化研究"/文学理论只能是话题型的，重要的只是对社会热点问题的有力回应和参与，而不可能是按照自己学科发展逻辑的向前推进。结果就是，"文化化"所导致的文学理论的霸权主义，一方面有可能让文学理论承受太多

---

① ［美］J. 希利斯·米勒：《全球化对文学研究的影响》，王逢振编译，《文学评论》1997 年第 4 期。
② ［美］华勒斯坦等：《开放社会科学：重建社会科学报告书》，刘锋译，生活·读书·新知三联书店 1997 年版，第 69 页。
③ 陶东风：《跨学科文化研究对于文学理论的挑战》，《社会科学战线》2002 年 3 期。
④ ［英］拉曼·塞尔登、彼得·威德森、彼得·布鲁克：《当代文学理论导读》，刘象愚译，北京大学出版社 2006 年版，第 10 页。

的压力而变得沉重，从而使自身走向解体；另一方面，则在反效果上成为一种"非我"的东西，使其越努力反而离目标越远。"文化研究"及其研究者进入了社会，扩大了其研究的话语权力、话语空间，但文学和文学理论却不见了踪影。正如有的学者所指出的，"把文学研究推向各种形式的'文化研究'，对大量非经典的文化产品进行分析却成为更普遍的潮流"。就是说，"文化研究"的理论旨趣根本不在"文学"，而是大大超越了"文学"范畴：

> 这些理论在全球范围内促进了对一切话语形式的重新阐释和调整，成了激进的文化政治的一部分，而"文学的"［研究和理论］只不过是其中一个多少有点意义的再现形式。①

这是不是一些所谓"文化研究"所刻意追求的呢？文学理论研究不能不对此保持必要的警醒与质疑。同时，这种旨在把文学的学术研究与社会文化政治联系起来的"文化研究"，由于过于简约地将文化理论运用于文学文本，缺乏对文学文本"内在形式和世界性（包含了艺术作品内涵的'历史的生命世界'）"的充分关注，就"把文学与政治之间那些本该强化的联系反而弱化了"②。就是说，具有鲜明的激进文化政治色彩的文化研究由于脱离文学本体自身，不但没能方便地促使文学与政治的复杂联系充满生机，反而弱化了这种联系。因为一旦一切都政治化了，政治也就成为好像无所不在而又无处寻觅的东西了。

因此，如果不是把"文化研究"作为一种交叉学科或文学理论的一种，而是要把文学理论从根本上推向"文化研究"，这一销蚀文学理论的做法不但无法解决根本性的文学问题，甚至那些表面上看来极易带来突破的层面的问题，譬如文学与政治的关系问题，也难以有效解决，当然也就很难取得文学理论学科的发展与繁荣。诚如韦勒克所言：

---

① ［英］拉曼·塞尔登、彼得·威德森、彼得·布鲁克：《当代文学理论导读》，刘象愚译，北京大学出版社 2006 年版，第 10 页。
② ［英］拉曼·塞尔登、彼得·威德森、彼得·布鲁克：《当代文学理论导读》，刘象愚译，北京大学出版社 2006 年版，第 333 页。

今天的文学研究首先需要认识到明确自己的研究内容和重点的必要性。必须把文学研究区别于常常被人用以代替文学研究的思想史研究，或关于宗教和政治的概念和情感的研究。许多研究文学，……其实并非真正对文学感兴趣，他们感兴趣的是公众舆论史、旅行报告、民族性格的看法等等——简单说，他们的兴趣在于一般文化史。他们从根本上扩大了文学研究范围，使它几乎等同于整个人类史。但是，文学研究如果不决心把文学作为不同于人类其他活动和产物的一个学科来研究，从方法论的角度说来就不会取得任何进步。因此我们必须面对"文学性"这个问题，即文学艺术的本质这个美学中心问题。①

当我们把文学理论当成是对尼采、弗洛伊德、海德格尔等人的讨论时，文学理论有可能什么也不是，它的身份在其中被迷失；但文学理论可能什么也都是，"文化化"文学理论霸权倾向，其实就是想让文学理论树立起对哲学、美学的威力，以及对批评、写作、文学、文化等等的横扫态势。因此，"当代的文论教学面临着一个巨大的矛盾：它无疑被多学科的内涵丰富着，也被多学科的内涵撕裂着。社会学、心理学、信息学、系统论、人类学、文化学纷纷抢占文论这个市场，使文论市场热闹非凡。但深入思之，它们的介入，到底在多大的程度上丰富了人们对文学的理解，恐怕不是一个非常确定的问题。在它们的介入下，文论是丰富了，变厚了，但对文学的理解却被各种各样的非文学的理论所占领，这到底能不能算是它们对文论所作出的贡献，恐怕是有待检讨的"②。

---

① ［美］雷内·韦勒克：《批评的概念》，张今言译，中国美术学院出版社 1999 年版，第277—278 页。

② 刘锋杰：《人的关怀与文论教学》，《文艺理论研究》2001 年第 4 期。

第二节 理论重建与创新的可能

一、理论重建

从总体上看，当前文学理论的现状，一方面，传统文学理论范式仍有一定生命力；另一方面，它又遭到空前严重的挑战。在文学理论实践处于急剧变化的过程中，人们需要准确判断原有理论中哪些部分仍在持续、哪些业已失效，需要检验文学转变的过程本身，了解为什么文学史、文学形式、文学语言、读者、作者以及文学标准等公认的文学观点开始受到质疑、修正或被取代。在此前提下，文学理论要直面文学的泛化、多样化和由于内部的深刻变异而出现的新的文学格局和生态，重新调整自我，在解构那些不适应于新事物发展的东西的同时，吸收中外思想理论资源，提出新的、富有原创精神的命题，建构一种更有生命力的理论系统，对文学现状和社会现实做出积极而有力的回应。

文学现实的变化需要文学理论做出必要的调整、变动，但是，文学理论的演化并不完全依附于当前文学创作，并不完全匍匐于、取决于创作情况，而是一经产生便具有自身日渐增强的独立性。文学理论所借以立论和企图诠释的，不限于同时代的创作，它面对的是已经产生的全部文学活动和文学现象。

影响文学理论发展的因素很多，其中比较重要的有：（1）文学创作原则及文学思潮的变迁、更迭；（2）政治话语对文学理论发展的限制与催动；（3）哲学为文学理论发展提供的思维方法和逻辑平台；（4）科学思想对文学理论的双刃效果；（5）外来文论话语对本土理论的激活与强化的双重效应；（6）文学活动系统内部的深刻需求；（7）文学批评对文学理论发展的最直接的推动。可见，"影响文学理论发展的诸种因素，是一种有机的系统。其中，文学理论是主变因，即变化发展的内在根据；其它都属客观的催动因，即发展变化的外部条件"[1]。

新的文学理论范式的建构，不仅仅是自由选择的结果，更是各种因素综合运动的结果，准确地说，是各种因素引起文学理论内部基本要素变化

---

[1] 董学文、盖生：《文学理论发展的历史逻辑及对其悖论性审视》，《甘肃社会科学》2001年第4期。

的结果。文学理论范式是由文学活动基本要素形成的基本问题结构而成，核心要素点的确定和各要素之间关系的变化会生成层出不穷的理论样态。因此，新的文学理论的构建，最核心的部分仍在于文学基本理论的建设。文学理论的根本发展取决于文学基本理论研究的突破，并以局部突破带动学理的整体建构。回归理论本体，不要在外围徘徊，通过检验文学的变化现实，重新审视理论本体中的"元问题"，诸如"文学是什么""文学写什么""文学怎么写""文学写成什么样""文学有什么用"等，深入探讨文学的本体、客体、主体、文本、价值等基本要素。① 就是说，要回到最基本的范畴，抓住最基本的问题，靠理论本身的逻辑产生理论张力。从这些"元问题"出发，延伸出一个个"问题元"②，孕育学理推进的思想动能，滋生新的理论生长点，以此来尊重和保持文学理论学科的独立性、自主性。在此根本前提下，文学理论应该对一切方法、手段和角度开放，大胆实行学科的交叉、渗透，并"始终注意在广阔多变的文化史进程中保持一个文学的焦点"③，从而将各种相关学科的方法与思路切实落实到"为文学"的文学理论中来，并内生为它的有机成分，从而开阔文学理论的视野，拓展其学术研究的空间。

以上内容在为文学文本和文学问题提供更新、更深、更广、更有说服力的解释的时候，绝不是简单地扩容文学理论，或是让其他学科占据文学理论的空间。由基本要素变动、结构形成的各种形态的文学理论，虽有多种不同的取向，政治的、文化的、审美的等等，但它们都是面向文学的，是在文学基本问题之上形成的，各有其适用的范围和存在的价值。它们相交相切、相互吸纳，并非随意地相互排斥或相互替代。大一统的、无所不包的、涵盖一切的文学理论体系的建立，既不必要，也不可能。文学理论研究要努力获得有效的实绩，而不能于"泡沫"处沾沾自喜。大卫·凯洛尔（David Carroll）和乔纳森·卡勒（Jonathan Culler）在 20 世纪 90 年代就曾这样描述文学理论被架空或侵占的情况："倘若文学经典的现状受到质疑，倘若文学、艺术和一般文本证据已经形成的完整性被内在矛盾、边

---

① 董学文、张永刚：《文学原理》，北京大学出版社 2001 年版，第 2 页。
② 欧阳友权：《文艺基础理论研究的问题回眸与学理前瞻》，《中国文学研究》2002 年第 1 期。
③ ［英］拉曼·塞尔登、彼得·威德森、彼得·布鲁克：《当代文学理论导读》，刘象愚译，北京大学出版社 2006 年版，第 10 页。

缘性和不确定性等观念驱逐，倘若客观事实被叙事结构的观念取代，倘若阅读主体规范的统一性遭到怀疑，那就必然是，很可能根本与文学无关的'理论'在捣乱。"①一旦假的多了，真的就会被淹没，劣驱逐了良，"信任危机"的出现就不可避免。

文学研究向"文化研究"的拓展，表面上开拓了研究领域和空间，但这样的拓展，势必使文学的特征与批评锋芒丧失，因此乔纳森·卡勒很中肯地指出，现在"也许该是在文学中重新奠定文学性根基的时候了"②。这样，我们应该做的，就是回归"诗学"。这种"回归"表明，"需要将'文学'拯救出来，使之再度获得资格，这总比不尴不尬地混迹在近来盛行的诸如'写作'、'修辞'、'话语'或'文化产品'泛泛的称谓之中好一点"③。当然，这种"回归诗学"是否就像卡宁汉（Valentine Cunningham）所提出的，回到被理论"抛入外圈黑暗之中"的文本细读的传统④，这是值得商榷的，因为诸如解构主义也是主张细读文本的。

文化研究曾几何时在美国学界大行其道，现在情况如何呢？有学者这样描述今天文化研究在美国的趋向："所谓'文化研究'（cultural studies）就是一种应运而生的'跨学科'的学科，至今似已为强弩之末……美国学界则又在挖掘新的理论土壤（包括'全球化'）了。"这种情况的出现正是基于学者们对文化研究的顾虑、疑问和反思，"不论是后现代、后结构或是文化研究理论，对于文学研究者而言，都会带来一个问题：到底文学作品中的'文学性'怎么办，难道就不谈文学了吗？"因此，"美国学界不少名人（包括兰特里夏在内），又开始'转向'了——转回到作品的'文学性'，而反对所有这些'政治化'或'政治正确化'的新潮流"。⑤

虽然文化研究在美国的新动向不需要我们亦步亦趋，但这个动向背后

---

① 转引自［英］拉曼·塞尔登、彼得·威德森、彼得·布鲁克：《当代文学理论导读》，刘象愚译，北京大学出版社 2006 年版，第 326 页。

② 转引自［英］拉曼·塞尔登、彼得·威德森、彼得·布鲁克：《当代文学理论导读》，刘象愚译，北京大学出版社 2006 年版，第 329 页。

③ ［英］彼得·威德森：《现代西方文学观念简史》，钱竞、张欣译，北京大学出版社 2006 年版，第 2 页。

④ 转引自［英］拉曼·塞尔登、彼得·威德森、彼得·布鲁克：《当代文学理论导读》，刘象愚译，北京大学出版社 2006 年版，第 330 页。

⑤ ［美］李欧梵：《总序（一）》，［美］约翰·克罗·兰色姆：《新批评》，王腊宝、张哲译，江苏教育出版社 2006 年版，第 7—8 页。

的理论根源却是值得我们注意的，而且很多理论在美国的命运常常可以被看作理论变动的风向标。因此，要真正推进文学理论建设，不是将文学理论"他者化"，而是需要我们采取"问题化"的研究眼光、本体论的研究角度、"推进性"的研究态度，从范畴概念到思想观点，从思辨方式到思想体系，全方位地回到文学问题、回到基点，找准并撬动支点以解决文学理论的基本命题，而不能再凌空蹈虚或避坑落井。现代社会中，也许"文学研究的时代已经过去，但是，它会继续存在，就像它一如既往的那样，作为理性盛宴上一个使人难堪、或者令人警醒的游荡的魂灵。文学是信息高速公路上的沟沟坎坎、因特网之神秘星系上的黑洞。虽然从来生不逢时，虽然永远不会独领风骚，但不管我们设立怎样新的研究院所布局，也不管我们栖居在一个怎样新的电信王国，文学——信息高速路上的坑坑洼洼、因特网之星系上的黑洞——作为幸存者，仍然急需我们去'研究'，就是在这里，现在"。①

二、新创中国网络文艺理论话语

在当代中国，传统文学依然生命力强劲，文学研究和文学理论也并不会画上句号，我们应该加强文学基本理论研究。但是，这并不意味着文学理论可以鸵鸟似的无视现实文学艺术的巨大变化。离开了对于现实文艺实践的充分关注，不但会失去言说的效力，理论自身的发展也将失去源头活水。在当今时代，任何一种试图否定网络文艺或把网络文艺视作一场短暂的并不成功的尝试的想法，都可能会被历史证明是一种短视的错误思想。对于当代的中国的理论研究来说，重视并正视网络文艺，开发其中蕴藏的能量并疏导其中隐藏的危机，是当下文艺工作中亟须面对的一个难题，也是直面文艺的中国问题以建构中国网络文艺理论话语的重要契机。网络文艺研究大有可为。

国外也有网络文艺、网络文化，但中国网络文艺如此丰富的文体形式、如此大量的创作、如此庞大的网络受众、如此大的规模、如此深刻影响着人们的生活和思想，甚至带动了如此大的产业发展，在国际上是屈指

---

① ［美］J. 希利斯·米勒：《全球化时代文学研究还会继续存在吗？》，国荣译，《文学评论》2001 年第 1 期。

可数的。在当代世界，中国文艺理论创新不足，影响不大，更难说有什么话语权、主导权，这固然与中国长时期的并不太高的国际地位有关，与当代中国文化创造的魅力和吸引力不足有关，但在很大程度上也是由于当代的中国文艺实践及其发展模式总体而言是基于西方现代性文艺发展的路径依赖，并由此在创作和欣赏两方面都形成了相应的审美心理、情感结构。因此，晚清以来的现代新文学乃至其他文艺形式和文化产业的发展，我们可能依然存在一些劣势，毕竟我们长期处于引进、模仿、吸收、转化西方文化的过程，原创性略显不足，甚至即使我们现代新文学创作达到与西方同等的创作水平，也很难成为全球的引领。单就一些具体创作实践而言，很可能某些中国当代文艺创作早已经达到甚至超过西方当代乃至更早的现代性艺术水平了，但是正如宋代诗歌无论怎样完美，也注定无法超越盛唐诗歌艺术的影响力和震撼力，中国现代性文艺实践如果走不出西方现代性的世界，就难以走自己的路，中国文艺理论也就难以获得创新性发展的土壤和基础。但是，在网络文艺、网络文化上，我们的确有优势，庞大的市场需求往往是巨大的生产力。在《无边的艺术》中，维利里奥指出，在网络艺术中，最重要的不是看见什么东西，而是被更多的人看到，所以观看者或者说参与者对于这种艺术的繁荣是至关重要的。[①] 中国拥有世界领先的网民数量，随着中国近年来教育水平的不断提高，参与者在数量和质量上的不断提高必然会对中国网络文艺的繁荣带来巨大助力。同时，这种由新科技孕生出的艺术形式，必然会随着突飞猛进的科技发展而不断出现新变。在第四次科技革命到来之际，中国焕发出前所未有的创新活力，一定会成为此次科技革命的中坚力量和重要成果的受益者。伴随着科技革命而不断发展的网络文艺，其未来不可限量，也难以预测，需要密切关注和高度重视。发展好网络文艺，意义重大；高度重视和研究网络文艺还具有寻找和探索中国当代文艺独特发展道路的意义，进而具有生成中国网络文学理论的重要理论与现实价值。

与此同时，网络文艺想要获得良性有序的发展，可能无法离开网络文艺研究与网络文艺批评的发展，其关键也许还在于中国能否在这个引领世界的特定文化现象方面有非常专业性的研究，能否建立起关于网络文艺、

---

① 参见［法］维利里奥：《无边的艺术》，张新木、李露露译，南京大学出版社 2014 年版。

网络文化的中国的话语体系。我们需要提出新的概念，提炼出新的范畴，做出新的表述，从而形成"中国理论"，实现弯道超车，增强中国文化自信、理论自信。就目前网络文艺甚至整个网络文化的发展状况而言，这样一套新的网络文艺理论话语体系，能以新的理论来阐释并科学指导中国的网络文艺实践，从而逐步完善中国的网络文艺实践，更能让当代文学理论与文化现实实践有更深度的融合，更接地气地激活现有文学理论形态的创造激情。

其一，研究网络技术时代的基本文艺问题。如何实现网络文艺和网络文化的繁荣发展，是一个当代的问题，也是一个很中国的问题，是如何让网络文艺在中国大地扎根并枝繁叶茂的现实问题。我们需要以具体的基本的网络文艺问题为导向，明确目标，持之以恒。在这个基础上深耕细作，总结提炼，真正达到理论方法的创新和实践的创新，用丰富的中国网络文艺实践来深化中国文艺理论，避免大而化之的空对空的研究，避免只研究来自他国的那种输入性的文艺、文化问题。网络文艺研究需要加强基础性研究，通过对网络文艺实践经验的总结提炼，深化文艺理论的原创性。在当今技术大发展的信息时代，网络文艺中势必会产生出很多新的表现形式，其中包含的理论问题就需要我们在原有的文艺理论基础之上进行深化创新。譬如，网络游戏能不能算作是"第九艺术"？早在席勒等人的年代，人们就已经开始关注游戏中的美学问题了，游戏在他们看来可以带来理性和感性的融合统一，这种统一中包含着美学需要的和谐。那么，网络游戏是否可以作为一种艺术呢？网络游戏和不使用网络的游戏有什么异同呢？诸如此类的网络技术带给文艺理论的基本难题，需要深入的理论总结、理论概括，需要不断提出新的概念、形成新的表述。

其二，研究文艺的网络技术问题。表面上看，人文学者似乎可以不太关心网络技术层面的东西，现有的网络文艺理论也大多执着文艺层面的探讨，忽视甚至不屑于抑或是没有能力进行技术层面上的创造性思考与开掘。但是，网络文艺有其特殊性：网络本身就不仅仅是一项技术问题，网络技术的开发中包含着大量有关人和生活的哲学思考。譬如西方的搜索引擎 Google 与维基百科，它们之间技术上的差异很大程度上是由于设计者对于人类认知的理解有差异。前者应用的是价值评价体系，而后者应用的是亚里士多德式的垂直分类体系。可以说，网络本身就同时既是一种技术现象，又是一种文化现象。当网络和文艺结合在一起时，问题也就不仅仅在于网络之上的文艺，同时也在于文艺视角之下的网络技术该何去何从。也就是说，网络文艺研究不仅是为了考察在网络的技术支持下发展一种新型的网络性的文艺，同时也是要在文艺的视角下关注作为一种文化现象的网络及其技术本身，促使我国建立一种具有中国特色的网络体系。加州大学伯克利分校的德雷福斯教授就在《论因特网》①中指出，身体性问题是网络技术面临的一项巨大难题，如果没有人文理论上的思考，那么这一问题就不会得到技术上的解决，因为开发者根本就不会找到一种解决问题的合理思路，那也就更不可能知道开发什么样的技术了。譬如，在当今的网络文艺现象中，远程具现形式就是一种在原有再现式艺术形式基础之上新生的表现样式，网络直播就是其中的一种表现。网络直播者坐在摄像头前就可以实现面向观众的演出，但是这种演出虽然让观众看到了直播者，却不具有传统舞台表演样式的交流性。人们看到的是直播者的形象，而不是真正的有血有肉的直播者。这时观者实际上就很难获得观看真实演出者时会获得的那种同情共感的身体共鸣，一个演员在你面前的舞台上哭泣和在屏幕上哭泣的形象是不一样的。那么，开发什么样的技术能让人获得身体共感呢？这就需要深刻的人文思考，否则无论什么样的拟真技术也充其量只是拟真，而不是真实。这也正是网络技术需要依赖文艺理论之思考的地方。这种思考其实是带有民族性的，一种能解决西方网络审美的理论，也可能并不那么适合于我国国情；一种能符合中国人审美精神的网络技术，势必是在中国特色的文艺理论和美学的指导之下开发而成的。

其三，研究网络文艺时代的社会问题。不存在一种绝对中立的文艺，同样也绝不可能有一种绝对中立的网络文艺技术，技术中总是有着深刻的社会思潮作为导向。网络文艺、网络文化引发了大量独特的社会现象和社会问题，这是网络文艺发展和网络文艺研究需要面对的时代命题。譬如超链接技术，实际上就是一种后现代文化无差别、无中心的思想特征的技术折射。在当今中国的网络文艺中，这种无差别性实际上是非常明显的。譬如点击量就成了一种衡量艺术成就高低的重要标准，而点击量是绝对扬弃了观看者特质的无差别的数字形式，即一种文艺的艺术成就在被数字形式

---

① 参见［美］休伯特·L.德雷福斯：《论因特网》，喻向午、陈硕译，河南大学出版社 2016 年版。

衡量。如果一切标准被化作无差别的数字，那么就艺术生产而言，数量就会绝对地代替质量，对点击率的关注就会绝对地压倒对艺术质量的关注。对于艺术生产者来说，制造"意外"，制造"奇观"，制造"话题"，就很可能成了惟一的目的，正如同当我们被网络信息淹没的时候，惟一能吸引我们注意力的东西就是某些地方发生了什么"意外"。这里牵涉的绝不仅仅是一个文艺问题，同时更是一种重大的社会问题、文化问题、伦理问题。如果网络文艺习惯于被人们这样衡量、判断，那社会生活的其他方面也就很容易被用这种思维模式思考。而文艺对人们的感知模式和心理结构的影响是不容忽视的，它会对人们进行无意识的引导与规训。

其四，研究网络文艺的文化生产力问题。网络文艺不同于传统文艺的文以载道的教化和审美娱乐功能之处，还在于它背后必须以强大的文化产业、网络技术为载体。它成长于发达的科技土壤之中，那种灵韵式的个人独创在网络文艺中是非主流的，并不常见。因此，网络文艺研究要解决的问题就绝不仅仅是网络文艺的问题，更是有关国家的政治、经济、文化层面上的大问题。网络文艺研究要利用好自身在网络文艺实践领域和学术研究领域的双重优势，充分把握一个时代的思想倾向和文化潮流，引领网络文艺的发展方向，从而能对高深学问之思进行有效的转化，将其转化为真正的文化软实力、文化生产力，为社会发展提供发展方向和智力支持，实现与作为网络文艺基础的文化产业的双向互动。网络文艺研究应力求把握一个时代文化发展的最前沿，以睿智的思想引领新型产业和社会的健康发展。

第七章　中国早期现代文学理论科学性的独特探索

　　我国对文艺理论的科学性追求始于"启蒙"与"救亡"的双重压力，是在现代/落后、东/西、古/今等一系列二元关系中被处置的。与其说它着眼于中国，不如说它更着眼于中国与"西方"之间的断裂。当时的历史语境下被指认为代表着民主的"德先生"与代表着科学的"赛先生"在古老而落后的中国严重缺失，于是指引二位"先生"进入学术语境成为当时知识阶层的重要任务。这一现代性追求的目标是弥合东西方之间的断裂，"自强""自主"等价值追求都有着"如西方一样即可自强""如西方一样即可自主"的潜台词。"民主"与"科学"这两种核心价值因此常常溢出各自的概念边界，呈现出一种在启蒙意义上的概念融通，并以人文主义的方式与个人及民族主体性的确立联系在一起。

　　在当时的语境里，"科学"既是价值观又是方法论。说它是"价值观"，是因为"科学"在启蒙年代里象征着理性，而理性本身即意味着对启蒙主义倡导的主体意识、人性自由等价值的张扬；说它是"方法论"，是因为这种对理性的象征关系依然要通过"科学方法"来确立。从这两者的关系上来看，此时"科学"首先是作为"价值观"的科学而存在的。这是由于"科学性"主要是意在为主体性确立一个普遍有效的人文主义基础，从根本上来说，它试图建构的并不只是一套求"真"的科学体系，而且是一套求"启蒙"、求"救亡"的人文实践学说。胡适曾这样概括五四新文化运动：

　　　　首先，它是一场自觉的、提倡用民众使用的活的语言创作的新文学取代用旧语言创作的古文学的运动。其次，它是一场自觉地反对传统文化中诸多观念、制度的运动，是一场自觉地把个人从传统力量的束缚中解放出来的运动。它是一场理性对传统，自由对权威，张扬生命和人的价值对压制生命和人的价值的运动。最后，很奇怪，这场运动是由既了解他们自己的文化遗产，又力图用现代新的、历史地批判与探索方法去研究他们的文化遗产的人领导的。在这个意义上，它又是一场人文主义的运动。①

语言革命、理性的观念革新和现代研究方法的变革均是"科学性"的不同侧面，而根据胡适的论述，这些尝试的最终目的均是通过思想的变革来谋求启蒙和思想现代化。白话文的推广主要是诉诸一种对文言文所承载的思想的批判意识，文学理论的学科自觉则主要是要以理性的精神重新整理审思贯穿于文学之中的传统思想，并将主体从中解放出来。这归根结底是一场社会启蒙运动，文学理论的学科自觉在这次启蒙运动中具有中介的意义和价值。因此，这一时期实际发生的文学理论变革主要意在"新民"，或者说通过"求知"以开启民智，实现"新民"，而非止于"求知"。胡适明确将对西方文学观念的学习定位在"研究问题，输入学理，整理国故，再造文明"②的启蒙任务之上。

"科学性"作为文论现代性追求的一个重要方面，它的根本目的是"再造文明"。这使得理论界对科学性的探求带有强烈的现实性和学科、学术自觉意识；同时，这种探求虽然追求文学观念的独特性与自主性、文学研究的学科自觉意识与自律性，但是这种自觉又被指认为只有在促进民族主体自觉即"新民"的意义上才具有现实性。学术自觉和对文学自身规律的追求，在某种程度上需经由科学形式的中介关系而转化为对人的主体性的启蒙追求才能被确认：在对科学性的探求中，作为价值观的科学主导着作为方法论的科学，价值观上的科学则主要是理性和主体性的象征，并没有赋予科学方法在实际意义上的独立性。这样，科学方法实则通过"科学性"被转化为价值上的人文主义和启蒙思想实践，这使得我国文论的科学性一直处于某种中介性的位置。如果不是囿于现代科学主义的视野，而是

---

① 胡适：《中国的文艺复兴》，外语教学与研究出版社 2001 年版，第 181 页。
② 胡适：《新思潮的意义》，《新青年》1919 年第 7 卷第 1 号。

在一种前面所提出的更加包容也更加本源的意义上看待人文社会科学的内涵的话，在一定程度上可以说，这一方面赋予了生成期的现代中国文学理论以独特的科学意识、科学精神和科学方法，使其未被现代科学主义所裹挟，而今天看来，这一点恰恰是值得我们珍视的，这是当代中国文学理论发展需要镜鉴的宝贵经验和财富，而不是如人们通常所说的"不够科学"甚至"不科学""不现代"；另一方面，作为现代人文科学，中国文学理论在价值和方法上的相对独立性始终未能得到充分展开和承认，因此我国文学理论的科学性建设长期处于一种未完成的探索状态。

第一节　语言革命论与文学理论科学性

在我国早期的现代文学理论建设中，价值观上的科学性相较于作为方法论的科学性，前者在理论中往往处于更为根本的位置，后者则作为前者实现自身的一个中介来呈现。但这并不意味着在我国早期现代文学理论的发展中，作为价值观的科学性取消了作为方法论的科学性。事实上，"科学价值"正是依赖"科学方法"才确立起来的。在探寻科学性的众多路径中，比较醒目的是出现了一种对语言形式的兴趣，它寻求建立一种新的文学理论话语形式，并将"科学方法"奠基于这种新的形式之中。白话形式被视为一种具有语言革命性质的"有意味的形式"。

这种语言革命论将语言视为"工具"，并持有一种"工欲善其事，必先利其器"的革新态度。语言工具论在一定意义上来说正是科学意识的先声，因为"科学性"离不开科学形式。正是在语言形式的自觉意识中，学界首先意识到了观念和形式之间存在的联系，也正是出于对这种联系的认识，一系列通过变革语言形式来实现观念启蒙的理论变革才得以在理论上确立起来。胡适曾说文学革命的核心原则只有两条，即"一面要推倒旧文学，一面要建立白话为一切文学的工具"。[1] 他将自己的这种态度称为"工具主义"（Instrumentalism）[2]，并认为"文字者，文学之器也，吾以为今后

---

①　胡适：《导言》，胡适编选：《中国新文学大系·建设理论集》，上海良友图书印刷公司1935 年版，第 19 页。

②　胡适：《实验主义》，《新青年》1919 年第 6 卷第 4 号。

中国文学之利器，将不在文言而在白话"[①]；"文学的生命全靠能用一个时代的活的工具来表现一个时代的情感与思想。工具僵化了，必须另换新的、活的，这就是'文学革命'。所以我们可以说：历史上的'文学革命'全是文学工具的革命"[②]。对文学语言的这种"工具主义"态度也被后来的文学理论建设者们延续了下来，虽然他们并非全部都认为语言只是文学的工具，但在"工具"这一指谓中所包含的对语言的理性意识却得以保留，正是这种理性意识为文学理论科学性追求奠定了理论基础。

通过"言文合一"，白话文提供了文言文所缺乏的那种语言的普遍性和明晰性，但这种改良的主要方向不是一种独立的语言科学，而是启蒙主义。黄遵宪早在"文学革命"之前就曾讲："盖语言与文字离，则通文者少，语言与文字合，则通文者多，其势然也。"[③]文学界"言文合一"的根本目标并非只是要厘清语言规律，而是要借助"言文合一"进一步实现"新文学"，并将"新文学"及其观念与理想灌输、普及于广大民众，使之具有必要的文学接受、欣赏能力。彼时文学理论的一个重要使命，便是帮助大多数人有能力接触并了解到旨在"新民"的文学工具。为了完成思想启蒙的任务，仅将文学写作的语言从文言转化为白话并不足以实现新民之重任，文学书写还需要配有文学阐释、文学批评，只有在文学阐释、文学批评中，白话文学的效力才能真正生发出来。传统意义上"诗文评"的语言多使用印象式的概念，而诸如黄侃等人的理论著述虽然在一定程度上具有了系统性的科学特征，但是也多以"体性""神思""风骨"这样的文言模式制造范畴，并以文言的方式阐释学理，因此离确立"明确的"文学观念这一目的相去尚远，并不足以完成启蒙意义上的普适性阐释。相反，由于白话在当时可能是最具使用普遍性的语言，很大程度上可以算作人民的口语，因此正是以这种普遍性为依托，白话具备让广大民众获得"明确的"文学观念的能力。普遍性与明晰性在这里呈现出一种相辅相成的关系，正是因为白话应用的广泛性，因此它对于所有使用者而言具有最大程度的明晰性；又正是因为这种明晰性，使得它使用范围广泛，因而具有了普遍性。在这种普遍性与明晰性的有力结合中，"白话"成了"科学性"

① 胡适:《论诗偶记》,《留美学生季报》1916 年第三卷第 4 期。
② 胡适:《胡适自述》,河南人民出版社 2004 年版,第 93 页。
③ 黄遵宪:《日本国志》(下),天津人民出版社 2005 年版,第 810 页。

使命的最佳承载者。

当时学界以白话为形式来谋求普遍与明晰的科学性，在一定程度上强有力地扭转了"诗文评"的印象式批评法。由于这一时期我国社会内忧外患严重，思想观念变革的动力并不是内生的，正如有论者所指出的，"语言问题属于文学的内部问题。但我们知道，语言变革的动力和契机往往并不在文学自身"①。"对于鸦片战争以来的近代中国而言，与其说是印刷语言造就了民族意识，不如说是挽救民族危亡的危机意识催生了现代意义上的语言统一运动。"②由于这种变革最初的动力就是面向社会现代化的"启蒙"与"救亡"思潮，而非源自文学理论学科化的自觉意识，对语言形式的自觉从最开始并不具有同一时期的俄国形式主义文学理论所追求的文学语言形式的内在自律性。这里，语言变革从根本上来说是为了完成"启蒙"或者说"新民"的目标，而确立科学性正是完成这些目标的中介，这也让我们在现代中国文学理论的科学性追求中始终能够见到人、社会和历史，而没有像西方一些科学主义文论那样渐渐失去了对人和世界的关注。

因此，在以"新民"为核心的理论思路下，早期文学理论家中用白话写作的一派，其阐释并不追求理论的精深，而是追求最大程度的通俗易懂。在写作《文学常识》的时候，傅东华说：

> 方今新文学渐入建设的时代，自当以改变社会的文学观念为要图，故年来也曾把西洋讨论文学原理的著作介绍一二，但觉与我们一般社会的程度相差尚远，未必都能受用，这才感到文学常识的灌输方是首务——就是我写这本小册子的动机了。③

在这里，科学性与社会启蒙之间既存在着共振，又存在着张力。一方面，白话的文学理论使得概念本身由日常的口语中的词素组成，命题由日常的口语来阐释，这样，概念与命题的明晰性和普遍性便被强化了；从科学研究必须尽量减少个人主观随意性以实现客观普遍性的角度来看，这与科学精神之间有着契合性。另一方面，白话文论又要求文论本身要明白如

① 张向东：《语言变革与现代文学的发生》，人民文学出版社 2010 年版，第 12 页。
② 刘进才：《语言运动与中国现代文学》，中华书局 2007 年版，第 14 页。
③ 傅东华：《文学常识》，商务印书馆 1927 年版，第 1 页。

话，通俗易懂，这样，其科学性追求便不得不在与启蒙的复杂矛盾中谋求自身的展开；在此意义上，科学研究本身往往因现实的启蒙性价值所需而无暇或无意于真理性价值的展开，这两种价值并非始终是统一的，因此白话的启蒙性质的文学理论虽然具备一定层面的科学性，却又大大限制了文论的深入探索，因为更加独特的、深奥的理论探索有违于理论明晰性和普遍性的实现，有违于启蒙效果的最大化，也与急迫的救亡现实不合拍，因而显得过于浅易与平面化。

语言形式自觉的悖论性，还体现在中国白话文学理论与西方文学理论的关系上。钱中文曾提出，文学理论的现代化"主要表现在文学理论自身的科学化，使文学理论走向自身，走向自律，获得自主性"。[①]从我国早期的文论建构来看，我国文学理论的学科"自觉"，其最初确乎指涉一种"如西方一样的学科独立性"。在《论新学语之输入》中，王国维曾以科学性与实践性的对立来说明西方思想与中国思想之间的区别，他指出，"西洋人之特质，思辨的也，科学的也，长于抽象而精于分类；对世界一切有形无形之事物，无往而不用综括（Cenerafization）及分析（Specification）之二法"；而"吾国人之所长，宁在于实践之方面，而于理论之方面则以具体的知识为满足"，因此我国"有文学而无文法"[②]。文法之意虽有多方面含义，但在这里，确立文法无疑是文学理论确立自己作为一个学科独立地位、获得自觉意识的关键所在。这种论述的逻辑暗含着一种"他者意识"，即这种文论上的自觉意识产生于对西方的参照。所谓学科自觉，所谓科学性，首先便呈现为一种在对西方的模仿中获得的相似性。

这种对"相似性"的追求也是"语言革命"的题中之义，因为白话文形式在某种程度上正意味着与西方语言形式接轨的可能性。中国20世纪初发生在语言领域的变革本身就不完全是要用中国内生的俗语白话来写作，而是要创造一种"超于说话的白话文，有创造精神的白话文，与西洋文同流的白话文"[③]。换言之，对白话的重视并不只是缘于白话拥有最广泛的普遍性，还是由于它游离于传统的文学批评体系之外，受传统观念的影

---

① 钱中文：《文学理论现代性问题》，《文学评论》1999年第2期。
② 王国维：《论新学语之输入》，周锡山编：《王国维文学美学论著集》，北岳文艺出版社1987年版，第111—112页。
③ 傅斯年：《怎样做白话文》，《新潮》1919年第1卷第2号。

响最小，而且其语言结构更为自由，在形式上更易于用来译介和承载西方观念。胡适讲"先要做到文字体裁的大解放，方才可以用来做新思想新精神的运输品"①，正是看到了白话的这一特征。白话由于受传统观念和文言文法的影响最小，便出现了有别于传统文言系统的现代语言独立的可能，文学理论便也因此有了观念自觉的形式基础，白话为新的文学观念和科学化的文学理论体系的产生提供了思维方式和表达形式。

也正是由于白话文的这种游离于中国传统观念和文法之外的特性，它在一定程度上成了西学译介的载体，或者说，翻译文本身构成了现代白话的一部分，欧化的语法、日语和英语的术语资源等一并参与到了早期文学理论的构建之中。在这种意义上讲，白话文学理论一方面既使我国文论在学习借鉴西方文论的论证的逻辑性、概念的明晰性、观念的体系性上有了长足的发展，另一方面，白话背后的"新民"使命，又使彼时我国文学理论追求的实际上是一种有别于西方现代科学主义意义上的科学性，而逐渐在生成一种独特的人文科学的科学性。

这种独特的科学性本质上形成于话语形式和现代性的张力关系之中。纵观思想史，几乎每当现代性成为诉求，思想界对语言形式的兴趣就被激活；反之，语言形式上的创新又总能启发某种现代意识：无论是文艺复兴中的变拉丁语为欧洲俗语以及宗教改革运动中的《圣经》翻译，还是启蒙时代以小说为核心的文学形式革新，抑或是 1917 年左右几乎与中国新文化运动同步的俄国形式主义学派兴起……我国 20 世纪初期的思想家亦坚持以"白话"形式为西方的和科学的书写方式，或者说白话作为一种新兴的形式，其本身即意味着与西方、科学、理性乃至启蒙之间的天然契合，而凡是文言的，则在此意义上被认为无法有效地承载科学精神。李长之曾极力主张文学理论要用白话文来书写，并且将一切与文学有关的观念落实在现代的白话语言上，他认为"凡是不能用语言表达的，就是根本没弄明白，凡是不能用现代语言表达的，就是没能运用现代人的眼光去弄明白"②。这里，语言形式似乎与"弄明白"所代表的科学明晰性和"现代人的眼光"中所包含的现代性之间有了本质的联系。一种思想是否是使用现

① 胡适:《尝试集·自序》，欧阳哲生编:《胡适文集（9）》，北京大学出版社 1998 年版，第 82 页。
② 李长之:《李长之文集》第 1 卷，河北教育出版社 2006 年版，第 240 页。

代白话文来表达的，在这里被提高到作为检验其是否具有科学性和现代性的标准而得到讨论。就是说，文学理论现代性、科学性的基础亦在于这种现代语言在文化思想现代性建设中所扮演的工具性角色。

我们甚至可以认为，文字作为思想的载体，一经变化，那么思想也会随之发生变化。进而，我们可以把思想革新的可能性赋魅到语言形式中，并认为"'五四'文学革命以反对文言文、提倡白话文开始，白话不仅是为了启蒙和普及所采用的一种手段，而是上升为正宗的文学语言和新文学的鲜明标志；这不仅是表达工具的革新，而且也是创作的思维方式的重大变革"①。由此，"作为现代思想载体的白话文"和"本身即具有科学性的白话文"两个判断之间具有了深刻的内在关联性。前者包含了一种历史的眼光，即白话文从历史上来看，与传统的文言书写方式保持着距离，因而较少地受到传统的影响，也就因此更容易承载新思想、新观念。后者则为"白话"赋予一种超历史特质，象征着西方的欧式话语模式，象征着由西方话语模式承载着的科学的逻辑性、明晰性和普遍性；这种象征性甚至在形式上具有了"模拟"的特征，也就是说它试图直接以语言的相似性为中介来实现与西方在科学观念、科学方法、科学精神上的相似性。

这种注重在语言表达形式上达到与西方的某种相似性的追求，在现代化初期便引起了一些学者的警惕。梁启超曾提醒，"革命者，当革其精神，非革其形式"②。几乎同一时期的"文学进化论"，更具体地从精神内涵的角度向革新者们提出了这样的追问。

第二节　文学进化论与文学理论科学性

任何一种有关事物发展变化的理论，只要它与绝对静止的永恒观念和"回归性"的宗教时间意识相对立，坚持一种指向无限未来的、不断流逝的线性时间，并认为种种事物在这一无限流逝中必将一并向前发展，都可以在广义上称为"进化论"。换言之，只要是以现代性的时间观念为内在

---

① 王瑶：《中国现代文学史的起讫时间问题》，《中国社会科学》1986 年第 5 期。
② 梁启超：《饮冰室诗话》，《饮冰室合集·文集之四十五上》，中华书局 1989 年版，第 41 页。

法则的目的论，都可以称作"进化论"。达尔文的进化论并不因其中有关于事物向前进化的观念而著名，因为这是所有现代性理论的共性，就拿黑格尔有关艺术、宗教、哲学三者演进的判断来说，它也是一种"进化论"的思想。达尔文思想的特性在于强调进化要依循"自然选择"或"适者生存"的法则，正是这套法则在我国现代化的起始阶段与中国思想家们产生了共鸣。

我国的思想家们当时并不完全了解进化论的生物学内涵，但是他们已经先后意识到了进化论在社会学上的意义。黄遵宪在 19 世纪末即提出"三世说"，并认为"挽近之世，弱肉强食"[①]。同一时期，严复在《原强》一文中阐释《物种起源》的思想内涵时便指出了"适者生存"的社会学意义，将其放在世界范围内民族和国家生存竞争的意义上来谈：

> 所谓争自存者，谓民物之于世也，樊然并生，同享天地自然之利。与接为构，民民物物，各争有以自存。其始也，种与种争，及其成群成国，则群与群争，国与国争。而弱者当为强肉，愚者当为智役焉。[②]

严复做此论时正值 1895 年，此时他已经把生物学意义上的进化论阐释成了一种社会达尔文主义，而后他在译介《天演论》时也有意识地将其中的温和的人文主义文明进步论转化为生存竞争论。这正如胡适所指出的，当时的思想家"能了解的只是那'优胜劣败'的公式在国际政治上的意义。在中国屡次战败之后，在庚子辛丑大耻辱之后，这个'优胜劣败，适者生存'的公式确是一种当头棒喝，给了无数人一种绝大的刺激"[③]。说到底，进化论对于我国的现代性建设来说，是一套有关社会价值选择与民族国家生存之间关系的法则，当"学技术""学制度"的洋务运动和维新变法失败后，我国知识界认识到，中西的根本差异存在于思想意识层面，因此在思想理论现代化的初期，由政治学、社会学、哲学、文学、历史等多个领域的话语构成的多元语境中，最能恰切地契合语境的学说就被理解为能帮助国人从思想意识和精神理念上灌输"适者生存"的理论。

---

① 黄遵宪:《日本国志》卷二十，上海图书集成印书局 1898 年版，第 47 页。
② 严复:《原强》,《严复集》第 1 册，中华书局 1986 年版，第 5 页。
③ 胡适:《四十自述》，欧阳哲生编: :《胡适文集（1）》，北京大学出版社 1998 年版，第 70 页。

"适者生存"本不是一个有关精神的法则，在达尔文的进化论中，它是一个有关生物体"结构"与生存"环境"之间交互关系的法则。达尔文在《物种起源》中指出环境变化可以使生物产生定向或非定向的变异，而他通过对家养动物的观察又发现，有利于个体适应环境的器官进化和退化将通过促进个体存活和繁殖而进入遗传过程[①]，"自然选择""适者生存"在达尔文那里因此是一个纯粹物质世界的、被动性的、长时间区间的选择法则，是一个有关"选择"和"环境"的理论。

我国的思想家们对进化论的强调实际上是一种理论再阐释。从"选择"上来看，他们将物质世界的法则拓展到了精神世界，将其中的被动性选择转化为主动性选择，将选择的时间区间进行压缩并使之历史化。陈独秀将进化论拓展到了世界的根本规律的高度："自宇宙之根本大法言之，森罗万象，无日不在演进之途，万无保守现状之理。"[②] 由于进化论是"宇宙根本大法"，那么精神意识自然也要遵循进化论，他对生物进化论的适用范围做了几乎无限的扩大。胡适认为："文学者，随时代而变迁者也。一时代有一时代之文学。"从这一"文学进化论"出发，他找到了批判传统文学和守旧观念的立足点，并指出"吾辈以历史进化之眼光观之，决不可谓古人之文学皆胜于今人也"。他进一步认为白话的文学是符合时代环境的，"今世历史进化的眼光观之，则白话文学之为中国文学之正宗，又为将来文学必用之利器，可断言也"[③]，因此坚持白话文学才能做到精神领域的适者生存。胡适以"文学"来作为进化论的论题，并认为在社会领域中，精神结构是选择和生存的原则之一。

根据生物进化论的原则，生物体的形态是不能自主选择的，它是一种被动的自然生成；而文学进化论在将之挪用再阐释的过程中将这种"自然选择"变成"人为选择"，这就将进化论中"自然选择"的被动性转化为一种人文主义的主动性。文学进化论认为这种选择可以在短时间内完成，即以"文学革命"的方式实现，在短期内将文言文写作扭转为白话文写作。这就压缩了达尔文的进化论中有关长时间区间的判断。在达尔文的进化论中，他对"进化过程"（evolution process）的定位是非常谨慎的，他的理论更倾

---

① 参见［英］达尔文：《物种起源》，刘连景译，新世界出版社 2014 年版。
② 陈独秀：《敬告青年》，《青年杂志》1915 年第 1 卷第 1 号。
③ 胡适：《文学改良刍议》，《新青年》1917 年第 2 卷第 5 号。

向于一种缓慢的改变，其中"量变"要远多于"质变"。就是说，一个物种的生成和消亡都需要长期的演化，并不能以"革命"的时间观念来看待。当然，文学进化论依然在一定程度上保留了达尔文学说中的时间观念，指出虽然可以通过积极地变革在短期内实现文学演进，但是文学演进的主体需要漫长的时间来塑型，"每一类文学不是三年两载就可以发达完备的，须是从极低微的起原，慢慢的，渐渐的，进化到完全发达的地位"[1]。不过，即便承认了长时间区间的存在，胡适的时间观念仍然与达尔文不同：在达尔文那里，时间是自然时间；而在胡适这里，时间实际上被转化为社会历史的时间。自然时间是主体无法干预的，但社会历史是人类主体创造的过程，一定意义上也可以被有意识地改造，换言之，在人的历史时间中，人可以干预进化的进程，这就为发展白话文本身奠定了基础。

在早期"文学进化论"中，"环境"这一维度亦被我国的文学理论家们进行了再阐发，从自然环境转化为了社会环境。正如生物进化论中环境能够在一定程度上决定生物体的形态那样，文学进化论也强调文学形态能够被社会决定。郭沫若认为：

> 文学是社会上的一种产物，她的生存不能违背社会的基本而生存，她的发展也不能违背社会的进化而发展，所以我们可以说一句，凡是合乎社会的基本的文学方能有存在的价值，而合乎社会进化的文学方能为活的文学，进步的文学。[2]

茅盾也指出，"什么样的社会背景便会产生什么样的文学来"[3]。即便文学作品可能存在各种各样的特性，这些特性受到文学家的个人特质的影响，但从有关"环境"的进化论思想出发，理论家们还是判定在文学中"个性终究超不过共相"，文学"无时无地不受社会势力所影响，不为社会势力所约束改变"[4]。朱湘也曾指出，"古代便是载神道的文学的兴盛期，中

---

① 胡适:《文学进化观念与戏剧改良》,《新青年》1918 年第 5 卷第 4 号。
② 郭沫若:《革命与文学》,《创造月刊》第一卷第 3 期, 1926 年 5 月 16 日。
③ 茅盾:《社会背景与创作》,《小说月报》, 1921 年 7 月 10 日。
④ 俞平伯:《俞平伯全集》第 3 卷, 花山文艺出版社 1997 年版, 第 525 页。

代便是载世道的文学的，近代便是载人道的"。① 这样，一种文学形态的演化及优越性就和社会进化的方向之间建立了联系，正如在语言形式的变革中，白话文对社会现实的阐释和影响效力被拿来当作其科学性的标准那样，在对进化论的再阐释中，社会现实性再一次被当作了现代性的取舍法则。

总的来看，文学进化论实际上是将一种自然科学有关"自然适应"的学说变成了一种人文社会科学有关社会性"价值选择"的学说。换言之，它是对生物进化论的一次人文主义转化。文学进化论将理论的适用范围从"生物"拓展到了人类精神，从自然选择转化为了人类选择，将自然时间转化为了人类历史，将自然环境拓展成了人类社会，这些均是强调了在进化过程中的人的主体性地位。由于自然环境此时被转化为了一种社会性的价值语境，因此什么样的文学才是符合社会环境需要的文学就有赖于理论家们自己的价值选择。当时符合人文主义价值判定的文学即在进化论隐喻的意义上被称作"活文学"，而被判定为与人文主义价值语境不符的文学就被隐喻为"死文学"。实际上，这"活"与"死"均不是生物学意义上的生存与消亡，它们表述的不是某一文学形式或文学主题是否"存在"，而是这些形式和主题在何种程度上与社会现实环境相适应，进而是在何种程度上与人及人生有所关联。从"社会最大的罪恶莫过于摧折人的个性"② 这一人文主义的认识前提出发来判定的话，"死文学活文学的区别，不在于文字，而在于方便不方便，和能否使人发生感应去判定他"。③ 实际上，文言文学未尝不表现人生，但由于文言文学晦涩难懂，与人"发生感应"的能力较差，而白话文是鲜活的社会口语，因此便出现了一"死"一"活"两条文学道路："一条是那模仿的，沿袭的，没有生气的古文文学；一条是那自然的，活泼泼的，表现人生的白话文学。"④

这样，从属于自然科学领域的生物进化论便被再阐释为一种为人文主义思想变革赋权的价值理论。郑振铎就曾这样概括："文艺的本身原无什么新与旧之别……所谓'新'与'旧'的话，并不用为评估文艺的本身的

① 朱湘：《文以载道》，《文学闲谈》，北新书局1934年版，第54页。
② 胡适：《白话文学史》，中国画报出版社2014年版，第306—307页。
③ 周作人：《死文学与活文学》，《大公报》，1927年4月16日。
④ 胡适：《白话文学史》，中国画报出版社2014年版，第14页。

价值，乃用为指明文艺的正路的路牌。"①这一正路就是人文主义。说到底，"文学的进化"主要是一种价值选择上的隐喻，并不像生物进化那样在过去与现在之间存在以时间先后为尺度的区别。换言之，如果不是讨论价值选择问题，新文学／旧文学、活文学／死文学本身也许并没有本质的差别。胡适自己也承认，在"活文学"和"死文学"之间并不存在绝对的差异，"文学史与他种史同具一古今不断之迹，其承前启后之关系，最难截断"②，新的"活文学"也将带有旧的"死文学"身上的一些痕迹，真正能将它们区分开的只能是主体在其中的参与程度，尤其是主体的价值设定、价值选择维度，这是文学进化论的核心所在。

文学进化论将人文主义定为价值选择的尺度，这一尺度更主要的是在国家与民族的宏观层面上来讨论的。在当时的社会语境下，价值选择的尺度是多元的，人文主义只是所有这些尺度的一个总的特征。胡适认为，"国家话语、精英话语及民间话语，这三种话语是文学经典的选择者和确立者"③。在文学进化论涉及的三种话语中，最核心的是国家话语：

> 今日吾国之急需，不在新奇之学说，高深之哲理，而在所以求学论事观物经国之术。以吾所见言之，有三术焉，皆起死之神丹也：一曰归纳的理论，二曰历史的眼光，三曰进化的观念。④

需要"进化的观念"正如需要科学归纳法和历史的眼光一样，最终目的都是为了"经国"。正所谓"国人之自觉至，个性张，沙聚之邦，由是转为人国。人国既建，乃始雄厉无前，屹然独见于天下"⑤。在这个意义上讲，文学进化论的人文主义尺度是超越个人的，是集体性的，追求共相、共识与普遍性，只有从国家与民族现代化的立场出发才能理解文学进化论的深意。

文学进化论是一种以西方文艺复兴与启蒙运动的文艺发展史为依据的

---

① 郑振铎：《新与旧》，《文学》1924年第136期。
② 胡适：《通信·寄陈独秀》，《新青年》1917年第3卷第3号。
③ 胡适：《白话文学史》，安徽教育出版社2006年版，第3页。
④ 《胡适日记全编》第1卷（1914年1月25日），安徽教育出版社2001年版，第222页。
⑤ 鲁迅：《坟·文化偏至论》，《鲁迅全集》第1卷，人民文学出版社1981年版，第56—57页。

假说。胡适参照欧洲的文学发展史提出:"今日欧洲诸国之文学,在当日皆为俚语。迨诸文豪兴,始以'活文学'代拉丁之死文学。有活文学而后有言文合一之国语也。"① 表面上来看,文学进化论是相对"客观的",即便它是人文主义的,是一种有关人的文学价值选择的学说,它也强调存在一个相对客观的尺度,即是否能够为大多数人所接受,且主要呈现为一种国家话语。实际上,白话文学并不是因为它已经被大多数人接受而具有先进性,它的先进性在于它有被大多数人接受的潜质,因为它是一种言文合一的文体。这为白话文学作为一种俗文学提供了接受的可能性,这种被接受的可能性同时又是人文主义实现的标志。

文学进化论推崇白话文学是因为白话文学的代表是"俗"文学,而俗文学的读者是大众。俗文学"产生于大众之中,为大众而写作,表现着中国过去最大多数的人民的痛苦和呼吁,欢愉和烦闷,恋爱的享受和别离的愁叹,生活压迫的反响,以及对于政治黑暗的抗争",俗文学还"表现着另一个社会,另一种人生,另一方面的中国,和正统文学、贵族文学、为帝王所养活着的许多文人学士们所写作的东西里所表现的不同。只有在这里,才能看出真正的中国人民的发展、生活和情绪。中国妇女们的心情,也只有在这里才能大胆地、称心地不伪饰地倾吐着"。② 由于俗文学被视为真正地代表了大众的思想,因此俗文学与人文精神的实现之间便产生了联系。正是由于俗文学是用白话文写作的,在一定程度上又正是由于白话文的存在,俗文学才获得了通俗易懂的性质,于是,"白话文""俗文学""现实生活"这三者和"人文主义"之间的关系就极为密切。它们在一定程度上都确保了人文主义的实现,尤其是"现实生活"这一维度确保了人文主义的具体性。这里,文学进化论的根本合法性在于它为人文思想本身赋权,它指出符合人文主义的思想才是有生命力的,只有这种思想才能帮助中国完成现代性的愿景。但是,语言的通俗并不意味着思想的通俗,而只是在形式上确保了这种思想有着最大程度的接受潜力。就是说,语言的通俗并不意味着一种思想只要用这种语言来表述就能够被接受,很多西方哲学作品即使被翻译成了白话文也很难理解便是这个道理。文学进

---

① 胡适:《文学改良刍议》,《新青年》1917 年第 2 卷第 5 号。
② 郑振铎:《中国俗文学史》,上海人民出版社 2006 年版,第 28 页。

化论与语言革命论一样，把真理、思想"本身"和真理、思想的表达形式及其现实效果的内在关系做了充分的强调，但对二者之间的不同之处似乎并没有给予足够的关注或必要的展开。

在我国早期的文论建设中，有关文学发展变化规律的理论，还存在着以不同于进化论的理论基础为出发点的发展观。黄侃从对传统文学观的研究出发，认为文学变革不应盲目求新，而应"师古"，所谓"常语趋新，文章循旧"①。黄侃认为，文学中的个人风格是多变的，但是所有这些带有个人风格的作品都遵循同样的文学规律，正是在这种规律性中，文学的变革才不至于沦为流俗。他说：

> 文有可变革者，有不可变革者。可变革者，遣辞捶字，宅句安章，随手之变，人各不同。不可变革者，规矩法律是也，虽历千载，而粲然如新，由之则成文，不由之而师心自用，苟作聪明，虽或要誉一时，徒党猥盛，曾不转瞬而为人唾弃矣。……通变之道惟在师古，所谓变者，变世俗之文，非变古昔之法也。……究之美自我成，术由前授，以此求新，人不厌其新，以此率旧，人不厌其旧。②

这种"师古"的观念实并不是一种简单的复古倒退，而是将文学发展的动力放在了对文学规律的研究之上。郭绍虞就提出这种研究"求新于俗尚之中的新变，说明了通变的方法……通变认清了文学的任务，认识了文学的本质，所以复古的主张反能成为革新"。③这种文学发展观的优长在于它观照了中国的文学传统，将文学的发展进行了历史化，它表明文学的发展实则是对过去历史的延伸。虽然文学进化论也强调历史，但它是从"适者生存"的角度出发，认为不能适应新环境的文学观点都应该被抛弃，因而它本质上是用一种文学与历史现实相适应的方式抹去了文学的历史深度与连贯性，忽视了社会环境本身的历史性以及文学历史与社会环境历史之间的互动关系，历史在这里呈现为某种断裂性，带有明显的自然进化论关

---

① 黄侃：《黄侃日记》，中华书局 2007 年版，第 203 页。
② 黄侃：《黄侃文学史讲义》，当代世界出版社 2017 年版，第 102—103 页。
③ 转引自何懿：《"通变"论》，杨明照主编：《文心雕龙学综览》，上海书店出版社 1995 年版，第 123 页。

于物种与环境关系的新旧之变的意味。

不过，以黄侃的"师古"观念为代表的发展观，主张延续前代的文学思想精粹是文学发展的动力，因而不能解决如何将西方人文主义、启蒙观念融入中国文学观念体系的问题。它在思想内涵和价值取向上完全是中国传统的，采取了一种前现代的静态历史观，没有考虑到中国社会语境的新变，面对启蒙救亡的紧迫现实，这种文学发展观就在一定程度上失去了生命力和影响力。文学进化论则表明，发展是为了适应新的环境，这种环境与传统文学文化所处的社会语境不同。文学和社会环境之间的关系并不是简单地社会环境"选择"文学、文学去"适应"社会环境，文学作为社会思想的一部分同样也形塑着社会环境，这也正是通过文学来实现启蒙救亡的意义与可能所在。文学与其社会环境之间存在的深刻互动关系，远比生物进化论意义上的"选择"和"适应"要复杂得多。

文学进化论重视文学与现实环境的互动关系，重视探寻文学发展规律，重视文学与人的内在关系，这种提问和致思方式无疑受益于自然科学的进化论思想，是借科学理论为人文思想赋权。换句话说，它是从科学角度论证人文价值选择，从而将科学与人文结合起来，虽然难免生硬、抽象，但历史表明，人文的价值与力量需要科学的支撑，这种结合的努力对中国文学理论现代性的生成具有重要意义。

第三节　学科系统化与文学理论科学性

除了语言上的白话化、思想观念上的文学进化论倾向之外，在总体的论说形式上，文学理论作为一个学科开始谋求自身的独立性和表达逻辑的系统性。此时的文学理论建设开始从"诗文评"转向系统的"论文"形式，追求一种科学化的话语形式过渡，而这种学科话语的系统性追求又渗透着深刻的人文启蒙价值性诉求。有学者认为：

> 文章学本不应属于文艺理论的范畴，只因中国历来重视文章作法，讲究修辞，把作文当作神圣的事业，甚至有文章乃"经国之大

业，不朽之盛事"的说法，所以，中国文章学的地位很高，几乎达到混淆文艺学和掩盖文艺学的地步。……中国文章学滥觞于先秦，成形于汉代，至《文心雕龙》集大成，此后历久不衰，绵延不断。[①]

这种说法从另一个侧面肯定了文章学和现代文学理论 / 文艺理论之间的区别与联系。文艺理论学科本身是一种既入乎文学之内，又出乎文学之外的写作方式，它既涉及文学的技巧，又涉及对贯穿在文学之中的各种观念的研究。虽然文章学往往只能入乎文学之内，对文学的技巧进行分析，并不涉及文学中贯穿的各种政治的、哲学的、历史的观念，但是如果文章学已然将文章视为"经国之大业，不朽之盛事"，就表明文章学实际上已经有了现代文艺理论的雏形。这种在文章学中强调经国之用的做法，在晚清及民国初年的"诗文评"的演化中越来越明显。

传统的"诗文评"实则并不完全与现代文艺理论格格不入，在晚清及民国初年的"诗文评"中已出现了现代性的转型，从个人情趣走向社会、人生关切，走出诗文的内部，打开了文学研究更大的世界和更复杂的多维关系，从而与现代文学理论有了某种近似性。吴宓在《空轩诗话》中就以讨论诗歌为起点，将自己的话题延伸到了国家与社会的现状，一改传统诗话的个人化倾向。他谈道：

> 国于天地，惟恃民德，无之则虽富亦贫，虽强亦弱。而道德者无分公私，无间中外，首在重义轻利。……吾中国人素乏宗教、美术，而重利禄，好货财。所谓处世，实即自私。偶或好名，实亦图利。海通以后，未能窥知西洋文化生活之精深本源，但慕其物质经济之强盛，采其重功逐利之学说，于是增长恶风，变本加厉。[②]

这种评述实际上已经超出了"诗文评"体裁的论域，变成了社会评论。当时大量的"诗文评"作品都发生了与此相似的变化。林庚白在《子楼诗词话》中说：

---

① 毛庆其：《民国初年的文章学和文范》，《暨南学报（哲学社会科学）》1990 年第 2 期。
② 吴宓：《空轩诗话》，张寅彭编：《民国诗话丛编（六）》，上海书店出版社 2002 年版，第 72 页。

歌咏所发，性情胥见，此间于中外古今而皆然。中华民族富于惰性，故标榜清高，企求逸豫，虽在贤哲，犹所不免。其隐为民族性之翳者，盖深且远。诗词中举例，尤难更仆。唐之韩昌黎，宋之苏东坡，皆以名臣而兼诗人。然昌黎有句云："断送一生惟有酒，寻思百计不如闲。"东坡有句云："惟愿孩儿愚且鲁，无灾无难到公卿。"其委心任运之意绪，盎然字里行间。宜数千年以来，影响于智识阶级之心理而不自觉。民族性之日堕，固有由矣。①

他借论诗歌的思想性，将话题拓展到了民族性中的惰性成分上，诗歌在这种"诗文评"中只是一个引子而已，实际上不需要借助诗歌，作者也可以说同样的话。梁启超在《饮冰室诗话》中专论变法中的诗歌，更是将这种做法发展到了极致。如果说在林庚白等人的"诗文评"中，借诗词论国事还是一种借题发挥的话，那么在梁启超那里，则直接在"诗文评"的选材取向上将审美标准或者个人趣味转化为了社会标准。

同时，"诗文评"此时也大大拓展和更新了自己的论说范围，从论诗词、文章发展到了总论作为一种思想形式的"文学"，形成了"大文学"观：

民国时期出现了一种新的话体文学批评体式——"文学话"。所谓"文学话"，是综论或不分文体地论述"文学"的一种话体批评方式。该批评方式与古代"文话"有很多相似、相通或承续之处，在其漫谈、散议的基本品格中依然可见传统"文话"的余绪。②

这一时期兴起的一系列有关《文心雕龙》《诗品》的研究都是"文学话"的组成部分。这些所谓的"文学话"介于传统"诗文评"和采用西式论文形式的文学研究之间。它们一方面将对"诗""文"的研究归纳在一起并以"文学"的眼光来看待，另一方面又对"文学"施以传统"诗文

---

① 林庚白：《孑楼诗词话》，张寅彭编：《民国诗话丛编（六）》，上海书店出版社 2002 年版，第 115 页。

② 黄念然：《朱光潜与民国"文学话"的创构——以〈谈美〉和〈谈文学〉为例》，《中山大学学报（社会科学版）》2018 年第 3 期。

评"中常常采用的研究方法。这些研究往往将"文学"视为一个独立的学科，大多在广义上将对社会、人生等诸多问题的论述也算在文学之内，并从"大文学"观的角度对其加以论说，其实已经非常接近后来的现代文学理论。

这种"大文学"观，可以追溯到1904年林传甲所作的《中国文学史》，该书较早地表现了将文字著述总称为"文学"并作为一个学科的理论思维。这一时期的"大文学"观有两个维度。

其一是将"文"的外延和内涵分别加以扩大，区分广义的和狭义的两种文学。姚永朴在《文学研究法》中即做出了这种区分：广义的文学是指"先儒谓凡言语、威仪、事业之著于外者皆是"，狭义的文学是指"集部遂专为历代文章之总汇"。[①] 在姚永朴看来，广义的文学是有关修饰性的学问，研究作为"纹"之意的"文"；而狭义的"文学"则指个人创作的作品。今天看来，他所说的狭义文学仍然是"大文学"。马宗霍的《文学概论》也采取了广义和狭义的区分方式，但开始在文学性质方面有所界定：

> 文学有二义焉，一则统包字意，凡由字母发为记载，可以写录，号称书籍者，靡不为文学，是为广义。一则专为述作之殊名，惟宗主情感、以娱志为归者，如诗歌、历史、传记、小说、评论等，乃足以当之，科学非其伦也，是为狭义。[②]

也有学者在区分广义和狭义的文学观的时候以"美"作为区分的依据，如沈天葆。这类论述更具有现代"文学"的意味：

> 狭义的文学，是专指美的文学而言的。所谓美的文学，论内容则情感丰富，而不必合义理，论形式则音韵铿锵，而或出于整比，可以阅诵，可以欣赏。广义的文学，是一切述作的总称。用以会通众心，互纳群想，表白于文章，展发"知"和"情"……[③]

---

① 姚永朴:《文学研究法》，黄山书社 1989 年版，第 15—16 页。
② 马宗霍:《文学概论》，商务印书馆 1926 年版，第 6 页。
③ 沈天葆:《文学概论》，新文化书社 1935 年版，第 5 页。

他们的具体观点或与现代文学观念不尽相符，但这种定义文学的逻辑思维是传统"诗文评"中阙如的，已经非常接近后来的文学理论的定义方式，呈现出明显的科学性特征。此外，其研究对象正是本民族的文化经典，而非外国的文学文化历史，或者说，他们是以本民族的文化经典、文化历史来定义文学，既不是以其他民族的文化经典来置换本民族的文化经典、文化历史，也不是以外来的理论观念和范畴剪裁本民族的文化历史事实。这一点颇值得当代中国文学理论建设者们重视。

其二是为"学"赋予独立的地位，将"文"与"文学"区分开来，并借由对"文"的方法规律的探求，使"文学"从一种只局限于语言文字、趣味风格等问题的研究开始演化成一种认识论。章太炎提出，"文学"就是关于"文"之"法式"的研究：

> 何以谓之文学？以有文字著于竹帛，故谓之文。论其法式，谓之文学。凡文理、文字、文辞皆谓之文。①

这里将所有对"文"的研究类、评论类著作做了单独分类，将这种"论其法式"的著作称作"文学"，它们的研究对象是"有文字著于竹帛，故谓之文"的广义之"文"，涵盖范围极广。这里，"文学"作为对"法式"的研究，意味着对规律的强调，即对"文"的研究不能仅限于个人印象，必须从普遍性、系统性出发来对"文"进行具有相对客观性的研究并认识对象的规律性，具有了科学的认识论的意味。在此基础上，学者们对"文"本身的法度规律的研究又进一步，试图上升到整个人文学科乃至世界普遍规律的高度。王国维在做《红楼梦》研究的时候即主张一种新的研究方式，他说这种研究方式是"哲学的也，宇宙的也，文学的也"②。"哲学""宇宙""文学"并置，意味着对作品的研究要同时具备哲学的形式与深度、世界范围的普遍性和对文学本身独特性的观照。这就使文学研究的范围和对象初步达到了现代文学理论的层次。

不过，当时的理论家在论述和建构具体"法式"的过程中尚未走出

---

① 章太炎：《章太炎全集·演讲集》（上），上海人民出版社 2015 年版，第 32 页。
② 王国维：《红楼梦评论》，周锡山编：《王国维文学美学论著集》，北岳文艺出版社 1987 年版，第 10 页。

传统"诗文评"的范畴体系，此时他们所作的仍是一种"文学话体"的评论，而不是现代意义上的文学理论建构。尽管黄侃等学者也非常强调体系性：

> 夫所谓学者，有系统条理，而可以因简驭繁之法也。明其理而得其法，虽字不能遍识，义不能遍晓，亦得谓之学。不得其理与法，虽字书罗胸，亦不得名学。①

不能不说，此类论述已经有了科学思维的雏形，已经在科学化的探索中迈出了坚实的一步。但是，这种"系统条理"主要说的是将传统的范畴、研究方法和价值转化成一个体系。黄侃此论就是在"系统"的意义上来说明对经学中的"小学"进行现代意义上的研究的重要性。他认为：

> 小学必形、声、义三者同时相依，不可分离，举其一必有其二。清代小学家以声音、训诂打成一片，自王念孙始，外此则黄承吉。以文字、声音、训诂合而为一，自章太炎始，由章氏之说，文字、声韵始有系统条理之学。②

这里的"系统条理之学"实则指的是在传统学术研究的内部应有各自明确的学科体系，并将这些体系进行排列重组，以期对传统学术研究有更明晰的认识。于是，即便这种研究方法具有了现代的论说形式，但是从价值内核上来看，它们依然是传统的。同一时期，学者们对《文心雕龙》的研究也非常重视体系化，如范文澜的"两分法"、罗根泽的"三分法"、刘永济的"四分法"，都是其中比较有代表性的例子。但是，他们的问题均在于即便是拥有了系统性的分析方法和学科独立的自觉意识，由于缺乏文学观上的实质变革，这种研究只能停留在用现代的系统化方式整理讲述传统思想的层面上，未能完成从"文学话"向文学理论的飞跃。

"文学话"言说方式的存在，表明"科学的研究方法"和"科学性"

---

① 黄侃述、黄焯编：《文字声韵训诂笔记》，上海古籍出版社 1983 年版，第 2 页。
② 黄侃述、黄焯编：《文字声韵训诂笔记》，上海古籍出版社 1983 年版，第 48 页。

之间关系密切。对于后者而言，前者是基础，是初始表现，但也不能忽视二者的区别：科学性并非止于方法，科学的研究方法并不能完全表征文学理论的科学性。尽管在"文学话"那里，学者们通过对传统文学的体系化梳理使文学研究在一定程度上走出了传统研究模式的框架，并促进了文学理论的学科独立。但是实际上，这种研究方法尚不能增加任何科学性的知识，它只不过是用一种相对西化的模式将我国的传统文学观念"重述"了一遍。郭绍虞自己即说，"当时人的治学态度，大都受西学影响，懂得一些科学方法，能把旧学讲得系统化"。[①]章太炎也说，"汉学考证，则科学之先驱"[②]。这都表明在寻求文学理论科学性的初始阶段，虽然学者们能够学习借鉴新的研究方法，但是它们都还保留着传统的观念内核，形式上的现代化、科学化并不意味着思想实质的现代化、科学化。这就如同严密的逻辑学尽管能够使知识话语条理清晰，但它只能梳理认识而不能提供知识一样，此时文学理论系统化的表述形式只能强化认识，使认识明晰起来，却并不能改变它的思想实质。可见，一种前现代的文学观念亦可被施与现代的论说方式。

我国早期的现代文学理论建设对系统、体系的追求意在使对文学的研究科学化，但它的实质指向却是与"启蒙"的人文价值融为一体的。虽然这一时期的思想家在民族现代化的语境中认为系统性和体系化代表着科学，提出"有系统之真智识，叫做科学；可以教人求得有系统之真智识的方法，叫做科学精神"[③]，并在此意义上崇尚科学，主张在民族精神中确立科学精神的一席之地，但是，这种说法的提出并不是针对我国传统"诗文评"难以提供科学之"真"，而是针对传统"诗文评"缺乏体系、难以普及这一弊端。当代有学者比较传统"诗文评"与现代文学理论的差异时指出：

> 古典形态的"诗文评"和现代形态的文艺学学术范型不同的最根本表现就是哲学基础的不同。就中国而言，中国古代"诗文评"的

---

① 郭绍虞：《我怎样研究中国文学批评史的》，《书林》1980 年第 1 期。
② 章太炎：《自述学术次第》，《章太炎学术史论集》，中国社会科学出版社 1997 年版，第 392 页。
③ 梁启超：《科学精神与东西文化》，《饮冰室文集》（第十四册），中华书局 1941 年版，第 3 页。

哲学基础是中国古代以"善"为核心的伦理哲学，这和西方有很大不同。西方古代像柏拉图、亚里士多德等人追求的核心是"真"……在这个哲学基础上，西方的美学、文艺理论等也是以"真"为追求目标，讲求如何真实地把握"自然"。①

当时的思想家们之所以对"诗文评"进行改革，主要就是因为"诗文评"的"文以载道"的传统承载着的封建伦理道德，不但没有启蒙的功能，而且是启蒙所要革除之物；同时，"诗文评"既然不以求"真"为目的，自然就无法提供关于文艺的真知识，无法打破人们的蒙昧状态，无法达成启蒙的目标。一如朱希祖所批判的：

> 吾国之论文学者，往往以文字为准，骈散有争，文辞有争，皆不离乎此域；而文学之所以与他学科并立，具有独立之资格，极深之基础，与其巨大之作用，美妙之精神，则置而不论。故文学之观念，往往浑而不析，偏而不全。②

传统论说方式因为既没有将"文学"独立出来，又不能将"文学"内部的人文精神阐释清楚，因其不"真"故而不利于启蒙。崇尚科学实则是"因为羡慕西洋文艺思潮底眉目清楚，有条有理，使读者容易把握历代文艺底精神"。③如此，文学理论的科学性就不单纯是理论的逻辑系统性，尤其不是旧思想的系统性，而是从根本的意义上在于具有启蒙意义的新思想能以科学真理的光明照亮人们内心黑暗的蒙昧世界，带来人们思想的觉醒。也就是说，文学理论学科话语系统性需要能够与新的现代的文学思想结合起来，成为其论证与表达方式，能够实现关于文学存在本身及其演化规律的知识增长，甚至达到对文学未来可能性的预测与价值设定，这样，其科学性才能更充分地敞露出来。在当时，文学进化论在一定程度上是具有此种意义和功能的。

---

① 杜书瀛：《从"诗文评"到"文艺学"——论"中国 20 世纪文艺学学术史"》，《马克思主义美学研究》2010 年第 1 期。

② 朱希祖：《文学论》，《北京大学月刊》，1919 年 1 月。

③ 参见朱维之：《中国文艺思潮史略》，上海开明书店 1946 年版，"自序"。

　　早期文学理论家们对"科学"有两种不同的定义。一种定义是偏重于启蒙性。李长之提出一种"新文艺批评",主张"著述须有课题,有结构,有系统,有普遍妥当的原理原则"①,即"脱离了中国传统的,印象式的,片段的批评,而入于近乎西洋的(质言之,就是受了西洋的文学观念之影响的),体系的,成其为论文的批评言"②。黄侃也认为,"所谓科学方法:一曰不忽细微。一曰善于解剖。一曰必有证据"③。"不忽细微"是指治学严谨,体系构建完整;"善于解剖"是指要避免空谈感受,要注重分析和论证;"必有证据"是指论据和论证相配合的西方论文方式。这种"科学方法"的含义非常近似于德语中的"科学",也即"Wissenschaft"一词的意义。它是指一种理性的、追求普遍性和体系性的研究方法,不同于英语中"Science"一词偏于指涉自然科学,甚至包含有科学主义的倾向。在后者的意义上,人文学科只能在其研究方法应用了自然科学的数学形式、客观取证等方法的时候才能被称作"科学";而在前者的意义上,只要论证严密,有一定体系,且理性地遵循一定的普遍性方法,这种论证就能被称为科学。这种主张的主要意图是通过"眉目清楚""有条有理",使广大民众"容易把握历代文艺的精神"。它并非单纯为了"求真",更是为了让文学思想、文学知识易于传播和积累。当然,离开新思想、新知识,也便失去了传播的意义和启蒙的可能,因此,"求真"的追求是题中应有之义,是内在于启蒙价值之中的。梁启超在研究儒家哲学的时候也谈到科学性问题,他认为儒家学说"以人作本位,以自己环境作出发点,比较近于科学精神,至少可以说不违反科学精神"④。就是说,重视"人",并以"环境"为有关"人"的理论提供客观性,这便具有了科学精神。可见,在当时的语境下,科学性确实与以人文精神为核心的启蒙性有着密切的关系,而这恰恰是后世理解科学时所缺失的。

　　另一种更倾向于自然科学的客观性的"科学"定义,则如陈独秀所指出的那样:

---

① 李长之:《李长之文集》第 3 卷,河北教育出版社 2006 年版,第 153 页。
② 李长之:《李长之文集》第 3 卷,河北教育出版社 2006 年版,第 514 页。
③ 黄侃:《论治学》,《量守庐论学札记》,王庆元整理,《人文论丛(1999 年卷)》,武汉大学出版社 1999 年版,第 6 页。
④ 梁启超:《梁启超论儒家哲学》,商务印书馆 2012 年版,第 12—13 页。

科学有广狭二义：狭义的是指自然科学而言，广义的是指社会科学而言，社会科学是拿研究自然科学的方法，用在一切社会人事的学问上……凡用自然科学方法来研究、说明的都算是科学。①

虽然陈独秀在论述中区分了"自然科学"与"社会科学"，但是他对"社会科学"的解释却强调只有那些应用了自然科学方法的研究才能算作科学。这种科学的定义非常接近英语中的"Science"。我国的"赛先生"虽然译自英语中的"Science"一词，但是其实际意义却溢出了该词，不应只从单一维度来理解。

早期现代文学理论中用自然科学的方法研究文学，实际上大多仅流于一种形式上的模仿。陈穆如在《当代学术入门：文学理论》一书中提出：

构成文学的要素的也不外下面的一个公式就是："文学＝艺术（思想×感情）/文字"。那就是说：我们有了艺术化的思想与艺术化的感情相融合，拿文字去表现出来就可以称为文学……再具体的讲，文字是艺术地表现思想和感情的文字。②

这一定义中的等号、乘号等符号实际上都只能做比喻式的理解，相等并不是真正意义上的数量相等，而相乘相除也与数量没有关系。严格地来看，这些数学符号在定义中只表示这些要素的性质在逻辑上具有关联，以及它们在文学定义中所处的重要性层级，因此该"公式"完全是一种定性的描述，而不是数学上的量化关系。这种"自然科学"的研究方法于是也只能是一种对"数学"的模仿，数学的形式并未给文学理论带来如数学一样的严密性和客观性，相反，由于不通过文字解释读者便无法理解这一公式的具体含义是什么，它实际上还在理论中造成了不必要的含混。这样的失误在文学理论的后来发展中也还常常出现。

这种简单机械地将自然科学方法用于文学研究的办法，忽略了文学及

---

① 陈独秀：《新文化运动是什么》，《新青年》1920 年第 7 卷第 5 号。
② 陈穆如：《当代学术入门：文学理论》，上海启智书局 1930 年版，第 8—9 页。

人文学科的特殊性。不加限定、不论前提地用自然科学的研究方法来研究文学，就是认为文学理论和自然科学在本质上没有区别，同一种研究方法在自然科学中能取得成果，在文学理论中也能取得研究上的突破。老舍在自己的文学讲义中反对这种机械化，并做了更为圆融的论述："文学自然是与科学不同，我们不能把整个的一套科学方法施用在文学身上。这是不错的。但是现代治学的趋向，无论是研究什么，'科学的'这一名词不能不站在最前面的。"① 就是说，文学不是科学，只是现代的文学研究不能不考虑科学的研究方法的施用，却又不是简单地套用整套自然科学的方法。他还进一步说：

> 文学不是科学，正与宗教美学艺术论一样的有非科学所能解决之点，但是从另一方面看，科学的研究方法本来不是要使文学或宗教等变为科学，而是使它们增多一些更有根据的说明，使我们多一些更清楚的了解。科学的方法并不妨碍我们应用对于美学或宗教学所应有的常识的推理与精神上的经验及体会，研究文学也是如此：文学的欣赏是随着个人的爱好而不同的，但是被欣赏的条件与欣赏者的心理是可以由科学的方法而发现一些的。②

老舍的论述虽然混淆了文学和文学研究，但还是很清楚地指明科学方法（主要指自然科学研究方法）在文学研究中的价值功能，并提出其功能的限度："有非科学所能解决之点"，因此文学理论需要尊重文学自身的特点和研究主体的文学经验、体会在文学研究中的作用，以免被自然科学殖民。

另外，吴宓等学者认为，文学作为一种人文学科包含有太多的个人主观性和个性成分，文学研究无法像自然科学一样寻找研究对象之规律，因而科学面对文学无用武之地：

---

① 老舍：《文学概论讲义》，《老舍全集》第 16 卷，人民文学出版社 2013 年版，第 4 页。
② 老舍：《文学概论讲义》，《老舍全集》第 16 卷，人民文学出版社 2013 年版，第 38 页。

以学问言之，物质科学以积累而成，故其发达也循直线以进，愈久愈详，愈晚出愈精妙。然人事之学，如历史、政治、文章、美术等，则或系于社会之实境，或由于个人之天才，其发达也，无一定之轨辙。①

从文学等人文科学的独特性出发来看问题是可取的，意识到文学的科学化和物理学、数学的科学化有所不同也是一种进步，但是这些反思和批判的意见又大都呈现出一种认为文学研究和自然科学截然不同、不可能获得客观性和规律性的认识的倾向。无论是认为文学的科学化就是要通过条理清晰来使文学研究更容易被理解，还是认为文学个性太强而无法被规律性地认识，都在一定程度上走上了非此即彼的道路。文学理论确实无法如自然科学的理论一样具有全然客观的规律性，但是文学理论却可以追求相对的客观性和普遍性。这种相对的客观性和普遍性既可见于对文学内部的规律和形式的揭示，又可见于对文学与作为其思想来源的社会现实之间的关系的阐释。

第四节　新范畴构建与文学理论科学性

如果说在早期"文学话"形态的文学研究中，论者由于在体系的建构上仍然保留着传统的范畴体系而导致这些理论建构更多是将传统学术思想体系化，还缺乏思想观念的根本科学性变革的话，那么用西方文学理论和哲学范畴进行的理论范畴体系建构，就具有了新的思想启蒙、思想革命的意义。因为范畴作为认识的纽结，新范畴便意味着新思想的出现。这些新范畴本质上并不是对我国已有文学传统的新认识，而是一种对我国未来的文学走向的应然式预测或者价值期待。这些新范畴无疑承载着对文学的新的认知，一种在新的学科体系框架内关于文学的新知。也许用后世的眼光来看，其中的某些认识已经失去了真理性，但是真理是一个过程，其在当时无疑是具有真理性、科学性的，并且是与启蒙价值融为一体的。

---

① 吴宓:《论新文化运动》,《学衡》1922 年第 4 期。

  早期文学理论的范畴建设主要是模仿性的，这期间在外国具有启蒙意义的教材的引入对文论建设产生了深远的影响。译介是这一时期范畴体系建设的重要途径。章锡琛在 1919 年和 1924 年分别翻译了日本学者本间久雄的《新文学概论》的前后两编，汪馥泉也于 1924 年在民国日报上对这部著作进行过翻译刊登。①有学者评论说《新文学概论》"成为连接中外文论的桥梁，起着沟通中西文论的重要的中介作用；而且为中国现代文学理论直接提供了新的模式，使得中国文学理论在体系、框架、观念、范畴乃至方式方法上有了可供操作和模仿的具体对象"。②除了框架体系之外，本间久雄文论的最大贡献是使中国早期文论中出现了以"同情"为核心的文学范畴。本间久雄认为文学"通过想像及感情而诉於读者的想像及感情"③，这在一定程度上和人文主义的启蒙思想之间建立起了理论联系。无独有偶，深刻影响了本间久雄的英国学者温彻斯特的《文学批评之原理》作为同一时期的译作，就包含"文学上之感情原素"一章④。这两部我国理论家们特别看重并译介的重要理论著作中均为"感情"单独分章立论，这不是一个偶然的现象。我国文论的科学性建设一直绕不开启蒙性，启蒙性在某种程度上成了科学性的检验标准。本间久雄以"同情"为范畴体系的核心，这直接影响了很多理论家的理论建构，并与这些理论家的启蒙思想相呼应。此外，我国理论界对"同情"中包含的启蒙效力的重视，也使得文学与"情感"之间的关系成了范畴建构的核心之一。

  "同情"与"情感"之所以能够与人文主义和启蒙思想建立起密切的联系，其主要原因在于：一方面，"情感"在一定意义上代表着个人的主体性，而在启蒙思想家那里，个人的情感体验往往被视为人性的核心要素之一；另一方面，这一"情感"又并不是纯粹个人性的，其中包含着普遍性的成分。在启蒙主义中，思想家们并不鼓吹极端的"情感"和现代主义作品中常出现的那种病态性的情感，他们重视的情感是最具普遍性的情感。以这种情感为基础，人与人之间能够形成有力连结，而由于情感之间

---

  ① 毛庆耆、董学文、杨福生：《中国文艺理论百年教程》，广东高等教育出版社 2004 年版，第 57 页。

  ② 傅莹：《中国 20 世纪上半叶文学概论的发轫与演变》，暨南大学博士学位论文，2002 年，第 25—26 页。

  ③ [日]本间久雄：《文学概论》，章锡琛译，上海市开明书店 1930 年版，第 16 页。

  ④ 参见[美]温彻斯特：《文学评论之原理》，景昌极、钱堃新译，商务印书馆 1924 年版。

的连结是每个人依据自身的人性自发形成的，因此这种连结便带有了本质性。文学作品能够通过"审美"活动激发思想中那些具有普遍性的情感体验，如此便可使启蒙思想在某种程度上摆脱抽象性和精英性，与广大民众之间建立起有效的联系。正是因为看到了情感、审美和文学之间的这种关系，深受本间久雄影响的田汉在《当代学术入门：文学理论》中提出：

> 称为文学的书的，要具备下列三个条件：a 要使人感动（Move），即由作者的"想像"、"感情"诉诸读者的"想像"、"感情"。b 要使一般人易于理解，不可取专门的形式。c 要使读者有一种高尚的愉快，即审美的满足。[①]

此处说的"感动"，实际上是一种"共情"。作者和读者之间的想象和感情之间产生共鸣的时候，配合以这种体验的崇高性和审美性，一种启蒙就以审美的方式完成了。同时，为了确保这种启蒙性，田汉又强调了要使"一般人"易于理解。这与文学领域中俗语化、大众化的倾向是一致的，其最主要的目标是要调和启蒙所涉及的两种话语体系——精英话语和民间话语之间的矛盾。

在对西方文论范畴进行译介和借鉴的时候，理论界并没有完全放弃调动中国传统资源，通过比较研究的方法来激活本土思想元素。刘永济在《文学论》中就曾指出：

> 大凡一种民族生存于世界既久，又不甚与他民族相接触，则其文化自具一种特性。及其与他民族接触之时，其固有之文化必与新来之文化始而彼此抵牾，继而各有消长，终而互相影响而融合为一。[②]

作为文化组成部分之一的文学也同样遵循这一规律，最终要走向融合。钱钟书也曾表示要进行"比较诗学"的研究：

[①]　田汉：《文学概论》，上海中华书局 1927 年版，第 7 页。
[②]　刘永济：《文学论》，中华书局 2010 年版，第 96 页。

文艺理论的比较研究即所谓比较诗学（comparative poetics）是一个重要而且大有可为的研究领域。如何把中国传统文论中的术语和西方的术语加以比较和互相阐发，是比较诗学的重要任务之一。[1]

朱光潜在《诗论》的"抗战版序"中也说：

> 在目前中国，研究诗学似尤刻不容缓。第一，一切价值都由比较得来，不比较无由见长短优劣。……其次，我们的新诗运动正在开始，这运动的成功或失败对中国文学的前途必有极大影响，我们必须郑重谨慎，不能让它流产。[2]

虽然这种中西诗学的比较与融合还存在着诸多问题，但是这种倾向更加表明，文学理论建设的范畴化究其实质就在于通过范畴的整理和融合，以新的范畴为纽结将新思想提炼并固定下来。构建范畴并不是要无中生有地构建全新的理论体系，而是要从借鉴西方思想已有范畴和对中国传统学术的研究出发，找到将两部分理论融汇在一起的交叉点。一个新范畴就是一个被结构起来的理论的立足点、出发点。

相较于从语言、逻辑体系等话语形式上进行的科学化转型而言，范畴建构的特殊性在于："范畴"同时兼具内容和形式两个方面的纽结效力。从思想内容的角度来说，对西方范畴论的学习和借鉴真正实现了对思想观念的提炼而使其得以固定化和明晰化。单纯将文学理论学科化、体系化其实并没有完成这一目标，学科独立和思想的科学性之间并没有必然的联系，譬如西方中世纪的神学便是一个独立的体系化的学科，但是其中并不包含什么科学性。只有当我国的文学理论建设出现了明确的范畴意识的时候，科学精神、启蒙意识等才有了在文学理论中立足的可能性。从形式的角度来说，范畴意味着要将思想观念明晰地凝固下来，形成一个概念，并为这一概念在理论体系中找到一个逻辑结构上的位置。这便是科学化的"范畴"和存在于我国传统文论特别是"诗文评"中的"道""意境"等概念

---

① 张隆溪：《钱钟书谈比较文学与"文学比较"》，《读书》1981 年第 10 期。
② 朱光潜：《诗论》，生活·读书·新知三联书店 1998 年版，第 2 页。

的不同。"诗文评"中的概念经常需要靠作品来诠释，靠读者来意会、领悟，它们难以被阐释或定义，而且它们缺乏"范畴"所能涉及的在理论体系中的位置。我国传统文论的一些概念有其思想内涵，却并不必然与其他概念之间具有严格的关联性。同一"诗文评"作者的很多概念之间甚至可以毫无理论性关联，而只在思想旨趣上有着总体上的相似性。但是，从我国早期现代文论引入"范畴"开始，这种总体上的相似性不再能满足理论家们进行思想现代性建设、进行思想启蒙的需要，总体性的相似性被转化为了体系内的严格的逻辑关联性。这正是我国通过翻译借鉴西方文学理论著作而获得的宝贵财富。如果单从思想性出发来看这一时期理论家们提出的新范畴，那么对"感情"的强调其实与我国传统上讲的"兴观群怨"并没有太大差别，都是指作者的思想情感态度和读者的思想情感态度之间的共鸣。不过，"兴观群怨"并没有明确的理论体系支撑，而田汉等人的理论借鉴了西方文学理论的构建方式，对"情感"问题做了体系化的理论建构，第一次将"情感"放置在了一个完整的体系框架中来看待，这便是早期范畴论的形式意义。也就是说，有了科学的范畴，文学理论体系化的科学性便大大增强了。

当然，早期的文学理论范畴论的问题也很多，尤其表现在范畴的建构上以"空范畴"来承载新学说的"西方中心主义"倾向上。拿"同情"范畴来说，如果围绕"兴观群怨"重建范畴体系，那么"兴观群怨"在文言文话语体系中所涉及的儒家思想就会随着范畴的确立而·并出现，要摒弃它们的影响，就必须通过有效的论证说明这些思想为什么要被排除在外，这是急于完成文学启蒙任务的理论家们无法承担的职责。而新范畴则可绕开传统观念，直接与西方理论接轨。换言之，传统学说是有文化语境的，即便它们从来没有被范畴化，但是它们在被范畴化之后是充实的概念，西方思想只能与之融合、斗争而不能直接占据这个概念；白话的新范畴则不然，它们在传统的文化语境中没有任何文化含义，至多只有字面意义，在成为范畴之后阐释的空间极大，西方思想可以直接由这种"空范畴"承载，而不用讨论它们与传统思想之间的差异。"空范畴"现象表明，此时的文学理论建构并不主要意在阐释我国的文学现象，而是一种通过总结西方文学理论、哲学思想而形成的对我国文学的应然式期待。大量从日语、英语和文言词素中来的新"白话"范畴，由于本身并不具有任何文化语境，基本上是对西方理论的直接挪用。这些具有严格"科学形式"的文学理论，虽然往往建构了严格的范畴体系，但是却"不接地气"；那些有现实阐释力的理论又并未构建起范畴体系，难以形成有效的学术积累而进入现代学科体系之中。范畴论虽然是科学性的一个主要表现，也在一定意义上促进了我国文学理论的科学化发展，但由于范畴本身是一种对西方理论的翻译和拼接，缺乏文化内生语境，可能只是一个并没有明确所指的能指，即一个"空范畴"，因此实际上这些文学理论范畴是试图绕过传统文学研究中包蕴的价值指向而直接达诸科学性和启蒙性。但是，科学化永远是对非科学的科学化，启蒙永远是针对蒙昧的启蒙，"空范畴"实则并未消除"新"与"旧"之间的紧张关系，而只是绕开了问题的现实性、历史性。这一直是我国现代文学理论发展的一个症结，即文学理论与本民族文学及文论资源缺乏内在的联系，自我造血功能不足。这个问题一直纠缠到今天也还并没有真正得到解决。

中国早期现代文学理论的科学性追求在白话语言革命、文学进化论思想的引入、文学思想的学科化体系化努力，以及现代文学理论范畴的熔铸和理论体系建构等不同维度得到呈现，这些维度是交织在一起的，单一的维度是无科学性可言的。理论的这种科学性不是凝定的、永恒不变的，它是一种真理探索过程。这一过程中，中国早期现代文学理论一直持有自己的独特性和理论张力，即其科学性与以启蒙性为中心的人文价值融为一体，科学主义的思维始终没有占据主流。虽然存在着科学与科学之用的混淆，但是反过来说，若没有科学之用的内在规定性，人文科学乃至于自然科学是否还有存在的必要呢？是否走向自己的反面呢？在新科技革命如火如荼的当代社会，似乎应该更全面地看待科学的内涵及其价值意义。

"由来新文明之诞生，必有新文艺为之先声"①，文学性在我国现代思想界的主潮中从来都不是一种独立的价值。即便是主张在一定程度上恢复文学性、恢复形式性的新时期，这种对文学性价值的肯定也是出于启蒙的目的。新文学在我国一直是新文明的象征，新文明同时也是文学研究科学性建设的最终诉求。蔡元培曾说：

---

① 李大钊：《〈晨钟〉之使命——青春中华之创造》，《晨钟报》，1916 年 8 月 15 日。

我国的复兴，自五四运动以来不过十五年，新文学的成绩，当然不敢自诩为成熟。其影响于科学精神民治思想及表现个性的艺术，均尚在进行中。但是吾国历史，现代环境，督促吾人，不得不有奔轶绝尘的猛进。①

当代学者王一川也指出，"现代性转型作为一种'总体转变'，归根结底要在人的生存境遇或生活方式的转型上显示出来"；"现代性体验是指中国人自鸦片战争以来形成的关于自身所处全球性生存境遇的深沉体认"。②由于这种现代性诉求涉及民族存亡，也涉及个体的生存状态，因此思想的现代化本质上是现实生存处境遭遇危机的缩影。这意味着在重要性和逻辑顺序上，我国人文学科本身的科学性永远要密切结合民族的启蒙，科学话语也就因此离不开胡适所说的"国家话语"，科学的理性原则既是现实启蒙之所需，又必须与现实性原则相结合。

作为现代化一部分的自然科学建设虽然从本质上来讲依然不能离开我国的现代性诉求，一种研究成果既要服从自然事物的客观规律又要服从现代化建设的路径和需求，但是，科学性本身在其中有自己的相对独立性，而且在鼓励自然科学发展以促进国家现代化的时候，思想家们往往会刻意强调这种独立性。20世纪初曾有人反思，世界大战的爆发是科学技术酿成的恶果，这种批判尽管有一定的道理，但郭沫若就曾强调"然而酿成大战的原因，科学自身并不能负何等罪责"③。这里实则是将自然科学和社会现实剥离开来强调其独立性和价值中立性。

对于文学理论的科学性建设而言，文学规律可通过两种途径获得，其一是对文学现象进行内部分析，其二是从社会语境中寻找外部的客观参照。就后者而言，它可以为文学研究提供某种客观性，但是它所关注的主要是社会现象而非文学现象，这种纯粹的外部客观研究无法深入考察与文学的相对独立性相关的现象。就前者而言，它几乎从头至尾都是人文主义

① 蔡元培：《〈中国新文学大系〉总序》，赵家璧编：《中国新文学大系》，良友图书印刷公司1935年版，第11页。

② 王一川：《中国现代性体验的发生：清末民初文化转型与文学》，北京师范大学出版社2001年版，第29、58页。

③ 郭沫若：《论中德文化书》，《文艺论集》，人民文学出版社1979年版，第11页。

的，因为文学由人创作，最终也必须作用于人，因此什么样的文学现象能够被规律化，什么样的规律应被总结出来，这本身就是一次价值选择。不过，这种价值选择在自然科学中也同样存在，自然科学研究在一定程度上也要服从于人文主义，反人类的自然科学研究难以得到支持。文学规律与自然规律不同的地方则在于，文学不仅是一种对过去的总结，还是一种对未来的应然式期许。因此，文学的科学性建设既是一种认识论、方法论，又是一种面向未来的价值论，而且后者更为重要。

美国学者卡林内斯库提出存在着"美学"现代性和"科学技术"的现代性之间的冲突：

> 无法确言从什么时候开始人们可以说存在着两种截然不同却又剧烈冲突的现代性。可以肯定的是，在十九世纪前半期的某个时刻，在作为西方文明史一个阶段的现代性同作为美学概念的现代性之间发生了无法弥合的分裂（作为文明史阶段的现代性是科学技术进步、工业革命和资本主义带来的全面经济社会变化的产物）。从此以后，两种现代性之间一直充满不可化解的敌意。[1]

这种对立实则是思想文化现代性和经济社会现代性之间的冲突，虽然它们都追求人性的实现，但是思想文化上的现代性追求独立，经济社会的现代性则要将一切纳入整体的秩序。换言之，它们实则是"理性"这块硬币的两面。我国早期的思想现代性建设中亦存在这样的对立，但这种对立存在于"启蒙—救亡"与"美学—文学"两种现代性之中。前者试图把文学艺术纳入民族和国家的命运，后者则追求"科学性"以谋取学科的独立和研究范式的体系化、明晰化。尽管二者均强调理性和人文主义，但是它们在精神实质上依然存在着深刻的对立，若一味地忽视这种对立是不可取的。虽然一种全然自主的科学性并不可能存在，因为全然的科学性意味着纯粹的客观性即一种彻底的非人性，但是，"价值交融"和"价值从属"是有本质区别的。"价值交融"意味着同时存在科学性和启蒙性，二者在

---

① ［美］马泰·卡林内斯库：《现代性的五副面孔——现代主义、先锋派、颓废、媚俗艺术颓废、后现代主义》，顾爱彬、李瑞华译，商务印书馆 2002 年版，第 47 页。

理论体系中以一种对话和争论的方式共存；"价值从属"则意味着如我国早期文论建设中的某些时候出现的那样，将科学性的检验标准定位在人文主义那里，将科学性的实现定位在启蒙任务的完成那里，以非科学性的价值为科学性的检验标准。我国文论中科学性的未完成性正在于科学性尚未能获得相对的独立性，而始终被纠缠在"启蒙"和"救亡"年代中预设下的理论逻辑之中。

第八章　文学定义方式的嬗变与新的
马克思主义文论建构

　　"定义"文学，是我们借助"文学"的命名、概念和范畴来对文学活动进行认识的过程。正如西方语境中"文学"一词本身就意味着某种现代性内涵，五四时期的"文学"概念也与古代中国的"文学"有着迥异的变化。历史地看，文学并没有一个持续存在并具有普遍效力的文学定义，文学的内涵、外延以及定义文学的方式始终处于某种变化之中。定义文学，这意味着通过一个定义和一个判断来揭示出一定时期和一定情境内对于文学本质的认识，包含对文学的归类、界定和阐释。文学的定义主导着文论的话语体系，它不仅标志着整个文学学科体制、知识体制、社会体制的标准与趣味，反映着文艺政策的嘱托和意蕴，也折射出一个特定时期内文学史叙述的视点和更为普遍的文化观念与意识形态。文学定义的形成、转变、演化和变异，映照出文学价值和思想观念的形塑过程。这既是历史的直接结果和直观反映，同时也表明它参与改变历史本身，通过文学创作、阅读与批判所建构起来的"感觉结构"和文化经验对于历史具有深刻的对话性和反作用。对于当代中国而言，如何定义文学在某种意义上意味着我们要建立起何种样态的文学理论学科体系、话语体系。因此，在马克思主义文论结构中来考量文学定义的可能，是中国马克思主义文论体系的一个无法绕过的任务。换句话说，中国马克思主义文论结构是怎样的，直接影响乃至决定着此一视域下文学定义的可能性空间。

第一节　文学定义：从反映论到审美论

近七十年来，中国文论界关于文学的定义是一场既恒定持久又发展变化的实践历程，文学定义的嬗变折射出我国文化发展的路径与现代性的嬗变。梳理文学定义的嬗变过程，不仅意味着对它进行语言词汇编码方式与句式结构演变脉络的分析和历史语义学的逻辑阐释，也意味着一种文化政治学的理论视野——洞察文学的定义和文学本体同变迁着的复杂历史语境及社会思潮之间的交互与关联，以及文学与政治、社会利益及其合法性问题之间的互渗与共振。

近七十年来，关于"文学"的定义随时代发展而呈现出变动中的阶段性样态。20世纪50年代至80年代初是第一个阶段，受列宁"反映论"和苏联文艺观的影响，这个时期的文艺理论特别是教材对于"文学"的定义普遍采用"反映论"的表述方式，强调文学对现实的模仿，真善美混沌合一，语言能指与所指统一。这是一种服务于建立社会主义现代民族国家的宏大追求、诉诸政治理性的新古典主义美学理想与范式。80年代是一个重要的转折时期，开启了七十年来"文学"定义嬗变的第二个阶段。在这一时期，受"拨乱反正"、改革开放的时代思潮影响，文学发生了审美风尚和审美范式的转变，从古典美学走向一种现代性审美。相较于50年代，对于"文学"的定义发生了重要的美学转向：审美方式上向内转，开始关注个体的审美与感性、情感与欲望、想象与自由；关注审美自律、美的非功利性和独立性以及表达的形式性。一条不同于以往"反映论"的新文学观和"文学"新定义之路铺展开来，并且在21世纪沿着自身逻辑打开了更为多元的面向。但是，这种新的文学定义并不是像一般所认为的那样就是西方审美现代性的中国版本，而是有着特有的理论偏好和价值功能。这里将以文化分析的视角，通过梳理七十年来教材中"文学"定义嬗变的内在逻辑，揭示文学、文化与社会之间的关联和变异，考察文学定义的意义与可能。

一、"反映论"与古典主义美学理想

20世纪50年代至80年代的文艺理论教材建设，以1950年1月巴人所著《文学初步》（上海海燕书店出版）和1950年6月齐鸣所著《文艺的基本问题》（上海光明书局出版）的初版为发端，在1957年形成小高潮，

60 年代有所停滞，70 年代末又重新焕发生命力。文学"反映论"的定义方式贯穿于这个阶段。

在 50 年代，文艺理论教材深受苏联式马克思主义文艺学影响，前后译介了不少苏联文论教材①，其中，季摩菲耶夫的《文学原理》和毕达可夫的《文艺学引论》的影响最为深远。50 年代中期，我国高校出版了颇多文艺理论著作与教材，如巴人的《文学论稿》（上、下册，1954）等，这几年在近七十年文学观念发展的第一阶段中起到承前启后的作用。其中，1957 年是具有标志性的一年。仅此一年就诞生了诸多影响深远的文论教材，如刘衍文的《文学概论》，霍松林的《文艺学概论》，蒋孔阳的《文学的基本知识》，钟子翱的《文艺学概论》，冉欲达、李承烈、康倪、孙嘉编著的《文艺学概论》等。受到苏联文艺学和毛泽东文艺思想的双重影响，文学"反映论"的定义在这一时期的文论教材中奠定了深厚的基础。待到 60 年代初，中苏关系多领域恶化，中央提出外交上的"独立自主、自力更生"，在文化政策上也做出调整，提出"文艺十条"和"文艺八条"等。1961 年，在周扬的主持下，在国家层面全面展开文科教材的自主编写工作，文艺学学科编写了两本统编教材，南方以群的《文学的基本原理》（1961 年编写，1963、1964 年出版）和北方蔡仪的《文学概论》（1961 年开始编写，1979 年出版）。60 年代中期至 70 年代中后期，受"文化大革命"影响，高等教育发展相对停滞。

"反映论"认为文学是一种对社会生活的反映和认识活动。此观点主要来自列宁，在 20 世纪的苏联、东欧和中国有着深刻的影响力。马克思、恩格斯曾提出社会存在决定社会意识，社会意识是对社会存在的反映并对社会存在具有反作用。列宁在此基础上提出和确定了"反映论"："物质是标志客观实在的哲学范畴，这种客观实在是人通过感觉感知的，它不依赖于我们的感觉而存在，为我们的感觉所复写、摄影、反映"②；同时，"反映"具有能动性和辩证性，"人的意识不仅反映客观世界，并且创造客观

---

① 例如，维诺格拉多夫的《新文学教程》（楼逸夫译，上海天马书店 1937 年版）、季摩菲耶夫的《文学原理》（查良铮译，上海平明出版社 1953 年版）和毕达可夫的《文艺学引论》（北京大学中文系文艺理论教研室译，高等教育出版社 1958 年版），以及柯尔尊的《文艺学概论》（1956—1957 年在北京师范大学苏联文学研究生班、进修班的讲稿）。

② ［苏］列宁：《唯物主义和经验批判主义），《列宁全集》第 18 卷，人民出版社 1988 年版，第 130 页。

世界"①，反映"不是简单的、直接的、照镜子那样死板的行为，而是复杂的、二重化的、曲折的、有可能使幻想脱离生活的行为；不仅如此，它还有可能使抽象概念、观念向幻想（最后＝上帝）转变（而且是不知不觉的、人所意识不到的转变）。因为即使在最简单的概括中，在最基本的一般观念（一般'桌子'）中，都有一定成分的幻想。（反过来说，就是在最精确的科学中，否认幻想的作用也是荒谬的……）"②。"反映论"表现在文学上，则是苏联1948年出版的文学理论权威教科书——季摩菲耶夫的《文学原理》中所定义的，"文学和任何别的意识形态一样，积极地反映生活，帮助人在生活中去行动"③。1961年周扬在《文学概论》提纲讨论会上的发言中指出："我有一个设想……第一编（即第一章）'文学的本质与基本特征'。本质是反映社会生活。基本特征是通过形象反映生活。这个问题也可以讲得通俗些。"④"形象反映论"成为统摄中国50年代至80年代初教材中文学定义的指导意见。

由此，在1949年以后的文艺理论教材中，一个具有奠基性的哲学理论基础是"经济基础决定上层建筑"，"文艺是上层建筑的一种形式"。这种唯物主义的结构论成为这一时期文论对于文学本质定义的不二法则。1957年钟子翱编著的《文艺学概论》分开列举马克思主义意识形态论和列宁反映论这两大思想资源：

> 马克思主义教导我们，一切社会意识形态（科学、哲学、艺术等）都是反映客观的形式。文学是艺术的一种，也是反映客观的形式。
> ……
> 列宁的反映论，是我们和一切唯心论的反动的文艺理论进行斗争的最锐利的武器，是我们解决文学与现实的关系问题的最有效的钥

---

① ［苏］列宁：《黑格尔〈逻辑学〉一书摘要》，《列宁全集》第55卷，人民出版社1990年版，第182页。

② ［苏］列宁：《亚里士多德〈形而上学〉一书摘要》，《列宁全集》第55卷，人民出版社1990年版，第317页。

③ ［苏］季摩菲耶夫：《文学原理》第一部《文学概论》，查良铮译，平明出版社1953年版，第17页。

④ 1961年8月15日周扬在《文学概论》提纲讨论会上的发言，转引自童庆炳主编：《新时期高校文学理论教材编写调查报告》，春风文艺出版社2006年版，第184—185页。

匙，是我们评价作家作品最正确的理论根据。它奠定了社会主义现实主义美学的所有重要理论、原则的基础。①

反映、语言、形象 / 典型、现实生活、意识形态等构成了"反映论"的关键词。由此也可以看出它与古典主义文论和美学的亲缘关系。可以说，"反映论"是"再现论""摹仿论"的另一种表达与改造，因而它与柏拉图、亚里士多德以"摹仿说"为支撑的古典主义美学旨趣具有高度的相似性和同构性。"摹仿论"是"反映论"和现实主义理论的雏形，典型 / 形象问题和"再现"问题均由"摹仿"而来。一方面，古典主义以降的"摹仿说"塑造了一种艺术的本体认识论，即形成了一种"文学是什么"的话语表述方式和定义方式——在文学之外，有更为真实、更为深刻、更为高明和完满的世界，文学的任务就是反映和表现这个世界；另一方面，古典主义处于真善美合一的状态，审美心理结构中人的认知、情感和意志活动混沌未分，美学、政治、伦理三者共享同一个内核。在社会主义现实主义的文学定义中，"美"（文学）即是"真"（现实），也即是"善"（阶级意志和人民意志）。50 年代中国的文学实践和理论表述中，现实主义的"反映论"担任了将"真善美"合一的重任。②

但是，反映论与古典主义的模仿论，特别是批判现实主义又有所不同，呈现出新的特质。从功能上看，文学是一种意识形态，这基于历史唯物主义的哲学观。1959 年山东大学编著的《文艺学新论》从党的文艺政策和教育方针出发，阐述革命文艺在革命事业中的地位和作用，指明"文艺必须为工农兵服务"，具有"工农兵方向的伟大意义"③；1979 年蔡仪主编的《文学概论》开门见山地提出："文学是一种社会现象，是一种社会意识

① 钟子翱编：《文艺学概论》，北京师范大学出版社 1957 年版，第 19 页。

② 2008 年南帆编著的《当代学术入门：文学理论》中对"再现论"进行了历史的回顾："在西方现代文学理论里，通过文学的语言、形式把事物或情感呈现出来，被称为'representation'。它的原义有符号、代表等含义，即用某个东西代表另外一个东西；它的动词'represent'的本义有'使出现、呈现'等含义。因此，文学的'representation'指的是，用文学的语言、形式把作者所要表达的东西呈现出来，有时译为'表现'、'呈现'，现在比较通行的翻译是'再现'。它的含义包含了过去中国现代文学理论中的'再现'、'表现'双重含义。"参见南帆、刘小新、练暑生：《当代学术入门：文学理论》，北京大学出版社 2008 年版，第 15 页。

③ 山东大学中国语言文学系文艺理论教研组编著：《文艺学新论》，山东人民出版社 1959 年版，第 117—120 页。

形态。作为社会意识形态的文学和客观社会生活的关系如何，这是文艺理论中一个最根本的问题。"①文学作为一种重要的意识形态，是社会主义文化事业的一部分，要起到反映现实、凝聚人心的作用。鲜明的意识形态立场与强调阶级动员、阶级整合功能，意味着"反映论"与欧洲现实主义、自然主义"再现论"有巨大不同，也更为复杂。

从表现内容和旨趣来看，"反映论"所追求的是一种带有群体性特质的普遍人性，即阶级性、人民性，这与古典意义上的普遍人性和人情有同有异，区别只在于在多大范围内来看待这种人性的普遍性、群体性。在"反映论"看来，生活是阶级的、群体的，因而是均质的、未分化的，没有公共性和私人性的区分，感情经验也是具有阶级共性、民族共性或人类共性的。因而，文学现象是人类的社会现象，也是一种群众现象，具有阶级性的人道主义。1957年刘衍文的《文学概论》提出：

> 文学是一种上层建筑的社会现象……这个文学的定义，又是从人民群众的普遍愿望和要求出发，为着千千万万人的幸福着想的，因此也是符合文学的真实意义的，所以，它是有高度的人民性的。②

同年，霍松林的《文艺学概论》提出，"艺术的基本对象是作为'社会关系的总和'的活的整体的人"，并论述了文学的阶级性、党性、人民性和民族性这四个特质之相通，因为"在阶级社会里没有超阶级的文学"。有意思的是，他还把文学的人民性、民族性、党性与全人类性打通了内在关系，认为"具有人民性的作品，就具有民族性，具有民族性的作品，也就具有全人类性；而共产主义党性，则是全人类性的最高形式"。③ 1954年巴人的《文学论稿》将文学的思想性划分为文学的阶级性、人民性、党性和艺术性。这个思想直至1981年在郑国铨、周文柏、陈传才编著的《当代学术入门：文学理论》中仍有保留，即以"文学的阶级性、人民性和党性"作为专门的章节，来规定文学的对象和作为阶级的人民整体性。这里，"文学是人学"的命题在很大程度上也是存在的，只是这一时期的

---

① 蔡仪主编:《文学概论》，人民文学出版社1979年版，第1页。
② 刘衍文:《文学概论》，新文艺出版社1957版，第66页。
③ 霍松林:《文艺学概论》，陕西人民出版社1957版，第7、41、76页。

文学理论，往往通过批判资产阶级个人主义的狭隘性，提出发展共产主义的共同人性，把阶级性和人类普遍人性做出逻辑上的统一。这个关于文学表现的人性的多层级问题，在后来的强调个体审美的现代性文学理论中则被解构了，而不是被解决了。

从反映方式、途径与目的来看，"反映论"的文学观采取一种形象-典型思维方式，旨在解决"写什么""写什么人"的问题，进而解决"塑造什么形象，培养什么人"的问题，为无产阶级阶级主体和社会主义新人的成长提供文学标杆与榜样，指明努力方向。形象思维是通过具体的、个别的表象来展现概念的抽象和普遍，它是艺术所具有的反映生活的特殊形式，与科学的逻辑思维有根本区别；典型思维则是通过典型环境中典型人物和典型形象的塑造，来表现典型的情感和意识形态。恩格斯提出"真实地再现典型环境中的典型人物"[①]，卢卡奇对此曾言：

> 现实主义文学的主要范畴和标准乃是典型，这是将人物和环境两者中间的一般和特殊加以有机的结合的一种特别的综合。使典型成为典型的并不是它的一般的性质，也不是它的纯粹个别的本性（无论想象得如何深刻）；使典型成为典型的乃是它身上一切人和社会所不可缺少的决定因素都是在它们最高的发展水平上，在它们潜在的可能性彻底的暴露中，在它们那些使人和时代的顶峰和界限具体化的极端的全面表现中呈现出来。[②]

毛泽东《在延安文艺座谈会上的讲话》中提出："文艺作品中反映出来的生活却可以而且应该比普通的实际生活更高，更强烈，更有集中性，更典型，更理想，因此就更带普遍性。"[③]1949年以后，这一思想被转化，典型性特别指向阶级性和政治性的表征。形象-典型是同形同构的关系，成为社会主义现实主义文学的表达方式和表现手段。"文学……这种社会

---

① ［德］恩格斯:《致玛格丽特·哈克奈斯》(1888年4月初),《马克思恩格斯选集》第四卷，人民出版社2012年版，第590页。
② ［匈］卢卡契:《〈欧洲现实主义研究〉英文版序》,《卢卡契文学论文集》(二)，中国社会科学出版社1981年版，第48页。
③ 毛泽东:《在延安文艺座谈会上的讲话》，人民出版社1975年版，第20页。

现象，以语言为主要工具，通过形象和典型的概括，反映生活的真实和社会的本质"①，这种定义与描述方式放在任何一部"反映论"文本中都不会有违和之感，而是一种通行的表达。这里，"反映论"的形象 - 典型观与古典美学模仿论强调模仿的对象往往在事实上或者想象中要高于模仿主体的看法基本一致，譬如被誉为西方文学最高体裁的悲剧艺术，亚里士多德就强调悲剧主人公的带有伦理或宗教的"神性"的特质。正是基于"塑造典型形象"的需要，"典型化"成为"反映论"关于艺术创作规律的一个基本概括，要求艺术家通过加工、提炼、集中、概括，从而把生活真实改造成艺术真实。这里的典型与批判现实主义塑造的典型具有明显的政治、阶级、伦理乃至美学上的差异，后者往往是作为对资本主义社会的美学批判而存在的，并非为社会确立模范与榜样，二者是大异其趣的。

　　50 年代至 80 年代，社会主义现代化建设如火如荼地展开，以工业大发展为主潮的时代经济和政治思想渗透到文化领域中，文学在"社会现代性"的询唤中被定义。但是，并不是说社会及其政治是现代化的，其审美指向便是现代性的。卡林内斯库在《现代性的五副面孔》中界定了两种现代性，而且明确指出"作为西方文明史一个阶段的现代性同作为美学概念的现代性之间发生了无法弥合的分裂"。作为文明史阶段的现代性是"社会现代性"，也称为"资产阶级现代性"，是科学技术进步、工业革命和资本主义发展带来的广泛的经济社会变化的产物，在思想领域表现为崇尚进步，相信科学技术造福人类的可能性，关切时间，崇拜理性、实践行动和实用主义；另一种现代性是"审美现代性"，也可称为"文化现代性"和"文学现代性"，它由对"社会现代性"的反思和批判促成，通过以先锋性、浪漫主义为特征的运动、艺术自主的观念和无政府主义的政治立场，对"社会现代性"进行激烈的反叛与否定。"两种现代性之间一直充满不可化解的敌意"，存在着巨大的冲突和错位；同时，也存在着矛盾的张力，"激发了种种相互影响"。② 很明显，从"反映论"所建构的文艺与现实的关系来看，这种文艺观并不属于"审美现代性"范畴。

---

① 刘衍文：《文学概论》，新文艺出版社 1957 年版，第 66 页。
② ［美］马泰·卡林内斯库：《现代性的五副面孔——现代主义、先锋派、颓废、媚俗艺术、后现代主义》，顾爱彬、李瑞华译，商务印书馆 2002 年版，第 48 页。

二、跨越 "审美卡夫丁峡谷"

马克思早年认为，无产阶级的社会主义革命只有在西方发达社会经历过资本主义发展阶段后才能发生。但后来形势的发展使得马克思修正了早年的观点，如西方资本主义社会自我调节的机制抑制了社会主义革命的可能，而东方的俄国农奴制改革所激化的阶级矛盾却隐含着爆发革命的潜力等。晚年的马克思对俄国等东方国家提出跨越资本主义 "卡夫丁峡谷" 的设想，即俄国的 "农村公社" "有可能不通过资本主义制度的卡夫丁峡谷，而占有资本主义制度所创造的一切积极的成果"。①

在俄国，列宁以十月革命的实践和新经济政策的探索对跨越 "卡夫丁峡谷" 进行了尝试，而由此产生和开启的苏联社会主义现实主义文学其实是对这一跨越的文化 - 美学实践。我们先将新经济政策所含涉的商品、货币关系、市场等资本主义因素同社会主义经济轨道之间的复杂关系放置一边，来看政治与文学之间的关联，可以发现，政治上对于跨越 "卡夫丁峡谷" 的彻底性、纯粹性、理想性、彼岸性，其实同文学生产之间形成了深刻的同步。1934 年第一次全苏作家代表大会上，"社会主义现实主义" 被确定为苏联文艺创作和文艺批评的 "基本方法"。这个方法被解释为 "在辩证唯物主义和历史唯物主义世界观的指导下，在无产阶级文学运动的基础上不断形成的，也是现实主义在新的历史条件下的进一步发展"②。总体而言，苏联政治制度的构想试图飞跃资本主义而直接进入社会主义和共产主义；而文学上，也以文艺建制和国家政策的形式确立了俄国传统的古典文学向社会主义现实主义文学的飞跃。政治上不需要经过资本主义，文学上也无需经历资本主义文化土壤所孕育出的现代主义；政治上推崇阶级 - 群体主体性，文学上也规避个人主义和个体审美自由。列宁提出 "反映论"，其灵魂在于文学通过对现实生活的反映来塑造一个比现实更真实、更高明的理想型，从而指向一种更光明的未来 / 历史大趋势和更具启示性的社会制度；"社会主义现实主义" 更是把 "反映"

---

① ［德］马克思：《给维·伊·查苏利奇的复信》，《马克思恩格斯全集》第 25 卷，人民出版社 2001 年版，第 465 页。

② 朱立元主编：《美学大辞典》，上海辞书出版社 2010 年版，第 805 页，"社会主义现实主义" 词条。

的"现实主义"之动力和目的明确指向了"社会主义"。同时，政治之于文学，用南希的话来说，"政治本身就是文学，因为它蕴含了文学的叙事、姿态、歌唱与展现"①。由此可见，列宁所奠基的美学构想同其政治理念是彼此蕴含、共振互显的，二者相互"发明"，文学的实践形成了对政治实践的有力补充与反馈。

从政治 - 经济与文化 - 审美对于"卡夫丁峡谷"的双重飞跃来看，归根到底，"社会主义"和"现实主义"的结合要落脚在创作的"反映"过程中："一部作品是否有价值，并不仅只决定于它所反映的是什么问题，更重要地还要看作家是怎样地来反映的。"②"社会主义现实主义"的反映论以明确的创作方法来实践共产主义的道德理想。

这里，文学创作和审美制度与社会体制具有内在的共振和同构的表达方式，共享相同的价值指向。"文学共产主义"是对"政治共产主义"的理想投射。卢卡奇曾提出，在进步的国家或者在某些国家的社会和经济增长期，现实主义艺术往往处于显著的地位。社会主义现实主义具有"整体性"、乐观主义、"党性论"、理想性、进步力量的启示等特征，这种文学中的时代情绪对于推进跨越"卡夫丁峡谷"这一宏大历史运动的总体性构成了精神内驱力。就像政治体制上从封建制度跨越资本主义制度而飞向社会主义一样，文学也应该切断并摆脱资本主义艺术流派，改造资本主义时代的批判现实主义，驱逐现代派先锋艺术，走向彰显时代理想的社会主义现实主义。具体来看，一方面，关于俄国文学上跨越现代主义的"卡夫丁峡谷"，卢卡奇的说法有助于我们对此的理解：

> 由于无产阶级统治愈益强大，由于社会主义愈益深入、普遍地贯穿于苏联经济，由于文化革命愈益广泛、深刻地影响着劳苦大众，所以觉悟愈益增强的现实主义驱逐了先锋派的艺术。表现主义的衰落是由革命群众的成熟性所决定的。③

---

① ［法］让 - 吕克·南希：《论文学共产主义》，张驭茜译，《文字即垃圾：危机之后的文学》，重庆大学出版社 2016 年版，第 354 页。

② 蒋孔阳：《蒋孔阳全集》（第一册），上海人民出版社 2014 年版，第 160 页。

③ ［匈］卢卡奇：《现实主义问题》，转引自［波］莱泽克·科拉科夫斯基：《马克思主义的主要流派》第 3 卷，侯一麟等译，黑龙江大学出版社 2015 年版，第 280 页。

另一方面，它也是对欧洲传统的现实主义和批判现实主义的超越：

> 社会主义现实主义观点当然就是为社会主义而斗争。……社会
> 主义现实主义不同于批判现实主义，这不仅在于（前者）依据于具体
> 的社会主义观点，而且在于运用这一具体观点从内在方面（from the
> inside）来描述为社会而劳动的力量。①

批判现实主义否定现实，而社会主义现实主义肯定现实，后者是对共
产主义总体性方法的一次实践和辩护。

社会主义现实主义跨越了"卡夫丁大峡谷"，追寻古典主义的美学
理想，而将此界定为"新古典主义"，起初是一种批判性提法。在西方
20 世纪 30 年代欧洲左翼的现实主义与现代主义之争中，卢卡奇提倡
用社会主义现实主义来呈现完善的整体世界，布洛赫称其为"新古典
主义"：

> 但是如果说卢卡奇的现实——一个和谐一致的、被表象系统无限
> 中介了的总体性——毕竟来说还不是那么的客观呢？如果他关于现实
> 的概念不能让自己从古典体系中完全解放出来呢？万一说真实的现实
> 就是个根本不连续的现实呢？②

在苏联，作家安德烈·西尼亚夫斯基在其作品《什么是社会主义现实
主义》中抨击"社会主义现实主义"是"半古典主义的半艺术，不是极端
的社会主义，完全不是现实主义"③。

"社会主义现实主义"的"反映论"作为惟一合法的创作方法在 80 年
代逐渐式微。审美现代性与市场经济的同时发生，是对 50 年代至 70 年代

---

① ［匈］卢卡奇:《当代现实主义的意义》，转引自［波］莱泽克·科拉科夫斯基:《马克思主
义的主要流派》第 3 卷，侯一麟等译，黑龙江大学出版社 2015 年版，第 279—280 页。

② 转引自谢俊:《徐迟的策略：重探八十年代初的美学与现代性问题》，《文艺评论》2017 年
第 9 期。

③ 转引自［俄］瓦季姆·鲁德涅夫:《20 世纪文化百科词典》，杨明天、陈瑞静译，上海三
联书店 2013 年版，第 356 页。

末所实践的"政治经济—文化审美"之"卡夫丁峡谷"双重跨越所做的"事后"反思。

三、中国审美现代性的发生与幻变

20世纪80年代中后期，中国的政治经济大转变，思想解放、改革开放，革命意识形态逐渐退场；随后的90年代市场化和全球化改变了历史的格局。急剧的社会转型也意味着80年代以后的几十年是一个审美观念混杂、异质共存、文艺思想空前活跃的年代，大规模引介外国文论的同时，旧的文学"反映论"仍未消弭，不断以新的话语形式被复述、阐发、转化和补充；新的文学自主观或小心翼翼或横冲直撞地进入历史视野；近代的、现代的、后现代的各种多元文学观在同一时空的不同语境中叠合。此起彼伏的文学运动、纷至沓来的新鲜术语以及频繁激烈的思想冲突增加了文学定义的难度，也导致了文学定义内在的分化，开启了更为多元、杂语的路径。从此以后，文学定义的更迭和新陈代谢的速率加快了。拨开历史的迷雾，从整个七十年来文学定义嬗变的谱系中看，美学内部总体上转向了一种审美现代性。个体主体性和审美自律或许可以成为我们认识这一阶段审美新变和文学特质的两个风向标。

80年代转向的一个最重要特征就是主体性的旗帜被高扬，即"主体回归"。李泽厚在1979年的《批判哲学的批判——康德述评》中首先提出"主体性"概念，之后在《康德哲学与建立主体性论纲》（1981）、《关于主体性的补充说明》（1985）中进一步加以阐发，借助康德哲学来为美学的独立性正名。他强调，康德"超过了也优越于以前的一切唯物论者和唯心论者，第一次全面地提出了这个主体性问题"[1]。李泽厚将"主体性的人性结构"区分为"理性的内化"（智力结构）、"理性的凝聚"（意志结构）和"理性的积淀"（审美结构）。其中，审美结构具有哲学和人类学意义上的统一性、完善性和启发性，"以美启真""以美储善"。古典理想中混沌一团的真善美在此得到了分离，美独立于真和善而被认识和接纳。刘再复的《论文艺批评的美学标准》（1980）与《论文学的主体性》（1985、1986）

---

[1]　李泽厚：《康德哲学与建立主体性论纲》，中国社会科学院哲学研究所编：《论康德黑格尔哲学纪念文集》，上海人民出版社1981年版，第3页。

试图构建一个以"人"为核心（含涉作家、文学人物）的文学理论和文学史研究体系。与"再现"（客观）相区别的"表现"（主观）受到关注：19世纪兴起的浪漫主义美学、20世纪初兴起的象征主义与表现主义美学、20世纪中期兴起的符号论美学均建立在审美个人化和个性化的基础上；中国古典美学中的"缘情"与"兴寄"说也强调主体的思想、情感、幻想，这些因素在80年代审美现代性转向中被打捞出来。创作主体及其能动性在文学形式媒介中复活了，这也是诞生于资本主义困境的西方现代主义诸流派所带来的审美逻辑与寄托。钱中文在《文学原理——发展论》中将创作主体置于推动文学本体发展的内在动力和核心位置，可以看作是这种理论倾向的一个典型表述："文学是主体的审美创造与审美价值的创造系统"；"创作的主体性，从审美把握来说，是创作的动力，是审美反映的主导方面。从审美反映的对象来说，是它的组成部分；从创作的结果来说，由主体性转化而成的创作个性，是作品的存在、文学发展的起点。"① 主体性和个体性在此被并置与融合，自我对世界的主体感受得到了合法性确认与表述，个体的审美内驱力与审美创造力得到了文学、美学、科学以及价值论上的正名。

80年代的主体性，是一种作为个体的主体性，而非50年代所崇尚的群体的、均质化的"前现代"或者说"非现代"主体性。个体追求自由，这一方面是市场经济所带来的思想解放的结果，是市场经济对自由劳动力资源的硬要求。"个人主义"是市场经济社会结构的基本原则之一，不仅如此，"它认为，我们在理解社会现象时没有任何其它方法，只有通过对那些作用于其他人并且由其预期行为所引导的个人活动的理解来理解社会现象"②。就是说，"个人主义"还表现为一整套价值观与行为规范，它设定了一套"个人主义的秩序"。这种秩序规定了个人与国家、自由与强制的关系，规定了公共权威强制力的适用范围以及个人与权威关系所必需的法律结构。在八九十年代，个人主义不仅是对于社会现象、美学现象的解释性学说，也是逐渐为人们所接纳的价值观念与行为方式的共识。在此背景下，"审美中心论"在20世纪八九十年代的中国应运而生。"审美中心论"

---

① 钱中文：《文学原理——发展论》，社会科学文献出版社2007年版，第1—2、161页。
② ［奥］冯·哈耶克：《个人主义与经济秩序》，贾湛、文跃然等译，北京经济学院出版社1989年版，第6页。

是"个人主义"的感性表达，同时也是这一时期与市场经济相合拍的新自由主义思想在审美艺术领域的影响与延伸。这一时期，阶级的群体性话语转向个体的自由主义言说，个人的审美情感与生命力得到了合法性的界定，共同性与私人性得到区分，"小我"和"私我"被书写。在某种程度上，这既是对触发现代性的西方启蒙思想的借鉴和求助，也是对"五四"资产阶级启蒙思想的遥远回应。

但是，特别有意思的是，此时的审美现代性、审美自由所激烈批判和反对的是 20 世纪 80 年代之前的阶级政治而非资本市场，是把阶级政治与阶级理性作为绝对的他者予以激烈的批判、否定，转而拥抱市场、资本和中产阶级的生活方式、生活理想，释放诸如财富、利益的欲望，追逐"社会现代性"所强调的"中产阶级建立的胜利文明"①。也就是说，此时"审美现代性"与"社会现代性"达成了惊人的一致性而不是对立、分裂与批判②，与西方初期的审美现代性"激进的反资产阶级态度""厌恶中产阶级的价值标准"③有着迥然的时空区别。20 世纪 90 年代初发生的"人文精神大讨论"，"终极关怀派"王晓明等人和"世俗关怀派"王蒙等人看起来彼此对立，但是无疑都看到了中国社会文化自 80 年代以来的极其强烈的世俗化倾向。在一定意义上，"终极关怀派"秉持的是西方的文化现代性传统；而"世俗关怀派"则认为，相较于过去的计划经济，在市场经济条件下，不但人们的物质生活得到更大的满足，人们的精神世界也获得了巨大的改善，人的主体性、个体性、自由度都有了明显的提升，因而市场经济更加"人文"，不存在所谓"人文精神失落"的问题。应该说，这种认识在当时的中国是极具代表性的，也很有中国特色和时代特质。④在此意义上，"审美现代性"并不只是一种表现形态，而是一个复数。"中国审美现代性"应该说是一种与"社会现代性"具有相当契

---

① ［美］马泰·卡林内斯库：《现代性的五副面孔——现代主义、先锋派、颓废、媚俗艺术、后现代主义》，顾爱彬、李瑞华译，商务印书馆 2002 年版，第 48 页。

② 参见金永兵、王佳明：《从"新浪漫主义转向"到"后启蒙"时代——改革开放 40 年中国文艺观的嬗变》，《长江学术》2018 年第 4 期。

③ ［美］马泰·卡林内斯库：《现代性的五副面孔——现代主义、先锋派、颓废、媚俗艺术、后现代主义》，顾爱彬、李瑞华译，商务印书馆 2002 年版，第 48 页。

④ 参见严红兰、赖大仁：《人文精神：终极关怀与世俗关怀的"张力"关系——关于文学"人文精神"讨论的人学反思》，《贵州社会科学》2015 年第 4 期。

合度的"新现代性"。因此，1992年市场经济正式确立之后，审美很自然地与市场合拍，及至消费主义日益发展，出现审美的泛化，审美成为经济生产中重要的生产力因素，在商品逻辑中鲜活地存在着。但这是不是也意味着"审美的终结"？

中国审美现代性的这种特点，与西方当代发达资本主义社会的审美事实具有惊人的相似。在当代发达资本主义社会，"审美现代性"与资本主义"社会现代性"之间逐渐建立起更加微妙的辩证法：一方面，毋庸多言，"审美现代性"是资本主义"社会现代性"发展的产物；另一方面，审美也从资本主义经济的对立面和反叛面转变为资本主义经济发展的动力，被资本主义生产纳入自身逻辑，"审美现代性"反哺资本主义"社会现代性"。丹尼尔·贝尔的《资本主义文化矛盾》和奥利维耶·阿苏利的《审美资本主义》都曾指出这一点。以西方审美—资本主义的"共名"所牵涉出的文化—政治"同构"关系来观照当代的文学领域，可以看出，这种"同构"似乎成为一种跨文化、跨语境的普遍共识与思维方式。在这个意义上，中国的文学理论视域同这些理论的西方源发地在当下现实中走出协同的步调，审美和文学好像还存在，但是生活在别处。

再看审美自律。它是审美现代性的重要起点和标志，意味着美学向内转。美学的内在性在80年代及之后受到了前所未有的重视。康德在《判断力批判》中提出"无目的的目的性"，奠定了现代审美追求艺术自主的旨趣。此时，文学研究美学化，"纯文学"的概念被提出，文学和社会的边界被清晰地划分出来，人们试图剥离掉美学观念曾经黏连着的庸俗经济决定论、政治桎梏、意识形态残余和功利主义成见。审美从历史和社会工程的宏大叙事中得到了解放，走向非功利性、纯粹性、自主性、独立性。这一方面是对"社会现代性"的反叛、逃离，另一方面也是"审美现代性"在为自己立法。

审美自律带来了对文学形式的高度关注。对于文学来说，重要的不再只是"写什么"，而是"怎么写"。现实主义的"形象-典型"思维此时显得老旧且狭隘，被"表现性"和"形式性"诉求所补充和取代。文学创作的形式、手段、技巧成为评判文学的重要标准和尺度。一方面，教材大多相对保守地从"内容-形式"的辩证关系来为"形式"开路，如"文学作品的形式就是它的内容诸要素的组织、构造方式和具体表现形态。文学作品的形式就是它的内容存在的方式。作家借助语言、结构、各种体裁样式和表达手段等，使内容诸要素整合、有序，成为一个完形的有机整体，达到内容与形式的统一"①。文学的审美性质、语言特征、文体、结构、意象、意境、修辞等各个层次开始被探讨和研究，审美的符号－形式形象取代了传统的反映论－内容形象，教材中给文学之美学性、艺术性留出的空间越来越多。另一方面，当时文艺理论的引介、文学的创作与实践远比"文学"的教科书定义走得更远。受到西方20世纪以来"形式主义"的转向和"审美现代性"中"先锋派"运动的影响，中国的文学场域也出现了各种现代的、先锋的形式要素，占领着文学审美批评与鉴赏的高地。俄国形式主义将语言形式与技巧界定为文学之所以具有"文学性"的本质，英美新批评也将形式的"有机整体"视作文学的本体，结构主义与叙事学、卡西尔的"符号"（symbol）理论等作为文学"形式"概念的变异和展开，为审美现代性提供了丰富的呈现路径和展现方式。符号学、叙事学、风格学、文体学、修辞学等都成为文学形式论派别下更为细致的分支。可以说，正是由于对形式的高度重视，相关的审美实践和理论蓬勃发展，西方审美现代性的审美自律便具有了真实的意义。追求形式的先锋派是一次坚定和彻底的反叛，政治的意识形态维度被顽固地抛弃，文学成为审美的游戏。受此影响，中国古典文论中所探讨的比兴、兴象、风骨、体性等范畴重新得到观照。

但一个明显的事实是，在中国无论多么强调形式因素，形式并没有成为真正独立的因素。也就是说，中国并没有出现真正的形式主义理论，也鲜见成功的先锋派艺术实践，当年的"伪现代主义"之说在一定的意义上也包含这个层面的意思。因此，这里的"形式革命"和"向内转"并没有实现审美自律、艺术独立。用"审美自律"来代替"政治话语"的同时，人们依然保留了乌托邦的愿景，"审美自律性"反对的是政治在话语领域的教条主义独断论，而并没有反对政治性，或者说算是认同了一种"去政治化的政治"。

在消费主义时代，西方"审美现代性"与"社会现代性"之间暗通款曲，可以说这是"中国审美现代性"从一开始就采纳的逻辑并且沿着这个

---

① 孙耀煜、郁沅、陆学明主编：《文学理论教程》，人民文学出版社1991年版，第265页。

逻辑一路前行。在当代中国，审美自律性和艺术的独立性并没有被真正强调，甚至也可以说，当代中国并没形成现代西方（不是指当代发达资本主义社会）意义上的"审美现代性"，而只能称其为"中国审美现代性"。譬如，对于文学的定义，有中国学者试图在传统的意识形态维度和强调文学本体的审美维度之间寻求调和与中介。在文论界颇为流行的"审美意识形态论"就是主要的代表，不少当代文学理论教材都采用了这种观点。这种文学观认为："文学作为审美意识形态不是单纯的审美，也不是单纯的意识形态，而是审美意识的自然的历史生成。意识形态理论讨论的是文学与其它意识形态在社会结构中的地位和作用，在实现方式上不同而又具有共同的意识形态性，而审美意识形态则是把文学作为相对的独立形态，讨论的是这种独立形态自身的本质特性。"① 也有学者从内部审视审美与意识形态之间复杂的张力关系与内在差异，提出文学是在多维层面同时展开的精神文化现象，是一种多元决定的"社会意识形态"。② 可以看出，意识形态和审美从 20 世纪 50 年代的前者遮蔽后者发展到后者的自觉以及对前者的反哺和互渗，文学的定义也折射出文学与政治，文化与社会、市场之间的天平试图达到某种微妙的平衡。

纵观整个七十年，前有"反映论"，后有"审美论"以及当下的"审美终结论""文学终结论"。也就是说，"审美论"在 20 世纪八九十年逐渐取代了政治"反映论"，而今天，它也趋于溃散和离析。值得反思的是，"审美中心论"与个人审美自由主义能够真正逃离它所批判和直面的共同体吗？鲍曼在《共同体》中区分了两种"共同体"，一种是"想象的共同体"，另一种是"实际存在的共同体"。③"审美中心论"是以"审美"为权力之眼，通过个体自由构建出"审美共同体"和"情感共同体"，这其实是在"阶级共同体"难以为继的情况下所做出的替代性选择，以"想象的共同体"来接续正在遭遇危机的全面公有制与阶级共同体这一"实际存在的共同体"。可是，随着消费社会的来临以及审美的泛化与消

---

① 钱中文：《论文学审美意识形态的逻辑起点及其历史生成》，《文学评论》2007 年第 1 期。
② 董学文、陈诚：《"审美意识形态"文学本质论浅析》，《湖南师范大学社会科学学报》2006 年第 3 期。
③ ［英］齐格蒙特·鲍曼：《共同体》，欧阳景根译，江苏人民出版社 2003 年版，"序言"第 5 页。

解，"审美共同体"这种想象的共同体建立的理论依据又在哪里？当代社会的政治经济文化是否已经呈现出某种"脱序"状态？文学还在，可是又该如何定义呢？如果说，"不定义"也是一种定义，那么，这就标示了一种寓言式的姿态，即无论这个"定义"是缺席还是在场，它都在阐释这个时代所有的困境与可能，同时也虚位以待，召唤下一个"定义"的发生。

第二节　中国马克思主义文论的三维结构

当代中国文学理论话语体系建设、基本理论问题的创新和新的文学定义的可能，都离不开中国马克思主义文艺理论的建构与充分发展，而这是一个艰苦的探索过程，充满创造也充满迷误。因此，讨论文学定义的嬗变以及新的定义的可能，需要一个更基本的新的理论建构，需要中国马克思主义文艺理论的新突破、新发展。

长期以来，中西方学界对马克思主义文艺理论的研究，内容丰富、多面而庞杂，呈现出多种不同倾向，对此可以做多种归纳分类。譬如，英国学者马尔赫恩提出的三种相位说①；伊格尔顿在《马克思主义文学理论》中提出"人类学的、政治的、意识形态的以及经济的"四分法②。在中国近百年的理论与现实实践中，马克思主义文论和美学实际上存在着三个不同的趋向：或者强调的是以物质决定意识为基础、突出意识形态批判的反映

---

① 这三种相位包括 19 世纪 40 年代中期至 20 世纪前半期由马克思、恩格斯及其后的第二国际和俄苏为代表的"古典主义或科学社会主义的相位"、20 世纪 20 年代至 60 年代以卢卡奇、萨特、法兰克福学派的人道主义马克思主义为代表的"具有自我批判的相位"、20 世纪 60 年代末以来威廉斯文化唯物主义和阿尔都塞反人道主义为代表的"批判的古典主义相位"。参见 [英] 弗朗西斯·马尔赫恩编：《当代马克思主义文学批评》，刘象愚、陈永国、马海良译，北京大学出版社 2002 年版，第 12—39 页。

② 伊格尔顿根据西方情况所做的划分与中国有明显的不同，他所说的政治学模式和意识形态模式在中国长期以来总体上是合二为一的，即使到了 20 世纪 80 年代以后传统的以阶级政治为核心的意识形态出现泛化，似乎离开了宏观政治而独立，但其时的政治意涵也同样从阶级政治、政治经济关系走向一种微观政治学，故而仍然可以将意识形态与政治统一起来考虑，譬如在文化研究那里；而人类学模式在中国虽有学者在努力践行，但是尚未形成足够的作为范式的影响。参见 [英] 特里·伊格尔顿：《马克思主义文学理论》，《历史中的政治、哲学、爱欲》，马海良译，中国社会科学出版社 1999 年版，第 109 页。

论；或者强调的是社会生产框架下的突出艺术在特定社会条件下的存在方式的艺术生产论；或者强调的是作为生产的一般和人类自由实践活动中的个人及人类的主体性、创造性的实践论。

一、文艺反映论

反映论的理论目的是对思想进行"本源性"的考察，虽然它依然承认思想有其特殊规律，并有能动的反作用，但其关注的重点不是文艺复杂的生成机制，而是这一生成机制中的两个关键要素"物质"和"意识"之间的等级关系。马克思主义的反映论讨论了"物"与"思"的关系，即思维与存在、精神与物质的关系。存在决定意识，强调了"物"的优先性，"物"相比于"思"之优先性是马克思、恩格斯辩证唯物主义的重要意涵。马克思、恩格斯对这种优先性的强调，根本目的是要将理论的关注点从意识现象本身转移到意识现象的来源中去，强调以现实性的物质实践来批判那种纯粹内在的哲学批判。虽然反映论中实际上就包含着生产论和实践论的要素，但是在我国，反映论曾经长期呈现出让文艺服务于物质性革命活动、弱化意识现象本身的特殊规律的倾向。这是因为在特定的历史语境下，阶级革命被视为第一要务，借由反映论对思想之来源的强调，可以将一切思想批判的矛头引向其物质性根源。

马克思主义的认识论是以反映论为核心的，马克思、恩格斯在其著作的诸多论述中，都是从不同方面揭示了现实是如何反映在意识之中的。马克思认识到无论是以当时的青年黑格尔派为代表的德国唯心主义，还是其他一切民族的意识形态，都认为"宗教、概念、普遍的东西统治着现存世界"，因此"完全合乎逻辑地向人们提出一种道德要求，要用人的、批判的或利己的意识来代替他们现在的意识，从而消除束缚他们的限制"。这些"哲学英雄"的"夸夸其谈"，"只是用词句来反对这些词句；既然他们仅仅反对这个世界的词句，那么他们就绝对不是反对现实的现存世界"。①而这实际上也是德国现实状况的"反映"。在《德意志意识形态》中，马克思、恩格斯说："思想、观念、意识的生产最初是直接与人们的物质活动，与人们的物质交往，与现实生活的语言交织在一起的。人们的想象、

①《马克思恩格斯文集》第 1 卷，人民出版社 2009 年版，第 515—516 页。

思维、精神交往在这里还是人们物质行动的直接产物。"① 这段话可以视作辩证唯物主义在认识论上的表达。正如马克思在《〈政治经济学批判〉序言》中所说的："物质生活的生产方式制约着整个社会生活、政治生活和精神生活的过程。不是人们的意识决定人们的存在，相反，是人们的社会存在决定人们的意识。"② 在具体的社会生活、政治生活和精神生活中，精神对物质基础的反映可以有多种形式，可以是直接的，也可以是间接的。前者如某些社会思潮的形成与社会经济结构的高度同构性，如 15 至 16 世纪在欧洲各国盛行的重商主义，就反映了商业资本的利益要求通过对外贸易出超、严禁货币输出、国家干预经济等，实现货币的增长③；后者如宗教则是对现实生活的一种幻想的反映形式。

意识是物质的产物，同时也是社会的产物。"意识到必须和周围的个人来往，也就是开始意识到人总是生活在社会中的。"④ 这体现在，意识的产生必须是通过某种"关系"而实现的。人的意识并非纯粹的意识，精神在它诞生之初就要受到语言的纠缠。意识反映着个体与环境之间的关系，是通过与他人交往的迫切需要才产生的。"语言也和意识一样，只是由于需要，由于和他人交往的迫切需要才产生的。凡是有某种关系存在的地方，这种关系都是为我而存在的"。⑤ "关系"是人与动物在创造性方面的基本区别之一。因为"动物不对什么东西发生'关系'，而且根本没有'关系'；对于动物来说，它对他物的关系不是作为关系存在的。"⑥ 因此，意识是社会的产物，人的现实存在是意识作为社会的产物这一结论存在的前提。

在确立了物的优先性的基础上，更要看到马克思、恩格斯反映论的突出特征。首先，物质的决定作用不是机械性的，而是处于历史性的辩证过程中。正如列宁在《黑格尔〈逻辑学〉一书摘要》中所说的那样，这一过程不是简单的、僵化的，它始终处在矛盾和运动之中。⑦ 人的思想对自然

---

① 《马克思恩格斯文集》第 1 卷，人民出版社 2009 年版，第 524 页。
② 《马克思恩格斯文集》第 2 卷，人民出版社 2009 年版，第 591 页。
③ 《马克思恩格斯文集》第 1 卷，人民出版社 2009 年版，第 770 页。
④ 《马克思恩格斯文集》第 1 卷，人民出版社 2009 年版，第 534 页。
⑤ 《马克思恩格斯文集》第 1 卷，人民出版社 2009 年版，第 533 页。
⑥ 《马克思恩格斯文集》第 1 卷，人民出版社 2009 年版，第 533 页。
⑦ 《列宁全集》第 55 卷，人民出版社 1990 年版，第 165 页。

界的反映、意识对物质的反映过程中的矛盾与运动，并非天然就有的，它们的形成也经历了一定的社会历史过程。起初，意识只是人类对可感知的环境的直接反映，但这种反映是较为狭隘的，伴随着人的创造性活动，人类不再认为自然界是完全异己的、有无限威力的、不可制服的，人类的反映的广度和深度都在不断扩展。

其次，以反映论为核心的认识论的形成，强调了人的思维的能动作用，反映论指出物质和精神之间的关系，这种关系的建立是通过人的感觉器官来实现的。在马克思看来，观念的形成必须要经过物质在人脑中改造的过程，这个主体改造的过程是不能忽略的。这里有创造有变形，有选择有遮蔽，不是平面镜子一样的反映，而是一个主体能动的反映，体现着主体的各种本质量的实现及其不同结果。他在反驳黑格尔的观点时说：

> 在黑格尔看来，思维过程，即甚至被他在观念这一名称下转化为独立主体的思维过程，是现实事物的创造主，而现实事物只是思维过程的外部表现。我的看法则相反，观念的东西不外是移入人的头脑并在人的头脑中改造过的物质的东西而已。[1]

恩格斯也提出：

> 一切观念都来自经验，都是现实的反映——正确的或歪曲的反映。[2]

反映论要解决的实际问题，是文艺与现实生活的关系问题，具体而言，讨论和考察的是文艺在社会结构关系中的定位。文学的意识形态论以及意识形态批评正是对这一问题的回应。文艺首先是一种社会精神现象，这是文艺在整个社会结构中的位置，社会生活是文艺的源泉。"作为观念形态的文艺作品，都是一定的社会生活在人类头脑中的反映的产物"，在这种理论前提下，毛泽东提出："革命的文艺，则是人民生活在革命作家头脑中的反映的产物。"[3]正是基于文学反映社会生活的观点，包括文学艺术

---

① 《马克思恩格斯文集》第 5 卷，人民出版社 2009 年版，第 22 页。
② 《马克思恩格斯文集》第 9 卷，人民出版社 2009 年版，第 344 页。
③ 毛泽东:《在延安文艺座谈会上的讲话》，商务印书馆 1972 年版，第 46、48 页。

在内的意识形态各领域在不同时期所产生的状貌与变革也必须要回到社会现实中，特别是其中的物质性力量方面加以溯源和解释。文艺没有自己的历史。在这个意义上，正如卢卡奇所指出的那样，马克思、恩格斯"从来没有否认人类生活中各个个别活动领域（法律、科学、艺术等）有着相对独立的发展"，他们反对的"只是那种认为科学或艺术的发展能够完全或者主要从它们的内在关系来进行解释的观点"。[①]

在社会结构中解答了文艺从何处来的问题，文艺的性质自然也就由社会现实生活所决定，由此产生关于文艺的人类性、人民性、阶级性、民族性、世界性等认识。社会生活的现实需要也就内在地规约着文艺在社会中有何功用的问题。文艺为谁而创作、文艺反映什么样的生活、什么样的人才能成为革命作家、如何反映人民生活等等，一个系统的问题链随之产生。而这些问题的思考与回答逻辑都内在于文艺反映论的总阀之中。

文学艺术作为社会现实的一种反映形式，能够通过对社会现实的反映有效地实现对现实的批判功能以及美学想象与构型功能。恩格斯在致考茨基的信中说：

> 如果一部具有社会主义倾向的小说，通过对现实关系的真实描写，来打破关于这些关系的流行的传统幻想，动摇资产阶级世界的乐观主义，不可避免地引起对于现存事物的永恒性的怀疑，那么，即使作者没有直接提出任何解决办法，甚至有时并没有明确地表明自己的立场，我认为这部小说也完全完成了自己的使命。[②]

恩格斯说的还只是社会主义倾向的小说，如果进一步看，无产阶级革命文艺则要如毛泽东说的那样成为"革命机器的一个组成部分，作为团结人民、教育人民、打击敌人、消灭敌人的有力武器，帮助人民同心同德地和敌人作斗争"[③]。而社会主义文艺则要坚持为人民和社会主义事业服务，反映社会生活，发挥其意识形态功能。

① ［匈］乔治·卢卡契：《马克思恩格斯美学论文集引言》，《卢卡契文学论文集》（一），中国社会科学出版社1980年版，第274页。

② 《马克思恩格斯文集》第10卷，人民出版社2009年版，第545页。

③ 毛泽东：《在延安文艺座谈会上的讲话》，人民出版社1975年版，第2页。

在马克思、恩格斯以后的文学理论对文学反映论思想的发展和继承，是"通"与"变"并存的过程。譬如，列宁、普列汉诺夫等马克思主义理论家仍然坚持马克思、恩格斯的历史唯物主义立场，强调文艺是对社会现实的反映，但又对他们并未过多涉及的反映主体进行了深入剖析，强调主体在反映过程中的能动作用。这些理论成果脱胎于马克思、恩格斯的论述，又是对其的丰富和发展，与俄苏自身的现实环境和革命需要之间具有深刻的内在联系。列宁的反映论思想将反映论中的主体问题提到了一个很重要的程度，格外强调反映主体的具体性和历史性的存在，成为社会主义现实主义的理论基础，也切实地影响了苏联的文学理论建设与文艺创作实践。

中国新时期文学理论界兴起的"审美反映论"，对文学的审美性和情感性等特点进行强调，这种主张丰富了我们对文学与现实之间关系的理解，是中国文学理论界对马克思主义文论的重要贡献。总的来说，反映论所回答的是文学创作的源泉、文学以怎样的方式掌握现实、文学创作中客观规律与主观创造的关系以及文艺的社会功能等文学理论的基本问题。因而也可以说，反映论是马克思、恩格斯以来的马克思主义文学理论的重要基石。正如王元骧所指出的，"反映论、实践论、价值论、本体论、人生论等"，它们"都是从能动的反映论亦即建立在实践基础上的辩证唯物主义的认识论中引发、派生出来的，它们之间有着内在的逻辑关系，很难机械地划分为彼此独立的认识阶段，更不能理解为'转向'"。[①] 能动的反映论是这些思想的起点，并且贯穿始终。

立基于辩证唯物主义的马克思主义文艺反映论不仅把被唯心论颠倒的文艺与社会生活的关系重新颠倒过来，拨去了长期笼罩在艺术起源问题上的种种唯心论、神秘论迷雾，重新界说了文学艺术在现实社会结构中的地位和作用以及在多种联系和多重复杂关系中的文艺的社会本性和本质，还阐述了艺术和美起源于人类劳动与交往，从最根本的意义上为艺术找到了发生发展的根源，为广大劳动群众指出了其所以受文化奴役的原因，马克思主义文艺理论的革命性在此得以凸显。

---

① 苏宏斌、王元骧：《从"审美反映论"到"艺术人生论"——王元骧教授访谈录》，《文艺研究》2019 年第 6 期。

二、艺术生产论

如果说反映论主要是对意识现象中两个关键要素"物质"和"意识"之间重要性顺序的确认，那么，在艺术生产论中，更为关键的则是从物质到意识的具体而复杂的生成过程。换言之，反映论确认的是文艺生成机制的两个端点孰先孰后的问题，生产论则转而考察这一机制本身，即艺术是如何具体被物质性地生成的。

从反映论的视野出发，必然看到文艺的意识形态批判的重要价值，但意识形态批判却不能只是拘囿于精神意识领域，而更要看到意识形态与艺术生产之间的关系，尤其是当艺术生产越来越呈现技术化、社会生产性特征的时候。正如伊格尔顿所言，"如何说明艺术中'基础'与'上层建筑'的关系，即作为生产的艺术与作为意识形态的艺术之间的关系"，"是马克思主义批评当前面临的最重要的问题之一"。①

马克思主义理论家从历史唯物主义和剩余价值的角度考察与艺术有关的问题，提出了艺术生产的有关理论。艺术生产论是从生产维度、在生产力和生产关系的框架中考察艺术的生产与消费问题，突出了历史性和社会性特征，在具体的社会历史框架中考察艺术的生产力和生产关系。

"艺术生产"理论是马克思从唯物主义历史观和剩余价值的角度考察与艺术有关的问题的重要成果，提出了在作为"精神生产部门"的"精神生产实践"的艺术生产的有关理论。马克思在《1844 年经济学哲学手稿》中指出，宗教、家庭、国家、法、道德、科学、艺术等等，都不过是生产的一些特殊方式，受到生产的普遍规律的制约和支配。在《德意志意识形态》中，马克思明确了艺术生产的主体，即，人，是自己观念和思想等的生产者。1857 年，艺术生产第一次作为一个独立的概念在《〈1857—1858 年经济学手稿〉导言》中提出。马克思说："当艺术生产一旦作为艺术生产出现，它们就再不能以那种在世界史上划时代的、古典的形式创造出来。"②此后，艺术生产在《资本论》和《剩余价值理论》中呈现了更明确

---

① ［英］特里·伊格尔顿：《马克思主义与文学批评》，文宝译，人民文学出版社 1980 年版，第 81 页。

② 《马克思恩格斯文集》第 8 卷，人民出版社 2009 年版，第 34 页。

的解释和定义，有关艺术生产的几个核心问题被逐一指出，如艺术生产中生产劳动与非生产劳动的区别、资本主义制度下艺术生产者的状况与艺术生产本身的状况、资本主义生产关系与真正的艺术生产的对立。艺术生产理论自此趋于成熟，提供了一个完整的将艺术生产与物质生产相互比较关联作为考量艺术与美的方法的体系。

马克思把人类的生产活动归纳为三大类，即人口生产、物质生产和精神生产。一方面，精神生产是人类的生产活动部门之一，艺术生产受到普遍的生产的规律支配；另一方面，艺术生产与其他生产方式相比，又呈现了一定的特殊性，即它是一种精神生产。马克思主义艺术生产论在三个层面上解决艺术的问题：其一，艺术生产受到物质生产这一基础的决定性影响，在生产力、生产关系以及基础与上层建筑的理论结构中来讨论艺术生产的艺术生产力的问题、生产和消费以及背后的生产关系问题；其二，艺术作为特殊精神生产的独特性以及与物质生产的不平衡关系；其三，艺术生产在特定社会历史条件下的存在方式及其特点，马克思着重考察的是资本主义社会艺术生产的特点，特别是资本主义生产方式与艺术生产的敌对关系。

马克思之前的理论家，特别是德国古典思想家和美学家，在探讨艺术问题时，往往是从两个路径入手：或者从客体的、直观的形式去理解，把艺术机械地看成是事物、现实、生活、感性的简单摹拟、反射和复写；或者从主观、心灵和情感方面去理解，把艺术单纯地归结为自我的外化、情绪的释放、人性的表现等等。因此，"艺术生产"的提出是对康德、费尔巴哈、黑格尔等德国古典美学的批判吸收与继承生发。康德突破了以往美学的局限，对具有先验性意味的人类的"共通感"与具有社会性意味的"人类集体的理性"进行了调和与整顿；而黑格尔指出"艺术作品是人的活动的产品"[①]；费尔巴哈则认为艺术是表现感性事物的真理，强调感性世界的重要。马克思既排斥了康德、黑格尔唯心主义的抽象和神秘，又拒绝了费尔巴哈旧唯物主义美学的机械、直观的反映论思想。同时，他又批判

---

① 此处所谓的"活动"即指人"把内在世界和外在世界作为对象，提升到心灵的意识面前，以便从这些对象中认识他自己"。由于这种活动结合了主观与客观两个维度，因此艺术"基本是为人而作的，而且是诉之于人的感官的，多少是从感性世界吸取源泉的"。参见［德］黑格尔：《美学》第一卷，朱光潜译，商务印书馆 1979 年版，第 32—33、40 页。

继承了主、客观唯心主义美学中的能动论、实践论营养，从人的社会本质出发，把艺术和审美当作一种特殊的生产实践来把握。正如英国学者柏拉威尔在《马克思和世界文学》所强调的：

> ［马克思］把主要用于经济学的术语也用在文学和其他艺术的历史上，如生产（Produzieren, Produktion）等。他把诗人也叫做"生产者"，把艺术品叫做"产品"，虽然是一种独特的、有别于其他种类的"产品"。马克思通过使用这样的术语叫我们不要忘记把艺术放在其他社会关系的框子里来观察，特别是应该放在物质生产关系和生产手段的框子里。只有明确了这一点之后，他才能独立地、抽象地研究艺术，才有余暇观察一下艺术领域自身。①

可以这样说，艺术生产理论是马克思美学思想的革命性贡献。

继马克思之后，很多理论家沿着马克思开辟的艺术生产论的道路拓展了不同的理论空间。本雅明从实践性与物质生产的角度讨论现代文化的状况，他认为艺术创作即是生产过程，艺术家是生产者，读者或观众是消费者；艺术创作是生产，对艺术的鉴赏和阅读即是消费，艺术创作技巧体现了生产力水平，相应地也就存在艺术生产关系。他还指出，从事文学的基础已经从"专业化的培训"变成了"综合技术的培训"，文学成了"公共财富"；②技术赋予复制品现实性，因此以消费为目标的艺术生产现实有待被改造和革新。马歇雷认为，艺术史以意识形态原料进行的多重加工与背反，导致了离心结构的出现，而离心结构所衍生的艺术生产品的空白和间隙处恰恰有助于批评家从科学、理性、客观的角度对艺术进行研究——科学批评同样是一种生产。法国的布迪厄提出的生产"场域"理论，注重艺术生产因素的综合性。朗西埃则在讨论艺术生产制度之外提出了"审美制度"，通过感性经验的分配突破现有生产制度的重围，达到人类的解放。

---

① ［英］希·萨·柏拉威尔：《马克思和世界文学》，梅绍武、傅惟慈、苏绍亨、董乐山译，生活·读书·新知三联书店1982年版，第383页。

② ［德］瓦尔特·本雅明：《经验与贫乏》，王炳钧、杨劲译，百花文艺出版社2000年版，第278页。

人类处在一个世界市场的发展与成熟，消费主义持续火热的时代，"消费在观念上提出生产的对象，把它作为内心的图像、作为需要、作为动力和目的提出来"①。马克思主义的艺术生产理论不断呈现出更加复杂的面貌，它所包含的问题包括艺术消费、生产机制、审美制度、艺术生产与意识形态的权力政治关系等。特别是在当代科技革命的演进及大众文化的消费性特征不断彰显的时候，艺术生产论的理论效力得到持续强调与延展。从"艺术生产"理论出发，回到对当代中国的观照，无论是改革开放后第一个十年关于文学和文化内容的反思、体制的修复和重建，还是20世纪的最后十年将意识形态与艺术生产有机结合的不断尝试与探索，还是21世纪以来文化生产中意识形态与资本的紧密结合，都回归了马克思主义文艺观关于意识形态和文化生产之间关系的讨论，又与具体的社会历史发展紧密相连。

但是，也不可忽视当下对艺术生产理论的理解和应用表现出的若干偏向：一是，艺术生产理论的丰富性一直有所阙如，特别是艺术生产作为特殊的精神生产，其独特性没有在这一理论框架内得到充分展开，艺术生产与作为人类自由自觉实践活动的一般性之间的密切关系，以及艺术生产中作为个体的人及其人的类本质等重要问题未能被充分观照；二是，对艺术生产中生产技术、艺术技巧的关注亦显得薄弱，理论关注的重心仍然偏重于特定社会历史阶段，特别是资本主义社会艺术生产与资本主义生产方式的矛盾性以及由此引发的意识形态批判方面，至于对作为艺术生产力的生产技术、技巧在当代，尤其是社会主义艺术生产中的功能及其实现方式少有涉及；三是，随着现代科技发展和文化产业勃兴，对马克思主义文艺理论生产论的关注，越来越多地集中在"艺术产业""文化创意产业"等产业、科技因素，对生产论应有的内在的人的主体创造性、生产的历史性因素关注不够，尤其是在人工智能等新技术革命的出现和蓬勃发展的趋势中，需要对人的主体性和创造性的再认识、再张扬，激发其解放潜能。也正是在这个意义上说，马克思主义的审美实践论有其不可或缺的意义。

---

① 《马克思恩格斯文集》第8卷，人民出版社2009年版，第15页。

三、审美实践论

在以物质和意识为两个端点的文艺生产机制中，既是承担这一机制的主体，又是这一机制得以完成的中介的"人"，是一个极容易被忽视的范畴。物质是人类实践的对象和基础，自然对人来说始终是人化的自然，而艺术虽取材于外部对象，却归根结底是人的创作产物。将文艺视为一种物质生产机制，极容易将其抽象化为非人道主义的机械过程，这一过程看起来正如资本主义的生产过程一样不产生于人的现实需要，也不以人为最终目标。因此，对审美实践的强调实则是对人的强调，而只有通过对人的强调，才能为文艺生产机制赋予真正符合马克思主义的价值判断。

审美实践论并不是独立于艺术生产论的，在马克思、恩格斯那里，生产实践并不是截然分开的概念，但相对而言，审美实践论强调的是艺术生产作为人和人类生产实践活动的一般性特征，或者说，流行的艺术生产论并没有足够重视艺术生产作为人的生产实践的主体性、创造性因素，因此审美实践论是紧扣马克思主义作为人学的维度进行的。在一定的社会历史条件下的"生产"行为本身不仅是客观的、物质的，而且带有人类的实践性特征，即体现人的独特的主体创造性。马克思、恩格斯的辩证唯物主义哲学强调了物的基础性和优先性，又基于历史唯物主义哲学强调了艺术生产的历史性与社会性，但在这两者之中，文学和艺术作为独特的精神生产，是人的自由自觉的实践的行为，因此从实践的角度考察艺术活动，凸显了人的作为主体的创造性。朱光潜曾试图把反映论与生产实践论结合起来。他说：

> 单从反映论去看文艺，文艺只是一种认识过程；而从生产劳动观点去看文艺，文艺同时又是一种实践的过程。辩证唯物主义是要把这两个过程统一起来的。[1]

文艺通过实践的过程，从认识走向生产。

在马克思、恩格斯的学说中可以见出，他们是从人的现实存在这个出

---

[1]　朱光潜：《论美是客观与主观的统一》，《朱光潜全集》第 5 卷，安徽教育出版社 1989 年版，第 69—70 页。

发点去展开自己的理论的，因此这也构成了艺术生产论与审美实践论内在统一性的逻辑基点。马克思、恩格斯理解的人应当是现实的个人，这种现实的个人需要从历史中考察，并拥有清晰的在现代世界中的划定。"人们是自己的观念、思想等等的生产者"①，但这里所说的人不是他们自己或别人想象中的那种个人，而是现实中的个人。也就是说，这些个人是从事活动的，进行物质生产的，因而是在一定的物质的、不受他们任意支配的界限、前提和条件下能动地表现自己的。"有生命的个人的存在"是"全部历史的前提"，而作为前提性的人，在历史中重要的不是其生理特征或是其存在的自然条件，而是人的活动方式、表现其生活的方式，以及这些方式又是怎样同生产相联系、相一致的。麦克莱伦也指出，唯物史观要明确的一个问题是，"历史过程中的决定性因素归根到底是现实生活的生产和再生产"。②

实践创造论突出劳动作为人的实践活动的一般性，即作为人类的自由自觉性，并通过实践的一般性获得其类本质。马克思指出，"人只有凭借现实的、感性的对象才能表现自己的生命"，而要遭遇这样的对象就必须去实践，因此在人类实践的过程中，人表现出"强烈追求自己的对象的本质力量"。③人的生产是自由、自觉的活动，是能动的类生活。进一步说，正是通过物质性的生产实践，自然界作为人的对象而存在，变为人化的自然，于是人便不仅能在意识中反观自身，意识到自我的存在，还能通过在外部自然中看到自己的对象化产物，进而确认自己作为自由、自觉的主体的存在。

马克思在《〈政治经济学批判〉导言》中提出了四种掌握世界的方式，即政治经济的和艺术的、宗教的、实践的掌握世界的方式，文学艺术是人类掌握世界的方式中最能集中体现人的自由活动的特质的一种。因此，它更集中于解决文艺与主体性创造问题，既包括文艺的个体特殊性，也包括文艺的人的类的普遍性。通过人的活动，艺术也得以发挥其能动性和创造性的功能，艺术要做的不仅是哲学家那种"解释"世界的工作，更是改变

---

① 《马克思恩格斯选集》第 1 卷，人民出版社 1995 年版，第 72 页。
② ［英］戴维·麦克莱伦:《马克思以后的马克思主义》，李智译，中国人民大学出版社 2016 年版，第 11 页。
③ 《马克思恩格斯文集》第 1 卷，人民出版社 2009 年版，第 210—211 页。

世界的工作。实践唯物论所强调的人的主体性与创造性的集中体现，便是艺术与审美。在实践论的意义上，文艺活动是独特的精神实践活动，并且保留了人的实践的一般性。正是在这种意义上，在马克思那里，"实践的唯物主义者即共产主义者"①。

从人的实践活动出发，围绕美的规律与若干关于美的观念，马克思、恩格斯提出了"人也按照美的规律来创造"；艺术要创造出懂得艺术和欣赏艺术之美的大众，相应地，大众通过教育获得基本的艺术修养。在这一理论框架中，艺术的美学原则和相对独立性、艺术审美与人类自由自觉类本质的内在关系、审美对于现实原则的超越和解放功能都得以强调，艺术的解放潜能和批判功能有了内在的逻辑依据。马克思、恩格斯之后的理论家也不断进行阐释和发展，尤其是西方马克思主义理论家诸如马尔库塞将艺术作为打破意识的单向度性的重要手段和媒介，主张只有艺术的世界、审美的世界才能恢复现代人已经失去的自由。中国在 20 世纪 80 年代开始的张扬人道主义、倡导人文精神的思潮，与马克思、恩格斯实践论所突出的人的主体性、创造性产生了高度的契合性。

但是，无论是西方马克思主义还是中国流行的实践论美学都普遍存在着将实践泛化、消解掉实践的物质性基础的倾向，因其过度强调精神性、心理性特质而更加接近西方现代唯心主义美学。也就是说，割裂了原本在马克思主义那里统一的实践论与生产论。恩格斯在《路德维希·费尔巴哈和德国古典哲学的终结》中，将"实践"表述为生产（工业的）和实验。②黑格尔的哲学将自然界作为外化的精神世界，而绝对观念是历史要到达的终点。在这样的哲学背景下，恩格斯之实践之要义则是作为内在精神和外在世界的中介，通过生产和实验将人的创造力固化下来。"实践"作为马克思主义的基本的观点，旨在通过人的活动，对作为物的自然、作为现实的社会、作为创造性主体的人进行整体的、有机的联结。

以存在决定思维、物质决定意识的观点为核心的反映论，强调了"物"相较于"思"的优先性，这是马克思、恩格斯的辩证唯物主义的重要意涵和理论基石。无论是物的发展还是思的流变，无疑都是沿着一定的

---

① 《马克思恩格斯文集》第 1 卷，人民出版社 2009 年版，第 527 页。
② 《马克思恩格斯文集》第 4 卷，人民出版社 2009 年版，第 279 页。

历史脉络展开的。人类的社会活动是随着历史的发展变化而变化的，是在特定的政治、经济、文化制度下发展的结果。同时，一切生产力、生产技术等，也都是在继承与综合前人历史资料的基础上的创造和实践结果。马克思、恩格斯以及之后的马克思主义理论家从唯物主义历史观和剩余价值的角度考察了与艺术有关的问题，提出了艺术生产的有关理论。马克思、恩格斯从生产层面讨论文艺，主要是从历史唯物主义的层面展开的，突出了人类活动的社会性、历史性特征。应当注意到，马克思的艺术生产理论是从劳动/生产的一般性展开的，体现了马克思主义学说强调人的实践性这一层面。在马克思、恩格斯的理论框架中，文艺是人的独特的精神实践活动，是人类实践活动中最能体现人的劳动/生产的一般性特征或者说体现人作为人的类特性的自由自觉的实践活动。这表明，在人基于历史的发展成果而进行的艺术生产活动中，作为"类的人"和作为拥有"类本质"的个体的人，其作为一般性劳动的实践主体的主体性与创造性应当被强调。因此，马克思、恩格斯关于实践论的观点，或许在反映论和艺术生产论之间应成为一个不可或缺的中介环节，它突出强调了人的活动的一般性，即人作为人的活动的有意识有目的、自由自觉、全面完整的特性，突出了人的本质力量和人的主体性质素。艺术与审美，则是实践的唯物论所强调的人的主体性和创造性的集中体现。反映论、实践论和艺术生产论构成了马克思主义文艺理论的三维结构。反映离不开实践，实践活动与反映活动是交互影响的，反映与实践又最终是在具体的社会历史中完成的，呈现出社会性生产的特质。

历时地看，面对不同时代的历史境遇和时代提问，研究内容往往皆有兼顾，但是每个时代却有明显的侧重，强调的方面有所不同，价值诉求亦呈现出不同的面向，显示出明显的时代问题性。譬如，20世纪30年代至70年代末80年代初，文艺理论多关注反映论，偶尔也有实践创造论等思想的提出，但往往影响不大，论述不深，总体上是以反映论为主的。70年代末到90年代末，随着改革开放，西方人本主义思潮的涌入，市场经济的初步确立，人的自我意识觉醒，反映论被迫做出新的阐释和转型，但创新乏力，生产论与实践论应运兴起，分别成为文艺理论的重要阐释框架。在理论应用过程中，生产论与实践论往往相互交织，但也存在明显差异，这一时期生产论并没有被充分展开，而强调人的主体性创造性的实践论成为主导话语和理论重心，并不断寻求与西方现代性思潮相结合。进入21世纪以后，随着全球化程度的日益加深、中国经济的飞速发展、市场经济的全面深化，特别是新科技发展的日新月异、消费主义与大众文化的勃兴，反映论逐步退场，实践论继续发展但风头不再，而80年代初即开始被讨论但一直未能充分展开研究的艺术生产论，伴随着文化产业的兴盛，其重要性被进一步凸显，同时也被不断转移方向，越来越被文化产业领域做实用化处置。

总的来说，在中国，这些理论虽然呈现出发展的阶段性，并且其理论旨趣各有胜场和侧重，但其内在性是统一的。马克思、恩格斯既强调一般的哲学认识论，又突出辩证法的主体实践论；既强调人的活动或者说劳动的自由自在的一般性特征，又突出人类实践活动的社会性、历史性、生产性。三者相互交织，若只强调某个或某两个方面，都难免失之偏颇，甚至难免会出现以马克思反对马克思的尴尬局面。

参考文献

（一）学术著作

1. T. 阿多诺:《美学理论》，王柯平译，成都：四川人民出版社 1998 年版。

2. 阿尔都塞:《保卫马克思》，顾良译，北京：商务印书馆 1984 年版。

3. 路易·阿尔都塞、艾蒂安·巴里巴尔:《读〈资本论〉》，李其庆、冯文光译，北京：中央编译出版社 2001 年版。

4. A. 艾耶尔:《语言、真理与逻辑》，尹大贻译，上海：上海译文出版社 1981 年版。

5. 马克·昂热诺、让·贝西埃、杜沃·佛克马、伊娃·库什纳主编:《问题与观点——20 世纪文学理论综论》，史忠义、田庆生译：天津：百花文艺出版社 2000 年版。

6. M. H. 艾布拉姆斯:《镜与灯：浪漫主义文论及批评传统》，郦稚牛、张照进、童庆生译，北京：北京大学出版社 1989 年版。

7. 巴伯:《科学与社会秩序》，顾昕等译，北京：生活·读书·新知三联书店 1991 年版。

8. 巴赫金:《文本、对话与人文》，白春仁等译，石家庄：河北教育出版社 1998 年版。

9. 浜田正秀:《文艺学概论》，陈秋峰、杨国华译，北京：中国戏剧出版社 1985 年版。

10. 柏拉图:《文艺对话集》，《朱光潜全集》第 12 卷，合肥：安徽教育出版社 1991 年版。

11. S. S. 柏拉威尔:《马克思和世界文学》，梅绍武等译，北京：生活·读书·新知三联书店 1980 年版。

12. 贝尔纳:《历史上的科学》，伍况甫等译，北京：科学出版社 1981 年版。

13. 斯蒂文·贝斯特、道格拉斯·凯尔纳:《后现代理论——批判性的质疑》,张志斌译,北京:中央编译出版社 2001 年版。

14. 让·贝西埃、伊·库什纳、罗·莫尔捷、让·韦斯格尔伯主编:《诗学史》(上、下),史忠义译,天津:百花文艺出版社 2002 年版

15. 瓦尔特·本雅明:《经验与贫乏》,王炳钧,杨劲译,天津:百花文艺出版社 2000 年版。

16. 毕达可夫:《文艺学引论》,北京大学中文系文艺理论教研室译,北京:高等教育出版社 1958 年版。

17. 卡尔·波普尔:《猜想与反驳:科学知识的增长》,傅季重等译,上海:上海译文出版社 1986 年版。

18. 卡·波普尔:《科学知识进化论:波普尔科学哲学选集》,纪树立编译,北京:生活·读书·新知三联书店 1987 年版。

19. 卡尔·波普尔:《历史主义贫困论》,何林、赵平译,北京:中国社会科学出版社 1998 年版。

20. 汉斯·波塞尔:《科学:什么是科学》,李文潮译,上海:上海三联书店 2002 年版。

21. 波斯彼洛夫:《文学原理》,王忠琪、徐京安、张秉真译,北京:生活·读书·新知三联书店 1985 年版。

22. 波斯彼洛夫主编:《文艺学引论》,邱榆若、陈宝维、王先进译,长沙:湖南文艺出版社 1987 年版。

23. 皮埃尔·布迪厄、华康德:《实践与反思——反思社会学导引》,李猛、李康译,北京:中央编译出版社 1998 年版。

24. 皮埃尔·布迪厄:《艺术的法则:文学场的生成和结构》,刘晖译,北京:中央编译出版社 2001 年版。

25. 阿伦·布洛克:《西方人文主义传统》,董乐山译,北京:生活·读书·新知三联书店 1997 年版。

26. A. F. 查尔默斯:《科学究竟是什么?——对科学的性质和地位及其方法的评价》,查汝强、江枫、邱仁宗译,北京:商务印书馆 1982 年版。

27. 戴维·米勒主编:《开放的思想和社会——波普尔思想精粹》,张之沧译,南京:江苏人民出版社 2000 年版。

28. 丹纳:《艺术哲学》,傅雷译,北京:人民文学出版社 1963 年版。

29. 威廉·狄尔泰:《历史中的意义》,艾彦、逸飞译,北京:中国城市出版社 2002 年版。

30. 埃米尔·迪尔凯姆:《社会学方法的规则》,胡伟译,北京:华夏出版社 1999 年版。

31. 法伊尔阿本德:《反对方法》,周昌忠译,上海:上海译文出版社 1992 年版。

32. 斯坦利·费什:《读者反应批评:理论与实践》,文楚安译,北京:中国社会科学出版社 1998 年版。

33. 佛克马、易布思:《二十世纪文学理论》,林书武、陈圣生、施燕、王筱芸译,北京:生活·读书·新知三联书店 1988 年版。

34. 佛克马、蚁布思(易布思):《文学研究与文化参与》,俞国强译,北京:北京大学出版社 1996 年版。

35. 米歇尔·福柯:《知识考古学》,谢强、马月译,北京:生活·读书·新知三联书店 1998 年版。

36. 诺思洛普·弗莱:《批评的剖析》,陈慧,袁宪军,吴伟仁译,天津:百花文艺出版社 1998 年版。

37. 诺思洛普·弗莱:《批评之路》,王逢振、秦明利译,北京:北京大学出版社 1998 年版。

38. 埃里希·弗洛姆:《在幻想锁链的彼岸——我所理解的马克思和弗洛伊德》,张燕译,长沙:湖南人民出版社 1986 年版。

39.《弗洛伊德论美文选》,北京:知识出版社 1987 年版。

40. 吕西安·戈德曼:《文学社会学方法论》,段毅、牛宏宝译,北京:工人出版社 1989 年版。

41.《海德格尔选集》,上海:上海三联书店 1996 年版。

42. 华勒斯坦等:《开放社会科学:重建社会科学报告书》,刘锋译,北京:生活·读书·新知三联书店 1997 年版。

43. 华勒斯坦等:《学科知识权力》,刘健芝等编译,北京:生活·读书·新知三联书店 1999 年版。

44. N. R. 汉森:《发现的模式》,邢新力、周沛译,北京:中国国际广播出版社 1988 年版。

45. E. D. 赫施:《解释的有效性》,王才勇译,北京:生活·读书·新知三联书店 1991 年版。

46.黑格尔:《小逻辑》,贺麟译,北京:商务印书馆 1980 年版。

47.黑格尔:《美学》(三卷),朱光潜译,《朱光潜全集》第 13、14、15、16 卷,合肥:安徽教育出版社 1990、1990、1992、1990 年版。

48.胡塞尔:《哲学作为严格的科学》,倪梁康译,北京:商务印书馆 1999 年版。

49.阿·怀特海:《思想方式》,韩东晖、李红译,北京:华夏出版社 1999 年版。

50.马克斯·霍克海默:《批判理论》,李小兵等译,重庆:重庆出版社 1989 年版。

51.克利福德·吉尔兹:《地方性知识》,王海龙、张家瑄译,北京:中央编译出版社 2000 年版。

52.汉斯 - 格奥尔格·加达默尔:《真理与方法　哲学诠释学的基本特征》(上卷),洪汉鼎译,上海:上海译文出版社 1992 年版。

53.汉斯·加达默尔:《哲学解释学》,夏镇平、宋建平译 ,上海:上海译文出版社 1994 年版。

54.安纳·杰弗森、戴维·罗比等:《西方现代文学理论概述与比较》,包华富、陈昭全、樊锦鑫编译,长沙:湖南文艺出版社 1986 年版。

55.弗·杰姆逊:《后现代主义与文化理论》,唐小兵译,北京:北京大学出版社 1997 年版。

56.弗·詹姆逊(杰姆逊):《政治无意识:作为社会象征行为的叙事》,王逢振、陈永国译,北京:中国社会科学出版社 1999 年版。

57.乔纳森·卡勒:《当代学术入门:文学理论》,李平译,沈阳:辽宁教育出版社、牛津大学出版社 1998 年版。

58.马泰·卡林内斯库:《现代性的五副面孔——现代主义、先锋派、颓废、媚俗艺术、后现代主义》,顾爱彬、李瑞华译,北京:商务印书馆 2002 年版。

59.恩斯特·卡西尔:《人论》,甘阳译,上海:上海译文出版社 1985 年版。

60.恩斯特·卡西尔:《人文科学的逻辑》,沉晖、海平、叶舟译,北京:中国人民大学出版社 1991 年版。

61.康德:《判断力批判》注释本,李秋零译注,北京:中国人民大学出版社 2011 年版。

62. 康德:《任何一种能够作为科学出现的未来形而上学导论》,庞景仁译,北京:商务印书馆 1978 年版。

63. 拉尔夫·科恩主编:《文学理论的未来》,北京:中国社会科学出版社 1993 年版。

64. 库恩:《必要的张力》,纪树立译,福州:福建人民出版社 1981 年版。

65. 伊姆雷·拉卡托斯、艾兰马斯格雷夫:《批判与知识的增长》,周寄中译,北京:华夏出版社 1987 年版。

66. 伊·拉卡托斯:《科学研究纲领方法论》,兰征译,上海:上海译文出版社 1999 年版。

67. 罗里·赖安、苏珊·范·齐尔:《当代西方文学理论导引》,李敏儒、伍子恺等译,成都:四川文艺出版社 1986 年版。

68. 莱辛:《拉奥孔》见《朱光潜全集》第 17 卷,合肥:安徽教育出版社 1989 年版。

69. 杰里米·里夫金、特德·霍华德:《熵:一种新的世界观》,吕明、袁舟译,上海:上海译文出版社 1987 年版。

70. 李凯尔特:《文化科学和自然科学》,涂纪亮译,北京:商务印书馆 1986 年版。

71. 保罗·利科尔:《解释学与人文科学》,陶远华等译,石家庄:河北人民出版社 1987 年版。

72. N. 李克特:《科学是一种文化过程》,顾昕、张小天译,北京:生活·读书·新知三联书店 1989 年版。

73. J. 刘若愚:《中国的文学理论》,赵帆声等译,郑州:中州古籍出版社 1986 年版。

74. R. S. 鲁德纳:《社会科学哲学》,曲跃厚、林金城译,北京:生活·读书·新知三联书店 1989 年版。

75.《卢卡契文学论文集》(一、二),北京:中国社会科学出版社 1980、1981 年版。

76. 卢卡奇:《审美特性》(上下),徐恒醇译,北京:社科文献出版社 2015 年版。

77. 理查德·罗蒂:《后哲学文化》,黄勇编译,上海:上海译文出版社

1992 年版。

78. 波林·罗斯诺：《后现代主义与社会科学》，张国清译，上海：上海译文出版社 1998 年版。

79. 马尔库塞：《审美之维》，李小兵译，北京：生活·读书·新知三联书店 1989 年版。

80.《马克思恩格斯选集》（1—4 卷），北京：人民出版社 1995 年版。

81. 厄尔·迈纳：《比较诗学》，王宇根、宋伟杰等译，北京：中央编译出版社 2004 年第 2 版。

82. 卡尔·曼海姆：《意识形态与乌托邦》，黎鸣、李书崇译，北京：商务印书馆 2000 年版。

83. 托马斯·门罗：《走向科学的美学》，石天曙、滕守尧译，北京：中国文联出版公司 1984 年版。

84. J. 希利斯·米勒：《重申解构主义》，郭英剑等译，北京：中国社会科学出版社 1998 年版。

85. 尼采：《悲剧的诞生》，孙周兴等译，上海：上海人民出版社 2018 年版。

86. 奥托·纽拉特：《社会科学基础》，杨富斌译，北京：华夏出版社 2000 年版。

87. 约翰·齐曼：《元科学导论》，刘珺珺等译，长沙：湖南人民出版社 1988 年版。

88. 皮亚杰：《发生认识论原理》，王宪钿等译，北京：商务印书馆 1981 年版。

89. 皮亚杰：《人文科学认识论》，郑文彬译，北京：中央编译出版社 1999 年版。

90. 詹明信：《晚期资本主义的文化逻辑：詹明信批评理论文选》，张旭东编，陈清侨等译，生活·读书·新知三联书店 1997 年版。

91. 拉曼·塞尔登编：《文学批评理论——从柏拉图到现在》，刘象愚、陈永国等译，北京：北京大学出版社 2000 年版。

92. 乔治·萨顿：《科学史和新人文主义》，陈恒六等译，北京：华夏出版社 1989 年版。

93. 萨特：《存在主义是一种人道主义》，周煦良、汤永宽译，上海：上海译文出版社 1988 年版。

　　94. 维·什克洛夫斯基:《散文理论》,刘宗次译,南昌:百花洲文艺出版社 1994 年版。

　　95. 列维 - 斯特劳斯:《结构人类学》,陆晓禾,黄锡光等译,北京:文化艺术出版社 1989 年版。

　　96. E. F. 舒马赫:《小的是美好的》,虞鸿钧、郑关林译,北京:商务印书馆 1984 年版。

　　97. 托多罗夫(托多洛夫):《巴赫金、对话理论及其他》,蒋子华、张萍译,天津:百花文艺出版社 2001 年版。

　　98. 托多洛夫:《批评的批评——教育小说》,王东亮、王晨阳译,北京:生活·读书·新知三联书店 1988 年版。

　　99. 托多罗夫编选:《俄苏形式主义文论选》,北京:中国社会科学出版社 1989 年版。

　　100. 斯蒂文·托托西:《文学研究的合法化》,马瑞奇译,北京:北京大学出版社 1997 年版。

　　101. 马克斯·韦伯:《文化科学方法论》,《韦伯文集》(上),北京:中国广播电视出版社 2000 年版。

　　102. 彼得·威德森:《现代西方文学观念简史》,钱竞、张欣译,北京:北京大学出版社 2006 年版。

　　103. 雷·韦勒克、奥·沃伦:《当代学术入门:文学理论》,刘象愚等译,北京:生活·读书·新知三联书店 1984 年版。

　　104. 以赛亚·伯林:《自由论》,胡传胜译,译林出版社 2003 年版。

　　105. 卫姆塞特、布鲁克斯:《西洋文学批评史》,颜元叔译,北京:中国人民大学出版社 1987 年版。

　　106. N. 维纳:《人有人的用处》,陈步译,北京:商务印书馆 1978 年版。

　　107. 维特根斯坦:《哲学研究》,李步楼译,北京:商务印书馆 1996 年版。

　　108. 维特根斯坦:《逻辑哲学论》,贺绍甲译,北京:商务印书馆 1996 年版。

　　109. 尼科·雅赫尔:《科学社会学》,顾镜清译,北京:中国社会科学出版社 1981 年版。

　　110. 亚理斯多德、贺拉斯:《诗学·诗艺》,罗念生、杨周翰译,北京:

人民文学出版社 1962 年版。

111. 布鲁诺·雅罗森:《科学哲学》,张莹译,北京:北京大学出版社 2000 年版。

112. 姚斯:《文学史作为文学科学的挑战》,章国锋译,《世界艺术与美学》第九辑,北京:文化艺术出版社 1988 年版。

113. 让-伊夫塔迪埃:《20 世纪的文学批评》,史忠义译,天津:百花文艺出版社 1998 年版。

114. 特里·伊格尔顿:《马克思主义与文学批评》,文宝译,北京:人民文学出版社 1980 年版。

115. 特里·伊格尔顿:《当代西方文学理论》,王逢振译,北京:中国社会科学出版社 1988 年版。

116. 特里·伊格尔顿:《历史中的政治、哲学、爱欲》,马海良译,北京:中国社会科学出版社 1999 年版。

117. 特里·伊格尔顿:《后现代主义的幻象》,华明译,北京:商务印书馆 2000 年版。

118. 特里·伊格尔顿:《审美意识形态》,王杰、傅德根、麦永雄译,桂林:广西师范大学出版社 2001 年版。

119. 刘勰:《文心雕龙校证》,王利器校笺,上海:上海古籍出版社 1980 年版。

120. 陆机:《文赋集释》,张少康集释,上海:上海古籍出版社 1984 年版。

121. 钟嵘:《钟嵘诗品校释》,吕德申撰,北京:北京大学出版社 1986 年版。

122. 曹俊峰:《元美学导论》,上海:上海人民出版社 2001 年版。

123. 陈健:《科学划界——论科学与非科学及伪科学的区分》,北京:东方出版社 1997 年版。

124. 陈跃红:《比较诗学导论》,北京:北京大学出版社 2005 年版。

125. 董学文、荣伟编:《现代美学新维度》,北京:北京大学出版社 1990 年版。

126. 董学文主编:《文艺学当代形态论》,北京:北京大学出版社 1998 年版。

127. 董学文主编:《马克思主义文论教程》,桂林:广西师范大学出版社 2002 年版。

128. 董学文、张永刚:《文学原理》,北京:北京大学出版社 2001 年版。

129. 董学文:《文学理论学导论》,北京:北京大学出版社 2004 年版。

130. 郭宏安、章国锋、王逢振:《二十世纪西方文论研究》,北京:中国社会科学出版社 1997 年版。

131. 蒋孔阳主编:《二十世纪西方美学名著选》(上、下),上海:复旦大学出版社 1987 年版。

132. 李心峰:《元艺术学》,桂林:广西师范大学出版社 1997 年版。

133. 陆梅林选编:《西方马克思主义美学文选》,桂林:漓江出版社 1988 年版。

134. 马龙潜:《当代文艺学——美学观念引论》,济南:山东大学出版社 2000 年版。

135. 马龙潜:《方法论意识与问题化意识》,济南:山东大学出版社 2006 年版。

136. 马新国主编:《西方文论史》,北京:高等教育出版社 1994 年版。

137.《美学文艺学方法论》(上、下),北京:文化艺术出版社 1985 年版。

138. 钱中文:《文学原理——发展论》,北京:社会科学文献出版社 2007 年版。

139. 谭好哲、马龙潜主编:《文艺学前沿理论综论》,济南:山东大学出版社 2001 年版。

140. 谭好哲、凌晨光主编:《文学之维——文艺学的历史、现状与未来》,济南:山东大学出版社 2003 年版。

141. 肖峰:《论科学与人文的当代融通》,南京:江苏人民出版社 2001 年版。

142. 王运熙、顾易生主编:《中国文学批评史新编》(上、下),上海:复旦大学出版社 2001 年版。

143. 伍蠡甫主编:《西方文论选》(上、下),上海:上海译文出版社 1979 年版。

144. 许明:《美的认知结构》,石家庄:花山文艺出版社 1993 年版。

145. 叶维廉:《中国诗学》,北京:生活·读书·新知三联书店 1992 年版。

146. 俞吾金：《意识形态论》，上海：上海人民出版社 1993 年版。

147. 朱光潜：《诗论》，北京：生活·读书·新知三联书店 1998 年版。

148. 朱光潜：《西方美学史》（上、下），《朱光潜全集》第 6、7 卷，合肥：安徽教育出版社 1990 年版。

149. 朱立元主编：《现代西方美学史》，上海：上海文艺出版社 1993 年版。

150. 张京媛主编：《新历史主义与文学批评》，北京：北京大学出版社 1997 年版。

151. 张少康、刘三富：《中国文学理论批评发展史》（上、下），北京：北京大学出版社 1995 年版。

152. 赵毅衡编选：《新批评文集》，北京：中国社会科学山版社 1988 年版。

（二）期刊文章

1. 陈独秀：《敬告青年》，《青年杂志》1915 年第 1 卷第 1 号。

2. 董学文、盖生：《文学理论发展的历史逻辑及对其悖论性审视》，《甘肃社会科学》2001 年第 4 期。

3. 董学文：《文学理论反思研究的科学性问题》，《郑州大学学报（哲社版）》2002 年第 6 期。

4. 胡适：《文学改良刍议》，《新青年》1917 年第 2 卷第 5 号。

5. 黄继锋：《马克思是在怎样的意义上使用"意识形态"概念的——评国外学者的几种解释》，《国外理论动态》2000 年第 5 期。

6. 李心峰：《为马克思主义艺术学正名》，《安徽大学学报（哲社版）》1996 年第 6 期。

7. 李心峰：《文学：作为一种艺术》，《文艺研究》1997 年第 4 期。

8. 李树榕：《规范"文艺理论"界定的思考》，《社会科学战线》2001 年第 2 期。

9. J. 希利斯·米勒：《全球化对文学研究的影响》，《文学评论》1997 年第 4 期。

10. J. 希利斯·米勒：《蛇之道，既露且藏》，《国外文学》1998 年第 4 期。

11. J. 希利斯·米勒：《全球化时代文学研究还会继续存在吗？》，《文学评论》2001 年第 1 期。

12. 欧阳友权:《文艺基础理论研究的问题回眸与学理前瞻》,《中国文学研究》2002 年第 1 期。

13. 谭好哲:《寻求科学性与价值性的统一——文艺学建设的理论思考》,《齐鲁学刊》1996 年第 1 期。

14. 王先霈:《文学理论基础的广泛性与本土性问题》,《华中师范大学学报（人文社科）》2002 年第 2 期。

15. 徐亮:《泛文学时代的文艺学》,《浙江大学学报（人文社科版）》2002 年第 1 期。

16. 赵宪章:《文艺学的学科性质、历史及其发展趋向》,《江海学刊》2002 年第 2 期。

（三）外文文献

1. T. Parsons, *The Structure of Social Action*, New York：Free Press, 1968.

2. D. Davidson, *Inquiries into Truth and Interpretation*, Oxford：Oxford University Press, 1984.

3. Janet A. Kourany, *Scientific Knowledge*, California：Wadsworth Publishing Company, 1987.

4. A. N. Whithead, *Process and Reality*, Lonolan：The Macmillan Press, 1929.

5. Daniel Rothbart, *Science Reason and Reality Issues in the Philosophy of Science*, Beijing：Peking University Press, 2002.

6. *Issues in Contemporary Critical Theory*, Edited by Peter Barry, London：Macmillan Education Ltd., 1987.

7. *Modern Literary Theory*, Edited by Philip Rice and Patricia Waugh, Edward Arnold, A division of Hodder & Stoughton, 1989.

8. *Contemporary Literary Theory*, Edited by G. Douglas Atkins & Laura Morrow, Boston：University of Massachusetts Press, 1989.

9. R. Habib, *Modern Literary Criticism and Theory：A History*, Oxford：Blackwell Publishing Ltd., 2008.

后　记

2000 年初，我以近乎背水一战的心态，毅然投报北京大学中文系董学文先生的门下，并有幸得以忝列。

刚一入学，"文学理论形态研究"课上，董师学文教授的关于文学理论学科反思研究的思考，便使我产生了强烈的理论冲动。博士三年，我一直沉迷于对文学理论有点儿形而上意味的思考。其间，花了相当的功夫和精力考察过去自己很不熟悉的"科学哲学""社会科学哲学""科学研究方法论"等学科的成果，系统地阅读解析了多种文学理论类著作和教材，特别是具有理论反思意义的著述。

对文学理论进行简单的浮光掠影式的观照是轻松惬意的，而要真正切入内部做本体性的考察，其思索的过程却常常是十分痛苦的煎熬。但是，这一过程又是充满着快乐的，这种快乐既源自于茅塞顿开的思想敞亮，更源自和董师之间的学术讨论和心灵沟通。正是先生的引领、鼓励和教诲，带给我学术研究上脱胎换骨的变化。

可以说，学位论文的写作，让我获得了一种全新的学术理路。每次我将自己的还很不成熟的研究心得草稿交与先生，先生总是像批阅小学生作业一样，从文章的标题、思想观点到其中的每一个字词句乃至标点都认真地进行修改。我曾经和先生开玩笑说：什么时候我写的文章您看了不用修改，大概我就可以从您这里毕业了。现在看来，离这一目标还是有相当一段的距离，想想很是惭愧。

先生常常自嘲为"书呆子"，其好友也往往这样说他。其实，我看准确的表述应该是"纯粹"。在先生面前不需要一丝的伪装，可以无话不谈。他就像一泓纯净的湖水，透彻澄明，无论是学术方面，还是为人领域：他有着对理论超乎寻常的热爱、执着和坚守，热情地鼓励弟子们在学术上进行不拘一格的探索；他古道热肠，有着一种返璞归真的赤诚坦荡、纯正耿直、豁达包容，甚至对于别人的攻讦、误解都只是淡然一笑。我常暗想：这大概就是所谓的北大精神吧。逢遇董师，实乃人生之大幸也！

本书是根据我 2003 年的博士学位论文修改、丰富而成的。论文准备得比较早，2001 年前后就开始撰写部分内容。中间虽因其他研究有过中断，但思考一直在继续，并陆续形成一些研究成果发表在《文艺研究》《北京大学学报》《中国人民大学学报》《高校社会科学》《江海学刊》《湖南社会科学》等学术刊物上，部分篇什被《新华文摘》《中国人民大学复印资料·文艺理论》《高等学校文科学报文摘》等转载。这里，真诚感谢这些刊物的热情提携。

我还要向一直关心我成长的师母魏国英教授表示由衷的感激和敬意。师母就像母亲一样，对我的生活、家庭、学习、工作等各方面，都关怀备至。我还要特别感谢博士论文从开题、预答辩到答辩各个环节中给予热情指点的北京大学哲学系黄楠森教授、陈志尚教授、赵敦华教授，中文系严绍璗教授、卢永璘教授、陈跃红教授、杨铸教授、汪春泓教授、黄书雄教授、闵开德教授以及中国艺术研究院李心峰研究员等。正是他们大量精当中肯的意见和建议，使我的论文得以不断地完善。

我还要感谢李小凡教授和蒋朗朗教授给予我的大力支持。感谢吉林大学文学院冯贵民教授、吴光正教授、张德厚教授、李志宏教授在硕士学习阶段给予的辛勤的指导和关怀。

我还要感谢那些可爱而优秀的学生们，他们的蓬勃朝气带给了我许多的灵感和快乐。

从小学入学到"奋不顾身"地攻读博士，我几乎所有的时间和精力都在读书。我的父母姐弟以超乎能力的付出，给了我不竭的支持。我的健康成长就是他们惟一的期望。可是，正当我开始写作博士论文之际，一直以我为骄傲，把我看得比自己生命都重要的母亲永远地离开了，她最终也没能看到我的这篇学位论文。母亲的突然逝去，彻底改变了我对世界和人生的感觉，我几乎不知道该怎样从丧母之痛中走出来，甚至害怕听到"母亲"之类的字眼。"树欲静而风不止，子欲养而亲不待"，人生之痛莫过于此！奔丧回来后，悲痛不但没有消减，反而与日俱增。回想那段日子，如果没有青梅竹马的爱妻的督促与帮助，我想我肯定无法如期完成学业。多年来，她陪伴我一起，相扶相携，走过一个又一个艰难的日子，她一直是我人生前进的一个动力。我也非常想把这本书作为一份小小的礼物,送给我们可爱的即将满周岁的儿子,祝愿他健康快乐地成长。

此外,我要诚挚地感谢北京大学出版社总编张黎明先生的有力支持,感谢责任编辑艾英小姐为本书付出的辛劳,感谢北京市社会科学著作出版基金提供出版资助。

一本小书怎能承载师长亲朋这么多的关爱和期望,只能待自己来日加倍的努力了。

2007 年 6 月中旬
于北京大学燕东园

后
记

修订版后记

"文学理论是什么？""文学理论有什么用？""文学理论会不会破坏人们对文学的感觉和体验？"……2000年开始读博士研究生时接触并思考这些问题，弹指一挥间，二十年过去了，但这些问题今天其实并没有过去。它们很多时候还是被学界关注，并有很多的成果问世："没有文学的文学理论是否可能？""文学理论要不要走出文学？""理论落潮以后文学理论死亡了没有？""文化研究取代了文学理论了吗，文化研究今天的情形如何？""后理论时代文学理论何为？""文学理论如何实现对其他人文学科的辐射能力（譬如历史叙事，譬如心理辅导与治疗等）？"……这些问题不是二十年前的理论问题的岔开，毋宁说，是深化了的相关思考。今天再继续深入思考这些问题，仍然很有意义，这也是愿意修订拙著的动力所在。

西方理论退潮在这二十年所引起的理论寂寞是真实可触的，学界问世的大量成果，除了汗牛充栋的理论著作翻译之外，学术研究特别引人瞩目的主要集中在两大类：其一是关于西方理论家的专人研究以及扩展开来的学派及相关问题研究。每一位能叫得上号的西方文学理论家可能都获得了不少的硕博论文和立项课题的青睐，发表出版的学术著述也得到较为充分的关注，无论是学术新星还是可以盖棺定论的思想家。可以说，西方美学家、文艺理论家若在这二十年间未能被中国文艺理论界关注到，将来再被挖掘出来的概率真的不会太高。应该说，这二十年间中国文艺理论的文化自信状态、主体自觉意识、学术规范意识、思维的科学精神，特别是对研究对象的深入理解把握，无疑是取得了极大的进步的。尤其是随着"90后"学者的逐步成长，他们在学养学识、外语文献、国际化能力、思维方式等多方面都具有超越前人的潜质，中国学术的希望应该就在这一代及其之后的新生代这里。

但是，文艺理论界如何走出西方问题导向，直面中国文艺与社会现实问题，即以内在性问题为导向，而不是以"输入性问题"为导向，这仍然是一个问题。也就是说，"西方出理论，中国出例子"，或者充其量能在中国古代找到相关理论与西方对接的困境，目前还是未能获得解决。这些问题表面上看也是中国问题，但是在西方理论框架下，提问方式和解决途径早已经被预设了，很难出现新的、原创性的、基础性的提问。换言之，我们的困境在于，我们一直在以阐释的方式原地踏步，而无法通过阐释来发现问题以突破理论的极限。更进一步说，这些年，文艺理论的西学研究甚至不如 20 世纪 20 年代、40 年代、80 年代、90 年代末，因为那时是借道西方美学和文艺理论研究来完成自我的思想与感觉结构的更新，反思和解决新的时代挑战，完成关于新的未来的社会和人生的美学与想象。无论是面对古老中国如何实现对传统的批判和新思想的启蒙，还是应对革命与救亡的急切需要；无论是面对主体自我的再次发现和人的欲望的合法化，还是面对现代化、市场化、国际化时代语境下人文精神的退场与消费主义逻辑的解放与再塑型，西方理论的引进、消化与再阐释、再生发，无疑为中国文化、美学的发展找到了努力的方向，也回应了时代的问题，发出了自己的声音，所以理论热、美学热是有根据的、有意义的。

客观地说，进入 21 世纪，中国的现实发展，无论是说已经是综合国力的强国，还是说依然还是第三世界、还有很多薄弱环节，有一点是无疑的，一直处于追赶和模仿的阶段已经基本结束，要与西方现代化强国一起去面对人类社会的各种新挑战，科技方面的、生态方面的、社会结构与治理方面的、人类精神方面的。这不但是说发达的西方社会遇到的中国也会遇到，而且甚至可以说，某些方面中国遇到的更早、更强烈。中国的发展进入一个新的阶段，西方已有的和正在生成的理论难以单独帮助中国思考和解决时代之间，需要比较文化、比较诗学、比较美学来打开思路。然而，比较研究的前提是有植根于自身现实问题和历史传统的理论体系，无此，所有的比较都是接受与阐发。精神科学、人文思想不具有自然科学技术的超历史、超文化的普遍性，尽管人性也许有人类共通的普遍性基础，但历史和文化使人性被造就出了在个体和群体两个层面上的特殊性，共通性部分固然是重要的，但是特殊性往往更现实也更有意义，并且所有无法以提问批判和解答阐释的方式对自身的现实存在进行反思的理论，都将因无法在世界理论的话语体系中找到自己获得立足的合法性，而难以加入理论的争鸣，因而也很难对其他文化有启示价值。也正是在这种意义上，当代中国文艺理论研究需要及时调整注意力，那些为发表而准备的四平八稳的学术成果似乎可以少一点儿，而应多一些新锐的哪怕不是那么成熟的思想的探险。

其二是关于中国百年或者建国七十年或者是改革开放四十年或者某个设定时段的学术研究的历史总结与回顾反思。这类研究成果很多，正是通过在历史深处盘桓，我们可以看清楚很多问题的实质，过滤掉复杂现实的各种泡沫，看清什么是真问题，加深对很多问题的理解与思考。譬如，文学的人学问题、文学的客观性或真实性问题、文学的政治性或意识形态性问题、文学的感性或审美性问题、文学的语言或形式结构问题等等，它们都在历史的敞开处展露出自己更为丰富的面向，而不仅限于彼时问题的单一维度。历史化研究的纵深性带来理论思考的深度，也为现实的理论研究提供了充分的学术积累和知识生产的材料。任何原创的思想都离不开历史的回望，西方对文艺复兴的研究催生了很多新思想就是很好的例子。

然而，此类研究往往问题意识薄弱，反思力不强，在一些近似的材料中重复着大致相同的判断，没有通过回到历史而生成自己新的理论创造，或者说缺乏穿透历史材料和世事云烟的思想之光。虽说历史总结性著述不以思想原创见长，但是如果这类缺乏思想创造力的著述大量出现，重复性、相似性就难以避免了。另外，关于中国文艺理论自身的研究，除了古典文论之外，对这百年的回顾，大而化之的历史描述较多，专人专论仍显不足。从美学和文学理论的意义上说，王国维、梁启超、朱光潜、宗白华、李泽厚等为数不多的美学家获得了关注，其他的则远远不够。尤其是在共性与差异对举的意义上的关注还有很大的可开垦余地，这里蕴含着中国现代性生成过程中的许多真问题，哪怕是一些不应有的沉默也是时代的精神症候。

一篇后记本来好像不应该谈这么多的感想，从二十年前的年轻学子到今天已经两鬓斑白的老师，我自己在这二十年学术研究的心路历程中有很多的困惑、痛苦、迷茫和虚无，当然也充满快乐、兴奋和感悟。我特别想说出自己对理论现实的不满足和期待，希望自己的学生们能走得更好，他们有更好的条件，也理应有更好的成长，希望中国文艺理论能出现更多值得骄傲的理论贡献。

此次修改，对原书结构做了较大程度的调整，改写了部分内容，增写了部分章节，把最近一些年的思考和当初没有来得及表达的内容充实了进去。现在的书名修改为"批判的科学"，也可以更精准地反映我的观点，原书名"文学理论本体研究"则作为副标题。无论是原书的内容还是增补的部分，大多都在学术刊物上发表过并获得很好的反响，特别感谢最初发表的刊物以及予以转载的刊物和网站。感谢初版的北京大学出版社以及张黎民总编和艾英责编。此次得以出版修订本，要特别感谢中国文联出版社，感谢国家出版基金项目"马克思主义文艺理论论著书系"将拙著纳入其中，感谢书系主编郭运德先生、王杰教授、李心峰教授，感谢执行策划邓友女编审。尤其感谢责任编辑冯巍编审，她的督促和宽容，让我感动。她十几年前还为本书初版写过有分量的书评，如今由她帮助编辑修订版，是很有意思的巧合。这里再次感谢导师董学文先生对我的爱护、指导和培养，如今自己也成为一名教师，特别理解做老师的一片苦心。感谢可爱的同学们，与他们一起学习、思考，充满了快乐，也让我一直年轻着。感谢家人永远的支持。

2020 年 8 月

于阳光之城拉萨

马克思主义文艺理论论著书系第 1 辑

马克思主义文艺理论论著书系第 2 辑